Angeline Bauer

Die Närrin des Königs

Angeline Bauer lebt als freie Autorin am Chiemsee.

Als Aufbau Taschenbuch erschienen bisher von ihr die historischen Romane »Hahnemanns Frau« und »Die Seifensiederin«.

Nähere Informationen finden sich unter www.angelinebauer.de

Alles kann eine Närrin sich leisten – nur nicht, dass sie sich verliebt. Doch genau das passiert Mathurine, der Närrin am französischen Königshof. Zu allem Überfluss bleibt die Liebesnacht mit dem jungen Nicolas nicht ohne Folgen: Heimlich bringt Mathurine ein Mädchen zur Welt, von dem sie genau weiß, dass sie es nicht aufziehen kann. Mit Hilfe einer verschwiegenen Hebamme gelingt es der Närrin, das Kind bei einer adeligen Familie aufwachsen zu lassen. Doch die Heimlichkeit hat einen teuflischen Preis.

Angeline Bauer

Die Närrin des Königs

Roman

aufbau taschenbuch
AUFBAU VERLAGSGRUPPE

ISBN 978-3-7466-2388-7

Aufbau Taschenbuch ist eine Marke
der Aufbau Verlagsgruppe GmbH

1. Auflage 2008

Umschlaggestaltung Mediabureau Di Stefano, Berlin
unter Verwendung eines Fotos von Pam Francis, getty images
Druck und Binden GGP Media GmbH, Pößneck
Printed in Germany

www.aufbau-taschenbuch.de

Wer alles zu tun begehrt,
was ihn gelüstet,
muss entweder als König
oder als Narr geboren sein.

(Sprichwort)

Prolog

Paris im Jahr 1607

Dunkelgrau wölbte sich der Himmel über die Stadt, ein Stück flussaufwärts jedoch schien er zu brennen. In grellem Rot, von Gelb durchzogen, glühte er wie Feuer. Ein Schwarm Krähen durchkreuzte das Bild, das Krächzen der Vögel vermischte sich mit den Geräuschen des Flusses, der sich nachtschwarz unter den Pfeilern des Pont Neuf hindurchzwängte.

Mathurine besah sich das schaurig schöne Schauspiel am Himmel und presste dabei die bedruckten Blätter, die sie im Arm hielt, an ihre Brust. Nach einer Weile beugte sie sich über das steinerne Brückengeländer und blickte hinunter ins Wasser. Erst als eine Kutsche hinter ihr vorbeifuhr, richtete sie sich wieder auf, wandte sich um und fing an, ihr Druckwerk zu verkaufen.

»Der neueste Hofklatsch! Greift zu, Leute, kostet nur sechs Deniers und den Furz einer Fliege! Der neueste Hofklatsch – na, was ist, Marie, willste oder willste nicht?«

Eine Frau mit einem kleinen Mädchen an der Hand kam auf Mathurine zu und hielt ihr einen Sol hin. Die Närrin zog ein Blatt aus dem Packen, reichte es der Frau, nahm das Geld entgegen und gab ihr sechs Deniers heraus. Dann riss sie den rechten Arm hoch, als würde sie eine Fahne schwingen, und brüllte wieder los.

»Der neueste Hofklatsch! Greift zu, Leute, kostet nur sechs Deniers! Der neueste Hofklatsch – na, was ist, Marie, willste oder willste nicht?«

Das Mädchen hatte sich hinter der Mutter versteckt und hielt sich an ihrem Rockzipfel fest. Mit nur einem Auge lugte es hervor, starrte die große, derbe Frau an, die in ihrem seltsamen Kostüm mitten auf der Brücke stand und laut herumschrie.

»Wer ist sie, Mama?«, fragte das Mädchen. »Sie sieht so komisch aus.«

Mathurine hatte es gehört. Sie griff nach ihrer Marotte[1], die an einer Kordel am Gürtel hing, und ließ die Schellen klingeln. »Was, du kennst mich nicht? Ich bin's doch, die Närrin des Königs!«

Die Kleine schob den Daumen in den Mund. »Eine Närrin? Was ist eine Närrin?«

»Eine Närrin ist ein Kind, obwohl sie erwachsen ist, sie sagt die Wahrheit, obwohl sie lügt, lügt, obwohl sie die Wahrheit sagt, und will niemandem gefallen, auch wenn sie den ganzen Tag nichts anderes tut, als herumzutanzen und Unfug zu treiben.«

»Bringst du die Leute zum Lachen?«

Mathurine zuckte die Schultern. »Die einen lachen, die anderen weinen oder werden wütend und wünschen mir die Pest an den Hals.«

»Die Pest?«

»Die Pest und noch viel mehr!« Die Närrin klatschte in die Hände und hielt plötzlich eine Münze zwischen den Fingern. »Was siehst du hier?«

»Es ist …«, das Kind sah fragend die Mutter an, dann wieder zu Mathurine, »… es ist eine Münze, das sieht doch jeder.«

»Bist du sicher? Siehst du wirklich eine Münze?«

Das Kind nickte und traute sich endlich hinter dem Rockzipfel der Mutter hervor.

Da riss Mathurine plötzlich die Hand hoch und rief: »Wo? Wo siehst du hier eine Münze? Ich sehe keine.«

1 Das ›Zepter‹ der Narren – ein Holzstab, an dessen Ende sich meist ein geschnitzter Kopf nach dem Bildnis des betreffenden Narren und einige Schellen befanden.

»Aber da *war* eine Münze«, sagte das Kind. »Du hast sie vielleicht in der anderen Hand.«

Mathurine streckte der Kleinen beide Hände entgegen. »Unsinn, hier ist keine Münze. Dafür ein Frosch – oder nein, warte, es ist ein grünes Tuch!« Sie winkte damit. Dann lachte sie. »Siehst du, jetzt hast du Tränen in den Augen und schaust mich an wie ein Fass saurer Gurken, bloß weil du glaubtest, eine Münze gesehen zu haben, obwohl gar keine Münze da war.«

»Sie lügt«, sagte das Kind zur Mutter, »sie *hatte* eine Münze zwischen den Fingern!«

Die Mutter zuckte die Schultern. »Vielleicht, aber vielleicht war es auch nur Illusion. Man kann ihr nichts glauben, sie ist eben eine Närrin.«

»Sie ist hässlich, und ich kann sie nicht leiden«, sagte das Kind. Es drehte sich um und wollte gehen, da klirrte etwas unter seinen Füßen. »Da ist sie ja, die Münze!« Das Kind bückte sich und hob sie auf, starrte das Geldstück eine Weile an, hielt es dann der Närrin hin.

Mathurine lachte. »Das darfst du behalten. Du bekommst zwei Äpfel dafür oder einen Hefekringel. Aber glaube mir, viel mehr wert ist das, was du soeben gelernt hast.«

Das Kind sah zur Mutter. »Gelernt? Was habe ich denn gelernt?«

»Wirst schon sehen«, sagte die Mutter. »Hat was mit Lüge und Wahrheit zu tun, und dass man nicht alles glauben kann, selbst wenn man meint, es mit eigenen Augen gesehen zu haben.«

»Darf ich die Münze wirklich behalten?«

»Ja«, sagte die Mutter, und Mathurine pries wieder ihre Zeitung an: »Der neueste Hofklatsch! Greift zu, Leute, kostet nur sechs Deniers und den Furz einer Fliege! Der neueste Hofklatsch – na, was ist, Marie, willste oder willste nicht?«

»Will nicht«, flüsterte eine Stimme hinter ihr.

Mathurine blieb das Geschrei im Halse stecken. Sie kannte

dieses Flüstern. Es war das Flüstern einer Alten, die dem Wahnsinn nahe war. Das Flüstern hinter den Gräbern, wenn sie über den Friedhof ging, um das fremde Kind zu besuchen. Das Flüstern in den Baumwipfeln, wenn der Wind über das Land strich, und das Flüstern ihres Gewissens, so sie überhaupt noch eines hatte.

Langsam drehte sie sich um und starrte das alte, zahnlose Weib an, das, in ein schwarzes Tuch gehüllt, hinter ihr stand. Mehr als siebzig Jahre zählte Hélène inzwischen. Ihr Gesicht, einst schön wie der taufrische Morgen, war von tiefen Furchen durchzogen, unter dem linken Auge hatte sie eine wulstige Narbe. Ein deutscher Söldner hatte sie ihr zugefügt, als sie ihm nicht geben wollte, was er von ihr verlangt hatte – ihren schönen, jungen Körper. Schwer atmend hatte er auf ihr gelegen, hatte an ihren Apfelbrüsten geleckt und sich dann an ihrem Mund festsaugen wollen. Doch da hatte sie wie eine wütende Hündin nach seiner Nase geschnappt, und sie hätte sie ihm abgebissen, hätte er ihr nicht mit seinem Messer diese Wunde zugefügt.

Aber das war noch lange vor Mathurines Zeit, damals war sie noch nicht einmal geboren.

»Will nicht«, wiederholte Hélène. »Das ist wohl der Weiber ärgste Qual, nicht zu wollen und doch zu müssen!« Die Alte beugte sich dichter an Mathurines Ohr und flüsterte dringlich auf sie ein: »Es geht um Jacqueline. Was ich dir jetzt sage, weiß ich von meiner Enkelin, die im Hause du Vivière dient – das Kind soll mit Nicolas d'Amerval verheiratet werden! In drei Tagen wird auf Château du Vivière Verlobung gefeiert. Abends wird man den Ehevertrag unterzeichnen, und schon am nächsten Morgen soll der Pfaffe seinen Segen geben!«

»Du meinst …« Mathurine wurde blass. »Jacqueline … und Nicolas?«

»Ja – ja, du hast richtig gehört!« Hélène griff nach Mathurines Ärmel und zerrte daran. »Na los, was stehst du hier noch herum! Meine Enkelin wartet in deinem Haus auf dich. Verlier keine Zeit! Nicolas und das Kind … wir beide haben doch schon genug Schuld auf uns geladen!«

Mathurine rannte los. Im Laufen ließ sie die Zeitungen fallen. Ein Windstoß fuhr zwischen die Blätter und wirbelte sie auf, trieb einige davon über den Brückenrand, ließ sie eine Weile über dem Fluss kreisen, bis sie auf dem Wasser landeten und von den Fluten mit fortgerissen wurden.

1. Buch

Paris im Jahre 1587

Mathurine ist 24 Jahre alt und Närrin am Hofe Heinrichs III., der, vermutlich wegen einer vererbten Syphilis, geistig und körperlich zunehmend verfällt.

1.

Mathurine beugte sich über den Spiegel und betrachtete den Ansatz ihrer Haare. Sie hatte sie ausgezupft, damit die Stirn höher wurde und die Nase weiter hervortrat. Mit einem Seufzen fuhr sie über die wunde Stelle, strich etwas Salbe auf die Haut und tupfte weißen Puder darüber.

»Andere Weiber tun alles, um schön zu sein, du tust alles, um auszusehen, dass einer sich fürchten muss«, sagte sie zu ihrem Spiegelbild. Sie riss den Mund auf und zog Grimassen, »noch nicht hässlich genug!«, griff nach einem Stück Kohle, schminkte die Nase seitwärts dunkel, betonte mit weißem Puder den Nasenrücken und lehnte sich wieder zurück. »Schon besser. Der Mund noch!« Sie malte ihn rot und etwas schief, zog die Mundwinkel breiter, warf den Kopf zurück und grinste sich an. »Gut so!« Endlich war sie zufrieden.

Sie stand auf, ging zum Fenster, sah hinunter in den Hof des Louvre. Eine Kutsche war gerade vorgefahren und hatte neben dem Portal angehalten. Nun öffnete ein Diener den Wagenschlag, und Anne de Joyeuse, einer der Mignons[2] des Königs, sprang heraus. Auf dem linken Arm hielt er sein Hündchen. Es war ein Zwergspaniel, wegen seiner großen Ohren nannte er ihn »Papillon«.

Anne zog seinen federgeschmückten Hut ab. Er fächelte sich Luft zu, sah sich um, setzte dann den Hut wieder auf und betrat das Schloss.

Mathurine griff nach ihrem Kostüm, das über einem Stuhl hing, hielt es eine Weile vor sich hoch und betrachtete es. Es

2 Günstlinge und Gespielen des Königs.

war den Kleidern der Amazonen nachgebildet. Aus hellem Stoff genäht, war es über der Brust gerafft und wurde in der Taille mit einem Gürtel gebunden. In den Falten des Kleides befanden sich verschiedene kleine und größere Taschen, darin konnte sie Utensilien verbergen, die sie für ihre Zauberkunststücke brauchte.

Dieses Amazonengewand war ihr offizielles Narrenkostüm. Manchmal trat sie aber auch in einer Offiziersuniform auf, in der sie die hohen Kriegsherren imitierte. Ging sie zum König, um für ihn zu musizieren, zog sie ein buntes Flickenkleid an, zu dem eine Kappe gehörte, die mit Schellen und Bändern verziert war.

Doch für das Fest heute wählte sie das Amazonenkostüm. Sie schlüpfte hinein, band den Gürtel um, befestigte ihre Marotte und ein hölzernes Schwert daran und setzte ihren Kopfschmuck, ein helmartiges Gebilde, auf. Dann füllte sie die verborgenen Taschen ihres Kostüms mit Silbermünzen, bunten Tüchern und Süßigkeiten, nahm ihren Schild und trat auf den Flur.

Während sie in den Hohen Saal ging, pfiff sie ein Lied. Sie konnte pfeifen wie ein Mann und singen wie eine Göttin. Ihre Stimme war dunkel, aber klar, und sie traf jeden Ton ohne Mühe. Sie spielte die Altblockflöte, die Einhandflöte mit Trommel, die Gitarre – der König hatte sie ihr aus Spanien mitbringen lassen – und die Violine. Auch tanzen, Räder schlagen und jonglieren konnte sie, war geschickt beim Zaubern, verfügte über ein großes Repertoire an heiteren Versen und klugen Sprüchen, spielte alleine einen Schwank, in dem drei oder vier Personen auftraten, und imitierte die Stimmen der wichtigsten Leute bei Hofe.

Das Fest, zu dem sie nun ging, fand im Hohen Saal, dem Karyatidensaal, statt. Gestern war der König aus dem Kloster zurückgekehrt, wo er sich nach Herzenslust gegeißelt hatte, heute wollte er das Leben wieder in vollen Zügen genießen.

»Lustvolle Tat statt Zölibat – Zölibat ist fad – fad, fad, fad …«, murmelte Mathurine vor sich hin. Sie suchte nach einem Reim, mit dem sie den König auf die Schippe nehmen konnte. »Zölibat, obstinat, Spinat, privat …«

Sie bog um die Ecke, sah dort Anne de Joyeuse auf der Treppe sitzen. Sein Hut lag neben ihm, Papillon hielt er auf dem Schoß.

Als Anne Schritte hinter sich hörte, blickte er sich um. Auf seinem geschminkten Gesicht waren Tränenspuren zu erkennen.

»Du weinst?«, fragte Mathurine und setzte sich zu ihm. Wie alle Hofnarren duzte sie jeden, es sei denn, sie machte sich über ihn lustig, dann wurde er gesiezt. Sogar der König musste sich das Du von ihr gefallen lassen.

Anne nickte und tupfte sich mit einem Taschentuch die Tränen von den Wangen.

»So sehr ich mich auch um einen Blick, ein liebes Wort bemühte, Heinrich hat mich nicht ein einziges Mal angesehen! Das habe ich nicht verdient, immer war ich ihm treu!«

»Mon Dieu, verdient!« Mathurine schlug Blicke zur Decke. »Statt zu klagen, dass du nicht alles hast, was du willst, solltest du lieber dankbar sein, dass du nicht alles bekommst, was du verdienst. Außerdem, was gäbe es an dir auch schon zu sehen, das der König noch nicht kennt?«

»Du mit deinem Schandmaul! Du weißt ja nicht, was Liebe ist, dein Herz ist ein finsteres Loch.« Anne sah Mathurine mit Leidensmiene an, dann presste er Papillon an sich und küsste ihn. »Heinrich hatte nur Augen für diesen Nicolas!«

»Nicolas?«

»Nicolas d'Amerval de Picardie. Sein Vater brachte ihn vor zwei Tagen her, damit er dem König als Hofkavalier dient. Neunzehn Jahre ist er jung! Mon Dieu, süße neunzehn! Und ich bin siebenundzwanzig, fast schon ein alter Mann! Das ist so ungerecht …« Anne warf beide Arme hoch, Papillon erschrak, sprang von seinem Schoß und fing an zu kläffen.

»Komm her – na komm schon!« Der Hund ließ sich fassen und wieder auf den Schoß ziehen.

Mathurine zuckte die Schultern. »Was heulst du da? Es ist eben so – wir leben, und wir sterben, und dazwischen passiert eine Menge Mist!« Sie stieß Anne in die Seite. »Na komm, lass dich nicht so hängen! Sehen wir uns diesen Nicolas d'Amerval de Picardie einmal an!«

Anne winkte ab. »Ich habe genug von ihm gesehen! Er ist eine Zumutung! Augen hat er, so blau wie der Himmel bei Sonnenschein, Hände, zart wie die einer Elfe, und einen Hintern wie eine reife Pflaume.« Anne seufzte. »Warum lässt Gott es nur zu, dass wir altern! Wir sollten fünfzig Jahre lang jung bleiben und dann sterben wie die Fliegen. Weg, Adieu für immer.«

»Lass Gott aus dem Spiel«, sagte Mathurine, sprang auf und betrat den Hohen Saal.

Das Fest war bereits im Gange. Kein großes Fest, nur ein Zeitvertreib im kleinen Kreise. Um sich von seinen düsteren Gedanken abzulenken, sich seiner Angst und seinen Depressionen nicht stellen zu müssen, hatte sich der König schon am frühen Morgen mit seinen Zwergen bei den Vogelvolieren eingeschlossen und Bilboquet gespielt. Am Nachmittag hatte er sich mit Schlosserarbeiten abgelenkt – er liebte dieses Handwerk als Zeitvertreib –, und nun mussten der Tanz, seine Günstlinge und seine Narren herhalten, um ihm das Leben erträglich zu machen.

Mathurine versteckte sich hinter einer der Säulen und beobachtete das Geschehen. Rechts von ihr saßen die Musiker auf einem Balkon, der von vier Karyatiden getragen wurde, und spielten eine Bourrée. Auf der anderen Seite des Saales, dort, wo an Gerichtstagen der Sessel des höchsten Richters stand, war die Tafel angerichtet. Die Königin, der König, Claude Saint-Sauveur – er war ein Bruder Annes und zählte ebenfalls zu den Günstlingen des Königs –, einige der Hofdamen und Hofkavaliere und ein Gesandter aus England speisten bereits.

Auch Chicot, Hofnarr wie Mathurine, war anwesend. Er zauberte aus dem Ärmel einer Hofdame ein Collier, das er zuvor der Königin entwendet hatte. Ein Raunen ging durch den Saal, als er das wertvolle Geschmeide hochhielt, dabei auf die Hofdame zeigte und kreischte: »Diebin, sie ist eine Diebin! Nun muss sie zur Strafe drei Nächte lang ihr Bett mit dem König teilen!« Alle lachten.

Zwischen den Gästen liefen Getränketräger, Speisenträger, Tischjunker und der Mundschenk des Königs hin und her, schenkten Wein und Wasser ein, trugen leere Schüsseln weg und tischten neue Speisen auf.

Dann entdeckte Mathurine diesen Nicolas d'Amerval de Picardie – er musste es sein, denn er war der Einzige unter den Anwesenden, den sie nicht kannte. Er stand links neben der Tafel und sprach mit einer der Hofdamen. Anne hatte nicht übertrieben. Der Junge war tatsächlich eine Augenweide – schön wie ein Mädchen und offensichtlich ebenso schüchtern, denn als nun auch die Königin ein Wort an ihn richtete, wurde er rot vor Verlegenheit.

D'Amerval de Picardie – Mathurine kannte den Namen. Sein Vater war Marquis Victor d'Amerval de Picardie. Landadel, nicht eben einflussreich, königstreu und bescheiden. Schon seine beiden Töchter, inzwischen zufriedenstellend verheiratet, hatte er als Hofdamen nach Paris geschickt. Jetzt war den Schwestern also der Bruder gefolgt.

Am Hof eines Königs, der mit Vorliebe Männer in sein Bett holte, war es für einen so hübschen Jungen nicht ungefährlich – es sei denn, er war listig und durchtrieben und bevorzugte seinerseits das eigene Geschlecht. Dann hätte er eine Chance, den höfischen Intrigen Paroli zu bieten und es weit zu bringen. Aber dieser Nicolas schien ihr vollkommen naiv und unerfahren, vermutlich auch was die Liebe betraf.

Er war das ideale Freiwild für eine »Jagdgesellschaft« wie diese, und offensichtlich hatte die Hatz bereits begonnen.

Die Damen der Königin umgarnten ihn nach allen Regeln der Kunst. Sie flüsterten, kicherten, setzten sich in Pose, und Ève de Marbeaux, eine der Hofdamen, warf ihm ganz unverfroren kecke Blicke zu. Obwohl sie verheiratet war – ihr Gatte befand sich zur Zeit im Auftrag des Königs in Spanien –, würde sie Nicolas, ohne mit der Wimper zu zucken, ihren Sattel auflegen, um ihn zuzureiten.

Der König, dessen Rücken vermutlich noch von den Riemen der Geißeln wund war, die er sich selbst übergezogen hatte, stand ihr in nichts nach. Auch er verschlang den Jungen mit lüsternen Blicken und würde ihn sich wohl gerne »zum Untertan« machen.

Mathurine hatte genug gesehen. Sie trat hervor und stellte sich neben Nicolas. »Ja, was haben wir denn da für ein hübsches Bürschchen?«, sagte sie. »Allerdings ist er so steif wie der Schwanz eines Pfaffen, wenn der König ihm seine Sünden beichtet.«

Beifall und Lachen blieben nicht aus. Nur Ève de Marbeaux, eine erklärte Feindin Mathurines, sah sie mit hasserfülltem Blick an. Mathurine verbeugte sich mit Kratzfuß vor ihr, dann wandte sie sich an den König.

»Nun, wie ich sehe, amüsiert man sich bestens, man braucht meine Späße heute nicht, ich kann wieder gehen.«

»Willst du denn nicht wenigstens eine Kleinigkeit essen, Mathurine?«, fragte der König. »Du kriegst doch sonst den Hals nicht voll.«

»Also gut, eine Kleinigkeit.« Sie setzte sich neben ihn, nahm sich den Käse, der auf seinem Teller lag, und rief dann nach einem der Speisenträger. »Bringe er mir einen halben Schwan, gut durchgebraten, aber nicht zäh!«

»Einen ganzen halben Schwan?« Der Mann riss die Augen auf.

»Meinetwegen können es auch zwei halbe halbe sein.«

Heinrich lachte. »Nun, bringe er ihr ein Achtel von einem halben, das muss genügen.«

Verwirrt entfernte sich der Diener.

»Ist ein Achtel denn nicht mehr als nur eine Hälfte?«, fragte Ève de Marbeaux in spitzem Tonfall. Immerhin konnte sie bis zehn zählen und wusste, dass acht mehr waren als nur ein Halbes.

»Keineswegs«, antwortete Mathurine. Sie verbeugte sich übertrieben höflich vor der Hofdame, dann deutete sie auf Nicolas. »Wollte man diesen hübschen Jungen achteln, müsste man ihm die vier Gliedmaßen und den Kopf abtrennen, sodann den Torso in der Taille halbieren und die Brust noch einmal teilen. Ich allerdings hätte auf jeden Fall lieber den ganzen Kerl.«

Diesmal lachte sogar Nicolas, und Mathurine zwinkerte ihm zu.

Noch größer wurde das Gelächter, als wie aufs Stichwort der Speisenträger einen halben Schwan brachte und vor Mathurine auf den Tisch stellte, dazu ein Tranchiermesser aus der Küche legte und sagte: »Mir ist das närrische Rechnen zu schwer, teile sie sich den Vogel selbst in Stücke, so wie sie es haben will.«

Mathurine lächelte den Mann an. »Ein Messer brauche ich dazu nicht!« Sie riss den Schenkel ab und biss genüsslich hinein.

Das Orchester hatte nach der Bourrée eine Allemande gespielt, nun stimmte es eine Volta an.

Plötzlich waren die edlen Damen in Aufruhr. Wie aus einem Munde fragten drei von ihnen den jungen Nicolas: »Tanzt Ihr eine Volta mit mir?«

»Eine Volta?« Verlegen sah er von einer zur anderen. »Ich kann einiges tanzen, aber eine Volta hat mir niemand beigebracht!«

Da lachte Mathurine. »Siehst du, mein schöner Marquis, was du anstellst mit unseren Damen! Du machst einen wahren Bienenschwarm aus ihnen, der sich nichts sehnlicher wünscht, als sich über deinen Stempel zu beugen und von deinem Nektar zu kosten!« Sie sah die Damen eine nach der anderen an. »Habe ich recht, Mesdames?«

Sie schickten ihr giftige Blicke und taten empört.

»Nein? Ihr wollt ihn nicht vernaschen?« Mathurine wandte sich wieder an Nicolas. »Dann, so scheint es, bleibe nur ich für dich übrig, junger Herr – denn *ich* will schon!«

Er sah sie an wie ein Rehkitz, das unvermutet vor einem Keiler stand, und das Gelächter der Anwesenden brach wie ein Donner los.

Da mischte sich der König ein. »Vielleicht bevorzugt er ja einen Mann? Ich wäre nicht abgeneigt, ihm die Ehre zu erweisen.«

Hatte es gesagt, und im selben Moment hatte das Orchester die Volta zu Ende gespielt. Der letzte Akkord trug die Worte des Königs wie auf Schwingen durch den Raum. Kein Atmen war mehr zu hören, alle starrten den Jungen Marquis an und warteten gespannt auf seine Antwort.

Der Schreck stand ihm ins Gesicht geschrieben. Seine Lippen öffneten und schlossen sich mehrmals, bevor er stammelte: »Oh, Sire, das ist sehr freundlich von Euch, aber ich bevorzuge Frauen!«

Eine Weile herrschte betretene Stille. Dem König so eine Abfuhr zu erteilen war höchst undiplomatisch, um nicht zu sagen unverschämt. Aber Heinrich lachte, und als *er* lachte, fielen auch die anderen ein. Doch plötzlich verzog er das Gesicht zu einer starren Maske und hob die Hand, um seine Gäste zum Schweigen zu bringen. »Nun gut, wenn das so ist, sollt Ihr eine Frau haben, Marquis! Die einzige, die Euch will, wie wir soeben erfahren konnten. Seid sicher, Mathurine wird Euch ein himmlisches Lied geigen und es im Übrigen mit den Spinnenweibchen halten – sie klemmt Euch zuerst zwischen ihre Schenkel, die dick wie Saustallpfosten sind, dann frisst sie Euch auf!« Er gab dem Hofnarren Chicot und Annes Bruder Claude ein Zeichen. »Sperrt die beiden in eine der Kammern im Keller, aber vergesst nicht den Schlüssel umzudrehen, denn sonst flieht unsere liebe Mathurine am Ende noch.«

Die Gäste brüllten vor Lachen, und am lautesten lachte Mathurine selbst. Doch plötzlich verstummte sie, griff nach einer Schale mit Früchten, sprang damit auf einen Stuhl, hielt die Schale wie einen Pokal hoch und rief: »So ziehe ich denn in den ältesten Krieg der Welt! Ich, ein armes, schwaches Weib, bereit, mich dem feindlichen Feldherren zu unterwerfen! Doch ich gebe zu bedenken, nicht diejenigen beweisen höchstes Geschick, die jede Schlacht gewinnen – wirklich stark ist, wer die Armee des Gegners hilflos macht, ohne es zu einem Kampf kommen zu lassen!« Sie schwang ihre Marotte, sprang wieder vom Stuhl und drückte Nicolas, der dabei ein Gesicht machte, als ginge es auf den Richtplatz, einen Kuss auf den Mund.

Unter lautem Hallo wurden die beiden aus dem Saal geführt. An der Tür versuchte Nicolas sich den Händen Chicots zu entziehen, die ihn schoben und zogen, aber der Hofnarr packte nur umso härter zu und drängte ihn weiter. Schließlich ergab sich Nicolas, im Vertrauen darauf, dass alles nur ein übler Scherz sein würde. Seine Schwestern hatten ihn ja gewarnt: »Man wird derbe Späße mit dir treiben, sich auf deine Kosten amüsieren. Das ist so üblich bei Hofe. Nimm es hin, mach gute Miene zum bösen Spiel. Wenn es andere trifft, wirst auch du schon bald mitlachen.«

Doch seine Hoffnung, man ließe ihn gehen, sobald sie den Saal verlassen hatten, wurde zunichte gemacht, als Chicot und Claude ihn und Mathurine über eine verborgene Treppe nach unten führten, durch einen düsteren Korridor und schließlich in einen kleinen Raum schoben, die Tür hinter ihnen zuwarfen und den Schlüssel zweimal umdrehten.

Einen Moment konnte er noch ihr Lachen hören, dann war es schneidend still.

Mathurine sah sich um. Die Kammer war nicht groß. Fünf Schritte breit, doppelt so lang. An den Wänden standen hohe Schränke. Auf der kurzen Seite, gegenüber der Tür, befand sich knapp unter der Zimmerdecke eine kleine vergitterte Luke, darunter ein Tisch mit einem Stuhl. Das war alles.

Seufzend stellte sie die Obstschale auf den Tisch. Ein Blick in die Schränke zeigte ihr, dass es sich um eine der Wäschekammern handelte, ein Blick aus der Luke – sie musste auf den Tisch steigen, um hinaussehen zu können –, dass sie sich im Keller des südlichen Flügels befanden.

Die Luke war von innen hoch gelegen, von außen befand sie sich jedoch nur ein paar Handbreit über dem Boden. Viel war nicht zu erkennen. Aufgerissene Erde, ein Haufen mit Brennholz, dahinter die Mauer zur Seine hin und rechts ein Ausschnitt der Galerie, die Katharina de' Medici hatte anbauen lassen, um trockenen Fußes und unbeobachtet zu ihrem neuen Schloss kommen zu können, sobald es einmal fertig sein würde.

Mathurine seufzte. An ein Entkommen aus diesem Gefängnis war nicht zu denken, auch würde sie hier wohl niemand rufen hören.

»Nun, dann bleibt uns nichts anderes übrig, als Geduld zu üben«, überlegte sie laut. »Man wird uns wohl ein wenig zappeln lassen.«

Sie stieg vom Tisch und drehte sich zu Nicolas um. Als sie in sein schreckensbleiches Gesicht sah, musste sie lachen. »Du hast doch nicht etwa Angst vor mir?«

Nicolas blickte zu Boden, wie ein kleiner Junge, den die Mutter schalt. Die Närrin mit ihrem riesigen rotgeschminkten Mund, der großen Nase und Schenkeln, von denen der König behauptet hatte, sie seien so dick wie Saustallpfosten, machte ihm tatsächlich Angst.

Mathurine verkniff sich das Grinsen. »Hm«, sagte sie, »also doch!«

Plötzlich packte sie den jungen Marquis am Wams, zog ihn zu sich und sah ihn bohrend an. »Merke dir eins – willst du die Welt verstehn, muss du ihr klar ins Auge sehn! Also, blicke nicht zu Boden. Und was mich betrifft, ich mag ein großes Maul haben, aber ich fresse keinen. Drei Dinge hasse ich: Dummheit, Falschheit und Wankelmut – daher bemühe ich mich auch selbst, weder dumm noch falsch noch wankelmütig zu sein. Und ich bin keine, die einem Kerl zwischen die Beine greift, wenn er es nicht will!« Sie lachte. »Es sei denn im Spaß, und dann packe ich schon mal richtig zu!«

Mathurine ließ Nicolas wieder los, zog ihren Helm ab, legte ihn neben die Schale auf den Tisch, löste dann ihre dunkelblonden Locken, die sie mit drei Nadeln aufgesteckt hatte, und fuhr sich mit gespreizten Finger durchs Haar.

Nicolas sah sie von der Seite an. Er hatte geglaubt, ihr Schädel sei unter dem Helm kahl. Nun, wo ihr die Locken auf die Schultern fielen, wirkte ihr Äußeres viel gefälliger und freundlicher.

»Machen wir es uns ein wenig bequem«, sagte sie, legte auch ihren Gürtel mit dem Schwert und der Marotte ab und fing an, die Schränke zu durchsuchen. In einem fand sie einen Samtvorhang, der ausgebreitet die ganze Kammer bedeckte. Sie faltete ihn dreimal, legte ihn auf den Boden, dann setzte sie sich darauf und lehnte sich mit dem Rücken gegen den Schrank. »Na, komm schon her, mein Schöner!« Sie klopfte mit der Hand neben sich. »Erzähl mir etwas von dir.«

Nicolas setzte sich, zog die Beine an und schwieg.

»Also, was ist nun – rede! Oder hat man dir die Lippen versiegelt?«

»Was kann einer wie ich dir schon groß erzählen«, antwortete er unwirsch.

»Egal. Erzähl von zu Hause. Irgendwie müssen wir uns die Zeit doch vertreiben.«

Nicolas öffnete und schloss den Mund, räusperte sich, erzählte dann stockend: »Château Picardie, das Schloss meines Vaters, liegt knapp zwei Tagesritte nördlich von Paris.«

»Und?«

»Reich sind wir nicht und auch nicht bedeutend, dafür ist mein Vater ein fleißiger Mann, und meine Mutter war eine ehrbare Frau. Mein Hauslehrer hat mich in Lesen, Schreiben und Rechnen unterrichtet, von meinen Schwestern habe ich das Tanzen erlernt. Das Reiten und das Jagen hat mir mein Vater beigebracht und das Musizieren auf dem Fagott und dem Spinett meine Mutter.«

Mathurine hatte die Augen geschlossen und gelauscht. Als Nicolas wieder schwieg, stieß sie ihn in die Seite. »Na komm schon, lass dir nicht jedes Wort aus der Nase ziehen!«

»Als Kind durfte ich mit meinem Vater, wenn er Pferde oder Vieh kaufen wollte, ab und zu auf den Markt nach Creil, und zweimal war ich mit ihm auch in Amiens, ansonsten habe ich nichts Aufregendes erlebt. Männer, die sich schminken, die ihre Hunde küssen und anderen Männern eindeutige Angebote machen, gibt es bei uns nicht. Und Frauen wie dich ...« Er brach ab und starrte verlegen auf seine Hände.

»... Frauen, wie mich, die sich geben wie ein Mann, auch nicht«, führte Mathurine den angefangenen Satz zu Ende. Sie lachte leise und fügte an: »Eine Frau wie mich findest du auch in Paris kein zweites Mal, und weißt du was, es ist gut so! Denn gäbe es mich an jeder Straßenecke, hätte mich unser König nicht zu seiner Närrin gemacht. Ich könnte nicht hier bei Hofe leben, mich nicht an den besten Leckereien satt essen, nicht den edelsten Wein trinken, hätte im Winter kein Holz im Kamin und könnte im Sommer nicht an die Loire reisen. Ich wäre Kantinenwirtin bei der Armee, wie ich es bis vor drei Jahren noch war, müsste mich mit ranziger Kohlsuppe begnügen, mich plagen bis zum Umfallen und mir die besoffenen Kerle vom Leibe halten. Aber hier ...«, sie deutete um sich, »hier lebe ich wie eine Förstin, darf den König duzen, kann mich ungestraft über die Dummheit der Leute amüsieren und werde auch noch reichlich entlohnt dafür.« Sie sah Nicolas an, und um ihren rotgeschminkten Mund spielte ein Lächeln, als sie ihn fragte: »Wärest du an meiner Stelle nicht auch lieber ›Fou en titre‹, eine Amtsperson, unkündbar und dem König gleichgestellt, wenn auch nur symbolisch?«

Nicolas zuckte die Schultern. »Natürlich – aber ich wäre wohl kaum in der Lage, die Leute zu foppen, so wie du.«

»Nein, das wärst du sicher nicht.«

Nicolas glaubte ein Kratzen an der Tür zu vernehmen. Er hob den Kopf und lauschte, aber nichts geschah. »Wie lang werden sie uns wohl eingesperrt lassen?«, fragte er mit einem Seufzen.

»Bis ihre verdorbene Phantasie befriedigt ist. Ein wenig wirst du dich also noch gedulden müssen.«

Mathurine stand auf, holte die Schale mit den Früchten und setzte sich wieder. »Nimm etwas davon, das löscht den Durst und vertreibt die Zeit.«

Er griff nach einer Orange, wog sie nachdenklich in der Hand, sah Mathurine plötzlich an. »Hast du die Schale mit dem Obst absichtlich mitgenommen, weil du schon wusstest, dass wir hier länger ausharren müssen?«

Mathurine lachte. »Halte dich immer für dümmer als die anderen – sei es aber nicht! So kommst du am besten durchs Leben.«

»Und warum hast du dich dann mit mir hier einsperren lassen? War das etwa nicht dumm? Zu zweit hätten wir sie doch überwältigen können!«

»Sie überwältigen! Himmel!« Sie schüttelte in gespieltem Entsetzen den Kopf. Doch dann wurde sie plötzlich sehr ernst. »Es gibt ein paar Spielregeln, die du dir hinter deine hübschen Ohren schreiben solltest. Wenn du diese Regeln beachtest, lässt es sich gut leben bei Hofe, wenn nicht, wirst du den Raubtieren zum Fraß vorgeworfen. Erstens, widersprich dem König nicht! Zweitens, sei klüger als die anderen und denke weiter als sie.« Und drittens, Gefühle behält man besser für sich, denn sie machen einen verletzlich, und Schwächen werden hier gnadenlos ausgenutzt! Ich meine mit Gefühlen nicht nur das, was man vielleicht für einen anderen Menschen empfindet, ich meine auch Angst, Hass, Wut oder Verletzlichkeiten. Nimm Ève de Marbeaux, diese selbstgefällige Intrigantin, die von sich glaubt, sie sei so schön und unwiderstehlich wie keine, und die doch nur Hofdame der Königin werden konnte, weil ihr Schwager mit dem König ins Bett ging. Sie hasst mich, weil ich sie durchschaut habe. Mich zu hassen ist ihr gutes Recht, aber mir ihren Hass zu zeigen ist mehr als dumm, denn so provoziert sie mich und wird zur Zielscheibe meines Spottes.«

»Du könntest sie schonen«, sagte Nicolas.

»Ach Gott!« Mathurine lachte auf. »Sie schonen, das ist nicht meine Aufgabe. Ich bin der Spiegel, in den sie blicken. Ich bin das Echo ihrer Worte, das Gewissen, das sie nicht haben. Ich bin das wilde Tier, das sie in sich verdrängen, das hässliche Gesicht, das unter ihren schönen Masken zum Vorschein kommt. *Das* ist meine Aufgabe!«

Inzwischen war es fast dunkel. Eine Kerze gab es nicht in der Wäschekammer, und kalt war es auch.

»Wir brauchen etwas, womit wir uns zudecken können«, sagte Mathurine.

Sie nahm zwei der Tafelkleider aus den Schränken, legte sie aufeinander und faltete sie zur Größe einer Decke zusammen. Dann setzte sie sich wieder, rückte näher an Nikolas und deckte ihn und sich zu.

So kauerten sie in der Dunkelheit auf dem Boden, schwiegen und lauschten auf ihren Atem. Das Gezwitscher der Vögel vor dem Fenster, das Rattern der Wagen, die auf den Gassen zwischen dem Louvre und St-Germain-de-Loclearas fuhren, das Geschrei der Männer, die auf ihren Kähnen die Seine überquerten, war längst verstummt.

Nach einiger Zeit schlief Nicolas ein. Sein Kopf sank an Mathurines Schulter. Seufzend legte sie ihren Arm um ihn. »Dein Vater hätte dich nicht herschicken dürfen«, flüsterte sie, »du bist nicht stark genug für diesen dekadenten Sündenpfuhl.«

2.

Katharina hatte gar nicht erst einen Diener geschickt, sie war gleich selbst erschienen. Noch in Reisekleidern, die wollene Haube tief in die Stirn gezogen, trat die Königinmutter vor Heinrich, der noch immer mit seinen Gästen tafelte.

»Nun, wie ich sehe, amüsiert Ihr Euch, mein Sohn«, begrüßte sie ihn mit leisem Vorwurf. Seine Feste und Eskapaden, seine Ängste und Depressionen brachten ihm nicht nur beim Volk Hohn und Verachtung ein, auch der Adel wandte sich mehr und mehr von ihm ab. »Doch leider muss ich Euch stören und um eine Unterredung bitten. Sofort, denn ich habe schlechte Nachrichten.« Ihr Blick glitt über die Anwesenden und blieb kurz am Gesandten der Königin von England hängen, dann wandte sie sich wieder ihrem Sohn zu. »Es scheint mir am besten, Ihr entlasst Eure Gäste für heute.«

Heinrich gehorchte sofort, nicht nur, weil er Respekt vor seiner Mutter hatte, auch weil er sich denken konnte, welcher Art die schlechten Nachrichten waren. Und wenn er mit seiner Ahnung richtig lag, würde dieser verdammte Krieg, den er gegen Heinrich von Navarra führte, schon bald wieder auflodern.

»Nun denn, ihr habt es ja gehört – geht, geht!« Er winkte ungeduldig. Sofort sprangen alle auf und zogen sich mit Verbeugungen zurück.

Auch er selbst und seine Mutter verließen den Saal.

Auf dem Weg zu ihren Räumen sprach Katharina kein Wort, auch dort angekommen, zog sie sich zuerst einmal die Haube vom Kopf, um dann im Spiegel lange und schweigend ihr Gesicht zu betrachten. Sie war achtundsechzig

Jahre alt, das dunkelblonde Haar war schütter geworden, die Haut fahl und ebenso glanzlos wie ihre hervorstehenden Augen. Und sie war müde, unendlich müde von den ewigen Sorgen um Frankreich und ihre missratenen Kinder.

Als hätte sie in diesem Moment des Schweigens all ihre Kraft für einen Vorstoß gesammelt, drehte sie sich plötzlich um und sah ihren Sohn an. »Auch diesmal hat er sich geweigert! Heinrich von Navarra ist ein Starrkopf! Kein Zugeständnis, keine noch so großzügige Pension kann ihn locken, Frieden zu schließen, wieder an den Hof zurückzukehren und endlich zum rechten Glauben überzutreten. Frankreich braucht einen Thronfolger, unser Schiff kann nicht länger ohne zweiten Kapitän segeln!« Sie warf beide Hände in die Luft. »Aber als ich ihm sagte, die Krone sei in Gefahr und darum seiet Ihr bereit, ihn der Liga zum Trotz als seinen Nachfolger anzuerkennen, wenn er nur endlich wieder zur Messe gehe, hat er mich ausgelacht!«

Katharina setzte sich und verbarg das Gesicht in den Händen. Nach einer Weile sah sie auf. »So bleibt also wieder nur der Krieg«, sagte sie, »und Ihr müsst, statt den Vetter auf den rechten Weg zurückzuführen, ein weiteres Mal gegen ihn und seine Hugenotten antreten.«

Als Heinrich nichts sagte, sie immer nur blicklos anstarrte, schlug sie mit der flachen Hand auf den Tisch. »Noch dazu wetzen bereits die Guisen ihre Messer, um Euch in den Rücken zu fallen«, rief sie, »und das Volk habt Ihr auch gegen Euch!«

Lange sah sie ihn an. Vorwurf lag in diesem Blick, auch Mitleid und Trauer. Plötzlich stand sie auf und wandte ihm den Rücken zu. »Jetzt geht, mein Sohn! Es ist spät, ich bin müde von der Reise und den fruchtlosen Verhandlungen und möchte mich hinlegen.«

Als Mathurine die Augen aufschlug, saß Nicolas neben ihr und betrachtete sie. Durch die Luke fiel das sanfte Morgenlicht und zeichnete ein Raster auf den Steinboden der Wäschekammer – ein verzerrtes Quadrat in vier verzerrte Quadrate geteilt.

Mathurine setzte sich auf und lehnte sich an den Schrank. »Was siehst du mich so an?«

»Als ich wach wurde, lag mein Kopf auf deinem Schoß«, sagte Nicolas.

»Und darum musst du so gaffen?«

»Außerdem hast du im Schlaf gelächelt und sehr glücklich ausgesehen, bestimmt hast du von etwas Schönem geträumt.«

»Meine Träume gehen nur mich etwas an!«, antwortete sie barsch, stand auf und reckte sich. »Nicht gerade bequem, auf dem Boden zu schlafen.« Sie drehte sich zu Nicolas um und seufzte. »Ich glaube, sie haben uns vergessen.«

»Meinst du?«

Mathurine zuckte die Schultern. »Ich hatte mit ein paar Stunden gerechnet, nicht mit einer ganzen Nacht.«

»Aber wenn sie uns vergessen haben, dann …« Nicolas brach ab. Plötzlich lief er zur Tür, pochte mit beiden Fäusten dagegen und schrie: »Macht auf, lasst uns raus!«

»Es wird nichts nützen«, sagte Mathurine. »Die Türen und Wände sind dick. Vielleicht haben wir Glück, und heute Abend wird frische Tischwäsche gebraucht. Aber selbst dann kann es sein, dass die Bediensteten sich in einer andern Wäschekammer versorgen. Es gibt vier oder fünf, soweit ich weiß.«

Nicolas sah sie entsetzt an. »Am Ende werden wir hier noch verhungern!«

Mathurine lachte. »So schnell geht das nicht. Außerdem haben wir Obst, und zudem …« Sie griff in die Luft, schnalzte mit den Fingern und hielt plötzlich ein Bonbon in der Hand, das in hellgelbes Papier gewickelt war. »… zudem kann ich zaubern, oder hast du das etwa vergessen?«

»Dann zaubere uns hier heraus!«, fuhr er sie an.

»Tut mir leid, mon cher, aber um Türen zu öffnen, bräuchte ich schon einen Zauberstab, und so einen besitze ich leider nicht.« Mathurine wickelte das Bonbon aus dem Papier und hielt es ihm an die Lippen. »Na komm schon, mach's Mäulchen auf!«

Zuerst drehte er sich weg, aber als Mathurine Faxen machte, ließ er sich die Süßigkeit doch in den Mund schieben. Eine Weile kaute er darauf herum, dann seufzte er. »Meine Blase ist zum Platzen voll.«

»Na, da hast du's ja gut, brauchst nur auf den Tisch zu steigen und kannst Pissmännchen spielen.«

»Du meinst, ich soll aus dem Fenster ...?«

»Also, wenn ich du wäre, ich würde nicht zögern.«

Nicolas sah von Mathurine zur Luke, schien nachzudenken. Schließlich stieg er auf den Tisch und wandte sich dem offenen Fenster zu, um sich Erleichterung zu verschaffen. Doch so einfach ging das nicht. Stand er auf dem Tisch, war die Decke zu nah, um sich aufzurichten, außerdem befand sich die Luke zu weit oben, um geradewegs nach draußen zielen zu können.

Als er sich wand wie ein Aal und in alle Richtungen verbog, fing Mathurine zu lachen an. »Wirklich, ein seltsamer Tanz, den du aufführst! Du könntest es ja einmal im Handstand versuchen. Wenn du die Knie dabei abwinkelst und die Schienbeine gegen die Decke stemmst, müsste es eigentlich möglich sein. Ich halte dir dann das Schläuchlein in die rechte Position.«

»Ja, ja, mach dich nur lustig!« Er sprang vom Tisch und starrte sie zornig an.

Mathurine hielt ihm ihrem Helm hin. »Na, dann nimm halt den!«

»Ich soll deinen Helm als Nachtgeschirr benutzen?«

»Er ist aus Kupfer, er wird es schon aushalten. Und anschließend schütt das Zeug raus und gib ihn mir zurück, denn ich muss auch.«

Als sie beide ihre Blase entleert hatten, setzten sie sich wieder, aßen etwas von dem Obst und hingen ihren Gedanken nach.

»Hätte ich meine Tanzmeistergeige bei mir, könnte ich dir ein wenig vorspielen, und du könntest dazu tanzen«, sagte Mathurine nach einer Weile.

»Ich tanze nicht besonders gut.«

»Dann könntest du eben dazu singen.«

»Ich singe auch nicht gerne, es macht mich verlegen, wenn ich einmal einen Ton nicht richtig treffe.«

Mathurine verdrehte die Augen. »Gibt es überhaupt etwas, das du gut und gerne tust?«

»Ich reite gut und bin ein guter Jäger. Wenn ich auf meinem Pferd über Wiesen und durch Wälder galoppiere, fühle ich mich frei und gleichzeitig geborgen.«

Mathurine biss in ihren Apfel. »Kennst du William Kemp?«, fragte sie kauend.

»Nie gehört.«

»Er hat eine Wette verloren und musste die Strecke von London bis Norwich tanzend zurücklegen. Es dauerte einen ganzen Monat. Er schaffte es auch, doch kurz darauf starb er.«

»Er muss ein Narr gewesen sein, sich auf so eine Wette einzulassen!«

Mathurine lachte. »Er *war* ein Narr!«

»Und doch würde ich gerne wissen, wovon du geträumt hast«, sagte Nicolas.

»Und ich sagte dir: Das geht dich nichts an!«

Einen Moment maßen sie sich mit Blicken, dann schlug Nicolas die Augen nieder und entschuldigte sich. »Tut mir leid, ich wollte dir nicht zu nahe treten. Ich meinte es nicht so.«

Nach einer Weile des Schweigens bat er: »Wenn du mir nichts über dich erzählen willst, vielleicht kannst du mir dann wenigstens etwas über den König erzählen.«

»Aber alle wissen alles über ihn – was könnte ich dir da noch Neues berichten?«

»Vielleicht alle – ich nicht!«, antwortete Nicolas und fuhr dann etwas leiser fort: »Von wem auch sollte ich etwas wissen. Seit meine Mutter vor zwei Jahren gestorben ist, hat mein Vater kaum noch ein Wort mit mir gesprochen. Meine Schwestern leben nicht mehr bei uns, mein Hauslehrer wurde entlassen, und Feste feiern wir in Château Picardie schon lange nicht mehr.«

»Deine Mutter ist gestorben?«

»Ja, und mein Vater gibt mir die Schuld.«

»Wie ist sie gestorben?«

»Nun, du willst alles von mir wissen, aber du erzählst mir nichts von dir!« Nicolas' Augen blitzten, als er sie ansah.

»Ein Hofnarr ist ein Hofnarr ist ein Hofnarr!«, fauchte Mathurine zurück. »Verstehst du, wir haben keine Träume. Und wir haben keine Vergangenheit, auch keine Zukunft. Wir sind nicht wir, sondern das fratzenhafte Spiegelbild des Königs. Und so er noch gewillt ist, einen guten Rat anzunehmen, weisen wir ihm den Weg, wenn er sich im Dickicht seines Gedankenwaldes verlaufen oder im Dornengestrüpp seiner Seele verfangen hat.«

»Dann wärst du ja ziemlich mächtig.« Leise Ironie schwang in Nicolas' Stimme mit.

Ein Lächeln huschte über das Gesicht der Närrin. »Vielleicht bin ich das, vielleicht hast du mich aber auch nicht wirklich verstanden. Will der König etwas über eine Kriegsstrategie wissen, befragt er seinen Kriegsminister. Braucht er Rat in Finanzdingen, befragt er seinen Finanzminister. Geben sie ihm eine Antwort, die ihm nicht passt, kann er sie zum Schweigen bringen, indem er ihnen den Mund verbietet, sie entlässt oder gar zum Henker schickt. Darum kuschen sie alle vor ihm. Aber ein Narr kuscht nie, denn er ist der König selbst. Er ist seine dunkle Seite, seine Hässlichkeit, das Böse in ihm, und solange wir unsere Narrenkappe tragen, haben wir Narrenfreiheit. Nur unsereins kann ihm ungestraft vor Augen führen, wie dumm er sich verhält, wie schwach und lächerlich er ist.«

»Und wie schwach und wie lächerlich *ist* er, unser König?«, fragte Nicolas, der in den zwei Tagen bei Hofe schon eine Menge der übelsten Gerüchte über Heinrich gehört hatte.

»Schon wieder eine Frage, die du nicht stellen solltest!«

Nicolas sah sie enttäuscht an. »Für einen Moment hatte ich geglaubt, eine Freundin in dir gefunden zu haben, aber wenn ich auch mit dir nur über Nichtigkeiten und dummes Geschwätz reden kann, verzichte ich auf diese Freundschaft.«

»Oha, der junge Herr Marquis möchte sich an Geistreichem laben! Aber vergesse Er dabei nicht: Ein geistreicher Mensch wäre oft recht in Verlegenheit ohne die Gesellschaft der Dummköpfe! Und was mich betrifft, ich wäre ohne sie gar ohne Brot und Lohn.«

Nicolas warf ihr einen ärgerlichen Blick zu, dann schloss er die Augen und schwieg verbissen. So saßen sie eine lange Zeit schweigend nebeneinander, als von draußen plötzlich Geschrei zu hören war. Sofort sprang Nicolas auf, schwang sich auf den Tisch und versuchte durch die Luke zu erkennen, was sich auf dem schmalen Streifen zwischen dem Louvre und der Seine abspielte. Doch was immer es auch sein mochte, es ereignete sich außerhalb des Blickfeldes, das ihm die Luke eröffnete.

»Hallo!«, rief er. »Hier! Wir sind hier im Keller! Schickt uns jemanden, damit er uns befreit! – Hierher, so helft uns doch!« Aber nichts geschah, man schien seine Hilferufe nicht zu hören.

Nach einer Weile schrie draußen einer »hüh« und »hott«, dann hörte man Peitschenknallen und ein Fuhrwerk rattern, und es war wieder still.

Nicolas stieg vom Tisch und ging zur Tür. Er trat dagegen und schrie: »Verdammt! Lasst uns raus oder geht zur Hölle!«

Mathurine lachte. »Zur Hölle gehen sie auch ohne deine frommen Wünsche.«

»Und du wirst sie begleiten!«, zischte er.

»Ist anzunehmen – na komm, setz dich wieder.« Sie winkte ihn zu sich.

Nicolas ignorierte sie, ging auf und ab, fluchte leise. Aber schließlich setzte er sich doch, seufzte, verschränkte die Arme und schloss wieder die Augen, um Mathurine nicht ansehen zu müssen.

»Nun gut, was willst du über unseren König wissen?«, fragte sie nach einer Weile.

Nicolas antwortete nicht, also fing sie einfach an zu erzählen. »Er ist ein Kind, dieser König, auch wenn er bereits 36 Jahre zählt, und er ist schon verloren, er weiß es nur noch nicht. Einerseits ist er gebildet und klug und könnte ein guter Herrscher sein, doch andererseits ist sein Charakter unstabil. Wankelmütig, von Ängsten und Depressionen gequält, wurde er zum Spielball seiner Mutter und seiner Günstlinge, den Mignons. In seiner Jugend fühlte er sich von den Ideen der Hugenotten angezogen, aber schon bald fügte er sich wieder dem Willen Katharinas und vertrat an ihrer Seite die Sache des Papstes. Zusammen mit ihr, mit seiner Mutter, hatte er auch das schreckliche Massaker von St. Barholomäus geplant und so die Schuld am Tod Tausender Männer, Frauen und Kinder auf sich geladen. Vielleicht ist es das, was ihn so quält und zerrissen sein lässt.«

Mathurine griff in eine der Taschenfalten ihres Kleides und zog zwei der Bonbons heraus, die sie dort als Zauberutensilien verborgen hatte. Eines gab sie Nicolas, das andere starrte sie eine Weile gedankenversunken an. Dann wickelte sie es aus und schob es sich in den Mund.

»Während Heinrich in jungen Jahren wenigstens hin und wieder versuchte, etwas für sein Land zu tun«, erklärte sie weiter, »ist er inzwischen in Trägheit versunken und der Vergnügungssucht verfallen. Er schminkt sich und trägt Frauenkleidung. Er gibt seinen Rüden weibliche Namen, seinen Hündinnen männliche, schläft mit Männern und Frauen, verbirgt sich heulend und zitternd vor Angst im Keller, wenn es blitzt und donnert. Statt sich um die Politik zu kümmern, schließt er sich mit seinen Zwergen in einen Raum ein, den er mit Vogelvolieren vollgestopft hat, spielt Bilboquet oder beschäftigt sich mit Schlosserarbeiten. Und als ob das alles noch nicht genug wäre, treibt er sich zusammen mit seinen Mignons in üblen Kaschemmen herum, schlägt Leute und benimmt sich, dass es einem speiübel wird. Und wie du dir vielleicht vorstellen kannst, erregt er mit derartig grauenvollen Unarten die Abscheu seiner Untertanen gleichermaßen wie die der Adeligen, die ihm doch eigentlich den Rücken stärken sollten. Man muss sich manchmal für ihn schämen!«

»Und solch ein Kretin ist König von Frankreich?«, empörte sich Nicolas.

»Das darfst du nicht einmal denken, geschweige denn aussprechen!«, wies ihn Mathurine scharf zurecht. »Zumindest, solange dir dein Leben lieb ist. Die Mauern des Louvre mögen so dick sein, dass uns hier niemand schreien hört – aber andererseits dringt schon das leiseste Flüstern durch sie hindurch, als wären sie aus Papier.«

»O ja!« Da lachte Nicolas, aber sein Lachen klang nicht fröhlich, sondern triefte vor Ironie. »Wie das möglich sein kann, hat man mir bereits zugetragen. Man bohre heimlich ein Loch durch die Decke des königlichen Schlafgemachs, führe des Nachts ein langes Rohr hindurch und raune sodann dem König zu, dass er zur Hölle verdammt sei, wenn er fortführe, die Ketzer zu begünstigen. Und Heinrich lässt sich foppen, durchschaut den Spuk nicht, sondern schreit noch in derselben Nacht nach seinen Hausgeistlichen, damit sie ihm drei Messen lesen! Und am Ende lacht der ganze Hof über diesen Dummkopf, der sich König nennt. Er muss den Verstand verloren haben!«

»Wie ich dir schon sagte, eine Last drückt auf seine Schultern, die kein Mensch unbeschadet ertragen kann, sofern er auch nur den Hauch eines Gewissens hat.«

»Dann ist das vermutlich auch der Grund, warum er sich wochenlang bei den Hieronymitenbrüdern verkriecht, um den Rosenkranz durch seine Finger gleiten zu lassen und sich zu geißeln, bis sein Rücken blutig ist und seine Seele dumpf.«

»Vermutlich«, sagte Mathurine, »und doch ist es nicht der einzige Grund. Es geht um mehr. Es geht um Frankreich, um die Thronfolge, um einen Erben, den er nicht vorweisen kann. Oft genug hat er mich rufen lassen, bevor er die Gemächer seiner Gemahlin aufsuchte, damit ich ihm Mut machte, indem ich ihm auf meiner Geige oder der Flöte etwas vorspielte oder für ihn sang, ihm Verse vorsprach oder, sei's drum, ihm etwas vorfurzte. Jahrelang hat er Louise begattet. Zu Anfang frohen Herzens, dann in Demut, in Pflichterfüllung, schließlich in rasender Verzweiflung und gar voller Wut. Aber wie oft er auch in sie hineinstieß, und ob in Liebe oder Hass, nie kam ein Erbe aus diesem Leib, der ihn schließlich anekelte. Vielleicht hat er sich darum den Männern zugewandt. Ein pralles Glied in der Hand, von blauen Adern durchzogen, die Eichel dunkelrot glänzend, das konnte ihm Lust schenken, ohne dabei an die Erfüllung seiner ehelichen Pflicht denken zu müssen. Und doch war gerade er selbst es, der sich immer wieder in das Bett der Königin trieb, denn er will und muss doch einen Erben haben! Für Frankreich, für sein Land, sein Volk.« Mathurine sah Nicolas unvermittelt an. »Wenn du, ein Dummkopf von neunzehn Jahren, also deinen König einen Kretin schimpfst, dann solltest du auch sein Leid bedenken und ein wenig mit ihm fühlen und weinen für ihn.«

Nicolas senkte den Blick, seine Wangen liefen dunkelrot an.

Da lachte Mathurine.

»Gesteh dir's selbst,
hast du gefehlt,
füg nicht,
wenn Einsicht kam,
zum falschen Weg,
den du gewählt,
auch noch die falsche Scham!«

Sie stieß ihn in die Seite. »Weißt du, es ist nicht immer leicht, so gut zu sein, wie man es von sich erwartet – auch für einen König nicht! So«, sagte sie dann, »und jetzt erzählst du mir, wie deine Mutter starb.«

Sein Kinn sank noch tiefer auf seine Brust. »Sie kam bei der Geburt ihres Kindes um und das Kind mit ihr.«

»Ach!« Mathurine tat erstaunt. »Dann hast du also deine Mutter geschwängert?«

»Ich?« Er fuhr auf wie der Blitz, fast hätte er Mathurine am Hals gepackt. »Wo denkst du hin! Macht dein Schandmaul denn vor gar nichts Halt!«

»Du sagtest doch, dein Vater gab dir die Schuld am Tod deiner Mutter.« Mit provozierendem Blick sah sie ihn an.

»Aber doch nicht, weil ich ... weil sie ... es war, weil ich unbedingt unseren Nachbarn auf Château la Chassagne einen Besuch abstatten wollte.«

»Euren Nachbarn?«

»Nun ja, was man so Nachbarn nennt. Ihr Château liegt zwei Stunden mit der Kutsche von uns entfernt. Damals luden sie zu einem Tanzfest ein. Ich war fünfzehn Jahre alt und hatte mich in Pauline, die Tochter des Hauses, verliebt. Ich wollte sie sehen, unbedingt. Wie ein kleiner Junge habe ich gebettelt, und schließlich fuhr meine Mutter mit mir hin, obwohl mein Vater es der Schwangerschaft wegen nicht gestattete.«

»Und unterwegs ist es dann passiert?«

Nicolas nickte. »Plötzlich zuckte Mama zusammen wie unter einem Hieb. Sie stöhnte, dann fing sie an zu schreien.

Ich sagte dem Kutscher, er solle anhalten, das tat er dann auch. Inzwischen war ihr Rock nass wie ein Wischlappen, und Blut quoll aus ihrem Leib – Gott, es war so entsetzlich, und wir wussten nicht, was wir tun sollten. Schließlich fuhr der Kutscher weiter, gab den Pferden die Peitsche. Es war eine Höllenfahrt, wie wir über Stock und Stein flogen. Das Blut floss an Mamas Schenkel herab, bis es schließlich versiegte, so wie ihre Schreie verstummten und ihr Kopf in meinen Armen schwer wurde. Als wir endlich auf Château la Chassagne ankamen, war sie bereits tot.«

Nicolas' Stimme war immer leiser geworden, seine Augen starrten ins Leere, so als ob sie irgendwo dort die Schreckensbilder sahen.

Mathurine nahm seine Hand und drückte sie. »Du hast nicht schuld daran«, sagte sie. »Wir spielen, aber das Schicksal mischt die Karten – und was immer es auch vorsieht, es kommt, da hilft dir kein Ass im Ärmel.«

Sie stand auf und ging zum Tisch. Vor ihr stand die Schale mit Obst. Fünf Äpfel, zwei Orangen, ein paar Pflaumen und ein Rest Trauben waren übrig. Wie lange mussten sie in diesem Keller noch ausharren? Und wie lange konnte das bisschen Obst für sie beide reichen? Irgendwann würde jemand ihr Fehlen bemerken und sich erinnern, wo sie abgeblieben waren – aber wann? Nicolas war erst zwei Tage bei Hofe, und man hatte ihm vermutlich noch keine festen Aufgaben zugeteilt. Also hinterließ er auch keine Lücke. Sie selbst konnte in ihrem Haus in der Rue des petits Champs sein. Wenn keine Feste anstanden oder der König nicht ausdrücklich nach ihr verlangte, zog sie sich hin und wieder vom Hof zurück und verbrachte ein paar Tage mit ihrer Familie. Heinrich hatte ja noch Chicot und seine Zwerge, die um ihn herumtanzten.

Sie hob den Kopf und blickte hinauf zur Luke. Nur ein kleines Stück vom Himmel war zu sehen. Wolkenschiffe trieben vorbei, einmal kreuzte ein Vogel ihr Blickfeld.

»Wie spät mag es wohl sein?«, fragte Nicolas.

»Mittag, vielleicht.«

»Warum vermisst man uns nicht?«

Mathurine lachte. »Hier denkt doch jeder nur an sich selbst! Bist du ihnen aus den Augen, bist du ihnen aus dem Sinn!«

Nicolas zog die Knie an, legte seinen Kopf darauf und verbarg sein Gesicht in den Ellenbeugen. »Wo bin ich nur hingeraten?«, sagte er.

Nach einer Weile hörte Mathurine an seinem gleichmäßigen Atem, dass er eingeschlafen war. Leise setzte sie sich zu ihm, nahm sein langes dunkles Haar in ihre Hand und ließ es durch ihre Finger gleiten. Es fühlte sich weich und seidig an. Dann neigte sie ihren Kopf und schob ihre Nase in die Locken, um daran zu riechen. Sie dufteten nach Pferden, Heu und Lavendel. Schließlich betrachtete sie seine Hände. Schlanke, lange Finger ohne Schwielen, die Nägel hatten schöne, weiße Halbmonde und waren gepflegt. Vorhin, als sie eine seiner Hände in der ihren gehalten hatte, hatte sie bemerkt, dass sie warm und trocken waren und weich wie die eines Kindes.

Einen Moment gab sie sich der Vorstellung hin, diese Hände könnten sie liebkosen, und sie seufzte leise. Doch dann schob sie den Gedanken schnell beiseite. Es gab genug Kerle, die ihre Lust befriedigen konnten, und sie zögerte nicht, sie in ihr Bett zu lassen – aber ihr Herz hing sie dabei an keinen. Sie wäre eine schlechte Närrin, wüsste sie nicht, dass Gefühle in einem Leben wie dem ihrem so wenig Platz hatten wie ein Ochse im Nachtgeschirr des Königs.

Doch dieser Nicolas hatte etwas an sich … etwas, das sie berührte. Und sie dachte: ›Vorsicht, dummes Herz! Wo du fühlst, bist du auch schon verloren!‹

3.

Katharina de' Medici verlangte ihren Sohn zu sprechen. »Er hole ihn mir her!«, schickte sie einen der Diener los.

Der Mann kam lange nicht zurück, und als er endlich erschien, war er alleine. »Ihre Majestät, König Heinrich, ist unpässlich«, berichtete er kleinlaut.

»Was heißt das – unpässlich!«

»Ich konnte ihn weder in seinen Gemächern noch im Audienzsaal finden. Schließlich sagte man mir, er sei bei den Vogelvolièren, schon seit gestern Nacht sei er dort. Ich ging hin, aber die Tür war verschlossen. Ich pochte dagegen, jedoch es rührte sich nichts. Als ich mein Ohr an die Tür legte, nur um sicher sein zu können, dass Ihre Majestät sich auch wirklich in diesen Räumen aufhält, hörte ich ...« Er brach verlegen ab.

»Nun!«, herrschte Katharina ihn an. Ihr Blick war kalt. Noch nie war sie schön gewesen, immer ein wenig zu dick, die Haut fahl, die Nase zu lang und die Augen hervortretend. Doch jetzt im Alter wirkte sie geradezu matronenhaft. Dazu ihre ungeduldige Art, die herrischen Gesten – dieses Gehabe machte den Menschen Angst. »Was ist, so rede Er doch endlich weiter!«

»Ich hörte ihn schluchzen«, sagte der Diener widerwillig, ohne die Königinmutter dabei anzusehen.

Eine Weile war es totenstill. Dann griff Katharina plötzlich in ihre Röcke und rauschte an dem Mann vorbei, aus dem Zimmer, über die Flure, die Treppe hinunter, bis sie vor dem Raum mit den Vogelvolieren stand. Mit ihren Fäusten schlug sie dagegen und rief: »Ich bin es, Eure Mutter! Öffnet mir, sofort!«

Es dauerte lange, bis endlich ein Geräusch hinter der Tür zu hören war, dann erklang eine weinerliche Stimme: »Ich kann nicht, ich will nicht. Geht, Mama, und lasst mich alleine!«

»Ihr werdet öffnen, auf der Stelle, oder ich lasse aufbrechen!«

Katharina zählte bis zehn. Die Wut hatte ihr alles Blut aus den Wangen gesogen. Weiß wie die Wand stand sie da und starrte auf die Tür. Wie konnte Gott sie nur so strafen! Zehn Kinder hatte sie für Frankreich geboren, fünf Könige miterlebt. An der Seite von dreien hatte sie als Gattin oder Königinmutter selbst regiert. Nun lebten nur noch ihre intrigante Tochter, von ihrem eigenen Bruder auf Schloss Usson gefangengesetzt, und dieser Sohn, den sie einst ihren Lieblingssohn nannte. Doch auch die Liebe einer Mutter kannte Grenzen, und sie fing an, ihn zu verabscheuen. Zur Memme war Heinrich geworden, ein weibischer Schwächling, über den man nur noch lachte! Dabei hatte sein Schöpfer ihn mit einem wachen Geist und einem scharfen Verstand ausgestattet – doch was half schon ein scharfer Verstand, wenn man ihn nicht nutzte!

Da wurde endlich der Schlüssel umgedreht und die Tür aufgezogen. Die Luft, die Katharina aus dem Raum entgegenschlug, war heiß und stickig, und es stank erbärmlich nach Vogelkot, Schweiß und Urin.

Wie ein Häufchen Elend stand Heinrich vor ihr. Er war blass, sein schmales Gesicht eingefallen, sein Haar hing ihm wirr in die Stirn. In der Hand hielt er seinen Bilboquetstab, die Kugel baumelte am Seil herunter.

Katharina blickte über Heinrichs Schulter hinweg in den Raum. Vor einer der Volieren lag hechelnd *le mignon*, die Lieblingshündin ihres Sohnes, und, daneben, auf einer Bank, saß einer der Zwerge und starrte sie an.

Katharina sah wieder zu ihrem Sohn. »Man verlangt nach Euch! Ihr seid König eines Landes und habt Eure Pflicht zu erfüllen! Eure Minister, die Gesandten anderer Höfe warten auf eine Audienz! Und Ihr schließt Euch hier ein und spielt Bilboquet!«

»Dieses Spiel ist die beste Medizin für einen sorgenbeladenen Mann wie mich«, sagte Heinrich.

»Dieses Spiel ist keine Medizin, sondern eine Krankheit!« Katharinas Stimme überschlug sich beinahe vor Zorn, ihr Gesicht war dunkelrot angelaufen. »Ihr kommt mit, Ihr werdet euch jetzt umkleiden und dann Eure Minister empfangen!«

Heinrich seufzte. Er ließ den Bilboquetstab fallen und drückte beide Hände gegen seine Schläfen. »Wenn Ihr es wünscht, Mama.«

Die Dämmerung hatte die Wäschekammer in nachtfahles Licht getaucht, die Schränke, der Tisch waren nur noch als Schatten zu erkennen. Mathurine und Nicolas hatten sich die Trauben geteilt und die Pflaumen gegessen, dann mit den Kernen auf gedachten Linien ein Beutespiel gespielt, bis es schließlich zu dunkel war und sie nichts mehr sehen konnten.

Sie legten sich hin, Rücken an Rücken, und deckten sich mit den Laken zu.

Dies war nun die zweite Nacht, die sie hier verbringen mussten, und selbst Mathurine, die bisher Ruhe bewahrt hatte, fing an, sich Gedanken zu machen.

Vier oder fünf Wäschekammern gab es, in denen sich in den Schränken unter dem Gewicht des Leinenzeugs die Bretter bogen. Nur zweimal im Jahr wurde gewaschen. Dann kamen die Wäscherinnen aus der Stadt. Sie seiften die Laken und Tücher ein, schrubbten und schlugen sie auf die Steine, spülten und wrangen sie aus, um sie dann in der Sonne trocknen zu lassen. Schließlich wurden sie geplättet, gefaltet und wieder in die Schränke geräumt, wo sie bereitlagen, bis man sie brauchte. Bis dahin konnten Monate vergehen!

Was Mathurine Sorgen bereitete, war, dass die Schränke in dieser Kammer alle bis obenhin angefüllt waren, denn das konnte nur bedeuten, dass man sich derzeit in einer anderen Kammer bediente. Sie seufzte. Wäre sie nicht ein Mensch von frohem Gemüt gewesen, es hätte sie bei diesem Gedanken wohl die Verzweiflung gepackt. Doch so hielt sie sich an der Hoffnung fest, dass sich Katharinas Sterndeuter nicht getäuscht hatte, als er ihr, Mathurine, ein langes und gesundes Leben vorhersagte.

Plötzlich drehte sich Nicolas um. Er lag nun auf seiner ihr zugewandten Seite. Im Nacken spürte sie seinen Atem, der sanfte Hauch fühlte sich an, als würde eine Daunenfeder über ihre Haut streichen.

Sie schloss die Augen und genoss die ungewollte Zärtlichkeit.

Darüber fiel sie in Schlaf und wurde erst wieder wach, als sie Nicolas' Hand auf ihrem Bauch spürte. Sie lauschte in die Dunkelheit. An seinem gleichmäßigen Atem erkannte sie, dass er schlief. Er lag mit seinem Unterleib an ihrem Gesäß, sein Kinn berührte ihre Schulter, seine Knie ihre Kniekehlen.

Plötzlich zuckte seine Hand zurück, und er verspannte sich, als ob er wach und sich der körperlichen Nähe bewusst geworden war.

Mathurine hielt still. Seine Berührung brannte plötzlich wie Feuer.

»Schläfst du?«, hörte sie ihn flüstern.

Sie antwortete nicht. Eine Weile lauschte er auf ihren Atem, dann zog er vorsichtig ihr Kleid über ihre Hüften nach oben, öffnete die Knöpfe ihres Unterkleides und schob seine Hand in die Öffnung.

Als er Mathurines Haut fühlte, hielt er einen Moment inne, dann tasteten sich seine Finger langsam aufwärts bis zu ihren Brüsten, legten sich erst prüfend um die eine, dann um die andere, als wollten sie ihre Größe abschätzen.

Mathurine wusste, dass sie schöne Brüste hatte. Straff, die

Knospen von dunklen Höfen umgeben, die Haut weiß und zart. Doch nur selten hatte ein Mann diese Brüste berührt und noch seltener ein Mund sie geküsst, denn Mathurine hütete sie wie einen Schatz. Ihr Herz schlug unter ihnen, und an ihrem Herzen durfte niemand rühren.

»Schläfst du?«, fragte Nicolas erneut. Auch diesmal antwortete sie nicht.

Vorsichtig, um sie nicht zu wecken, ließ er seine Hand weiterwandern, tastete Mathurines Brüste ab, wie ein Blinder das Gesicht eines Menschen, den er schauen will. Er spürte die Vertiefung zwischen den beiden Hügeln, strich einmal nach rechts, einmal nach links hinauf, fuhr dann über die Knospe, die Runzeln des Hofes, verharrte einen Moment und wanderte wieder hinunter zu Mathurines Bauch, wo sie sich über ihren Nabel legte.

Mathurine erschauderte. Sie konnte sich nicht erinnern, je so zärtlich berührt worden zu sein. Dabei ahnte sie, dass Nicolas nicht etwa ein so guter Liebhaber war, sondern im Gegenteil ganz und gar unerfahren, und dass es die Neugierde war, die ihn zu solchen Erkundungen trieb.

Nun rückte seine Hand ein Stück weiter nach unten, tastete über die Wölbung ihres Bauches, erreichte das Haar, das kraus und dicht ihren Venushügel verhüllte. Seine Finger tauchten ins Gewöll ein wie ein Kamm, krümmten sich, zupften leicht, glitten noch tiefer, so tief, dass sie die Lustperle berührten, die sich darunter verbarg.

Da konnte Mathurine nicht länger an sich halten. Sie warf sich herum, griff in Nicolas' Nacken und zog sein Gesicht zu sich. Sie ließ ihre Zunge über seine Lippen tanzen, bis sie sich öffneten, dann saugten sich beide aneinander fest, und Mathurine spürte an ihren Schenkeln sein großes, hartes Glied.

Von draußen war der Ruf einer Schleiereule zu hören, sie nistete unter dem Gebälk im runden Turm. Noch einmal schrie der Vogel, dann war er still.

Heinrich fuhr auf. Er hatte wieder diese grauenerregenden Schreie gehört. Zitternd saß er im Bett, zog das Laken über sich, presste den Kopf zwischen die Arme und weinte.

Sein Kammerherr hatte ihm gesagt, es sei eine Schleiereule, die da des Nachts so erbärmlich schrie, aber er wusste es besser. Es waren seine Feinde, die das Schloss belagerten und umzingelten! Sie schmiedeten Pläne gegen ihn, wetzten ihre Messer, um sie ihm bei passender Gelegenheit in die Rippen zu bohren!

Vor dem Tod selbst hatte er keine Angst – vor dem Fegefeuer sehr wohl. Genug Sünden hatte er auf sich geladen, genug Seelen in die ewige Verdammnis geschickt. Und zu allem hatte er keinen Erben! Kein Valois war da, der die Arme ausbreitete, um dieses Land aufzufangen, wenn man ihn, Heinrich III., in sein kaltes Grab legte.

Ein paar Tage war es her, da hatte Mathurine ihm erzählt, was auf den Mauern der Stadt zu lesen war. Vilain Hérode – gemeiner Herodes. Ein Anagramm aus seinem Namen, Henri de Valois. So sah ihn also der Pöbel! Als grausamen, kaltblütigen, herrschsüchtigen König, als machthungrigen Kindermörder.

Langsam zog sich Heinrich die Decke vom Kopf und lauschte. Die schrecklichen Schreie waren verstummt. Doch auch die Stille schien ihm bedrohlich. Wer flüsterte, führte etwas im Schilde – und herrschte nicht auch Ruhe vor dem Sturm? Ihn konnten sie nicht täuschen!

Er stand auf und ging zum Fenster. Vorsichtig schob er den Vorhang zur Seite und starrte in die Dunkelheit.

Stille oder Schreie – Schreie oder Stille. Das Eine war nicht besser als das Andere.

Heinrich schlug die Hände vors Gesicht. Alle fielen sie über ihn her. Auf der einen Seite die »schwarzen Vögel Hugenotten«, sie pickten ihm die Augen aus. Auf der anderen »Frau Liga«, die ihn sich einverleiben wollte, wie sich Kali, die grausame Todesmutter der Inder, ihre Kinder einverleibte! Ihnen das Gedärm aus dem Bauch fraß! Die Leber und das Herz in ihr nimmersattes Maul stopfte! Das Fleisch von den Knochen nagte und das Hirn aussaugte.

Außer seiner Mutter, Anne de Joyeuse und dessen Bruder Claude, seinen Zwergen und Mathurine konnte er keinem mehr vertrauen!

Stille und Schreie.

Er presste seine Hände an die Schläfen, rieb, schlug dagegen, schluchzte auf.

Da hörte er in seinem Innersten plötzlich eine Melodie. Ein paar Töne nur, taram-tam-tam, ein leises Summen. Woher kannte er dieses Lied? Ah, ja! Er hatte es von Mathurine gehört. Taram-tam-tam, taram-tam-tam. Er summte die Melodie. Sie hatte etwas Tröstendes, legte sich wie ein sanfter, warmer Windhauch um sein erfrierendes Herz.

Mathurine. Wo war sie? Sie musste kommen und ihm das Lied spielen! Er brauchte sie, jetzt und sofort!

Heinrich öffnete die Tür. Auf einer Bank, die in der Fensternische stand, lag ein Diener und schlief.

»Hole er mir die Närrin!«

Der Diener, so unvermittelt aus dem Schlaf gerissen, sprang auf und starrte den König begriffsstutzig an.

»Was glotzt er so! Mathurine! Sie soll kommen und ihre Geige mitbringen. Oder die Gitarre. Nein, besser die Flöte – ja, vielleicht die Flöte. Nun gehe er schon!«

Der Diener nahm seine Lampe und lief los, Heinrich zog die Tür hinter sich zu.

Gut eine Stunde war vergangen, als der Diener endlich zurückkam. »Ich kann die Närrin nirgends finden. Sie ist weder in ihrer Kammer noch zu Hause in ihrer Wohnung. Ihre Tante, die ihr das Haus führt, hat sie seit drei Tagen nicht mehr gesehen, auch ihr Hausdiener und Kutscher weiß nicht, wo sie abgeblieben sein mag. Er jedenfalls hat sie nirgendwo hingebracht, und beide waren in dem Glauben, sie hielte sich hier im Schloss auf.«

»Na, dann suche er sie eben hier im Schloss!«, schrie Heinrich den Mann an.

»Bitte untertänigst, Majestät, ich habe sie bereits gesucht. Ich habe alle Wachen befragt und in allen Räumen außer den Schlafgemächern nachgesehen. Aber keine Spur von der Närrin, und niemand kann sagen, wo sie abgeblieben ist. Vielleicht …« Der Diener stockte.

»Nun?«

»Vielleicht schläft sie ja in einem fremden Bett.«

Heinrich dachte nach. »Wie spät ist es?«, fragte er.

Es dämmert bereits, es wird wohl gegen halb fünf Uhr morgens sein.«

»Dann suche er weiter, sobald es Tag ist. Schaffe er sie mir her, dieses verdammte Narrenweib!«

»Sehr wohl, Majestät.« Rückwärts, sich verbeugend, verließ der Diener das Gemach.

4.

Als Mathurine wach wurde, schien bereits die Morgensonne durch die Luke. Nicolas' Bein lag schwer auf ihrem. Vorsichtig, um ihn nicht zu wecken, schob sie es zur Seite, dann streckte sie sich. Vom Liegen auf dem harten Boden schmerzten ihre Glieder, als hätte man ihr einen Prügel übergezogen.

Nicolas drehte sich im Schlaf auf den Rücken – er lächelte, er sah glücklich aus.

Sie beugte sich über ihn, legte einen Finger auf seine Stirn, zeichnete, kaum dass sie dabei seine Haut berührte, den Bogen seiner Lippen nach und rezitierte ein Gedicht:

»›Wie schön du bist‹,
sagt sie,
und ihre Finger berühren sanft
seinen Mund.
›Dein Lachen, dein Lieben,
das Leuchten in deinen Augen …
Wie schön du bist!‹
Und sie wendet sich ab
und muss weinen,
denn sie weiß,
dass nichts ewig währt.«

Ihr Blick war ganz weich, während sie die Worte flüsterte und ihn so betrachtete, und in ihren Augen lag ein Glanz, wie sonst nur, wenn sie bei Sonnenaufgang an der Loire entlangstreifte oder ganz alleine für sich musizierte.

»Nicolas«, flüsterte sie. In all den Stunden, die sie hier miteinander verbracht hatten, hatte sie seinen Namen nicht ein einziges Mal ausgesprochen. Nun wollte sie es versuchen, wollte wissen, wie es sich aus ihrem Munde anhörte. »Nicolas«, wiederholte sie.

Sie dachte an Morgentau, an einen glänzenden Tropfen, der an einem Grashalm hing, und wenn man daran rüttelte, fiel er zu Boden und zerplatzte wie eine Träne im Staub.

Ein anderes Bild drängte sich in ihre Gedanken. Ihr Vater, wie er den Amboss schlug. Er war Schmied, ein Donnergott und Raufbold. Ihre Brüder, acht an der Zahl, allesamt Rüpel und Maulhelden, standen ihm in nichts nach. Vierzehn Jahre lang hatte sie sich von ihnen treten und herumstoßen lassen. Als ihr dann einer auch noch unter den Rock wollte, hielt sie ihm die glühende Zange aus dem Schmiedefeuer vor die Nase und drohte damit, sie in sein verdammtes Hinterteil zu stecken.

Sie lief von zu Hause weg, zur Armee, wo sie Tische schrubbte, Krüge schleppte und sich zur Kantinenwirtin hocharbeitete.

Auch dort hatte sie es nicht leicht gehabt. Ein Haufen Soldaten, die vor ihrem Obersten kuschten und dann glaubten, sie könnten ihre Wut an einem Mädchen auslassen. Doch auch denen hatte sie es gezeigt! Den Arsch hätte sie ihnen aufgerissen, wenn auch nur einer es gewagt hätte, Hand an sie zu legen! So wahr sie Mathurine hieß, das Kuschen ihrer Jungmädchentage war für immer vorbei.

Später, als der König, begeistert von ihren derben Späßen, von ihrer Schlagfertigkeit und ihrer scharfen Zunge, sie als Närrin zu sich an den Hof holte, ihr sogar gestattete, das Rechnen und das Schreiben zu lernen, hatte sie geglaubt, nun hätte sie es mit vornehmer Gesinnung, mit Anstand und Respekt zu tun. Aber nichts da! Vielleicht schlug man sich hier nicht mit Fäusten, aber mit Worten und Intrigen. Die Tische bogen sich unter der Last feinster Speisen, und doch hatte jeder Angst, zu kurz zu kommen, und gönnte einer dem anderen nicht mal so viel, wie Dreck unter den kleinen Fingernagel passte. Man denunzierte und spottete, spreizte die Beine und bot den Hintern dar, legte ganze Städte und Departements auf die Waagschale und schickte Soldaten in den Tod – und alles nur, um Macht zu erlangen oder zu erhalten.

Und sie war nicht besser!

Auch sie mischte die Karten mit und zog immer noch ein Ass aus dem Ärmel, wenn der andere einen Trumpf auf den Spieltisch warf. Schließlich war sie die Närrin des Königs, und sie gedachte es auch zu bleiben. Da durfte sie nicht zimperlich sein. Jedem ist schließlich das Hemd näher als der Rock, und über die Selbstsucht der anderen beschweren wir uns doch nur, weil sie unserer eigenen in die Quere kommt!

Aber was sollten solche Gedanken an einem Morgen wie diesem! Noch immer war sie ganz trunken von den zärtlichen Worten, war ganz erfüllt vom Duft dieses Mannes, der da neben ihr lag, und vom Klang ihrer Sinne, die das Lied eines Engels gehört hatten.

Sie legte ihre Hand auf seine nackte Brust, etwa dort, wo sein Herz sein musste, spürte, wie es schlug. Weich und warm war Nicolas' Haut, sein Atem blies an ihre Wange.

Sie schloss für einen Moment die Augen. Es war, als wollte sie den Rhythmus seines Herzschlags in sich aufnehmen, damit sie sich an einsamen Tagen an ihn erinnern konnte. Sie war zu klug, um auch nur einen einzigen Moment zu glauben, dass das, was sie letzte Nacht füreinander empfunden hatten, weiter reichen konnte als bis zur Tür, die sie von der Welt dort draußen trennte. Und hätte sie die Wahl gehabt, sie hätte es sich noch nicht einmal gewünscht! Was nützt einem Stümper eine Laute von Lucas Maller, wenn er sie nicht spielen kann? Einer wie Nicolas war nicht für sie gemacht.

Sie legte sich wieder neben ihn und nahm seine Hand in die ihre.

Plötzlich schlug er die Augen auf und lachte. »Was ist los?«, fragte er. »Warum drückst du so zu? Willst du mir etwa Daumenschrauben anlegen? Genügt es denn nicht, dass du mich heute Nacht beinahe zu Tode gequält hättest?«

»So schlimm war es?«

»Noch schlimmer!« Er nahm ihr Gesicht in beide Hände und küsste es. »Könnten wir die Marter nicht wiederholen? Jetzt gleich meinetwegen! Ich habe gerade nichts Besseres vor.«

»Du solltest mit deinen Kräften haushalten, mein Lieber, denn drei Äpfel sind alles, womit wir uns noch stärken können.« Mathurine stand auf und holte die Obstschale. »Zwei für dich, einer für mich«, sagte sie.

»Zwei für dich, einer für mich«, sagte er.

»Nun gut denn, einer für jeden, und den dritten teilen wir uns.«

Mathurine biss hinein und reichte ihn an Nicolas weiter.

»Aber sind nicht schon einmal zwei aus dem Paradies vertrieben worden, weil sie sich liebten und einen Apfel teilten?«, fragte er.

»Wenn das Paradies dort nicht besser war als unseres hier, dann war's auch nicht schade drum«, spottete Mathurine.

Da packte Nicolas sie an den Handgelenken und zog sie zu sich. »Wie kannst du nur so herzlos reden! Liebst du mich denn nicht wenigstens ein kleines bisschen, und bedeutet dir das, was zwischen uns war, gar nichts?«

Wieder wollte er sie küssen, aber da schob sie ihn von sich und sah ihn eindringlich an. »Nicht das, was wir für Liebe halten, ist wichtig, sondern wer wir sind, wenn wir mit jemandem zusammen sind. Ich danke dir, dass ich in deinen Augen für ein paar kostbare Stunden so ehrbar, liebenswert und schön sein durfte, wie du mich gesehen hast, und ja, jedes Wort, das ich dir sagte, als ich letzte Nacht in deinen Armen lag, kam aus meinem tiefsten Herzen. Aber wenn wir durch diese Tür dort gehen werden«, sie deutete hinter sich, »dann erwarte keine zärtlichen Blicke mehr von mir, und kein Wort von Liebe wird je wieder über meine Lippen kommen. Allein meines Spottes kannst du dir gewiss sein, schon um dich zu schonen! Wenn du einmal wirklich Hilfe brauchst, dann lass es mich wissen, ich werde tun, was in meiner Macht steht. Aber nie, hörst du, niemals, verrate jemandem, was zwischen uns war! Wissen sie es, werden sie auf deinen Gefühlen herumtrampeln wie eine Herde Rinder, die durch einen Blumengarten donnert. Wenn man *mir* eins auswischen kann, und sei es über dich, man wird nicht einen Moment zögern.«

Lange sahen sie sich in die Augen, dann schob er plötzlich ihre Hände von seinen Schultern, legte sich wieder hin und zog sich das Laken über den Kopf. »Wo bin ich nur hingeraten?«, murrte er wie schon gestern.

Es war gegen Mittag, als sie Geräusche an der Tür hörten. Sie sprangen auf und sahen sich an. Mathurine lächelte. »Nun, siehst du, mein Schöner, wir sind nicht verhungert oder verdurstet.« Sie hauchte Nicolas eilig einen Kuss auf den Mund, dann trat sie zurück.

Die Tür wurde aufgeschoben, zwei Diener kamen herein und machten große Augen. »Tatsächlich«, sagte der eine, »hier sind sie!«

»Tatsächlich, hier sind wir!«, äffte Mathurine ihn nach. Sie nahm ihren Helm und den Gürtel vom Tisch, stieß die beiden Männer zur Seite, trat auf den Flur, und während sie mit langen, wütenden Schritten zur Treppe eilte, lamentierte sie lauthals: »Das wird euch noch leid tun, ihr Sackpfeifen, mich mit diesem Kindskopf einzusperren! Zwei Tage und zwei Nächte! Blöde Rindviecher und pomadisierte, moschusduftende Hornochsen! Könnte man die Dummheit, die in diesem Schlosse vorherrscht, aufeinandersetzen wie Backsteine, es wäre ein Leichtes, darauf bis in den Himmel zu klettern!«

Einer der Diener kam ihr nachgerannt. »So warte doch, Närrin!« Der Mann zog an ihrem Ärmel. »Seine Majestät wünscht dich zu sehen, und du sollst deine Geige oder die Pfeife mitbringen.«

»Vielleicht wünscht *er* mich zu sehen, aber ich *ihn* nicht!«

»Soll ich ihm das etwa sagen?«, schrie der Diener.

Mathurine blieb so plötzlich stehen, dass er auflief. Eine Weile starrte sie ihn an. Dann lachte sie. »Nein, zum Kuckuck, ich sage es ihm selbst!«

Der König saß am Fenster und starrte in die Dunkelheit. *Le mignon*, seine Lieblingshündin, lag zu seinen Füßen. Als Mathurine den Raum betrat, stellte sie ihre Gitarre neben einen Stuhl und klatschte in die Hände. »Ah, Eure Majestät denken nach!«

Er drehte er sich zu ihr um. »Da bist du ja endlich! Hast du deine Pfeife mitgebracht, damit du mir etwas vorspielen kannst?«

»Die Pfeife? Wozu müsste ich sie mitbringen – die allergrößte Pfeife bist doch du selbst! Soll ich etwa eine Liedchen auf dir blasen, mein König?«

»Spar dir deine Frivolitäten, ich bin zum Scherzen nicht aufgelegt.«

»Na so was, mein König ist heute zum Scherzen nicht aufgelegt! Dabei ist ein Scherz doch das Einzige, was er jederzeit umsonst haben kann – denn selbst für die Liebe muss man früher oder später teuer bezahlen!«

Mathurine setzte sich, nahm die Gitarre, spielte einige Akkorde und sang dazu ein Lied. Doch plötzlich schlug sie mit der flachen Hand auf das Instrument und sprang wieder auf. »Ah, nun weiß ich, warum du nicht zu scherzen beliebst – der Scherz ist oft das Loch, aus dem die Wahrheit pfeift! Und vor der Wahrheit hast du, wie wir beide wissen, ja die allergrößte Angst.«

Heinrich starrte sie wütend an. »Verschone mich mit deinen Weisheiten!«

»Wenn ich dich verschone, König, dann hast du auch noch den letzten Freund verloren. Überhaupt ... wollen Euer Majestät sich vielleicht gnädigst daran erinnern, dass Euer

Majestät mich aus lauter Jux und Tollerei mit einem gewissen Nicolas d'Amerval in eine Wäschekammer haben sperren lassen?«

Heinrich sah sie verständnislos an, aber plötzlich schien er sich zu erinnern und lachte. »Ach ja – jetzt, wo du es sagst, fällt es mir wieder ein. Und hattet ihr Spaß im dunklen Keller?«

»Sechzig Stunden bei weniger als Wasser und Brot, ohne Pisspott und ein weiches Lager eingesperrt! Wenn du glaubst, das macht Spaß, dann lass dich einmal selbst dort unten einkerkern. Ich werde mit Vergnügen hin und wieder an der Tür kratzen, um dir ein wenig die Zeit zu vertreiben.«

Heinrich machte eine wegwerfende Handbewegung. »Ich bin Schlimmeres gewöhnt. Außerdem, hattest du nicht angenehme Gesellschaft?«

»Ich bitte dich, ich werde mich doch nicht an einem halben Kind vergehen! Mag dir das junge Gemüse munden, ich für meinen Teil bevorzuge einen guten, saftigen Braten, schön fett und mit Kruste, da weiß man doch, was man hat!«

»Nun, deinem Mundwerk hat der Kerker jedenfalls nicht geschadet«, sagte Heinrich.

Mathurine stimmte die Gitarre und spielte eine Ballade, die er besonders gerne hörte, doch als plötzlich vor dem Schloss Jubelschreie ertönten, legte sie das Instrument beiseite, stand auf und trat ans Fenster.

»Schon seit gestern Nachmittag höre ich sie trommeln und pfeifen, als spielten sie zum Tanz auf«, sagte Heinrich. »Ich wüsste nicht, was es zu feiern gäbe.«

»Deinen Tod«, antwortete Mathurine.

»Sei still, du elendes Teufelsweib!« Heinrich hob die Hand, als wolle er sie schlagen, aber Mathurine duckte sich unter ihr durch und sprang mit einem grotesken Satz zur Seite.

»Du glaubst, ich lüge?« Sie lachte. »Aber nein, es ist die Wahrheit, auch wenn du es nicht hören willst! Schon seit Tagen geht es wie ein Lauffeuer durch Paris: Der Valois ist krank, bald wird er sterben! Und schon bist du tot. Gerüchte sind schneller als der Blitz, und wie du ja weißt, sind deine Feinde mächtig – am Ende wird das Volk auch noch recht behalten.«

»Recht behalten? Bist du des Wahnsinns!«

»Hörst du nicht, wie sie die Messer wetzen? Wie das Volk die Trommeln rührt und die Liga die Glocken zum Sturm gegen dich läutet? Hörst du sie nicht schreien, dass du Unglück über sie bringst? Sogar für Seuchen, Überschwemmungen, Schädlingsplagen und das Auftauchen von Kometen geben sie dir die Schuld! Und du sitzt hier und weinst, statt dich endlich um Frieden für dein Land zu kümmern!«

»Frieden?« Er sank auf einen Fauteuil und vergrub das Gesicht in den Händen. »Ginge es nach mir, wir hätten ihn längst. Würde er nur endlich zum rechten Glauben übertreten, dieser Starrkopf aus Navarra! Seite an Seite wären wir mächtig, so lange wir uns jedoch mit Waffen gegenüberstehen, ist es schlecht um uns und Frankreich bestellt.«

»Suum cuique – jedem das Seine! Aber dies sei mir genug, dass ich jedem das Meine gebe.«

»Ich verstehe nicht«, sagte Heinrich.

»Ich verstehe nicht!«, äffte Mathurine ihn nach und sprang dabei über einen Stuhl.

Sie nahm wieder die Gitarre und spielte. Plötzlich zog sie die Finger über die Saiten, dass ein schräges Schnarren zu hören war. »Du solltest es doch wissen: Glaubst du daran, zu gewinnen, wirst du vielleicht gewinnen. Glaubst du jedoch, zu verlieren, wirst du ganz sicher verlieren!« Sie legte die Gitarre wieder beiseite und sah Heinrich eindringlich an. »Es geht schon ein geflügeltes Wort durch aller Munde: Des Königs Verlust ist des Guisen Gewinn! Und nicht weit von dem Haus entfernt, in dem ich lebe, hat einer mit Kreide an eine Mauer geschrieben, welches die wahren Absichten Heinrichs von Guise und der Liga sind.«

Heinrich hielt sich die Ohren zu. »Ich will das nicht hören!«

»Sie werden zu den Waffen greifen. Sie werden behaupten, dass sie es einzig auf die Hugenotten abgesehen haben. In Wahrheit jedoch ist es eine Revolte gegen dich. Würdest du dich hinauswagen aus deinem Schloss, könntest du die Schmähschrift mit eigenen Augen lesen: *Jetzt, wo es sicher ist, dass der Valois keinen Erben aus seinem Geschlecht mehr haben kann, werden wir ihm seine Karten so gründlich durcheinanderbringen, dass er verloren ist, sofern er sich nicht an den König von Navarra hält. Doch wagt er es, uns den Ketzer ins königliche Nest zu setzen, ist er erst recht verloren, denn dann werden wir überall predigen, dass er selbst Hugenotte ist und die ›schwarzen Vögel‹ begünstigt hat. Wir werden dafür sorgen, dass der Papst ihn exkommuniziert, und für ihn wird nichts mehr bleiben als Spott und Verachtung. Dann wird es ein leichtes sein, ihn in ein Kloster zu sperren oder uns seiner gleich ganz zu entledigen.*«

Heinrich presste die Handballen gegen seine Ohren. »Hör auf, sei still!«

Doch Mathurine ließ sich nicht beirren. »Und die Schwester des Guisen«, fuhr sie fort, »zeigt schon überall eine goldene Schere herum, die sie an ihrem Gürtel trägt, und prahlt lauthals damit, dass sie dir eigenhändig die Tonsur scheren wird, wenn man dich ins Kloster sperrt – und du sitzt hier und weinst und lässt den Kopf hängen?«

Heinrich sprang plötzlich auf und packte Mathurine am Arm. »Wenn du schon so klug sprichst, dann kannst du mir bestimmt auch sagen, was ich tun soll? Führe ich Krieg gegen die Hugenotten, brauche ich Geld und muss Steuern erheben, Sonderabgaben eintreiben und von den Kirchen und Klöstern Subsidien einfordern. Die Mönche schreien Zeter und Mordio, wenn ich es tue, die Bürger und Bauern wünschen mir die Pest an den Hals. Führe ich aber keinen Krieg, klagen sie mich, wie du mir soeben selbst bestätigt hast, als Verräter an meinem Glauben an!«

»Der König bist *du*«, sagte Mathurine. »Du musst selbst wissen, was zu tun ist. Ich bin nur eine dumme Närrin!«

»Ja, wahrlich«, Heinrich ließ sie los, »du bist nur eine dumme Närrin, und ich wünschte, ich könnte mit dir tauschen.«

»Tauschen willst du? Mit mir? – Ha, ha!« Mathurine sprang wie irre herum und schlug sich dabei mit der Marotte auf den Kopf. Plötzlich hielt sie inne. »Sei vorsichtig, mit dem, was du dir wünschst! Bedenke, es könnte eintreffen! Schon jetzt bist du ein Narr, doch würdest du mit mir tauschen, könnte es auch gleich jeder sehen!«

Heinrich machte eine Handbewegung, als wolle er Hühner verscheuchen. »Verschwinde«, sagte er. »Lass mich alleine!«

Mathurine nahm ihre Gitarre und spielte, während sie zur Tür ging, eine einfache Nachtwächtermelodie, zu der sie sang:

»Hört ihr Leute auf zu klagen,
das Schicksal habe euch geschlagen,
dem Schicksal ist das einerlei –
bedenkt, ihr selber ward dabei!«

An der Tür angekommen, verbeugte sie sich vor Heinrich mit einem übertrieben tiefen Kratzfuß, dann wischte sie hinaus und eilte davon.

5.

Oktober 1587

Mathurine saß vor ihrem Toilettentisch und starrte in den Spiegel. Langsam hob sie die rechte Hand, fuhr mit dem Finger unter den linken Träger ihres Hemdes und schob ihn über die Schulter. Eine Narbe wurde sichtbar, ein langer, gerader Streifen, der aussah wie die Ärmelnaht an einem Kleid. Sie hatte sich die Verletzung als Kind bei einem Sturz in ein Kellerloch zugezogen.

Nun fuhr sie mit dem linken Finger unter den rechten Träger, schlüpfte erst mit dem einen, dann mit dem anderen Arm aus dem Hemd und ließ es auf die Taille rutschen.

So saß sie da, halb nackt, und betrachtete ihre Brüste. Sie schienen größer geworden zu sein, und sie spürte schon seit Tagen ein seltsames Ziehen von den Achseln zu den Brustwarzen hin.

Sechs Wochen waren vergangen, seit sie mit Nicolas in der Wäschekammer eingeschlossen war. Sie hätte längst menstruieren müssen.

Sie stand auf, dabei glitt das Hemd über ihre Knie und fiel zu Boden. Weil es ihr ein gutes Gefühl gab, wenn sie auf Tische sprang und tanzte, trug sie, wie die feinen Damen, Unterhosen. Katharina de' Medici hatte, als sie vor vierzig Jahren Königin von Frankreich wurde, Wäsche solcher Art bei Hofe eingeführt. Zuerst empfanden es die edlen Damen als ungehörig, wie die Männer Hosen zu tragen, auch wenn es unter ihren Röcken niemand sehen konnte, aber inzwischen hatten sich alle an diese neue Mode gewöhnt.

Mathurine schob den Bund ein Stück nach unten. Im Spiegel war nun, da sie stand, ihr Bauch zu sehen. Weiß und straff die Haut, ein schöner Nabel, die Wölbung vom guten

Essen üppig. Langsam, als hätte sie Angst, sich zu verbrennen, legte sie beide Hände auf ihren Bauch, dann schloss sie die Augen. »Du bist schwanger«, sagte sie laut, »zum Teufel, du bist schwanger!«

Sie hatte ihre Methode, eine Schwangerschaft zu verhüten. Zuerst führte sie ein Stück Bienenwachs ein, wenn es im Inneren ihres Körpers warm geworden war, formte sie es um den Muttermund, dann folgte ein Tampon, mit Essig und Honig getränkt. Doch als sie mit Nicolas zusammen war, hatte sie von alledem nichts zur Hand gehabt, und er war zu unerfahren gewesen, sich rechtzeitig aus ihr zurückzuziehen.

Plötzlich pochte jemand an die Tür. »Närrin, wo bleibst du so lange! Der König verlangt nach dir!«

»Ja, ja, ich komme gleich!«

Hastig zog sie das Hemd wieder an und band es unter den Brüsten. Dann stieg sie in ihr Amazonenkostüm, setzte den Helm auf, schnallte sich den Gürtel mit der Marotte und dem hölzernen Schwert um und griff nach ihrer Gitarre. Doch plötzlich besann sie sich, nahm stattdessen die Einhandflöte mit Trommel und machte sich damit auf den Weg.

Trommelnd und pfeifend betrat sie den Karyatidensaal. Die Gespräche verstummten, die Musikanten auf dem Balkon brachen das Tanzlied ab, das sie gerade spielten.

»Was soll das Spektakel!«, fuhr Heinrich auf.

»Es passt gerade so gut zum Kriegsgetöse, welches dein Land erzittern lässt.«

Mathurine marschierte wie ein Soldat um die Tafel. Die Trommel hing an ihrem linken Handgelenk. In derselben Hand hielt sie auch die Flöte, auf der sie ein Armeelied pfiff, dazu trommelte sie mit der Rechten den Rhythmus.

Der Kreis der Gäste, die mit Heinrich speisten, war klein. Nur einige Hofkavaliere, darunter auch Nicolas, einige der Hofdamen und Chou-Chou – er zählte zu den Mignons des Königs – waren anwesend. Königin Luise fühlte sich bereits seit Tagen unpässlich. Anne de Joyeuse und seinen Bruder Claude Saint-Sauveur hatte Heinrich zu Heerführern ernannt und auf das Schlachtfeld geschickt, und Gesandte aus anderen Ländern kamen schon lange nicht mehr.

»So lass doch das Lärmen, du närrisches Weib«, Heinrichs Faust fuhr auf den Tisch, »da verschlägt es einem ja den Appetit!«

Sofort hörte Mathurine auf zu pfeifen, trommelte und marschierte aber weiter. »*Den* hat es deinen Soldaten längst verschlagen«, sagte sie. »Wer mag schon gerne Dreck fressen und fauliges Fleisch, in dem die Maden hausen.«

Sie verfiel in den getragenen Rhythmus eines Totenliedes, umrundete noch einmal den Tisch und blieb schließlich hinter Nicolas stehen. »Und Obst wächst auch keines auf den Feldern des Sensenmannes. Kein einzig Äpfelchen, das man sich teilen könnte. Stattdessen streifen die Totengöttinnen zwischen den verstümmelten Soldaten umher und sammeln die herrenlosen Seelen ein.«

Plötzlich verstummte sie. Ihr Blick war auf ein silbernes Tablett gerichtet. Ein blaugesottener Karpfen mit einem Petersiliensträußlein im Maul lag darauf. »O Gilbert, was haben sie mit Euch gemacht!«, rief sie und rang entsetzt die Hände. »Wie seht Ihr nur aus! So blau, so mitgenommen und so tot! Bald werdet Ihr zu stinken anfangen!« Sie neigte sich über den Tisch, roch, zog angewidert die Nase hoch. »O Gilbert, Ihr stinkt ja schon! Und wie Ihr stinkt! Wer neben Euch sitzen muss, wahrlich, den möchte man bedauern.«

Schon war Gelächter zu hören. Hinter Fächern richteten sich verstohlene Blicke auf Gilbert de Longaud. Er war ein unsympathischer Emporkömmling – dick, dumm, glotzende Fischaugen, meist betrunken und umgeben von einer Dunstwolke aus Alkohol, Schweiß und schlechtem Parfüm. Doch er hatte Geld, und das Staatssäckel war leer!

Das Gekicher begann ihn zu irritieren, er sah sich nach Mathurine um. »Warum nennt sie den Karpfen Gilbert?«, fragte er, worauf sie antwortete: »Weil er aussieht wie ein Mensch, der aussieht wie ein Karpfen.«

Nun lachten alle laut und ungeniert.

Gilbert de Longaud sprang auf, sein Stuhl kippte dabei um. Drohend hob er die Faust gegen die Närrin. »Sie sollte sich in acht nehmen, was sie sagt, sonst sagt sie bald schon gar nichts mehr!«

Mathurine ließ einen Trommelwirbel ertönen, dann wandte sie sich wieder an den Karpfen auf dem Silbertablett: »Das solltet Ihr wissen, Herr Fisch – den Charakter eines Menschen erkennt man an den Scherzen, die er übelnimmt.«

Das war zuviel für den Mann. Er griff sich eine der großen Zweizinkgabeln, die zum Vorlegen in einem Entenbraten steckten, und stürzte sich damit auf Mathurine. Sie wollte zurückweichen, stolperte jedoch und geriet ins Taumeln. Schon war Gilbert de Longaud neben ihr und hob das Mordwerkzeug, um zuzustechen.

Doch Nicolas sprang auf und fiel ihm geistesgegenwärtig in den Arm. »Lasst sie doch! Sie ist eine Närrin, und Ihr seid der Klügere, also gebt nach.«

Gilbert de Longaud raste vor Wut, an Vernunft war bei ihm nicht mehr zu denken. Er wollte sich Nicolas' Griff entwinden, aber der Jüngere war stärker und hielt ihn entschlossen fest.

»Gebt nach«, rief nun auch Heinrich, »oder Ihr werdet Euer nächstes Mahl im Kerker zu Euch nehmen!«

Endlich ließ er die Gabel fallen. Seine Augen wurden zu dünnen Schlitzen. Schwer atmend und mit rotem Gesicht verließ er den Saal.

Mathurine hatte sich wieder gefangen. Lachend ließ sie den Schlägel auf der Trommel tanzen, marschierte hinter Gilbert her und sang:

»Ein heller Kopf hat viel voraus,
er überredet leicht den Dummen;
doch läuft's auf einen Streit hinaus,
dann muss der Klügere verstummen.«

Die Tür schloss sich hinter dem Mann, und Mathurine marschierte singend zur Tafel zurück.

»Die Frage sei, wer ist hier klug,
wer dumm und wer hat nie genug
vom dummen, dummen Klugsein!«

Sie war bei Nicolas angekommen, blieb stehen, nahm seinen Kopf in ihre Hände und drückte ihm einen schnalzenden Kuss auf die Stirn. »Schau an, da hat der junge Herr mir das Leben gerettet! Aber sagt, schöner Graf, habt Ihr Euch mit Eurem ritterlichen Schwert auch schon mal vor einen Wurm gestellt? Wer weiß, vielleicht würde Gott Euch das Leben eines Wurmes höher vergelten als das meine? Und wer weiß«, sie lachte, »am Ende küsst ein Wurm auch besser als ich!«

Ein Trommelwirbel folgte, Mathurine verbeugte sich vor Heinrich und seinen Gästen. »Dann gehe ich mal, wenn du es erlaubst, mein König. Zum Essen brauche ich heute nichts! Hab mir ein paar schwarze Vögel[3] gebraten und eine katholische Ratte dazu. Jetzt streiten sie sich in meinem Gedärm. Bald werde ich furzen, und ihr wisst ja, wenn ich einen Furz lasse, dann können es sogar die Englein im Himmelreich noch riechen!«

»Ja, ja …« Heinrich lachte. »Verschwinde nur! Von deinem Getöse, ob es dir aus dem Hintern entfährt oder sonstwo her kommt, haben wir für heute ohnehin genug!«

Mathurine schwang ihre Marotte und sprang zur Tür. »Einen ungeruhsamen Schlaf wünsche ich euch allen und möglichst schlechte Träume!« Damit war sie auf dem Flur.

Dort lehnte sie sich für einen Moment gegen die Wand und schloss die Augen. Sie sah Gilberts Faust mit der Gabel vor sich. Wäre Nicolas nicht gewesen …

Sie seufzte. Im Allgemeinen trachtete man nur dem König nach dem Leben, nicht aber seinem Narren! Einen Nar-

3 Spitzname für die Hugenotten.

ren zu schlagen war Frevel und zog schwere Strafen nach sich. Heinrich sollte diesen Kretin tatsächlich in den Kerker werfen lassen!

Sie atmete tief durch und machte sich auf den Weg zu ihrer Kammer, wo sie sich umzog und mit Fett die Schminke aus ihrem Gesicht rieb.

Wenig später verließ sie in einen dunklen Überwurf gehüllt den Louvre.

Mathurine pochte gegen das Tor ihres Hauses. Es dauerte nicht lange, bis Agnes' Gesicht im Guckloch erschien. »Da bist du ja endlich, mein Liebes!« Die Alte schob den Riegel zurück und zog die Tür auf. Dann lagen sich die beiden Frauen in den Armen.

Das Erdgeschoss des Hauses bildete eine große gepflasterte Halle mit aufstrebendem Kreuzgewölbe. An den hinteren Teil schloss sich ein kleiner Stall an, in dem zwei Pferde, ein paar Hühner und eine Ziege untergebracht waren. Daneben gab es eine Latrine, und neben der Latrine stand eine Kutsche. Einen eigenen Brunnen hatten sie auch. Er befand sich vorne, gleich neben dem Eingang. An der linken Wand führten eine Tür in eine Waschstube und dahinter eine Treppe zu den Wohnetagen hinauf.

Oben, im ersten Stock, befand sich eine große Küche, links daneben eine Speisekammer, auf der rechten Seite lagen zwei Schlafkammern und ein Aufputzzimmer mit Kleiderkammer. Im zweiten Stock gab es eine holzvertäfelte Prangstube, in der Mathurine ihre Bücher untergebracht hatte und hin und wieder Gäste empfing, daneben eine kleine Gastkammer.

Doch nicht oft lud Mathurine Gäste zu sich ein, denn ihr Haus, das ihre Großtante und ihr Großonkel für sie führten, war ihr heimliches Refugium, ein Ort, an den sie sich zurückzog, um alleine zu sein. Hier sollte niemand lärmen, wollte sie keine Rücksicht nehmen müssen und keinem Rechenschaft ablegen.

Neben Agnes stieg sie die Treppe hinauf, dabei ließ sie sich an der Hand führen wie ein kleines Kind.

Droben zog Agnes ihr den Umhang von den Schultern und hängte ihn über eine Stange in der Küche.

»Ich habe gerade Bratäpfel in Wein gedünstet, das magst du doch so gern!«

Mathurine, die Agnes um einen halben Kopf überragte, nahm sie um die Taille, hob sie hoch und drehte sie lachend um sich.

»Ja, das mag ich so gerne! Schön, zu Hause zu sein! – Wo ist Georges?«

»Er hat sich hingelegt, das Altsein macht ihn müde.«

Mathurine setzte sich zu Agnes an die Kochstelle und sah zu, wie sie die Äpfel aus dem Kessel in eine Zinnschale schichtete, dann den Kessel vom Haken nahm und zum Abkühlen auf einen Gitterrost stellte.

»Aus dem Weinsud koche ich morgen eine feine Zwetschgensuppe für dich!« Sie wischte sich die Hände an ihrer Schürze ab, stellte die gedünsteten Äpfel auf den Tisch, legte eine Zweizinkgabel und ein Messer dazu und setzte sich neben Mathurine auf die Bank.

Achtundsechzig Jahre zählte sie inzwischen, und Georges wurde im Frühjahr siebzig. Eigene Kinder waren ihnen nicht beschieden gewesen, dafür hatten sie Mathurine, ihr Patenkind, geliebt wie eine Tochter. Zeitlebens war sie ihnen näher gewesen als der eigenen Mutter. Und als Mathurine als Närrin an den Hof kam und plötzlich über Amt, Würden und Geld verfügte, hatte sie dieses Haus genommen und die beiden Alten zu sich geholt.

»Du kommst viel zu selten nach Hause«, sagte Agnes. »Früher hast du fast jede Nacht hier geschlafen.«

»Ja, viel zu selten!« Mathurine seufzte, legte ihren Kopf in Agnes' Schoß. »Es ist, weil der König sich vor den Gespenstern fürchtet, die in seinem Kopf herumgeistern, und darum manchmal auch nachts nach mir rufen lässt.«

Agnes streichelte sie. »Du hast Sorgen, ich sehe es dir an. Wenn du Sorgen hast, dann wird dein Mund ganz schmal. Willst du es mir erzählen?«

»Ich bin schwanger«, antwortete Mathurine.

Die Alte hörte mit dem Streicheln auf. »Schwanger? Du?«

Mathurine richtete sich auf und sah Agnes in die Augen. »Ein Absurdum, nicht wahr? Eine Närrin als Mutter! Noch eher könnte der Teufel vom Himmelreich aus regieren oder eine Katze bellen wie ein Hund!«

»Aber das ist es nicht, was dich so bedrückt, habe ich recht?« Agnes legte eine Hand auf Mathurines Arm. »Wäre doch nicht das erste Seelchen, das in den Himmel kommt, noch bevor es auf Erden sündigen konnte.«

Mathurine lachte bitter. »Sündigen, weiß Gott, das hätte es schnell gelernt, bei einer Mutter wie mir! Du hast recht, ich kann und werde dieses Kind nicht bekommen. Und doch ...« Sie brach ab.

»Und doch?«, fragte Agnes und sagte, als Mathurine nicht antwortete: »Du liebst ihn, diesen Mann, von dem das Kind ist? Ist es das, was dich so betrübt?«

»Liebe ...« Mathurine seufzte, aber dann nickte sie. »Ja, ich liebe ihn, wie ich die Sterne liebe, die am Himmel stehen. Wenn ich hinaufblicke und sehe, wie sie glitzern, dann bin ich glücklich. An schweren Tagen stelle ich mir vor, dass einer von ihnen nur für mich alleine leuchtet, und dann geht es mir schon bald wieder gut. Doch ich träume nicht davon, mir die Sterne vom Himmel zu holen.«

»Das ist, was dein Kopf dir sagt, aber dein Herz ...«

»Mein Herz!«, unterbrach Mathurine schroff. »Wer hätte je gefragt, was mein Herz sich wünscht. Zu genau weiß ich, wessen Kind ich bin und wohin ich gehöre.« Sie seufzte. »Es ist wie es ist – ich brauche eine Hebamme, die mir hilft.«

»Dann geh zu Hélène Borel, sie hat einen guten Ruf. Die Armen behandelt sie ohne Geld, von den Reichen verlangt sie es dafür doppelt. Und sie ist die Beste! Der Marianne hat sie im Sommer gar ein totes Kind aus dem Leib geholt und ihr so das Leben gerettet.«

»Und kann man ihr vertrauen?«

Agnes lachte. »Die Frage ist, ob sie *dir* vertraut! Sie ist eigenwillig, und wen sie nicht mag, der kommt auch nicht in ihr Haus.«

Mathurine legte sich wieder hin, und Agnes streichelte sie. Darüber schlief sie ein. Als sie nach einer halben Stunde aufschreckte, saß Georges neben ihr und hielt ihre Hand. Müde sah er aus und viel älter als noch vor ein paar Wochen. Aber er lächelte.

»Ich hatte einen seltsamen Traum«, erzählte Georges, während sie die Morgensuppe aßen. »Der König wollte mich als Soldat haben. Aber ich sei doch schon siebzig Jahre alt, sagte ich zu ihm. Drauf lachte er und antwortete, für das Heer, um das es ginge, sei mein Alter gerade richtig. Ich solle nur immer geradeaus gehen, dann käme ich zu einem Wegkreuz, und dort träfen wir uns und blieben auf ewig zusammen.«

Mathurine legte eine Hand auf Georges' Arm. »Es sollte dich nicht kümmern, der König redet öfter einmal seltsam daher. Erst recht, wenn man von ihm träumt!«

Georges nickte. »Ich glaube trotzdem, dass er und ich bald sterben werden.«

Mathurine nahm ihn in die Arme und hielt ihn fest. Regen prasselte gegen die grünen Butzenscheiben.

Eine Stunde später stieg sie in der Rue Portefoin aus der Kutsche und betrachtete das kleine weißgetünchte Haus der Hebamme Hélène Borel. Es sah gepflegt aus und lag an einem Garten, dahinter war ein Stück freies Land, das bis zur Stadtmauer reichte. Ein paar Schafe weideten darauf.

Auf Mathurines Klopfen hin öffnete eine kleine, blasse Frau, die auf die sechzig Jahre zuging. Unter ihrem linken Auge hatte sie eine Narbe, und es fehlten ihr drei Schneidezähne, trotzdem sah man ihr an, dass sie einmal sehr schön gewesen sein musste.

»Schau, schau, die Närrin!« Hélène ließ Mathurine eintreten, schloss dann die Tür und schickte ein kleines Mädchen, das im Flur spielte, nach hinten in den Garten.

»Du kennst mich?«

»Eigentlich nicht, doch man kennt Eure Schwänke in der ganzen Stadt, und gesehen habe ich Euch auch schon einmal. Da habt Ihr bei Moritz einen Offizier so treffend gegeben, dass ein Reisender glaubte, Ihr wäret wirklich ein Soldat! Wir haben viel gelacht über Eure Parodie, aber am meisten über sein dummes Gesicht, als Ihr am Ende Euren Helm abnahmt und der Fremde auf einmal erkannte, dass Ihr eine Frau seid.«

Hélène bot Mathurine einen Platz an und setzte sich selbst auf einen Hocker neben dem Feuer. »Nun, was wollt Ihr von mir?«

Mathurine sah sie lange und schweigend an. Schließlich sagte sie: »Ich brauche Hilfe. Jetzt, nicht erst in ein paar Monaten. Meine Großtante meint, auf dich sei Verlass.«

»Und wie heißt Eure Großtante?«

»Agnes Lorant. Deine Mutter hat sie behandelt, als sie nicht in Hoffnung kommen konnte, du selbst warst noch ein halbes Kind.«

»Ich weiß, ich erinnere mich an sie. Unbedingt wollte sie schwanger werden. Immer und immer wieder kam sie, wollte nicht aufgeben, verlangte noch einen Trunk, noch einmal Kräuter. Bis meine Mutter zu ihr sagte: ›Wenn Gott dagegen ist, dann wird auch nichts daraus, da kannst du dich auf den Kopf stellen!‹« Die alte Hebamme seufzte. »Und jetzt hat er also Euch gesegnet?«

»Gott war es nicht«, sagte Mathurine, »aber gesegnet bin ich schon.«

Hélène lachte. »Ich kann Euch Kräuter geben. Aber danach wird Euch ein paar Tage lang kotzübel sein, Ihr werdet Fieber bekommen und den Mann verfluchen, der Euch das beschert hat. Danach werdet Ihr eine Woche lang bluten, vielleicht auch länger und …«

Mathurine fiel ihr ins Wort. »Agnes sagte, in ganz Paris gebe es keine Hebamme, die so gut sei wie du. Sogar tote Kinder hättest du den Frauen schon aus dem Leib geholt und ihnen damit das Leben gerettet. Und sie sagte, du könntest mir bestimmt auch jetzt gleich helfen, hier an Ort und Stelle. Dein Schaden soll es nicht sein, ich bezahle dich so gut, als wäre ich die Königin selbst.«

Hélène faltete die Hände im Schoß. Sie atmete tief ein und wieder aus. »Seid Ihr zu Fuß gekommen?«, fragte sie dann.

»Mein Kutscher hat mich gefahren, er wartet draußen.«

Die Alte nickte. »Also gut.« Sie stand auf und verschwand in einem anderen Raum, kam kurz darauf mit einem Becher zurück. »Trinkt das, danach werdet Ihr Euch ein wenig benebelt fühlen.«

Mathurine trank und gab den Becher zurück.

»Und jetzt kommt mit!«

Hélène brachte Mathurine in eine Kammer, die im hinteren Teil des Hauses lag. Drei große Fenster führten zum Garten hinaus, in dem Engelwurz und Lavendel wuchsen, Böskraut, ein Holunderstrauch und ein ganzes Beet voller Ringelblumen. Auch etwas Gemüse war angepflanzt, und vor der Mauer stand ein Apfelbaum. Eine Leiter lehnte daran, ein Korb hing in den Zweigen.

Das kleine Mädchen, das vorhin im Flur gespielt hatte, saß nun auf einem Ast, kaute auf einem Apfel und summte dabei ein Lied.

»Sie ist meine Enkelin«, sagte Hélène. »Ihre Mutter ist bei der Geburt mit ihrem vierzehnten Kind gestorben. Sie war schon sechsunddreißig Jahre alt und aufgezehrt von all den Bälgern, die sie auf die Welt gebracht hatte. Dabei hatte ich ihr doch alles beigebracht, was sie wissen musste, um nicht schwanger zu werden.«

»Warum hast du ihr nicht geholfen?«

Die Hebamme duzte Mathurine nun auch. Wenn zwei sich gegen Gott und das Gesetz verbündeten, galt kein Standesunterschied mehr zwischen ihnen. »Du meinst so wie jetzt dir? – Sie wollte es nicht. Ihr Mann ist ein Heiliger. Er sagt, Gott braucht Kinder, und wo elf laufen und beten, laufen und beten auch zwölf und vierzehn. Nun *hat* Gott das Kind und meine Tochter gleich dazu.«

»Hm«, machte Mathurine.

Ein Stuhl aus Holz mit schräg nach hinten gekippter Lehne stand neben einem Tisch, auf dem einige Instrumente und Utensilien lagen. An den Armstützen waren Lederriemen befestigt. »Da setz dich drauf. Es wird ein wenig schmerzen, aber es ist auszuhalten. Soll ich dich anschnallen?«

Mathurine schüttelte den Kopf.

»Du wirst ein paar Tage bluten, das ist normal. Hört es am vierten Tag nicht auf oder wird es zu viel, dann lass mich holen.«

Als Mathurine ihre Unterhose auszog, lachte Hélène. »Wie bei den edlen Damen! Oben tun sie kokett, aber unter dem Rock kleiden sie sich wie Männer. Doch es hilft nichts, schwanger werden sie trotzdem.«

Mathurine legte sich auf den Stuhl, Hélène rückte einen Schemel davor, aber statt sich zu setzen, stellte sie sich neben Mathurine und sah ihr forschend in die Augen. »Bist du ganz sicher, dass du möchtest, worum du mich gebeten hast?«

Mathurine öffnete und schloss den Mund, ohne etwas zu sagen.

»Es heißt, die Seelchen kommen zwar nicht in die Hölle, weil sie nicht gesündigt haben, aber in den Himmel können sie auch nicht. Es heißt, sie bleiben im Niemandsland und sind verdammt, bis zum Jüngsten Tag zwischen den Welten herumzuirren. Und die Tränen, die um sie geweint werden, nässen ihr Totenhemdchen, bis es so schwer wird, dass sie es kaum noch mit sich herumschleppen können. Also weine danach nicht um dein Kind!« Sie wandte sich ab. »Aber vielleicht ist das alles ja auch nur Aberglaube.«

»Tu, was zu tun ist«, sagte Mathurine und schloss die Augen.

Hélène setzte sich auf den Schemel, fuhr mit der Hand unter Mathurines Rock. »Ja, ja«, sagte sie nach einer Weile, »in Hoffnung bist du. Und gesund bist du auch. Das könnte ein Prachtkerl werden.«

»Kein Prachtkerl, ein Mädchen«, flüsterte Mathurine.

Die Hebamme lachte. »Wie willst du das wissen?«

»Ich weiß es eben«, antwortete sie und dachte mit einem leisen Aufseufzen: Im Niemandsland muss es herumirren ... das Totenhemdchen ganz schwer von all den Tränen ... schon jetzt hasse ich mich dafür! Und Nicolas sah sie vor sich, wie er sich das Laken über den Kopf zog und murrte: »Wo bin ich nur hingeraten?«

Das Zeug, das sie trinken musste, begann zu wirken. Mathurines Körper fühlte sich pelzig an.

»Dann lass uns beginnen.« Hélène nahm eines der Instrumente vom Tisch, draußen sang das Mädchen ein Lied.

Mathurine drehte den Kopf zum Fenster und sah über dem Holunderstrauch den grauen Himmel. Dann hörte sie ein Klicken und fühlte kurz darauf ein kaltes, metallenes Ding zwischen den Beinen.

Das Klicken, das Metall, das Kind, der Himmel – plötzlich schnellte ihr Knie nach oben. »Lass!«, schrie sie. »Lass es! Es geht nicht, ich kann nicht!«

Vor Schreck fiel der Hebamme das Instrument aus der Hand, und sie rutschte rückwärts vom Schemel.

»He, bist du von Sinnen!« Sie richtete sich wieder auf, rieb sich den Ellenbogen.

»Tut mir leid – entschuldige.« Mathurine setzte sich. »Entschuldige bitte, es kam über mich ...«

Hélène stand auf, stemmte die Hände in die Hüften und schüttelte den Kopf. »Einen Augenblick später, und ich hätte dir womöglich von innen den Bauch aufgeschlitzt!«

Mathurine zog ihre Unterhose an, nahm dann ein Säckchen mit Münzen aus ihrem Rock. »Hier, nimm das Geld. Ich danke dir, dass du mir helfen wolltest.«

Hélène griff nach dem Säckchen und ließ es unter ihrer Schürze verschwinden. »Komm wieder, wenn es soweit ist«, sagte sie. »Hilfe brauchst du allemal. Wenn nicht jetzt, dann eben später.«

Mathurine nickte. Die Tür fiel hinter ihr zu.

6.

Hier war am Morgen einem ungeborenen Kind das Leben geschenkt worden, dort, in Coutras, wo sich die Soldaten im Namen Gottes die Köpfe einschlugen, sammelte man am Abend die Leichen vom Schlachtfeld, als wären sie Fallobst.

Zwei von ihnen wurden in die Herberge »Zum weißen Ross« gebracht und nebeneinander auf einen Tisch gelegt.

Heinrich von Navarra starrte sie lange an. Es waren Anne de Joyeuse und sein Bruder Claude Saint-Sauveur, die Mignons des Königs.

Noch gestern hatte er sich darüber lustig gemacht, dass ein König von Frankreich solche pomadisierten, moschusduftenden Zierpuppen als Heerführer auserwählt hatte. Glaubte sein Vetter wirklich, die konnten einen erfahrenen Kriegsherren wie ihn besiegen? Und schon heute war die Schlacht der Hugenotten gegen die Liga zu seinen Gunsten entschieden und lagen Anne und Claude tot vor ihm!

»Wenn Ihr es wünscht, trennen wir ihnen die Köpfe vom Hals und schicken sie nach Paris, Eure Majestät«, spottete Laonne, Hauptmann der Garde. Blutbesudelt stand er neben den Leichen. »Es wird dem König eine Warnung sein.«

Heinrich von Navarra dachte an seinen Onkel, Herzog von Condé, der wie ein Vater für ihn gewesen war. Als rechtmäßiger Befehlshaber der Hugenottenarmee war er vor zwanzig Jahren in der Schlacht von Jarnac verwundet worden. Als seine Soldaten den Verletzten fortzutragen versuchten, hatte sich ein Hauptmann der gegnerischen Armee – Montesquiou war sein Name – dazwischengedrängt, um ihm eine Kugel in den Schädel zu jagen. Danach hatte dieser Montesquiou den Leichnam an den Schwanz einer Eselin binden lassen, hatte ihn beschimpft, verhöhnt und verspottet und ihn schließlich zur Schau aufgebahrt. Und als ob das nicht schon genug des Frevels gewesen wäre, mussten die in der Schlacht gefangenen Hugenotten an dem entstellten, entehrten Leichnam ihres Führers vorbeidefilieren.

Aber solch billiges Hohngelächter war nicht die Sache eines Heinrich von Navarra. Mit Spott überhäufte er nur Gegner, die sich noch wehren konnten – den Toten, ob Freund oder Feind, gebührte Ehrfurcht.

»Ja, nach Paris werden wir sie schicken«, antwortete er deshalb, »aber ihre Köpfe bleiben, wo sie sind. Sie starben auf dem Schlachtfeld für ihr Land und ihren König, und darum behandeln wir sie mit Achtung und Respekt.«

Er ließ sich Papier und Feder bringen und schrieb einen Brief an Marschall Matignon, in dem er den Tod der beiden Gefallenen bedauerte. *Ich werde ihre Leichen, nachdem in der Kirche von Coutras das Totengebet über sie gesprochen wurde, nach Paris bringen lassen, damit der König sie in allen Ehren bestatten kann.*

Als der Bursche mit dem Brief gegangen war, gab Heinrich von Navarra seinem Hauptmann den Befehl, die erbeuteten Fahnen zu sammeln, damit er sie persönlich nach Schloss Pau bringen konnte, wo seine geliebte Corisande auf ihn wartete.

Entsetzt sah Laonne ihn an. »Aber das käme ja einem Rückzug gleich! Jetzt, wo wir den Sieg errungen haben, müssen wir doch …«

»Diese Schlacht ist gewonnen, und das genügt mir vorerst«, fiel Heinrich ihm ins Wort.

Er trat ans Fenster und starrte hinaus. Die Dämmerung senkte sich über die Dächer, in den Wipfeln der Bäume, die bereits ihr buntes Herbstlaub trugen, sammelte sich lärmend eine Schar Krähen.

»Wie Ihr befehlt, Majestät«, hörte er Laonne mit hörbarem Ärger sagen.

Als die Tür hinter seinem Hauptmann zugefallen war, seufzte Heinrich. Laonne hatte recht. Wenn er jetzt nach Navarra zurückkehrte, kam das einem Rückzug gleich. Doch würde er weiterkämpfen, wäre der Nächste, vor dem er stünde, der König selbst, denn nach dem Tod seines Heerführers müsste er sich persönlich aufs Schlachtfeld begeben. Aber nicht Heinrich war sein Feind, sondern die Liga, und wenn der König fiele, dann wäre weder Frankreich noch ihm gedient.

Agnes stand am Feuer und rührte im Kessel. Sie hatte ein Huhn geschlachtet. Das kochte sie mit Kräutern und Gemüse, damit Mathurine, die sich von dem Trank, den ihr die Hebamme gegeben hatte, noch immer ganz benommen fühlte, eine kräftige Brühe zu essen bekam.

»Dann ist es eben so!«, sagte sie entschlossen. »Ich werde mich um das Kind kümmern.«

»Gott behüte, du bist zu alt, um dir ein Kind an den Rockzipfel zu hängen. Und denke an Georges! Bald wirst du ihn pflegen müssen, du hast niemanden, der dir hilft.«

»Wir nehmen ein Mädchen in Dienst.«

Mathurine schüttelte den Kopf. »Dennoch – es wäre und bliebe das Kind einer Närrin! Und würde man erst herausfinden, wer der Vater ist …« Mathurine lachte bitter. »Nein, dem Kind und Nicolas zuliebe, nein! Ich muss eine Familie finden, bei der ich es unterbringen kann. Geliebt soll es werden, lernen soll es dürfen und nicht für acht Brüder schuften müssen, so wie ich einst.«

»Dann müssen wir es doch selbst behalten«, sagte Agnes, »denn so einen Platz findest du nur bei den vornehmen Leuten; und warum sollten ausgerechnet vornehme Leute das Kind einer Närrin bei sich aufnehmen wollen?«

Mathurine legte den Löffel auf den Tisch. »Die Zeit ist eine große Meisterin, sie ordnet alle Dinge!« Damit ging sie zu Bett.

Sie schlief sofort ein und wurde erst wieder wach, als drunten im Hof gegen das Tor gepocht wurde.

»Macht auf, wir suchen die Närrin! Ist sie da? Der König verlangt nach ihr!«

»Ja, ja, ich komme ja schon!«, rief Agnes.

Mathurine hörte ihre Schritte auf dem Flur, dann auf der Treppe. Leise fluchend richtete sie sich im Bett auf, rieb sich die Augen und gähnte. Was mochte nur wieder geschehen sein? Warum kam der König nicht einmal zwei oder drei Tage ohne sie zurecht.

Sie stand auf, warf sich ein Tuch um die Schultern und setzte sich in der Küche ans Feuer.

Bald erschien Agnes. »Du musst ins Schloss, der König ist außer Rand und Band. Er weint, er schreit – ein gewisser Joyeuse und sein Bruder sind gefallen.«

»Anne und Claude?«

Agnes zuckte die Schultern. »Du sollst dich beeilen, der König will nur dich sehen, sonst keinen.«

Mathurine seufzte. »So viel Trost, wie er jetzt braucht, kann auch ich ihm nicht geben.«

Sie kleidete sich an und lief ins Schloss. Dort ging sie in ihre Kammer, zog das Kleid mit den bunten Flicken und die Schellenkappe über, hing sich die Marotte an den Gürtel und schob die Flöte in die Tasche ihres Rockes. Dann machte sie sich auf zu den Gemächern des Königs.

Schon von weitem hörte sie ihn schreien. Einer der Diener öffnete die Tür für sie. Sie schlug ein paar Räder und landete bäuchlings vor Heinrich. »Hier bin ich, mein König, wie du siehst, direkt für dich vom Himmel gefallen!«

»Sie sind tot, sie sind alle beide tot!« Schluchzend verbarg er den Kopf zwischen den Armen.

»Liegt der Bauer tot im Zimmer, lebt er nimmer!« Mathurine setzte sich auf den Tisch und ließ die Beine baumeln. »Von wem sprichst du eigentlich?«

»Von Anne und Claude! Sie sind gefallen.«

»Daran bist du selbst schuld. Du hast sie schließlich in den Krieg geschickt! Schade um sie. Sie hatten so hübsche weiße Näschen.«

»Still!«, schrie Heinrich.

»Nun werden ihre Näschen schwarz und schwärzer werden, bis sie ihnen schließlich abfaulen.«

»Schweig!« Heinrich fuhr herum und sah sie zornig an. »Ich habe dich nicht rufen lassen, um zu spotten – trösten sollst du mich!«

Mathurine lachte. »Hast du keine einfachere Aufgabe für mich? Ich könnte einen Gaul aus dem Fenster schleudern oder aus Wasser Wein werden lassen. Und überhaupt, was jammerst du um zwei Tote, wo doch Hunderte und Tausende in diesem elenden Krieg als Soldaten vor die Hunde gingen.«

»Sagtest du nicht selbst einmal, ein Ei sei kein Apfel, und das Hemd ist einem immer näher als der Rock? Ich weine um sie alle, aber am meisten um die, die ich liebe! Da ist ein König nicht anders als ein Bauer oder ein Marktweib.«

»Da hättest du deine Lieblinge weiterhin in dein Bett statt in eine Uniform stecken sollen, jetzt ist es nun mal, wie es ist.«

Mathurine zog ihre Flöte aus der Tasche, setzte sie an die Lippen und begann zu spielen.

Heinrich ließ sich auf einen Sessel sinken und verbarg das Gesicht in den Händen. »Ich hatte doch nur noch sie … nur ihnen, meiner Mutter und dir konnte ich noch vertrauen. Und hätte ich etwa dich als meinen Heerführer in den Krieg schicken sollen?«

Mathurine hörte auf zu spielen. »Mir hätte die Uniform jedenfalls besser zu Gesicht gestanden, und wer weiß, vielleicht hätte sich ein Weiberheld wie Heinrich von Navarra angesichts einer Frau wie mir ja zu Tode erschrocken!« Sie schlug sich lachend auf die Schenkel. »So leicht hätten wir noch nie einen Krieg gewonnen!«

Sie setzte die Flöte wieder an und spielte.

Aufseufzend lehnte Heinrich sich zurück. Den Blick starr aus dem Fenster gerichtet, kraulte er das Fell seiner Hündin, die neben ihm lag.

Mathurine spielte ein zweites und ein drittes Lied, dann legte sie ihr Instrument zur Seite, ging zu Heinrich und setzte sich zu seinen Füßen.

»Anne konnte nicht siegen«, sagte er. »Es war nicht seine Schuld! Die Soldaten sind ihm desertiert, denn es fehlte an allem. An Verpflegung, an Waffen, an Sold. Die Anhänger der Liga sind groß, wenn es darum geht, das Maul aufzureißen. Spotten und drohen, ja, das können sie! Und Maueranschläge gegen mich, ihren König und Führer, verfassen! Aber Sold zahlen, in den Krieg ziehen und zu ihrer Sache stehen, das können sie nicht.« Eine neue Tränenflut quoll aus seinen Augen. »Anne ... Claude – ich kann es mir nicht vorstellen, sie nie wieder bei mir zu haben!« Er sah Mathurine an. »Weißt du, wie es ist, wenn einem die Liebe das Herz zerreißt? Aber nein! Liebe ist für dich nur ein leeres Wort, über das du dich lustig machst!«

»Dann glaubst du also, ein Narr hätte kein Herz und hätte nie geliebt?«

Heinrich wischte sich die Tränen aus dem Gesicht. »*Du* hast geliebt?« Erstaunt sah er sie an.

»Vielleicht liebe ich noch – jetzt, in diesem Moment. Und jetzt schon nicht mehr. Und jetzt wieder!« Sie griff sich ans Herz, als schmerzte es. »Nein, nicht und niemals mehr! Oder doch? – Was ist schon Liebe! Ein Huschen, ein flüchtiger Gedanke, ein guter Duft, der verweht im ersten kalten Windhauch. Und weiß man, ob's wirklich Liebe ist, das dumme Herzklopfen, das unruhige Fordern der Gedanken?« Mathurine warf beide Arme hoch und flehte, als ginge es um ihr Leben: »Ich will ihn! Ich muss ihn haben! O Gott, bekomme ich ihn nicht, so werde ich sterben!« Sie sah Heinrich an. »Aber am Ende sind es doch wieder bloß deine Lenden, die dich glauben machen, dass dein Herz in Flammen steht.«

»Warum bist du so bitter? Niemand ist hier, der uns hören könnte. Also sag mir die Wahrheit – liebst du? Könntest du einen Menschen … einen Mann so lieben, dass du nicht zögern würdest, mit ihm zu gehen, egal, wohin, egal was es dich kostet?«

Mathurine wandte sich ab. »Was sprichst du in einem fort von Liebe und suchst in Wahrheit doch nur jemanden, der dir die Einsamkeit vertreibt. Lass mich in Ruhe damit!«

Doch Heinrich gab nicht nach. »Dann glaubst du also nicht an die Liebe?«

Mathurine fuhr herum. Ihr Blick war bohrend. »Ich glaube nur an eines – dass wir alle sterben müssen.«

Schweigend starrten sie sich an.

Da wurde plötzlich die Tür geöffnet. Heinrichs Kammerherr trat ein und überreichte ihm ein Schreiben mit dem Siegel des Königs von Navarra.

Überrascht starrte er es an. Schließlich brach er das Siegel, überflog leise murmelnd die Zeilen und befahl dann: »Lasst sie eintreten!«

Mathurine stand auf. »Du bekommst Besuch? Dann kann ich jetzt wohl gehen …«

»Nein, bleib!« Heinrich fasste sie am Arm. »Du bist meine Zeugin, aber setz deine Narrenkappe ab!«

Ohne Narrenkappe war sie außer Dienst und hatte zu schweigen, solange der König sie nicht ums Wort bat.

Langsam griff sie danach und zog sie sich vom Kopf. Die Locken fielen ihr auf die Schultern, ihr Blick ging zur Tür. Dort erschienen zwei Herren in dunklen Anzügen und verbeugten sich vor Heinrich.

Er gab seinem Kammerherrn ein Zeichen, dass er gehen konnte, dann richtete er sich an die beiden Männer. »Heinrich von Navarra schickt Euch?« Heinrich sah noch einmal auf das Schreiben, dann wieder die Gesandten an.

»Es wurde uns angetragen, Eurer Majestät die Ehrerbietung unseres Königs …«

Heinrich winkte ab. »Ja, ja, ersparen wir uns das! Auch ihm meine Ehrerbietung – doch was will er von mir? Kaum ein paar Stunden ist es her, dass ich Nachricht erhielt von seinem Sieg und dem Tod meiner beiden Heerführer. Schon plane ich, ihm selbst entgegenzutreten, und jetzt schickt er mir zwei seiner Vertrauten?«

Der ältere der beiden verbeugte sich ein zweites Mal. »Mit Verlaub, mein Name ist Raphael du Pless, dies ist mein Sohn Léon.« Er sah zu Mathurine, dann wieder zu Heinrich. »Vielleicht wäre es besser, es gäbe keine Zeugen für dieses Gespräch.«

»Ihr seid zu zweit, wir sind zu zweit, und ich vertraue ihr uneingeschränkt. Also?«

»Wir haben Euch mitzuteilen, Sire, dass König Heinrich von Navarra schon morgen nach Pau zurückkehren wird.«

Erstaunt hob Heinrich beide Augenbrauen. »Aber … das käme ja einem Rückzug gleich! Will er etwa seine Munition verschenken? So kenne ich meinen Herrn Vetter ja gar nicht!«

»Mit Verlaub, Eure Majestät – wem wäre schon gedient mit einer neuen Schlacht? Die Schlange wechselt zwar die Haut, aber die Giftzähne nicht.«

»Die Schlange, damit meint Ihr wohl die Liga?«

Du Pless antwortete nicht. Stattdessen sagte er: »Ihrer Majestät dürften die wahren Absichten der Liga nicht entgangen sein. Man betreibt den Sturz des Königs von heute und ebenso den des Königs von morgen. Den einen hassen sie, weil er ihre Sache nicht entschlossen genug vorantreibt, den anderen, weil er ein Hugenotte und also ihr Feind ist. Schlagen sich beide nun gegenseitig die Köpfe ein, ist niemandem gedient, außer der Liga selbst.«

Heinrich nickte. Er tauschte Blicke mit Mathurine.

»Dann gedenkt mein Vetter also endlich nach Paris zurückzukehren und zum rechten Glauben überzutreten?«

»Nein, Sire, davon ist nicht die Rede. Eher von einer Art stillem Abkommen, über das auch sonst niemand informiert werden sollte.« Sein Blick ging zu Mathurine.

Heinrich starrte den Mann lange und nachdenklich an. »Nun, es hat wohl keinen Sinn, auf ein Schlachtfeld zu eilen, wenn dort keine Soldaten sind«, antwortete er endlich. »Und bestellt meinem Vetter, wir würden uns glücklich schätzen, ihn recht bald als Gast hier begrüßen zu dürfen.«

Ein sarkastisches Lächeln zuckte um den Mund von Raphael du Pless. »Ich werde die Einladung und Eure Grüße überbringen, Majestät.«

Die beiden Männer verbeugten sich. Mathurine öffnete die Tür und schloss sie hinter ihnen.

»Was hältst du davon?«, fragte Heinrich.

Mathurine setzte ihre Narrenkappe wieder auf. »Ein kluger Mann, dein Vetter und Schwager! Und was dich betrifft – nun, auch deine Entscheidung war weise, denn nasser als nass kann man nicht werden, toter als tot hingegen schon!«

Mathurine trat auf die Straße, zog das Tor hinter sich zu und sah sich kurz um. Es war ein kalter Dezembermorgen, Nebel stieg von der Seine und dem Stadtgraben auf und hüllte die Häuser und Gärten in ein weißes Kleid.

Eine Katze sprang auf die Mauer des Klosterhofes, der auf der anderen Seite der Rue des petits Champs lag, balancierte ein Stück auf ihr entlang, hüpfte auf das Dach eines Verschlages und verschwand in einer Ritze.

Mathurine zog ihren Umhang enger um die Schultern, wandte sich nach rechts und hastete davon.

Je weiter sie zur Seine hin kam, desto dichter wurde der Nebel. Sie bog nach rechts auf die Rue de Ylliss ein, durchschritt das alte Stadttor und bog noch einmal rechts ab.

Hier war der Nebel so dicht, dass man kaum noch die Hand vor Augen sah. Um Halt zu finden, tastete sie sich an den Wänden der Häuser entlang. Zwei Hunde lagen im Weg.

Um sich gegenseitig zu wärmen, hatten sie sich eng aneinander gekauert. Mathurine sah sie nicht, stolperte über ihre Leiber und schlug mit Händen und Stirn gegen einen Mauervorsprung. Einer der Hunde schnappte nach ihr, erwischte aber nur den Umhang. Sie brüllte ihn an, bis er von ihr ließ, rappelte sich auf und ging fluchend weiter.

Ihre Stirn brannte. Als sie mit den Fingern darüber fuhr, bemerkte sie eine Schürfwunde. »Merde«, zischte sie. Das würde ein Hallo geben, wenn sie am Abend auftrat!

Sie überquerte den Platz vor dem Louvre. Es war seltsam still. Die wenigen Menschen, die unterwegs waren, sprachen nicht, sahen nur schweigend vor sich auf den Boden, um ihren Weg zu finden. Auch die Möwen, die sonst schrien, die Spatzen gaben keinen Laut. Allein das Rattern eines Karren, den man nicht sehen konnte, das Bellen eines Hundes, das Knarzen einer Tür hörte man hin und wieder.

Am Ufer der Seine blieb Mathurine einen Moment stehen und starrte in den Nebel. Für gewöhnlich herrschte um diese Zeit reger Verkehr auf dem Fluss, fuhren kleine Kähne, mit denen man übersetzen konnte, kamen die Fischerboote von ihren Fängen zurück und segelten Händler auf ihren Schiffen Richtung Pontoise und Rouen davon. Doch an einem Morgen wie diesem legte nur ab, wer unter keinen Umständen warten konnte.

Mathurine wandte sich nach links und ging an der Seine entlang. Nun lag der Fluss rechts von ihr. Sie konnte hören, wie die Wellen leise gegen das Ufer oder den Rumpf eines festgemachten Schiffes schwappten, wie Ruder ins Wasser eintauchten, wie Masten knarzten und schlaffe Segel aneinanderschlugen. Und die warnenden Rufe der Bootsmänner konnte sie hören und einmal auch das schrille Tuten, als einer von ihnen in sein Nebelhorn blies. Kurz darauf glitt ein Lastenkahn aus dem Dunst, aber kaum war er in voller Länge zu sehen, verschwand sein Bug auch schon wieder, als hätte man ihn weggezaubert.

Noch ein paar Schritte weiter tauchte die Baustelle des Pont Neuf vor ihr auf. Ein dunkler Schatten erst, dann die klobigen Pfeiler, die wie faule Zahnstümpfe aus dem Fluss ragten. Bretterverschalungen lagen herum, Eisenstangen und anderes Baumaterial.

Bereits vor zehn Jahren war der Grundstein für diese Brücke gelegt worden, doch immer wieder kam der Bau zum Erliegen. Vor allem die Pariser Kaufleute wehrten sich dagegen, dass die neue Brücke nicht bebaut werden sollte. Keine Häuser mit Ladengeschäften, stattdessen Platz zum Flanieren und freier Blick über das Wasser und die Stadt. Wo gab es denn so etwas? In ganz Paris nicht, und wenn nicht hier, dann auch nirgendwo sonst!

»Wieder so eine Dummheit, die sich der Valois da hatte einfallen lassen!«, murrte das Volk.

Endlich tauchte der *Pont aux Meuniers* aus dem Nebel auf, dessen Häuser auf Holzpfählen erbaut waren. Riesige Mühlräder drehten sich unter ihnen, die vom Fluss angetrieben wurden. Und gleich dahinter war schemenhaft der *Pont au Change* zu erkennen, auf dem die Geldwechsler und Goldhändler ihre Läden hatten. Doch weder Geld noch Gold hätten Mathurine bei diesem Wetter aus dem Haus locken können, es ging um mehr – um das Leben von Georges!

Gestern Nacht hatte er Fieber und Schüttelfrost bekommen, hatte gehustet und sich erbrochen. Sie hatte mit Agnes an seinem Bett gesessen, ihm Umschläge an die Waden gelegt, ihn aufgesetzt, wenn er röchelnd und nach Luft schnappend fast erstickt wäre.

Armer Georges! Nur zu gut wusste Mathurine, dass eine Lungenentzündung bei so alten Leuten fast immer zum Tode führte. Und arme Agnes! Das Herz zerriss es Mathurine, sie so verzweifelt um das Leben ihres Mannes kämpfen zu sehen und doch zu wissen, dass er so gut wie verloren war.

»Geh zu Liane, der Frau des Müllers Arnaud«, hatte Agnes sie in den frühen Morgenstunden angefleht. »Sie kennt eine Rezeptur für lungenkranke Pferde. Was für ein Pferd gut ist, wird auch einem Menschen helfen! Geh und hol ein Säckchen von diesen Kräutern!«

Jetzt stand Mathurine vor dem Haus, das sechste rechts auf dem *Pont aux Meuniers*, und starrte die Fassade an. Zwei Stockwerke hoch, rissige Wände, das Holz der Türen und Fensterläden morsch und von Würmern zerfressen. Aber nicht nur dieses Haus, auch alle anderen entlang der Brücke wirkten heruntergekommen. Ein Wunder, dass sie nicht einstürzten, wie unlängst drei Häuser auf dem *Petit Pont*, der die Île de la Cité mit dem Südufer verband.

Mathurine klopfte am Tor. Es dauerte nicht lange, bis geöffnet wurde. Ein mürrischer Mann in der Kleidung der Müller ließ sie eintreten und schloss schnell wieder, um die Kälte draußen zu halten.

Mathurine sah sich um. Sie befand sich in einer Lagerhalle. Säcke mit Mehl waren an den Wänden gestapelt. Gleich vorne an der Tür standen ein großer Kasten mit Kippläden und eine Waage. Einige Maßkellen lagen in einem Korb, und einige Holzwannen, wie man sie zum Teigkneten brauchte, stapelten sich in einer Ecke.

Das Lager war nicht groß, höchstens sechs Schritte tief und sechs breit. Daneben gab es noch ein Kantor, eine Treppe, die nach oben führte. In einer Nische befand sich die Schlafstatt des Gesellen, und ganz hinten, abgetrennt durch eine Bretterwand, war die Mühle selbst.

»Was wünscht Ihr?«, fragte der Bursche.

»Liane, die Frau des Müllers, will ich sprechen.«

Er ging zur Treppe und rief nach ihr. Bald erschien sie, eine kleine dicke Frau in einem abgewetzten Kleid, das Haar unter einer weißen Haube verborgen. Ihr Gesicht wirkte seltsam blass, es war, wie alles hier, von einer dünnen gelblichen Schicht Mehlstaubs bedeckt.

Die Müllersfrau starrte auf Mathurines blutverschmierte

Stirn. »Das solltet Ihr schnellstens säubern«, sagte sie. »Wurdet Ihr überfallen?«

Mathurine schüttelte den Kopf. »In dieser Nebelsuppe sieht man die Hand vor Augen nicht. Ich bin gestürzt.«

»Wer geht auch bei so einem Wetter aus dem Haus, nur um Mehl zu kaufen!«

»Nicht Mehl, nein, ich brauche etwas von deinen Kräutern. Agnes Lorant schickt mich. Du hast ihrem Mann, Georges Lorant, einmal für ein Pferd, das Husten hatte, eine Kräutermischung gegeben, und es ist wieder gesund geworden.«

Die Müllerin nickte. »Ja, ja, sie helfen, meine Kräuter. Wie oft bekamen die Esel meines Vaters, Gott hab ihn selig, den Husten. Wen wundert's auch, bei all diesem Staub!« Seufzend rang sie die Hände. »Überall Staub, Staub, Staub!« Murrend schlurfte sie davon.

Nach einer Weile kam sie mit einer Schüssel Wasser zurück. Sie stellte die Schüssel auf dem Mehlkasten ab, benetzte einen Lappen und winkte Mathurine. »Kommt her, zuerst Eure Stirn!«

Vorsichtig tupfte sie die Wunde ab. Es schmerzte, Mathurine verzog das Gesicht.

»Und wie schwer etwa ist das Pferd?«, fragte Liane.

»Wie schwer?«

»Nun, ist es groß oder klein? Danach richtet sich die Menge an Kräutern, die Ihr Eurem Pferd geben müsst.«

»Kein Pferd, es geht um meinen Onkel. Er hustet und hat hohes Fieber. Brauner Schleim kommt aus der Lunge. Manchmal erbricht er sich, so sehr muss er husten, und er hat Schmerzen dabei. Agnes meint, wenn deine Kräuter einem Pferd helfen können, dann auch ihrem Mann.«

Liane hatte einen Moment innegehalten. Nun wusch sie den Lappen aus und tupfte weiter Mathurines Stirn ab. »Brauner Schleim«, murmelte sie. »Klingt nicht gut. Wie alt ist er denn, Euer Onkel?«

»Siebzig Jahre wird er im Frühling.«

Wieder hielt Liane inne. Sie seufzte, sagte aber nichts.

Als sie die Wunde ausgewaschen hatte, brachte sie die Schüssel weg und kam mit einem Leinensäckchen zurück.

»Die Rezeptur ist mein Geheimnis – es sind fünf Kräuter«, erklärte sie. »Daraus müsst Ihr einen Sud kochen, den flößt Ihr Eurem Onkel ein. Er soll so viel und so oft davon nehmen, wie er kann. Wickelt ihn in Decken und öffnet die Fenster, er braucht frische Luft. Gebt ihm Apfelmus zu essen und den Saft von roten Rüben. Auch gelegentlich ein Löffel Honigwasser oder Rotwein ist gut, das gibt ihm Kraft. Aber kein Fleisch und kein Salz. Und dann betet, denn nur Gott der Allmächtige bestimmt über Leben und Tod.«

Mathurine steckte das Säckchen ein und gab der Müllersfrau das Geld, das sie verlangte. »Ich danke dir.«

Liane brachte sie zur Tür. »Erwartet kein Wunder, er ist schon alt, Euer Onkel«, sagte sie noch, bevor Mathurine im Nebel verschwand, und dann leise zu sich selbst: »Und einmal muss es ja zu Ende gehen …«

Wieder zu Hause, gab Mathurine Lianes Anweisungen an Agnes weiter, half ihr, Georgess in dicke Decken zu wickeln, und ging dann in den Hof, um die Pferde zu versorgen. Zwei braune, ein Wallach und eine Stute.

Mit Pferden konnte sie umgehen, sie war in einer Schmiede aufgewachsen. Aber sie konnte unmöglich zweimal am Tag nach Hause kommen, um die Tiere zu füttern, zu striegeln und auszumisten. Sie konnte sich auch nicht um Feuerholz, frisches Wasser und Anderes kümmern, das in Georges' Aufgabenbereich fiel. Doch Agnes war zu alt und zu schwach, das alles selbst zu erledigen! Also brauchten sie einen Burschen. Am besten einen jungen, einen starken Kerl, und zuverlässig musste er sein. Sie würde sich darum kümmern.

Während sie den Mist auf die Karre lud, dachte sie über ihre Brüder nach. Acht waren es, aber leiden konnte sie keinen von ihnen. Rüpel allesamt, kein bisschen Anstand hatten sie. Doch dann fiel ihr plötzlich Gustave ein, der jüngste Sohn ihres Bruders August. Er schlug ganz seiner Mutter nach, war ein feinsinniger Kerl und hatte einen wachen Geist. Ihn würde sie zu sich nehmen. Wenn sie eine Abfindung für den Jungen bezahlte, würde August ihn bestimmt gehen lassen. Und Agnes konnte ihm Manieren beibringen.

Mathurine leerte die Karre auf den Misthaufen hinter dem Hof, dann lehnte sie sich erschöpft gegen die Wand und schloss die Augen. Sie fühlte sich auf einmal ganz schwach auf den Beinen, und ihre Stirn brannte wie Feuer.

Nach einer Weile raffte sie sich auf und schleppte sich nach oben. Die Stufen schienen kein Ende zu nehmen. Als sie die Hand hob, um sich am Geländer festzuhalten, sah sie einen großen roten Fleck, der sich vom Daumen zum Oberarm hinzog.

Nur noch zwei Stufen.

Sie versuchte den Fuß zu heben, doch es fehlte ihr die Kraft, und auf einmal erfasste sie ein Schwindel, und ihr Kopf war so schwer, dass sie glaubte, er würde ihr von den Schultern rollen.

Sie versuchte nach Agnes zu rufen, aber es war nur ein Flüstern, das aus ihrem Munde kam.

Sie zog sich am Geländer hoch. Noch eine Stufe, dann die letzte. »Agnes …«

Plötzlich griffen zwei Hände nach ihr. Sie sackte nach vorne, lag in Agnes' Armen.

»Um Himmels willen, Kind, was ist denn mit dir?«

»Weiß nicht … vielleicht habe ich mich bei Georges angesteckt.«

Agnes brachte Mathurine ins Bett und starrte deren Stirn an. Ein einziger rotglühender Fleck, kleine Bläschen überzogen die Haut. Auch auf dem Arm und am Hals waren handtellergroße Rötungen zu sehen.

»Du musst Augusts Sohn Gustave holen, damit er dir hilft«, flüsterte Mathurine. »Du schaffst das alleine nicht.

Sag meinem Bruder, ich brauche den Jungen, er soll mein Kutscher und Hausdiener sein. Gib ihm fünf Silbertaler, damit er ihn gehen lässt.« Sie wollte sich aufrichten, aber Agnes drückte sie in die Kissen zurück.

»Ja, ja … alles, was du willst!« Agnes hatte Tränen in den Augen, sie war am Ende ihrer Kraft. »Doch jetzt schlaf erst einmal.«

Besinnungslos lag Mathurine im Fieber und phantasierte. Hélène, die Hebamme, hatte ihr ein nasses Tuch auf die Stirn gelegt. Nun beugte sie sich über Mathurines Unterschenkel, der so dick angeschwollen war, dass man keinen Knöchel mehr erkennen konnte. Sie drückte einen Finger ins aufgedunsene Fleisch, als sie ihn wieder wegnahm, blieb eine dicke Kuhle zurück.

Agnes saß neben ihr und weinte.

»Wegen des Fußes brauchst du dir keine Gedanken zu machen«, sagte Hélène. »Auch nicht wegen der Geschwülste in Mathurines Gesicht. Das sieht schrecklicher aus, als es tatsächlich ist. Wenn sie am Leben bleibt, wird es sich nach einigen Tagen oder wenigen Wochen wieder zurückbilden.«

»Wenn sie am Leben bleibt?« Agnes schluchzte auf. »So schlimm ist es?«

Hélène seufzte. »Hol frisches Wasser und noch mehr saubere Tücher«, sagte sie.

Als Agnes nach einer Weile mit den gewünschten Dingen zurückkam, weinte sie immer noch.

Hélène schüttelte den Kopf. »Du solltest dich ebenfalls hinlegen, du bist am Ende deiner Kraft.«

Da lachte Agnes hysterisch. »Drüben stirbt mein Mann, hier mein Kind, und ich soll mich hinlegen!«

»Was ist mit deinem Mann?«

»Er hustet sich zu Tode, spuckt braunen Schleim, und das Fieber frisst ihn auf. Zuerst dachte ich, Mathurine hätte sich angesteckt …«

»Aber nein«, fiel ihr Hélène ins Wort, »sie hat die Wundrose, er vermutlich eine Lungenentzündung. Komm, hilf mir!«

Sie schoben Mathurines Hemd hoch und rieben ihren Körper mit kaltem Wasser ab.

»Und was gibst du deinem Mann?«, fragte Hélène.

»Einen Sud aus Kräutern. Mathurine hat sie von Liane, der Müllerin, bekommen.«

Hélène nickte. »Keine Ahnung, wie Liane ihre Kräuter mischt, aber sie helfen.«

»Bei Georges nicht«, sagte Agnes, »es geht ihm mit jedem Tag schlechter.«

Hélène hatte inzwischen Mathurines Unterschenkel in nasse Tücher gewickelt. Sie breitete zwei Decken über sie, dann stand sie auf und nahm Agnes an den Schultern. »Ich bleibe hier und kümmere mich um deinen Mann und Mathurine. Ist ohnehin besser, ich bin hier, denn sie wird das Kind verlieren. Und du legst dich hin. Das Mädchen, das mich hergeholt hat, kann mir helfen. Sie sagte, sie sei die Tochter der Nachbarin?«

Agnes nickte. »Marie heißt sie.«

»Gut. Marie und ich kommen schon zurecht.«

7.

Ein junger Lakai hatte seit dem letzten Sommer die Hunde des Königs versorgt. Er hatte sie ausgeführt, gekämmt und gefüttert. Doch an diesem Morgen war er plötzlich verschwunden. Lange wurde nach ihm gesucht – vergeblich. Schließlich schickte der Hofmarschall Nicolas zum König, damit er sich um die Hunde kümmerte. Einer der Kammerdiener begleitete ihn.

Vor den Räumen des Königs blieben sie stehen, und der Diener gab den Wachen Anweisung, Nicolas durchzulassen. Im selben Moment ertönte von drinnen ein langer gellender Schrei. Die Wachen rissen die Türen auf, Nicolas stürzte, vom Kammerdiener des Königs gefolgt, ins Gemach.

Heinrich, noch im Nachthemd, lag auf dem Boden. Im ersten Moment glaubten die Männer, er sei tot, doch dann bäumte er sich plötzlich auf, sog röchelnd Luft ein und brüllte von neuem los. Das Heulen eines Wolfes, nachts im dunklen Wald, hätte nicht furchterregender klingen können.

»Um Himmels willen, Sire ...« Nicolas kniete neben dem König nieder und versuchte, ihn aufzurichten. »Was ist denn? Was habt Ihr?«

Heinrich fuhr plötzlich hoch und stieß ihn zurück – erst da sah Nicolas den Hund. Es war Étoile, er war tot. Aufgeschwollen lag er da, die Zunge hing ihm aus dem Maul, die Augen waren seltsam verdreht.

Heinrich warf sich erneut über den Hund, schluchzte, brüllte, trommelte mit Fäusten auf den Boden. Dann sprang er plötzlich auf und kauerte sich hinter einen der Vorhänge. »Sie ermorden meinen Hund und meinen mich! Seit Wochen schon schaffen Sie Fässer in die Stadt! Mit Schiffen auf der Seine, mit Fuhrwerken über die Straßen! Fässer, immer noch mehr Fässer! Und fragt man, was es mit all den Fässern auf sich hat, heißt es, die Weinernte sei reichlich gewesen und das Volk wolle sich bei allem Ungemach wenigstens ein gutes Tröpfchen gönnen.« Er schlug mit der Hand gegen den Vorhang. »Ha! Sie denken wohl, ich wüsste nicht, was sie planen? Sie planen den Aufstand! Sie wollen sich meiner entledigen! Und sei es durch feigen Mord! Überall sind sie, eine Schlange mit zehn Häuptern, und schlägt man eines ab, wachsen zwölf andere nach!«

»Sire.« Nicolas ging zu ihm, streckte seine Hand nach ihm aus.

»Weg!« Heinrich schlug nach ihm.

»Ich möchte Euch doch nur helfen, Majestät ...«

»Niemand will mir helfen. Es gibt im ganzen Schloss niemanden, der mir helfen will. Sie wollen alle nur meinen Tod.«

Der Kammerdiener bückte sich nach dem Hund.

»Lasse er das!«, schrie Heinrich, seine Stimme klang schrill.

»Aber Étoile kann doch hier nicht liegen bleiben«, wagte Nicolas einzuwenden.

Heinrich weinte. Er raufte sich die Haare.

Wieder bückte sich der Diener nach dem Kadaver. Diesmal ließ der König es geschehen, und der Mann verschwand mit dem toten Hund.

Heinrich stand auf. Zitternd presste er sich mit dem Rücken an die Wand. »Wo ist Mathurine? Sie soll kommen, sofort!«

Nicolas sah sich um. Die beiden Wachmänner standen noch an der Tür. Ein Lakai und ein zweiter Kammerdiener waren hinzugekommen.

»Mit Verlaub, es heißt, die Närrin sei krank«, sagte der Kammerdiener. »Schon seit Tagen kämpft sie um ihr Leben.«

Heinrich riss den Mund auf, schreckensbleich starrte er den Mann an. Dann schrie er wieder los. »Man hat auch sie vergiftet! Man hat meine Närrin vergiftet! Mörder, überall Mörder!«

»Es heißt, sie hätte die Wundrose«, sagte der Diener.

»Bitte, beruhigt Euch, Sire.« Nicolas nahm ihn am Arm und führte ihn zu einem Stuhl. »Wenn Ihr wollt, sehe ich nach ihr.«

Heinrich setzte sich und wischte sich die Tränen von den Wangen. »Mathurine … man hat meine Mathurine vergiftet«, schluchzte er.

Gustave war achtzehn Jahre alt. Als Agnes so unvermutet in seinem Elternhaus auftauchte, um ihn mitzunehmen, hatte er geglaubt zu träumen. Noch nie war er aus seinem Dorf fortgewesen, und nun sollte er gar nach Paris!

Agnes hatte seinem Vater vier Silbertaler gegeben und seiner Mutter versprochen, gut auf ihn aufzupassen. Dann waren sie eine halbe Stunde durch den Schnee gestapft, an der Seine in einen Treidelkahn gestiegen, zwei oder drei Stunden flussaufwärts gefahren und schließlich in Paris an der École Saint-Germain an Land gegangen.

Schon die Abtei Saint-Germain war in Gustavs Augen ein Wunderwerk, erst recht das Schloss, das sie Louvre nannten. Staunend hatte er die helle Fassade mit den vielen Fenstern, Türmen und schneebedeckten Zinnen betrachtet und sich dabei ehrfürchtig bekreuzigt. So etwas konnten die Menschen nicht ohne Gottes Hilfe erschaffen!

Dann waren sie durch ein Stadttor gegangen, an den Klostergärten vorbei, an Häusern, die sich dicht aneinander drängten und zwei, drei oder gar vier Stockwerke hatten. Es begegneten ihnen Karren, die von Menschen, Ochsen oder Pferden gezogen wurden, Holzfuhrwerke, Wagen mit Heu und Stroh für den Rossmarkt und dann wieder feine Kutschen oder edle Karossen. Weiber, in schwarze Wolltücher gehüllt, schleppten Körbe, Männer trugen Wassersäcke oder schoben Kohlekarren. Kinder, Hunde, Katzen und Ziegen trollten sich durch die Gassen. In manchen Häusern waren im Parterre Läden und Werkstätten untergebracht, die Verkaufstische vor die Tore gerückt, daneben Eisenkörbe aufgestellt, in denen Feuer brannten, damit man sich wärmen konnte. Und hier und dort Händler, die sich mit ihrer Ware bestückt hatten, als wären sie selbst ein Verkaufstisch. Besen und Körbe, Felle, Holzzuber und Tonkrüge hingen an ihnen, Zinnzeug, Seile und Gurte, Messer und Lampen. Und dort standen Holzkäfige mit gackerndem Geflügel, waren Schweine angepflockt, und auf einem Holzpodium tanzten und fiedelten Musikanten und stellten Akrobaten ihre Kunst zur Schau. Nicht zu glauben! Gustave hätte drei Paar Augen haben müssen, um all das sehen zu können.

Doch Agnes zog ihn weiter. »Nun mach schon, wir haben es eilig, wir werden gebraucht! Du wirst noch genug zu sehen bekommen, bevor du eines Tages ins Gras beißen musst.«

Kaum waren sie im Hause der Närrin angekommen, hatte Agnes ihn in einen Zuber mit heißem Wasser gesteckt und geschrubbt, als wäre er ein Kessel, in dem Suppe eingebrannt war. Sie hatte ihn mit Tüchern trockengerieben, hatte ihm neue Kleider, eine Felljacke, Holzpantinen und Winterschuhe gegeben und die langen blonden Haare bis zum Kinn zurückgeschnitten. Am Ende hatte sie beide Hände in die Hüften gesteckt und gesagt: »So, nun siehst du aus wie ein richtiger Mensch! Und jetzt mach, dass du in den Stall kommst. Die Pferde wurden seit einer Woche nicht mehr gestriegelt und stehen in ihrem eigenen Dreck. Auch die Hühner und die Ziege müssen ausgemistet werden. Und wenn du fertig bist mit allem, dann bring mir zwei Eimer Wasser in die Küche.«

Es waren gute Pferde, das sah Gustave gleich. Aus edler Zucht, noch jung und nicht zerschunden wie die Gäule, die im Wald oder bei den Bauern arbeiten mussten. Und sie hatten keine Scheu und waren keine Schläge gewöhnt. Doch sie schnaubten und stampften unmutig auf, und ihre Fesseln waren angelaufen, ein Zeichen, dass sie zu wenig Bewegung hatten. Er würde Agnes fragen, ob er sie reiten oder einspannen durfte.

Als er mit den Pferden fertig war, standen sie in frischem Stroh, und ihr Fell glänzte so schön wie sein frisch gewaschenes Haar. Stolz klopfte er ihnen die Flanken, dann lachte er. Noch am Morgen hatte er von seinem Vater eine Tracht Prügel bezogen, weil er den Blasebalg über dem Schmiedefeuer nicht schnell genug bedient hatte. Und plötzlich befand er sich in Paris, hatte zwei so edle Pferde zu versorgen und wohnte in einem so vornehmen Haus, in dem jeder ein eigenes Bett in einer eigenen Kammer hatte und in dem es sogar eine Latrine und einen eigenen Brunnen gab. Selbst wenn Agnes ihm nur ein Strohlager unter der Treppe zuweisen sollte, es war tausend Mal mehr, als er sich je erträumt hatte.

Er wollte gerade die Eimer mit Wasser füllen, als gegen das Tor gepocht wurde. Ratlos stand er am Brunnen und sah sich nach Agnes um, die droben auf der Treppe erschien.

»Geh und frag, wer da ist und was er will«, trug sie ihm auf.

Gustave wollte den großen Riegel zurückschieben, aber Agnes hielt ihn zurück. »Öffne niemals das ganze Tor, bevor du weißt, wer draußen steht. Dort, die kleine Klappe oben.«

Gustave zog die Klappe auf und sah in das Gesicht eines jungen, dunkelhaarigen Mannes.

»Was wollt Ihr, Herr?«

»Mein Name ist Marquis Nicolas d'Amerval de Picardie. Der König schickt mich, damit ich nach der Närrin sehe.«

Gustave blickte über die Schulter zurück. Agnes kam schon die Treppe herunter, bald stand sie neben ihm. »Nicolas?«, wiederholte sie.

Der Herr nickte. »Nicolas d'Amerval de Picardie.«

Agnes sah ihn aus großen Augen an. Nicolas – wie oft hatte Mathurine im Fieber diesen Namen ausgesprochen. Längst ahnte Agnes, dass er der Vater des Kindes sein musste. Aber als sie ihm nun gegenüber stand, konnte sie es kaum glauben – ein so schöner und vornehmer Herr und ihre Mathurine!

»Bitte, lasst mich zu ihr, Frau – nur auf ein paar Worte.« Nicolas sah Agnes flehentlich an.

»Meine Nichte ist sehr krank. Sie liegt im Fieber, ist kaum bei Besinnung. Man kann nicht mit ihr sprechen. Und selbst wenn sie wach wäre, glaube ich nicht, dass sie in ihrem Zustand jemanden sehen will.«

Seit nunmehr einer Woche rangen Agnes und Hélène um Mathurines Leben. Sie taten, was sie konnten. Flößten ihr Brühe aus Fischköpfen und Gemüse ein, dazu etwas Rotwein, um ihr Herz zu stärken. Rieben sie mit Essenzen aus Engelwurz ab, schlugen kalte nasse Tücher um ihre Unterschenkel, wechselten täglich die Laken, streichelten die Kranke und redeten ihr gut zu – aber all das half gerade so viel, dass sie am Leben blieb. Und gestern Nacht war Georges gestorben, und Agnes wusste nicht mehr ein noch aus.

»Mich würde sie sehen wollen. Bitte! Nur für einen Moment.«

Sie blickten sich lange und schweigend in die Augen. Schließlich nickte Agnes Gustave zu, damit er das Tor öffnete.

»Folgt mir«, sagte sie und ging voraus. »Aber ich muss Euch warnen, es ist kein schöner Anblick, und Ihr werdet meine Nichte kaum wiedererkennen.«

Es war eine kleine Kammer mit nur einem Fenster, in die Agnes ihn brachte. An der linken Wand hingen drei Gemälde – eine betende Madonna, eine Madonna mit Kind und eine Szene, in der Maria Magdalena die Füße Christi wusch. Rechts, mit der Kopfseite an der Wand, stand ein Bett. Die Vorhänge waren zurückgeschlagen; auf der Kastenbank, die seitwärts am Bett angebracht war, standen einige Holzschälchen und ein kleiner Zinnkrug, in dem ein Löffel hing.

Hélène beugte sich über die Kranke. Als Nicolas eintrat, sah sie sich nach ihm um.

»Es ist der junge Herr Nicolas … du weißt schon«, sagte Agnes wie zu ihrer Entschuldigung.

Hélène starrte ihn an. Ihre Stirn war in Falten gezogen, der Mund ein wenig verbissen. Doch plötzlich erhellte sich ihr Blick, sie nickte und trat vom Bett zurück.

Langsam ging Nicolas näher.

In den Kissen, die hoch aufgetürmt waren, lag ein Gesicht, das er, hätte er nicht gewusst, wem es gehörte, niemals erkannt hätte. Augen, Wangen und Oberlippen waren zu dicken Wülsten aufgeschwollen, die Haut wirkte gelb und wächsern und war von nässenden Blasen übersät, und über der Stirn zeigte sich ein breites Band von Haarstoppeln.

»O Gott!«, entfuhr es ihm. Wie erstarrt stand er da, die Faust gegen den Mund gepresst.

Agnes verließ die Kammer und kam mit einem Kissen zurück. Sie legte es auf die Bank, sah Nicolas aufmunternd an. »Setzt Euch, Herr.«

Er sank hin und streckte die Hand nach Mathurine aus, doch Hélène hielt ihn zurück. »Berührt sie nicht, Herr, Ihr könntet Euch anstecken.«

Nicolas sah auf. Tränen waren in seinen Augen. »Wird sie für immer so entstellt bleiben?«, fragte er.

Hélène schüttelte den Kopf. »Ihr Aussehen ist nicht das Problem, Herr, vielmehr das Fieber, das sie auffrisst. Aber so Gott gnädig ist und sie am Leben lässt, wird sie in ein paar Wochen wieder die sein, die Ihr kennt.«

»Heißt das, sie könnte sterben?«

»Wir tun das Mögliche. Die meisten sterben an dieser Krankheit, aber sie hat eine starke Natur.«

Nicolas sah wieder zu Mathurine. »Und was ist mit ihren Haaren?«, fragte er.

»Ihre Haare?« Die beiden Frauen tauschten Blicke. »Sie sind einfach nur nachgewachsen. Wisst Ihr denn nicht, dass sie ihre Haare über der Stirn auszupft?«

»Sie zupft sie aus?« Entsetzen lag in seinen Augen. »Aber warum tut sie das? Es muss doch schmerzen!«

Agnes zögerte, bevor sie antwortete: »Sie tut es, um hässlich zu sein. Wenn sie die Narrenkappe trägt, soll man glauben, dass sie keine Haare darunter hat.«

»Um hässlich zu sein …« Ein Seufzen kam über Nicolas' Lippen.

Wieder streckte er seine Hand nach Mathurine aus. Er hielt sie wie schützend über ihre Stirn und flüsterte etwas, das die beiden Frauen nicht verstehen konnten. Aber Mathurine schien es verstanden zu haben, denn plötzlich drehte sie den Kopf in Nicolas' Richtung und sah ihn an.

»Ich dachte, ich hätte im Traum deine Stimme gehört«, flüsterte sie. »Aber du bist es ja wirklich!«

Er nickte. »Ja, ich bin es. Wollte doch wissen, wie es dir geht.«

Ihr Blick ruhte auf ihm. »Aber du weinst ja! Weinst du etwa um mich?«

Er schlug die Augen nieder.

»Hör auf zu weinen!«, sagte sie. »Ich bin noch nicht gestorben. Und so schnell werdet ihr mich auch nicht los! Da habe ich schon ganz anderen ein Schnippchen geschlagen als dem Gevatter Tod.«

Nicolas lachte. »Auch wenn man dich mit einem Gesicht, das mehr einem Kürbis gleicht als einem Menschen, kaum noch erkennt – sobald du den Mund aufmachst, kann man sicher sein, du bist es wirklich!«

»Wer eines Hinkenden spotten will, sollte selbst gerade gehen«, gab Mathurine zurück. Sie seufzte und schloss die Augen. »Tut mir leid … ich weiß, ich bin eine schlechte Gastgeberin, aber ich muss dich jetzt fortschicken. Zu anstrengend …« Die Stimme versagte ihr.

Nicolas stand auf. Er legte seine Hand auf die Bettdecke. »Gott schütze dich«, sagte er leise. Und: »Werde gesund!«

»Danke, dass du gekommen bist«, flüsterte Mathurine, doch da war er schon draußen und konnte sie nicht mehr hören.

Agnes brachte ihn zum Tor, schob den Riegel zurück.

»Soll ich unseren König bitten, einen seiner Ärzte zu schicken?«, fragte Nicolas.

»Wir brauchen keine Ärzte, meine Nichte ist in besten Händen. Aber beten könnt Ihr für sie.«

Er nickte. »Darf ich wiederkommen?«

Agnes sah ihm lange in die Augen. »Ich werde Euch den Jungen schicken, falls Mathurine Euch zu sehen wünscht.«

Nicolas trat auf die Straße und bestieg den Wagen, mit dem er gekommen war. Dicke Schneeflocken fielen vom Himmel, ein kalter Wind pfiff durch die Gasse. Agnes sah der Kutsche nach, bis sie am Platz vor der alten Stadtmauer aus ihrem Blickfeld verschwand.

Als sie wenig später die Kammer betrat, blickte Mathurine ihr entgegen. Sie sagte etwas, aber es war nur ein Flüstern und kaum zu verstehen. Agnes beugte sich über sie, hielt ihr Ohr an Mathurines Lippen.

»Ist er fort?«

Agnes nickte.

»Noch nie hat jemand um meinetwillen geweint … nie jemand außer dir und Georges.«

»Nun schlaf«, sagte Agnes. Sie richtete die Decke, ein Lächeln lag auf ihren Lippen.

Mathurine lebte noch, aber Georges war tot. Schon hatten die Glocken von Saint-Honoré für ihn geläutet, und die Nachbarinnen, die die Totenwache halten sollten, würden zur Dämmerung ihre Klagelieder anstimmen.

Gustave saß am Feuer und wärmte sich die Hände. Als Agnes mit verweinten Augen die Küche betrat, sprang er auf und stammelte eine Entschuldigung.

»Für ein bisschen Sitzen und Ausruhen brauchst du dich nicht zu entschuldigen.« Agnes griff in eine Lade, zog ein

Stück Krentenbrot heraus und gab es dem Jungen. »Da, iss! Bei uns gilt ein jeder, der ehrlich und fleißig ist, als Mensch und wird auch so behandelt. Tu deine Arbeit, lass dir nichts zuschulden kommen und beiße nicht die Hand, die dich füttert, dann wird es dir hier gutgehen. Aber stiehlst du, lügst du oder verrätst deine Herrin, wirst du mit Schimpf und Schande nach Hause geschickt.«

»Das wird nicht vorkommen«, versprach der Junge.

Agnes nickte. »Jetzt iss, und dann hilfst du mir, Georges unten in der Halle aufzubahren.«

»In der Halle?« Das war gegen alle Gepflogenheiten. Gustave starrte Agnes mit offenem Mund an, das zerkaute Krentenbrot hätte man ihm herausklauben können.

Agnes seufzte. Anstand würde sie ihm noch beibringen müssen, aber jetzt gab es Wichtigeres zu tun. »Du hast schon richtig gehört«, sagte sie. »Ich will nicht, dass Mathurine das Klagen und Schreien hört und auf diese Weise vom Tod ihres Onkels erfährt. Wir werden es ihr erst sagen, wenn es ihr besser geht.«

Gustave senkte den Kopf. »Darf ich etwas fragen, Tante?«

Agnes setzte sich, erschöpft streckte sie die Beine zum Feuer hin. »Na los!«, forderte sie ihn auf.

»Ich habe gehört, wie du zu dem Herren gesagt hast, Mathurine zupft sich die Haare über der Stirn aus, um hässlich zu sein. Was ich von den Frauen weiß, ist nicht viel, nur dass meine Schwestern immer schön sein wollten, um den Männern zu gefallen.«

Agnes lächelte müde. »Deine Schwestern sind ja auch nur ganz gewöhnliche Mädchen, die einen Kerl abbekommen wollen. Doch Mathurine ist die Närrin des Königs!«

»Ich habe den König nie gesehen, aber man erzählt sich, dass alles um ihn herum in Prunk und Pracht erstrahlt und dass er sich nur mit edlen Dingen und schönen Menschen umgibt, weil alles Hässliche seiner nicht würdig ist – und da will seine Närrin hässlich sein?«

»Hast du schon einmal vor dich auf den Boden geblickt, wenn die Sonne hinter dir steht?«

»Ja«, sagte Gustave.

»Und was hast du gesehen?«

»Du meinst meinen Schatten?«

Agnes nickte. »Und war er bunt und schön und kam fröhlich daher?«

»Nur einfach ein Schatten eben. Ein schwarzer Fleck, nicht mehr.«

»Na siehst du, so wirft alles, was im hellen Licht erstrahlt – und sei es noch so wunderschön und edel –, nur einen schwarzen Fleck als Schatten. Und daran soll die Närrin ihren König immer erinnern. Wähnt er sich klug, muss sie ihm zeigen, wie dumm er ist. Wähnt er sich schön und blickt sie an, soll er in ihr seine eigene Hässlichkeit erkennen. Darum muss sie hässlich sein – alle Narren sind hässlich! Doch wenn er sich traurig fühlt und einsam und seine Gedanken nur noch dunkel und glanzlos sind, dann singt sie für ihn oder bringt ihn zum Lachen, damit ihm wieder das Schöne im Leben gewahr wird.« Agnes seufzte und machte eine Handbewegung, als wollte sie Hühner verscheuchen. »So hat sie immer eine Menge Arbeit mit ihm.«

»Und ist sie dumm, die Närrin, so wie Jacques in unserem Dorf?«, fragte der Junge. »Der gafft nur blöde und kann keinen einzigen vernünftigen Satz sagen. Ihn schimpfen sie auch Narr, und sie machen Witze über ihn, wenn er sich die Hand am Feuer verbrennt.«

»Dumm?« Agnes lachte auf. »Gott behüte! Da solltest du mal ihre Bücher sehen. Beinahe hundert besitzt sie nun schon, und sie rechnet schneller, als du denken kannst. Nein, mein Lieber, es ist eine hohe Stellung, die sie bei Hofe bekleidet, und sie wird gut bezahlt dafür. Solange sie ihr Narrenkostüm trägt, gilt sie kaum weniger als der König selbst, und wenn sie auch in Versen spricht und spottet, so berät sie ihn doch wie ein Minister.« Agnes nahm den Jungen an der Schulter und schob ihn zur Tür. »So, und nun an die Arbeit, Georges soll eine schöne Beerdigung haben.«

Als Mathurine die Augen aufschlug, sah sie das Schattenspiel der hellen Morgensonne auf ihrem Bett; ein Viereck, angefüllt mit Kreisen – die Butzenscheiben des Fensters.

Sie versuchte sich ein wenig aufzurichten, doch es gelang ihr nicht. Zu erschöpft war sie vom Fieber.

Hélène schlief auf einem Strohsack in der Ecke. Als Mathurine leise ihren Namen rief, schreckte sie hoch. »Du bist wach!«

»Ja. Ich habe Durst.«

Hélène mühte sich auf. Ihre Knochen schmerzten, ihr Nacken war steif. Seufzend schlurfte sie zum Bett, nahm den Krug, der auf der Seitbank stand, füllte einen Becher mit Wasser, richtete Mathurine ein wenig auf und führte den Becher an ihre Lippen.

Gierig trank sie, und Hélène lächelte zufrieden. Wenn sie erst einmal trank, dann war sie so gut wie über den Berg! Sie griff nach Mathurines Puls und fühlte, dass er stärker war als gestern. Das Fieber sank, die Schwellungen gingen zurück.

»Ich möchte ein wenig sitzen«, sagte Mathurine, und Hélène half ihr, sich aufzurichten. Sie schüttelte die Kissen auf und schob sie ihr als Stütze im Rücken zurecht.

»Wie lange schlafe ich denn schon? Zwei oder drei Tage?«

Hélène lachte auf. »Neun Tage liegst du hier wie tot, nur einmal haben sich in all der Zeit deine Geister geregt – da hattest du Besuch von einem schönen jungen Mann.«

»Neun Tage!« Ungläubig sah Mathurine die Hebamme an. Plötzlich lächelte sie. »Und der Mann? War es Nicolas? Ich hatte geglaubt, es sei nur ein Traum gewesen!«

»Von wegen ein Traum! Er war hier, in voller Pracht und Größe! Wirklich hübsch, der Bursche!« Hélène grinste.

Mathurine schloss die Augen. »Neun Tage«, flüsterte sie und schlief wieder ein.

Als sie am Nachmittag wach wurde, saß Agnes bei ihr. Die Alte lächelte. »Gott sei's gedankt, es geht dir besser! Ich hole dir etwas zu essen.«

Agnes ging und kam mit einer Schüssel Haferbrei zurück.

»Hattest du etwa Angst um mich?«, fragte Mathurine mit leisem Spott.

»Wir haben viele Male die heilige Gertrud von Nivelles und den heiligen Damian angerufen und um dein Leben gefleht. Wir haben dich mit einem Sud aus Engelwurz abgerieben und dir Wickel um Arme und Beine gelegt. Kräutersud haben wir dir eingeflößt und Rotwein, um dein Herz zu stärken. Ja, wir hatten Angst um dich! Aber du bist stark wie eine Bärin, und da schau, jetzt geht es dir wieder besser!«

Agnes schob ihr einen Löffel Brei in den Mund.

Dann erschien Hélène. Sie kam von draußen, roch nach Kälte und Schnee. Über dem Arm trug sie einen Korb mit Wintergemüse, Äpfeln, Nüssen und einem Wels, den sie auf dem Fischmarkt erstanden hatte.

Sie stellte den Korb ab und trat lächelnd ans Bett. »Sieh an, die Närrin! Da macht sie uns zuerst verrückt vor Sorgen, dass man schon Maß nimmt für ein Grab, dann sitzt sie auf einmal aufrecht in ihrem Bett und lässt sich füttern wie ein kleines Mädchen.«

»Du hast ein freches Lästermaul!«, antwortete Mathurine im selben Ton und lächelte ebenfalls. Doch plötzlich schob sie Agnes' Hand mit dem Löffel von sich und sah Hélène an. »Und das Kind?«, fragte sie, legte dabei eine Hand auf ihren Bauch.

Hélène strich ihr übers Haar. »Es ist ein kleines Wunder – aber ja, es lebt noch!«

Es dauerte noch einmal drei Tage, bis Mathurine aufstehen konnte. Sie setzte die Füße auf den Boden und ließ sich von Agnes und Hélène hochziehen. Als sie stand, lachte sie.

»Und jetzt begleitet mich in die Küche, damit ich Georges sehen kann!«

Agnes und Hélène tauschten Blicke. »Du kannst froh sein, wenn du von hier bis zur Tür und wieder zurück kommst«, sagte Hélène forsch.

»Ach was, ich schaffe es!«

An der Tür winkte Mathurine jedoch ab. »Ihr habt recht, es kostet zu viel Kraft, ich möchte zurück ins Bett.«

Als sie lag, seufzte sie auf. »Dann muss eben Georges zu mir kommen.«

Agnes wollte etwas entgegnen, doch da stand plötzlich Gustave in der Tür. »Ich habe die Ziege gemolken, die Milch steht auf dem Tisch in der Küche.«

Mathurine richtete sich auf. »Das ist ja Gustave, mein Neffe!«

»Jawohl, Tante«, erwiderte er artig.

»Wie lange bist du denn schon bei uns?«

»Genau eine Woche.«

»Du hattest mich beauftragt, ihn herzuholen«, sagte Agnes.

»Ja, ich erinnere mich. Da hat ihn Auguste also gehen lassen. Ich freue mich! Na, komm her!« Mathurine winkte ihn heran, er trat ans Bett.

»Ein hübscher Bursche ist aus dir geworden!«

»Das findet die Tochter deiner Nachbarin auch. Marie hat schon ein Auge auf ihn geworfen!« Leichter Spott schwang in Hélènes Stimme mit, und Gustaves Wangen färbten sich dunkelrot.

»Und wie kommst du mit den Pferden zurecht?«, fragte Mathurine.

»Gut. Wenn ich sie nicht einspannen muss, um die Tante oder die Hebamme irgendwohin zu bringen, dann reite ich sie abwechselnd aus. Ich verlasse die Stadt durch das Port Saint-Honoré, reite an den Mühlen vorbei, über Wiesen und Felder und kehre durch das Port Montmartre zurück.«

»Das ist gut, da wird sich Georges freuen. Wenn ich wieder gesund bin, reiten wir zusammen aus.«

»Aber jetzt musst du wieder schlafen!«, befahl Agnes. Sie schob den Jungen und Hélène auf den Flur, nahm den Korb mit den Einkäufen und zog die Tür hinter sich zu.

Agnes sagte es Mathurine am nächsten Morgen. »Du kannst Georges nicht mehr sehen, er ist gestorben. Letzte Woche haben wir ihn begraben.«

Mathurine weinte. Als Kind war sie auf seinen Knien geritten, aus seiner Hand hatte sie die ersten Süßigkeiten erhalten, er hatte sie auf dem Kutschbock mitgenommen, ihr das Reiten beigebracht und ihr Geschichten erzählt. Georges war der einzige Mann, den sie je geliebt hatte – außer Nicolas.

»Wie nah sind uns manche, die tot sind, und wie tot sind uns manche, die leben!«

Agnes nahm sie in die Arme. »Mein Kleines ...« Sie weinten zusammen.

Es dauerte noch einmal zwei Wochen, bis Mathurine wieder bei Kräften war.

Hélène kam jeden Morgen vorbei, um nach ihr zu sehen. »Wozu mache ich mir Sorgen um dich?«, sagte sie einmal. »Unkraut vergeht nicht, du hast es uns ja bewiesen!«

Mathurine drückte Hélène an sich. »Zu einem starken Pfeil gehört ein starker Bogen, und ohne starken Arm wird dieser nicht gezogen! Ohne dich und Agnes wäre ich verloren gewesen. Ich danke dir.«

Hélène lachte. »Danke mir nicht mit schönen Worten. Die Rechnung wird dir noch gestellt!«

8.

Dezember 1587

Nur wenige Tage vor Weihnachten kehrte Mathurine an den Hof zurück. Es gelang ihr, unbemerkt in den Louvre zu kommen. Natürlich, die Wachen hatten sie gesehen, auch zwei Diener waren ihr auf den Fluren des Schlosses begegnet, aber keine der Hofschranzen. Vier Wochen hatte sie Bett und Haus gehütet, und so manche der hohen Herrschaften hatte sich wohl schon ins Fäustchen gelacht, weil man annahm, »das Narrenweib« für alle Zeiten los zu sein – nun, sie würden staunen!

Mathurine schminkte sich, zog ihr Amazonenkostüm an, band sich den Gürtel um und küsste ihre Marotte. Sie hatte sie Gott geweiht, in der Hoffnung, dass er ihr, wenn er sie eines Tages zu sich rief, ihre Sünden vergeben und ihre Flüche verzeihen würde.

Sie hielt schon die Gitarre in der Hand, entschied sich aber plötzlich anders. Sie nahm die Flöte, steckte sie in ihren Ausschnitt und verließ die Kammer.

In eine Nische gedrückt, beobachtete sie, wer sich an diesem Morgen zur königlichen Audienz versammelte. Eine Menge bekannter Gesichter! Gilbert de Longaud und Vicomte Verneuil in Begleitung Zamets, des Bankiers. Nicolas d'Amerval, Vigny, Rosard und Königin Louise mit drei ihrer Hofdamen. Charles Duplessis, Marquis de Annecy, und Pater Rose, ein Pfaffe, der sich schon des Öfteren erdreistet hatte, den König öffentlich abzukanzeln. Als sich auch noch Ève de Marbeaux unter die Anwesenden gesellte, sprang Mathurine mit einem lauten Aufschrei aus ihrem Versteck.

»Ha!«, rief sie. »Da bin ich wieder! Habt wohl schon geglaubt, der Schnitter hätte mich über seine Sense springen lassen?« Sie verbeugte sich mit Kratzfuß vor Gilbert de Longaud. »Herr Fisch, wie schön, Euch wiederzusehen! Wo habt Ihr denn heute das Gäbelchen gelassen, mit dem Ihr einem armen Narrenweib nach dem Leben zu trachten pflegt?«

»Geh mir aus den Augen«, belferte er und schob sie grob zur Seite. »Dich ansehen zu müssen verdirbt mir den Tag!«

»Oh, das liegt nicht an mir, Herr Fisch, es liegt an der frühen Stunde. Ein Tag, der schon morgens beginnt, kann nimmer mehr gut werden!«

Sie drehte sich um und grinste Nicolas ins Gesicht. »Bei meinen Brüsten, meinem Zinken und dem heiligen Reich zwischen meinen Beinen, das Bürschchen weilt ja immer noch unter uns! Ich hatte geglaubt, die edlen Hofdamen hätten dich längst zu Tode geritten!« Sie fasste ihn am Kinn, drehte seinen Kopf einmal hin und einmal her und stellte dabei fest: »Aber nicht ein einziges Flaumhärchen haben Sie dem jungen Marquis gekrümmt! Potzblitz, die Weiber sind so unberechenbar, dass man sich nicht einmal darauf verlassen kann, dass sie das Gegenteil dessen, was sie sagen.«

Sie sahen einander in die Augen, und Nicolas lächelte. »Ah«, sagte er, »das Kürbisgesicht ist zurück! Und schon wieder spuckt es Gift und Geifer!«

»Der junge Herr Graf gehört wohl auch zu denen, die mich abends in ihr frommes Gebet geschlossen haben?« Mathurine faltete die Hände und sah andächtig gen Himmel. »Gib Gott, dass ihr der Mut zum Leben nicht allzu rasch zurückgegeben!«

Im selben Moment wurde die Tür zum Audienzsaal geöffnet, der Oberzeremonienmeister erschien. »Ihre Majestät, König Heinrich von Frankreich, lässt bitten.«

Mathurine reichte Ève de Marbeaux die Hand. »Madame, es wird mir ein Vergnügen sein, Euch zum König zu begleiten.«

Die Hofdame warf den Kopf in den Nacken und versuchte, Mathurine zu entkommen, aber die ließ sich nicht abhängen, lief Faxen machend neben ihr her.

»Verschwinde sie!«, fauchte Ève. »Ich wünsche keine Närrin an meiner rechten Seite!«

Mit einem Sprung wechselte Mathurine an Èves linke Seite, so dass die Hofdame nun rechts ging. »Mir macht es nichts aus!«, sagte sie mit einem frechen Grinsen.

Als alle lachten, wandte sich Ève de Marbeaux mit hochrotem Kopf und Tränen in den Augen um und schrie hysterisch: »Kann mir diesen Kretin denn niemand vom Leibe halten!«

Der König war blass und wirkte erschöpft. Seine Hunde saßen neben ihm, er kraulte ihnen das Fell. Als die Königin und ihr Gefolge eintraten, hob er kaum den Blick, doch als Mathurine sich zu seinen Füßen niederließ, hellte sich sein Gesicht auf. »Du bist gesund und zurück – Gott sei's gedankt!«

»Es scheint, du bist der Einzige, mein König, der sich über meine Rückkehr freut.« Sie rieb sich die Hände. »Nun denn, ich bin gespannt, was der Tag uns bringen wird!«

Der Oberzeremonienmeister rief Charles Duplessis, Marquis de Annecy, auf.

Er trat hervor und verbeugte sich tief. »Majestät, ich möchte Euch untertänigst um Eure Meinung bitten.«

Heinrich nickte, und der Marquis begann: »Die Kriegsjahre haben unser Land aufgezehrt. Die Felder tragen kaum Früchte, das Vieh ist so mager wie die Bauern selbst. Die Schlösser des Adels sind verwahrlost, ihre Geldkassetten längst leer. Sie müssen dringend gefüllt werden, doch verlangt man den Bauern rückständige Steuern ab und bedrückt das Volk mit der Einforderung des Zehnten, kommt es zu Aufständen. Ihr habt im Unionsedikt per Eid zugesichert, dass alle hugenottischen Güter zum Verkauf eingezogen werden. Wäre dies so, käme auch wieder Geld in die Staatskasse. Doch Ihr verschont die Güter des Prinzen Condé und sogar die Heinrichs von Navarra, dem ärgsten Feind der Liga. In gewissen Kreisen ist man aufgebracht darüber und hält es für eine Ungerechtigkeit. Es würde mich untertänigst interessieren, wie Ihr Euer Verhalten begründet. Wohlgemerkt, nur um Argumente vorbringen zu können, wenn das wütende Volk wieder einmal gegen die Tore meines Schlosses pocht oder Stimmen der Liga laut werden und nach Gerechtigkeit schreien, ja gar die Heilige Inquisition wieder einzuführen fordern.«

Mehrmals öffnete und schloss Heinrich den Mund, bevor er antwortete: »Meine Meinung wollt Ihr hören, damit Ihr Argumente vorbringen könnt? Nun denn, der Prinz von Condé und Heinrich von Navarra sind Prinzen meiner Familie. Und wird nicht schon in der Bibel geschrieben, dass du für dein eigen Fleisch und Blut einstehen sollst?« Er zitierte: »›Als nun Abram hörte, dass seines Bruders Sohn gefangen war, wappnete er seine Knechte, dreihundertundachtzehn, in seinem Hause geboren, und jagte ihnen nach bis Dan und teilte seine Schar, fiel des Nachts über sie her mit seinen Knechten und schlug sie und jagte sie bis nach Hoba, das nördlich der Stadt Damaskus liegt. Und er brachte alle Habe wieder zurück, dazu auch Lot, seines Bruders Sohn, mit seiner Habe, auch die Frauen und das Volk.‹«

»Ja aber …«, wollte der Marquis aufbegehren, doch der König fiel ihm ins Wort. »Kein Aber. Meine Meinung wolltet Ihr hören – nun, das war sie.«

Mathurine sprang auf und schwang ihre Marotte. »Man beachte, dass nicht jeder, der die Meinung anderer hören möchte, auch eine andere Meinung hören will!«

Der Marquis warf ihr einen wütenden Blick zu, dann verbeugte er sich vor dem König und zog sich zurück.

Gerade wollte der Oberzeremonienmeister den Nächsten aufrufen, als die Tür aufflog und drei bewaffnete Gascogner[4] in den Saal stürmten. Die Anwesenden fuhren zurück, der König sprang auf. »Was soll das, erklärt Euch!«

4 Edelmänner aus der Gascogne, die als besonders wild und tapfer galten. Ähnlich wie die Schweizer Gardisten bildeten sie eine Leibgarde für den König.

Der Oberste verbeugte sich. »Wir haben Hinweise, Eure Majestät, dass sich ein Attentäter in diesem Raum befindet, der euch nach dem Leben trachtet.«

»Ein Attentäter?« Der König wurde bleich. Er setzte sich wieder, starrte die drei Männer an. »Schon ist das Messer gewetzt und ein Platz zwischen meinen Schulter ausgemacht, in das man es stoßen wird«, lamentierte er.

»Kein Messer – Gift«, entgegnete der Hauptmann der Gascogner.

Nun war Mathurine es, die aufsprang. Sie blickte den Anwesenden ins Gesicht. Gilbert de Longaud war zu allem imstande! Auch Rosard hielt sie für einen üblen Burschen. Aber Gift war die Waffe der Frauen, und unter den Damen im Saal war Ève de Marbeaux die einzige, der sie so eine Tat zutraute!

Während die Gascogner anfingen, die Anwesenden zu durchsuchen, mischte sich Mathurine unter die Leute. Niemand beachtete sie. Alle, auch Ève, die hinter Nicolas stand, schienen sich ganz auf das zu konzentrieren, was sich vorne bei den Gascognern abspielte. Doch als Mathurine näher kam, sah sie, dass sich Ève an Nicolas' Wams zu schaffen machte, dann rückwärts davonschlich, zum Fenster ging und hinausblickte, als sei nichts geschehen.

Mathurine stellte sich neben Nicolas. »Was hast du in der Tasche deines Wamses?«, flüsterte sie.

Erstaunt schüttelte er den Kopf. »Nichts.«

»Sieh nach!«

Er fasste hinein, stutzte, zog ein kleines Fläschchen hervor und starrte es an.

Mathurine nahm es an sich. Um ihm anzudeuten, dass er schweigen sollte, legte sie einen Finger auf ihren Mund.

Die Gascogner hatten weder bei Marquis de Annecy noch bei Vigny etwas gefunden. Nun forderten sie den Geistlichen auf, die Arme zu heben, damit sie ihn abklopfen konnten. Er protestierte lautstark, dass man einen Mann seines Standes verdächtigte.

»Was stellst du dich so an, Herr Kaplan«, rief Mathurine, »war es nicht dein kreuzgenagelter Herr, der gesagt hat, dass wir alle gleich sind vor Gott und unseren Nachbarn?« Mit einem Sprung war sie bei Ève. »Nur diese Dame hier ist ungleicher, denn sie ist ungleich schöner als alle anderen!« Sie tanzte um Ève herum. »Nie wird es eine geben, deren Schönheit sich mit der ihren messen kann!«

Ève stieß die Närrin mit einem wütenden Aufschrei von sich und eilte zur Tür. Doch einer der Gascogner stellte sich ihr in den Weg. »Niemand verlässt den Raum, auch Ihr nicht, Madame.«

Inzwischen hatten die Männer Nicolas durchsucht. »Nichts«, sagte der Hauptmann.

Ève war plötzlich weiß wie der frische Schnee, der vor den Fenstern des Schlosses vom Himmel fiel. »Aber ich habe doch gesehen … habe selbst gesehen, wie er …«, stotterte sie.

Sie brach ab, als Mathurine auf einen Mauervorsprung sprang und den Gascognern zurief: »Vielleicht sollte man einmal bei Madame de Marbeaux nachsehen? Jedermann weiß schließlich, dass die schöne Ève zwischen ihren Brüsten das giftigste aller Dinge verbirgt – ihr mörderisches Herz!«

Wieder versuchte Ève zur Tür zu gelangen, aber die Gascogner waren schneller. Einer der Männer packte sie am Arm und hielt sie fest, ein zweiter streckte seine Hände nach ihr aus.

»Fasst mich nicht an!«, schrie sie. »Ich bin eine Dame!«

»Oh, sie ist eine Dame!« Mathurine lachte. »Habt ihr es alle gehört?«

»Wir können keine Ausnahme machen«, sagte der Hauptmann der Gascogner. Er deutete auf das kleine silberne Etui, das an einer Kette an ihrem Gürtel hing. »Was habt ihr da?«

Sie warf den Kopf in den Nacken. »Nichts, was euch etwas anginge!«

Er griff danach, öffnete den Sprungdeckel und zog ein Fläschchen heraus.

Als Ève das Fläschchen sah, riss sie die Augen auf. Alles Blut wich aus ihren Wangen. »Es ist Parfum!«, behauptete sie.

Der Mann öffnete das Fläschchen und roch daran. »Parfum und kein Duft? Seltsam!« Er winkte einen der Diener herein, die vor der Tür warteten. »Hat er die Katze und die Milch, die ich ihn besorgen ließ? Dann bringe er beides!«

Der Mann setzte eine Katze auf den Boden, ein anderer Diener stellte ein Schälchen mit Milch vor sie hin, in das der Gascogner ein paar Tropfen aus dem Fläschchen gab.

Das Tier trank, ohne zu zögern.

Ève beobachtete alles mit entsetztem Gesicht.

Plötzlich hielt die Katze inne. Sie maunzte und leckte sich das Maul, krümmte sich auf einmal und versuchte sich zu erbrechen. Schaum trat aus ihrem Maul, sie torkelte und brach zusammen.

Wieder versuchte Ève zu fliehen, aber die Männer hielten sie fest.

Der König sprang auf. »Mörderin!«, schrie er mit sich überschlagender Stimme! »Schafft sie mir aus den Augen!«

»Aber ich bin unschuldig!«, flehte Ève. »Man hat mir das Gift untergeschoben! Sie war es! Die Närrin war es!«

Mathurine lachte. »Mag auch der Teufel nicht so schwarz sein, wie man ihn uns gerne malt, Ihr, Madame, seid ganz gewiss nicht so unschuldig, wie Ihr uns glauben machen wollt!«

Die Gascogner zerrten Ève zur Tür. Sie wehrte sich, trat nach ihnen.

Königin Louise eilte zu ihrem Gatten, versuchte ihn zu umarmen, aber Heinrich stieß sie von sich. »Weg! Lasst mich alleine! Weg, alle weg! Nur Mathurine soll bleiben.«

Als alle gegangen waren, sank Heinrich aufseufzend nieder. Schweiß stand auf seiner Stirn, aus seinen Augen sprach

Angst. »Du weißt mehr«, sagte er. »Was war da los – erkläre es mir!«

Mathurine zog ihre Narrenkappe vom Kopf. »Bei Gott und meiner Ehre«, schwor sie, »ich habe gesehen, wie Madame de Marbeaux, als sie sich unbeobachtet fühlte, dieses Fläschchen in Nicolas d'Amervals Tasche schob. Das schien mir verdächtig; die Gascogner suchen nach Gift, und sie entledigt sich eines Fläschchens? Ich habe es darum an mich genommen und in ihre Tasche zurückgesteckt.«

»Warum hast du sie nicht einfach zur Rede gestellt?«

»Eure Majestät, wir alle kennen Madames geschicktes Mundwerk und wissen, dass sie besser lügt als der Teufel selbst. Ich dachte bei mir, wenn das Fläschchen nichts Schlimmes beinhaltet, dann wäre es ja auch weiter nicht wichtig. Sollte es aber das Gift sein, dann muss es jemanden geben, der hinter ihr die Fäden zieht, denn was sollte eine Hofdame für ein persönliches Interesse daran haben, ihren König zu ermorden?«

Heinrich nickte. »Wie recht du hast!«

»Wenn dem aber so ist und einflussreiche Leute dieses Komplott geschmiedet haben, was könnte dann ein junger, unerfahrener Mann wie Nicolas d'Amerval ausrichten? Man würde ihn kaltlächelnd opfern, um die eigene Haut zu retten! Aus diesem Grund schien es mir besser, das Fläschchen seiner wahren Besitzerin zuzuspielen und ihn aus der Sache herauszuhalten.«

Heinrich zog die Stirn in Falten. »Meine Närrin stellt sich schützend vor einen Mann?«

Mathurine senkte den Blick. »Ich bitte dich nie um etwas, mein König, aber heute … um meinetwillen, schick Nicolas d'Amerval nach Hause zu seinem Vater. Er ist für das Leben bei Hofe nicht geschickt.«

Erstaunt sah Heinrich sie an. »Er ist es also, den du liebst!«

Sie hielt seinem Blick stand, eine Antwort blieb sie ihm schuldig.

Am nächsten Morgen fand man Ève de Marbeaux tot in ihrer Zelle. Ihre Haut hatte einen seltsamen schwarzen Schimmer, ihre Augen waren weit aufgerissenen, die Zunge – aufgequollen und dick wie ein Kinderarm – hing ihr aus dem Mund.

Mathurine war zugegen, als einer der Kammerherren dem König die Nachricht überbrachte. Weinend und schreiend warf sich Heinrich auf den Boden. »Mörder, überall Mörder! Der Nächste werde ich sein!« Er kroch hinter den Vorhang, gab von dort Befehl, den Hauptmann der Gascogner herbeizurufen.

Gillot kam umgehend. »Eure Majestät …« Der Mann verbeugte sich in Richtung des Vorhangs und lauschte der hysterischen Stimme des Königs.

»Ihr selbst wisst es ja am besten, man trachtet mir nach dem Leben! Ich brauche eine Leibgarde, die mich Tag und Nacht beschützt! Wie viele Männer stehen Euch zur Verfügung?«

Gillot dachte nach. »Vierzig, vielleicht fünfzig, Majestät.«

»Vierzig … vielleicht fünfzig, nicht mehr?«

»Es sind allesamt Männer, die Euch treu ergeben sind, Majestät.«

»Dann werden sie mich in Zukunft auf Schritt und Tritt begleiten!«

»Sehr wohl, Majestät.« Er verbeugte sich und zog sich zurück.

Als er die Tür hinter sich geschlossen hatte, nahm Mathurine ihre Gitarre, spielte und sang dazu. Nach einer Weile kam Heinrich aus seinem Versteck. Er setzte sich ans Fenster und starrte hinaus.

»Allesamt treu ergeben!« Er lachte bitter. »Wie kann ich das glauben? Wem kann ich überhaupt noch vertrauen? Das eine Mal vergiftet ein Diener meinen Hund, das andere Mal versucht es eine Hofdame mit mir! Gilt Treue und Ergebenheit denn gar nichts mehr?«

Mathurine hörte auf zu spielen. »Wer einen treuen Diener will, der bediene sich selbst«, sagte sie.

Heinrich fuhr herum. »Wenn du so sprichst, dann sprichst du auch von dir, denn auch du bis meine Dienerin!«

»Du kennst mich, mehr sage ich dazu nicht!« Mathurine spielte ein anderes Lied.

Heinrich presste die Hände gegen seine Schläfen.

Mathurine stand am Fenster ihrer Kammer und sah hinunter in den Hof des Louvre. Einige Burschen waren dabei, schmutzigen Schnee zu großen Haufen zusammenzuschieben. Ein Kammerjunker, gefolgt von zwei Pagen, die eine Kiste trugen, überquerte den Platz, betrat dann das Schloss durch einen Seiteneingang. Vor dem Hauptportal waren an jeder Seite zwei Schweizer Gardisten postiert, ein Stück weiter rechts standen neben ihren Reitpferden die Herren Fontenac und Duplessis und debattierte gestenreich mit einem Dritten, den Mathurine nicht kannte.

Ihr Blick wanderte zurück zum Portal. Sie wartete darauf, dass Nicolas erschien. Der König hatte ihm gestern mitgeteilt, dass er seine Dienste nicht länger in Anspruch nehmen wolle und er darum umgehend auf das Schloss seines Vaters zurückzukehren habe.

Nicolas hatte ihn entsetzt angesehen. »Eure Majestät, ich bitte Euch, sagt mir, was ich mir zuschulden kommen ließ, dass Ihr mich fortschickt.«

Der Hauch eines Lächelns huschte über das Gesicht des Königs, ein Seitenblick traf Mathurine. »Nichts habt Ihr Euch zuschulden kommen lassen – es sei denn, es wäre eine Schuld, das Herz einer Frau für sich zu gewinnen.«

»Das verstehe ich nicht.«

»Nun, Ihr müsst nicht verstehen, es genügt zu gehorchen.« Und an seinen Kammerherrn gerichtet: »Es soll morgen zur Mittagsstunde eine Kutsche für den Marquis bereitgestellt werden.«

Nicolas verbeugte sich und ging. In seinen Augen nisteten Wut und Enttäuschung.

An der Tür stand Mathurine. Er wollte sie an der Schulter fassen, aber sie entzog sich seinem Griff, sprang mit einem Satz auf ein Sims und zitierte die Zeilen eines großen Dichters: »Heute geh ich. Komm ich wieder, singen wir ganz andre Lieder. Wo so viel sich hoffen lässt, ist der Abschied ja ein Fest!« Sie verbeugte sich mit einem Kratzfuß. Als sie sich wieder aufrichtete, fiel die Tür hinter ihm zu. »Au revoir, mein schöner Marquis!«, flüsterte sie.

Mathurine schreckte aus ihren Gedanken. Im Hof war plötzlich das Schnalzen einer Peitsche zu hören. Eine der Kutschen des Königs fuhr vor. Gleich darauf trat Nicolas aus der Tür, zwei Burschen, die seine Koffer trugen, folgten ihm.

Der Kutscher parierte die Pferde durch, drehte die Bremse fest, kletterte vom Kutschbock aufs Dach und ließ sich die Koffer hinaufreichen.

Nicolas stand dabei, beobachtete jeden Handgriff, doch auf einmal wandte er sich um und sah zu Mathurine hinauf. Sie war sicher, dass er sie hinter den dunklen Scheiben ihres Fensters nicht sehen konnte – aber vielleicht spürte er ihren Blick, und vielleicht ahnte er auch die Tränen, die sie um ihn weinte.

»Partir, c'est mourir un peu!«, flüsterte sie, hauchte einen Kuss auf ihre Hand und legte sie an die Scheibe – Abschiednehmen ist immer auch ein bisschen sterben!

Der Kutscher hatte das Gepäck festgeschnallt. Er sprang vom Dach in den Schnee, öffnete den Wagenschlag und verbeugte sich vor seinem Fahrgast.

Nicolas drehte sich noch einmal um, schickte einen letzten Blick über den Hof des Louvre, dann stieg er ein. Der Kutscher schloss die Tür, kletterte auf den Bock und ließ die Peitsche knallen.

»Bonne chance, mein Schöner, ich liebe dich, und ich

werde dich immer lieben!« Mathurines Lippen berührten die Scheiben, Tränen rannen über ihre Wangen.

Als die Kutsche schon längst nicht mehr zu sehen war, setzte sie sich an ihren Toilettentisch und blickte in den Spiegel. Sie hatte sich noch nicht geschminkt, ihre Wangen und ihre Lippen waren blass, ihre blauen Augen vom Weinen ein wenig gerötet.

Sie legte ihre Hände auf ihren Bauch. Zwei Drittel ihrer Zeit war vorüber, bald würde sie Mühe haben, ihr Geheimnis zu verbergen.

9.

Der Winter war lang und kalt gewesen. Jetzt, Anfang April, brach endlich der Frühling durch. Er übte auf die Menschen seinen altbekannten Zauber aus. Die laue Luft ließ die Gemüter heiter werden, Kinder lachten, der Gesang junger Mädchen hallte durch die Gassen, wetteiferte mit dem Tschilpen und Pfeifen der Vögel. Das Licht über dem Fluss war plötzlich heller, und ein frischer Wind ließ die Laken tanzen, die von Wäscherinnen zum Trocknen über Stangen gehängt wurden. Es schien, als kämen alle aus ihren dunklen Verstecken, um sich endlich wieder dem Leben zuzuwenden.

Selbst der König, der sich sechs Wochen lang bei seinen Brüdern im Heiligen Geist verschanzt hatte, kehrte an den Hof zurück und lud Gäste zu einem Frühlingsfest ein, damit sie mit ihm tanzten und feierten und ihm halfen, den Gram aus seinem Herzen zu vertreiben.

Die Vorbereitungen für den Ball liefen auf Hochtouren. Der Oberzeremonienmeister, die Oberhofmeisterin und der Oberhofmarschall hatten sich zusammen mit dem Küchenmeister und dem Hofkonditor um die Organisation und das leibliche Wohl der Gäste zu kümmern, Mathurine und Chicot waren für die Unterhaltung verantwortlich.

Chicot bereitete einige Tanz- und Gesellschaftsspiele vor, Mathurine wollte eine Groteske zum Besten geben, in der sie alle Rollen selbst übernahm, und studiert zudem mit jungen Hofkavalieren eine Ballettpantomime ein.

Eine der Hofdamen – Charlotte d'Esneval, sie war erst achtzehn Jahre alt und wenige Wochen bei Hofe – war so zauberhaft schön, dass sich Mathurine einen Auftritt für sie ausdachte. Sie ließ vom Hofschneider aus einem glitzernden Stoff ein Kleid nähen, das ringsum drei Armspannen länger war als Charlottes Beine, und gab beim Hofschreiner ein kleines rundes Podest in Auftrag, das durch sechs sternförmig angebrachte, schrägstehende Stangen wie ein Karussell gedreht werden konnte.

Als beides fertig war, bestellte Mathurine Charlotte und sechs Hofjunker zu einer Probe ein. Sie ließ die Hofdame das Kleid anziehen und sich dann auf die Mitte des Podestes stellen. Den überlangen Saum des Kleides, an dem sechs kleine Schlaufen angebracht waren, spannte sie über die Stangen nach außen und befestigte ihn an deren Enden. So sah das Kleid aus wie ein großer goldglänzender Blütenkelch, und Charlottes Oberkörper ragte wie ein Blütenstempel aus seiner Mitte empor.

»Wunderbar!« Mathurine war zufrieden, und die Hofjunker klatschten begeistert.

Nun ließ Mathurine die sechs Männer sich in einer Richtung hinter die Stangen stellen und befahl ihnen, das »Karussell« anzuschieben.

Es setzte sich in Bewegung, drehte sich im Kreis.

Mathurine schüttelte den Kopf. »Nicht so schnell, sonst fällt uns Madame noch herab!« Weil Mathurine nicht im Narrenkostüm war, siezte sie die Hofdame, wie es sich gehörte. »Ja, so ist es besser. Und nun, Madame d'Esneval, beweget Euren Oberkörper und die Arme! Stellt Euch vor, Ihr wäret eine Blume oder ein Baum, der sich im Wind wiegt.«

»So etwa?«, fragte Charlotte.

»Ja, wunderbar!«

Die Hofdame war nicht nur außergewöhnlich schön, sondern konnte sich auch anmutig bewegen. Ihre Hände wirkten wie Schmetterlinge, ihre Arme wie die Flügel eines Schwans, der sie anhob, um sein Gefieder zu putzten.

»Werde ich dem König gefallen?«, fragte Charlotte.

»O ja, ganz sicher!«, antwortete Mathurine.

Am Morgen des Festes übte Mathurine mit den Akteuren noch einmal alle Darbietungen, dann ging sie für ein paar Stunden nach Hause, um sich auszuruhen und nach Agnes zu sehen. Seit Georges' Tod baute sie mehr und mehr ab. Sie war dünner geworden, sie klagte über Schmerzen in den Gliedern, ihre Augen waren glanzlos.

Marie, die Tochter der Nachbarin, ging ihr jetzt zur Hand – wohl nicht nur, weil Mathurine sie für ihre Dienste gut bezahlte, auch weil sie sich in Gustave verliebt hatte.

»Du, verdreh mir dem Bengel den Kopf nicht!«, hatte Agnes sie unlängst gescholten, dabei aber still in sich hineingelächelt. Marie war ein liebes und fleißiges Mädchen, und sie konnte den Mund halten über das, was im Hause der Närrin geschah.

Als Mathurine ans Tor pochte, wurde es von Gustave geöffnet. »Die Hebamme ist da«, begrüßte er sie. »Wenn Ihr nichts dagegen habt, Tante, dann bringe ich sie mit der Kutsche zur Marquise du Vivière.»

»Ich habe nichts dagegen – aber nenne mich nicht immerzu Tante. Sag einfach nur Mathurine, mir genügt das.«

»Jawohl, Tante.«

Mathurine seufzte und sah dem Jungen nach, wie er zu den Pferden ging, um sie zu putzen und einzuspannen.

Hélène saß mit Agnes in der Küche auf einer Bank am Feuer, sie tranken weißen gewürzten Wein.

»Ah, da ist sie ja!« Hélène sprang auf, als Mathurine hereinkam, und nahm sie in die Arme. »Gut siehst du aus, gesund wie das blühende Leben!« Sie lachte, klopfte ihr dabei auf den Bauch. »Komm, lass dich untersuchen!«

Sie wartete, bis Mathurine sich gesetzt hatte, beugte sich über sie, tastete ihren Leib ab und legte schließlich ein Ohr daran, um zu lauschen. Als sie sich wieder aufrichtete, nickte sie. »Alles bestens! Aber wie kommt es, dass man sich im Schloss nicht längst über deinen Leibesumfang wundert?«

»Ach, sie sehen nur, was man ihnen vorgaukelt. Bin ich alleine, esse ich wenig – hauptsächlich Feigen und Bratäpfel und nur Fleisch vom Kapaun, Hirsch oder Kalb, so, wie du es mir gesagt hast. Bin ich aber in Gesellschaft, stopfe ich mich voll, dass es mir aus den Mundwinkeln tropft. So glauben sie, ich äße andauernd so viel und amüsieren sich über meine Völlerei. Dass ich schwanger sein könnte, daran denkt keiner. Und mein Kostüm tut ein Übriges. Es liegt nicht an, wie die Kleider der feinen Damen, sondern fällt in losen Falten. Aber trotzdem …« Mathurine stöhnte. »Es wird Zeit, dem Blendwerk noch ein wenig nachzuhelfen. Mal sehen, vielleicht ergibt sich schon heute auf dem Fest eine Möglichkeit.«

Agnes goss etwas von dem Wein in einen Becher und reichte ihn Mathurine.

»Kann mich der Junge zur Marquise du Vivière bringen?«, fragte Hélène. »Sie ist schwanger, kommt etwa zur gleichen Zeit nieder wie du. Aber im Gegensatz zu dir sieht sie gar nicht gut aus. Zwei Ärzte springen um sie herum, lassen sie zur Ader und setzen ihr Blutegel an. Ich habe ihr von alle dem abgeraten, aber …«, sie seufzte, »in diesen Kreisen gilt das Wort der Ärzte mehr.«

»Ja, ja, du kannst die Kutsche nehmen«, Mathurine lehnte sich erschöpft zurück. »Gustave hat mich schon gefragt, er spannt bereits an.«

Wie aufs Wort stand er plötzlich in der Tür. »Ich bin soweit«, sagte er.

Mathurine sah dem Jungen in die Augen. »Lebst du gerne hier in meinem Haus?«

Er nickte eifrig. »Es ist mir nie so gut gegangen, und ich danke Euch sehr, Tante, dass Ihr mich aufgenommen habt!«

»Sag nicht Tante«, wiederholte Mathurine und winkte ihn heran. »Komm, setzt dich einen Moment zu uns.«

Agnes gab ihm etwas von dem Wein, und er streckte seine Füße ans Feuer.

»Hast du mitbekommen, dass ich schwanger bin?«, fragte Mathurine wie nebenbei.

Gustave sah sie erstaunt an. »Nein – Ihr seid schwanger? Ich dachte …« Verlegen brach er ab.

»Sag es nur – du dachtest, dass ich fett geworden bin!« Mathurine lachte. Aber dann war sie plötzlich sehr ernst. »Ich kann dieses Kind nicht behalten. Es wäre nicht gut für das Kind, und es wäre nicht gut für uns alle. Wir suchen einen Platz, wo es ein glückliches Leben führen kann. Aber eines ist wichtig – niemand darf je erfahren, dass die Närrin ein Kind bekommen hat! Kannst du mir versprechen, keinem davon zu erzählen, auch nicht Marie?«

»Ich verspreche es, Tante, bei meinem Leben!« Gustave hob feierlich die Hand.

»Auch nicht Marie?«

»Auch nicht Marie.«

Er gab ihr die Hand darauf, und Mathurine nahm ihn in den Arm und drückte ihn an sich. »Jetzt gehörst du wirklich zur Familie – aber nur, wenn du nie mehr Tante zu mir sagst!«

Gustave lacht. »Ich werde es nie mehr sagen, Ta … Mathurine!«

Es kamen an die hundert Gäste zum Frühlingsfest, was wenig war, aber die Zeiten waren schwer, und der König erfreute sich im Moment nicht allzu großer Beliebtheit.

Nicolas de Neufville, Herr von Villeroi und Staatssekretär von Frankreich, erzählte bei Tisch, dass ihm auf seinem Weg nach Paris ein Trupp deutscher Reiter begegnet war, die den Hugenotten beispringen wollten. »Ausgehungert und verwahrlost waren sie, und wie man weiß, ist das die gefährlichste Waffe von allen!«

Heinrich winkte ab. »Nicht beim Essen, meine Herren, lasst uns morgen über Politik diskutieren!«

»Nicht beim Essen, meine Herren!«, wiederholte Mathurine und schwang dabei die Entenkeule, an der sie gerade nagte. »Wozu auch Dispute? Nehmt doch die Knute, haut sie ihnen rein, und macht sie klein!«

»Sei still«, sagte Heinrich, »und iss nicht so viel!«

»Iss nicht so viel«, äffte sie ihn nach. »Aber ich muss doch essen – für zwei! Schließlich bin ich schwanger!«

Für einen Moment war es still im Saal, dann setzte großes Gelächter ein.

»Schwanger? Das würde dir wohl gefallen, Närrin! Fett bist du, und wenn du weiter so viel frisst, dann platzt du wie eine Fischblase, in die man hineinpustet!«

»Und wer ist der Vater deines Bastards?«, rief einer vom Ende der Tafel.

Mathurine warf die Entenkeule auf ihren Teller und sprang auf den Stuhl. »Wer der Vater ist? Das fragt ihr noch? Der König natürlich! Weil es die Königin nicht tut, gebäre ich ihm nun das Kind, das er sich für Frankreich so von Herzen wünscht!«

»Das wird ein schönes Kind werden!«, spottete eine der Hofdamen.

Mathurine sah sie an. »Natürlich wird es schön, oder zweifelt Ihr etwa daran, Madame Tausendklug?«

Die Hofdame hob beschwichtigend die Hände. »Gott bewahre! Bei dem Zinken in deinem Gesicht und deiner edlen Gestalt, Frau Närrin, kann es doch nur etwas ganz besonders Hübsches werden!«

Sie lachten, und Mathurine lachte am lautesten von allen. Doch plötzlich fasste sie sich mit beiden Händen an den Bauch. »Oh – au«, rief sie, »jetzt tritt es! Es ist schon genau so ungezogen wie sein Vater!« Sie lüpfte den Ausschnitt ihres Kostüms und sah hinein. »Still, Kind, sonst muss ich dich züchtigen! Oh – ach, schon wieder tritt es!« Sie sah den König an. »Es will nicht folgen, dein Kind!« Sie griff in ihren Ausschnitt, zog, und der Zipfel eines Kissens kam zum Vorschein. »Ach!«, schrie sie, »seht nur, es hat ein Zipfelchen! Es wird ein Junge werden, Gott sei's gelobt! Frankreich bekommt endlich einen Dauphin, und ich bin die Mutter!« Sie setzte sich auf des Königs Schoß. »Geliebter, sag, wie werden wir es nennen?«

»Wie wäre es mit Heinrich?« Er ging auf ihren Spaß ein.

Mathurine sprang wieder auf. »Ihr habe es alle gehört! Heinrich werden wir das Söhnchen nennen. Heinrich Zipfelchen vom Kissen I. Und wir werden ihn verheiraten mit der Tochter des Papstes! Dann wird er nicht nur König von Frankreich sein, sondern gleich auch noch Herrscher über Himmel und Hölle!«

Die Königinmutter sah Mathurine vergrämt an. »Solche Späße sind nicht nach meinem Geschmack. Außerdem habe ich Kopfschmerzen, und mein Rücken hält das lange Sitzen nicht aus. Ich werde mich zurückziehen.«

Heinrich erhob sich und reichte ihr die Hand. Zu Gelegenheiten wie diesen trug Katharina zwei Handspannen hohe Chopines[5], um zu verbergen, wie klein sie in Wahrheit war. Doch damit zu gehen fiel ihr in ihrem Alter nicht mehr leicht. »Ich bringe Euch zur Tür, Mama«, erbot er sich.

Mathurine stolzierte an der Seite eines imaginären Begleiters hinter dem königlichen Paar her. Die Gäste lachten über ihren vorgeschobenen Bauch und den ausladenden Hüftschwung.

Als Heinrich sich an der Tür vor seiner Mutter verbeugt, ihr eine gute Nacht gewünscht und sich dann wieder seinen Gästen zugewandt hatte, sprang Mathurine an seine Seite. »Mein Geliebter«, rief sie, »der erste Tanz gehört dir!«

»Ich tanze nicht mit einer schwangeren Närrin!«, erwiderte Heinrich, und alle lachten.

Von da an spielte Mathurine die Schwangere, die dem König ein Kind gebären wollte. Der Spaß kam bei den Höflingen

5 Schuhe auf hölzernen Sohlen, die etwa dreißig Zentimeter hoch waren.

gut an und brachte ihr immer wieder Applaus ein. Doch die Schwangerschaft setzte ihr mehr und mehr zu. Wenn sie am Abend nach Hause kam, war sie müde und erschlagen und konnte sich oft kaum noch auf den Beinen halten.

»Du solltest dich schonen!« Agnes rieb ihr die Füße mit einer Tinktur ein, die ihr Hélène gebracht hatte. Es waren zerstoßene Angelikawurzel und schwarzer Senf in Weingeist angesetzt.

»Sag das dem König!«, murrte Mathurine.

Agnes nahm Mathurines rechte Hand und rieb auch sie ein, arbeitete sich dann am Arm entlang nach oben bis zur Schulter. »Heute Morgen ließ sich Hélène von Gustave nach Meaux bringen«, erzählte sie dabei. »In Meaux hat sie eine Nichte, die mit einem Bäckermeister verheiratet ist und nicht schwanger wird. Sie wollte sich einen Eindruck verschaffen, wie die beiden leben und ob sie vielleicht gute Eltern für das Kind sein könnten. Am Nachmittag kam sie zurück.«

»Und?« Mathurine sah sie gespannt an. So lange suchten sie nun schon nach einem guten Platz, aber überall schien es Probleme zu geben. Mal schlug der Mann seine Frau, mal waren die Verhältnisse ärmlich, mal erschienen die Leute zu neugierig oder waren zu dumm, als dass man ihnen das Kind guten Herzens anvertrauen könnte.

»Der Bäcker ist mürrisch und grob, seine Frau traut sich nicht zu widersprechen, und vermutlich würden sie das Kind in der Backstube helfen lassen, sobald es alt genug dazu ist.«

»Nein, das möchte ich nicht!« Mathurine schüttelte entschieden den Kopf.

Agnes seufzte. Sie wusste, wie auch Mathurine wusste: Pflegeeltern versprachen alles, wenn man ihnen eine Rente für das Kind zusagte, aber am Ende hielten sie nichts. »Mach dir keine Sorgen«, sagte sie dennoch, »wir finden das Richtige. Und wenn nicht, behalten wir das Kind eben selbst.«

»Ach, Agnes ...« Mathurine entzog ihr den Arm und sprang auf. »Das geht doch nicht! Willst du es einsperren im

Haus? Willst du ihm verbieten, seinen Namen zu nennen? Willst du es jedes Mal in die Kammer schicken, wenn jemand ans Tor pocht?«

»Nein, natürlich nicht.«

»Aber dann würde sich doch bald jeder fragen, woher das Kind kommt und wer der Vater ist. In der ganzen Stadt würde man darüber reden, erst recht bei Hofe. Man würde es als Kind der Schande ansehen und ihm einen Vormund geben, nach dessen Pfeife wir alle tanzen müssten!« Mathurine nahm Agnes' Hände und drückte sie. »Ich wünsche mir einen Garten für mein Kind, es soll in Ruhe aufwachsen, ohne arbeiten zu müssen, soll stolz sein auf die Frau, zu der es Mutter sagt, und es soll einen Vater und wenn möglich auch Geschwister haben. Und dann, Agnes, was wäre, wenn wir es behielten und es dich eines Tages nicht mehr gäbe?«

»Vielleicht könnte Marie ...«

»Marie ist sechzehn Jahre alt, Gustave neunzehn! Sie brauchen doch selbst noch eine feste Hand.«

Agnes ließ den Kopf sinken. »Ja, ja«, sagte sie, »du hast recht. Ich hätte nur so gerne einmal das Lachen eines Kindes in unserem Hause gehört.«

»Ich weiß, Agnes.« Mathurine nahm sie in die Arme und hielt sie fest.

Unten wurde gegen das Tor gepocht. »Das wird Gustave sein«, sagte Agnes. »Ich habe ihn mit der Ziegenmilch zum Casier geschickt, damit er sie gegen Käse eintauscht und auf dem Heimweg noch beim Gewürzkrämer eine Viertelunze Kümmel und ein Säckchen Kalmus holt.«

Sie ging öffnen und kam mit dem Jungen zurück. Er legte alle Besorgungen auf den Tisch und ein bedrucktes Blatt Papier daneben. »Das hat mir ein Mann beim Casier zugesteckt. Als ich in den Laden kam, standen sie zu fünft zusammen, und sie hatten allerhand zu flüstern. Es ging um den König, und sie erzählten etwas von einem ›Stockfischhauptmann‹ und einem ›Beefsteakoberst‹, und der Casier nannte sich selbst ›Casiergeneral‹. Ich fand das lustig und fragte, was ein Casiergeneral ist. Da lachten die Männer. Einer zog diese Flugschrift unter seinem Umhang hervor, steckte sie mir zu und sagte: ›Wenn du ein guter Franzose sein willst, der sein Land liebt und Gott fürchtet, dann lies, was da geschrieben steht!‹« Gustave zuckte die Schultern. »Ich habe es eingesteckt, aber lesen kann ich ja nicht.«

Mathurine nahm die Flugschrift zur Hand und las vor: »›Wir werden dem König treu sein, solange der König dem Glauben treu ist. Doch mit seiner Glaubenstreue kann es nicht weit her sein, denn wäre er ein redlicher Katholik, würde er sich nicht länger vor den Prinzen Condé stellen und einen Ketzer als Thronfolger in Betracht ziehen. Auch in einer anderen Sache macht der König sich äußerst verdächtig. Wir fragen euch: Wenn er wirklich nichts im Schilde führt, wozu braucht er dann zu seinen Schweizer Gardisten auch noch fünfundvierzig Gascogner, die ihn auf Schritt und Tritt begleiten? Jeder, der ein wenig Verstand im Kopf hat, durchschaut doch die Sache! Wir sagen euch, sollte auch nur einer von uns husten, dann ist der Valois imstande und lässt auf das Volk schießen!‹«

Mathurine schüttelte den Kopf und legte die Flugschrift auf den Tisch zurück.

»Warum liest du nicht weiter?«, fragte Gustave.

»Weil es Unsinn ist, was da steht. Mit solchen Schmähschriften wird das Volk nur aufgehetzt. Man werfe einen Sack Münzen unter die Leute, und schon bringen sie sich aus Habgier gegenseitig um!«

»Und die Stockfischhauptleute und der Casiergeneral? Was hat das alles zu bedeuten?«

Mathurine sah den Jungen an. Sie seufzte. »Wir wissen es nicht sicher, aber so viel haben die Agenten des Königs herausgefunden: Die Liga hat Paris in sechzehn Bezirke aufgeteilt. Jedem dieser Bezirke wurde ein Mann an die Spitze gestellt, dem Hundertschaften untergeordnet sind, die wiederum in Zehnerschaften aufgeteilt wurden. Sie bestehen zumeist aus Handwerkern und Kaufleuten, und keiner der Führer kennt den Namen der anderen Führer. Sie nennen den Fischhändler Stockfischhauptmann oder den Casier Casiergeneral und lachen, weil sie es lustig finden. Auf diese Weise sind Hunderte kleiner Geheimbündnisse entstanden, und das macht es so schwer, einzugreifen.«

»Ist der König denn nicht selbst das Oberhaupt der Liga?«, wunderte sich Gustave.

»Offiziell ja. Doch der Rat der Liga hört längst nicht mehr auf ihn. In Wahrheit ist ihr oberstes Haupt Herzog Heinrich von Guise.«

»Aber wozu das alles? Würde ich meinen beiden Pferden verschiedene Anweisungen geben, würde das rechte mit der Peitsche schlagen und das linke grob zügeln, dann lägen wir bald mit der ganzen Kutsche im Graben!«

»Genau das ist ihre Absicht«, sagte Agnes, und Mathurine fügte an: »Sie wollen den König stürzen, Heinrich von Guise soll ihr neuer Führer sein. Und wenn der Guise jetzt wollte und nach Paris käme – der König hat es ihm ausdrücklich untersagt! –, würden sich hinter all den Casiergeneralen und Beefsteakobersten ihre hunderttausend kleinen Rekruten erheben und einen Aufstand gegen den König anzetteln, dazu bräuchte der Guise nicht einmal mit der Wimper zu zucken.«

»Aber hat denn der König nicht die Macht, einen Aufstand zu zerschlagen?«

»Der König?« Mathurine lachte bitter. »Er sitzt da wie die Maus vor der Katze und zittert vor Angst um sein Leben. Er ist schwach, und er hat keine Freunde mehr, das ist das Schlimmste.«

»Wozu braucht ein König Freunde, er kann doch befehlen.«

»Befehlen, mon Dieu!« Mathurine rang die Hände. »Dies merke dir, mein Junge: Und wärst Du auch dem ärmsten Bettler gleich – bleibt Dir ein Freund, so bist Du reich! Doch wer den höchsten Königsthron gewann, doch keinen Freund hat, ist ein armer Mann.« Sie lachte bitter. »Und der Guise hat nicht nur einen Freund, er hat Zehntausende. Hingegen Heinrich ist so einsam wie eine Kornähre, die man auf einem abgeernteten Feld stehen ließ. Was glaubst du, würde passieren, wenn man den Guisen verhaftete?«

Gustave zuckte die Schultern.

»Das Volk würde den Louvre stürmen, um ihn zu befreien, und den König würden sie den Fischen in der Seine zum Fraße vorwerfen!«

Sie nahm die Schmähschrift, warf sie in den Kamin und sagte streng. »Der König mag krank sein und manchmal nicht ganz bei Sinnen, aber er bezahlt unser Brot, und ich werde ihm treu sein bis zuletzt. Mit einem Aufstand will ich nichts zu tun haben, und du hältst dich auch von diesen Leuten fern!«

10.

Es war die zweite Woche im Mai. Mathurines Niederkunft stand bevor. Hélène hatte ihr geraten, nicht mehr ins Schloss zu gehen, aber der König hatte nach ihr verlangt, und sie wollte ihn nicht im Stich lassen. Jetzt saß sie zu seinen Füßen, seine Hunde lagen neben ihr, und spielte auf der Gitarre. Draußen, vor der Tür, waren die Gascogner postiert, von denen plötzlich einer ins Gemach des Königs stürzte.

»Eure Majestät, ich muss Euch melden, dass soeben Herzog Heinrich von Guise in Begleitung acht seiner Leute eingetroffen ist und bei Königin Katharina um eine Audienz gebeten hat.«

Heinrich erbleichte. Er griff nach Mathurines Hand und klammerte sich an ihr fest wie ein Kind an der Mutter. Ihr brauchte er nicht zu sagen, was das bedeutete. Sein Vetter war nach Paris gekommen, obwohl er es ausdrücklich untersagt hatte! Welch ein Affront! In Zeiten, in denen schon ein einziger Funke genügen konnte, das Pulverfass zu sprengen, hatte er das Königliche Verbot gebrochen und riskierte einen Volksaufstand!

»Und Königin Katharina?«, fragte Heinrich.

»Sie hat ihn empfangen, Eure Majestät. Wie ich hören konnte, bat der Herzog sie um Vermittlung.«

»Vermittlung?«

»Zwischen Euch, Majestät, und ihm. Er sagte, wenn Ihr ein Ohr für Eure Untertanen hättet, dann müsstet Ihr doch auch ihn, Euren Cousin und ersten Diener, anhören.«

»Er nennt sich mein Diener?« Heinrichs Stimme klang hysterisch. »Er wäre doch imstande, mir in die Suppe zu spucken!«

Mathurine hatte schon einen ihrer derben Späße auf den Lippen, doch er blieb ihr im Halse stecken, denn sie fühlte plötzlich einen Schmerz im Unterleib, als wolle ihr jemand das Kind herausreißen. Sie griff mit der rechten Hand an ihren Bauch und beugte sich stöhnend vornüber. Ihr war, als würden gleich die Wehen einsetzen.

Heinrich sah sie verärgert an. »Jetzt ist nicht die Zeit für deine Narreteien!«

»Keine Narretei, König, ich glaube ... es sind ...«, sie stöhnte, »es sind Bauchkrämpfe!« Sie atmete tief durch und rang nach Fassung.

Heinrich sprang auf, verbarg sich hinter dem Rücken des Gascogner Hauptmannes. »Gift!«, schrie er und starrte Mathurine mit aufgerissenen Augen an. »Schon wieder Gift! Man hat meine Närrin vergiftet!«

Mathurine schüttelte den Kopf. »Nein, nein, nur ruhig, es ist ganz sicher kein Gift.« Sie lachte aufgesetzt. »Dann schon eher die Cholera!«

»Die Cholera?«

»Oder die Ruhr!«

Rückwärts stolperte er bis zu seinem Bett, zog die Decke herunter und stülpte sie sich über den Kopf. »Dann geh, geh, geh!«, schrie er. »Geh nach Hause! Habe ich nicht schon genug Sorgen am Hals?«

Sie tat nichts lieber, als seinem Befehl zu gehorchen.

Als sie die Tür öffnete, sah sie auch schon Katharina und den Guisen auf dem Flur. Wie Blätter im Sturmwind wehten sie an den Gascognern vorbei. Mathurine drehte sich noch einmal um und gab Heinrich einen Rat: »Vergiss nicht, König, je stiller du bist, desto mehr kannst du hören!« Darauf verbeugte sie sich mit einem tiefen Kratzfuß vor den Hoheiten. »Herzog Stinkstiefel, Frau Königin, ich wünsche einen wunderschönen guten Tag!«

Sie beachteten sie nicht.

»Was hast du es denn so eilig, Königin?«, rief ihr Mathurine nach. »Ah, ich weiß schon – alles hat seine Zeit, nur die alten Weiber nicht!«

Die Gascogner salutierten, dann schloss einer von ihnen die Tür hinter Katharina und dem Herzog.

Als Mathurine sich wieder aufrichten wollte, fuhr ihr die nächste Wehe in den Leib. Mit der linken Hand umspannte sie den Hals ihrer Gitarre so fest, dass ihre Knöchel weiß hervortraten, die rechte presste sie gegen ihren Bauch. Es wurde Zeit, dass sie nach Hause kam!

Sie verließ das Schloss durch das Hauptportal. Als sie hinaustrat, blieb sie einen Moment stehen und sah in den Himmel. Ein Schwarm Krähen flog krächzend Richtung Île de la Cité, Gewitterwolken türmten sich über der Stadt auf. Bestimmt würde es bald ein Unwetter geben.

Mit schweren Schritten ging sie weiter. Als sie an der Wache vorbeikam, verspotteten die Männer sie wegen ihres Amazonenkostüms. »Ah, die Frau Närrin! Will sie uns bei der Arbeit helfen? Wie wär's, wir tauschen die Helme?«

»In eure kleinen Pisspötte passt mein kluger Kopf nicht hinein!«, belferte sie zurück. »Und gebt Acht, mit wem ihr eure Späße treibt, denn wenn ich euch rausgebe, zieht ihr den Kürzeren. Der Katzen Scherz ist bekanntlich der Mäuse Tod!«

Da lachten sie. »Dann hältst du uns also für Mäuse? Da täusche dich mal nicht! Könnte sein, wir werden zu Wölfen, und dann schnappen wir uns das Kätzchen!« Das Lachen der Männer dröhnte noch lange hinter ihr her.

Sie war auf der Rue Saint-Honoré, als die nächste Wehe kam. Mit dem Rücken an eine Hauswand gepresst, atmete sie gegen den Schmerz an. Die Gitarre hielt sie dabei wie ein Schutzschild vor ihren Leib, stöhnte, schloss die Augen und schickte ein Stoßgebet zur Mutter Gottes.

Als sie die Augen wieder öffnete, stand eine Horde Kinder vor ihr. Grölend deuteten sie auf ihre Beine, an denen das Fruchtwasser herablief. »Sie pisst sich ja an! Und wie sie aussieht!«

»Vielleicht ist sie ja gar nicht echt, vielleicht ist sie nur Einbildung!«

Ein Mädchen war mit einem Satz neben Mathurine und zupfte an ihrem Kostüm. »Aber ja doch, sie ist echt!« Sie drehte ihr eine lange Nase.

Endlich ließ der Schmerz nach. Mathurine atmete schwer. Mit einem Ruck stieß sie sich von der Mauer ab, brüllte wie ein Bär und warf beide Arme hoch. Schreiend rannten die Kinder davon.

Bei der Kirche kam ihr Marie entgegen. Das Mädchen erschrak, als sie die Närrin sah. »Ja, wie schaut Ihr denn aus, Frau Nachbarin? Ganz grün im Gesicht! Seid Ihr etwa krank?«

»Ich weiß nicht. Vielleicht habe ich mir den Magen verdorben. Der Fisch war nicht gut.

Marie wollte Mathurine halten, aber die schob sie von sich. »Lass nur, ich kann schon alleine gehen. Besser, du läufst zu Agnes und sagst ihr Bescheid.«

Das Mädchen rannte los.

»Und Gustave soll anspannen!«, rief Mathurine ihr noch nach.

Als sie um die Ecke bog, kam ihr Agnes bereits entgegen. »Marie sagt, du bist krank?«

Mathurine stützte sich auf sie, Schweiß stand auf ihrer Stirn. »Es ist soweit«, brachte sie gepresst hervor.

An Agnes' Arm schleppte sie sich nach Hause. Sie hatte es gerade bis zur Treppe im Hof geschafft, als die nächste Wehe einsetzte. Mathurine ließ sich auf der Treppe nieder und rang nach Atem. »Das Wasser habe ich schon verloren. Gustave soll Hélène holen!«

Als die Wehe abgeklungen war, ging sie nach oben und setzte sich in die Küche.

Agnes erschien. Vor dem Haus hörte man das Getrappel der Pferde. »Gustave ist schon unterwegs«, sagte sie.

»Na so was, es ist ja tatsächlich ein Mädchen!« Hélène packte das Neugeborene an den Füßen, ließ es nach unten hängen und gab ihm einen Klaps auf den Po. Es fing an zu schreien. »Und quieken kann es wie ein kleines Ferkelchen!«

Mathurine versuchte sich aufzurichten, aber sie war zu erschöpft. »Bring es her, ich will es ansehen!«

Die Hebamme hielt ihr das Kind hin, doch als Mathurine danach greifen wollte, zog sie es wieder an sich. »Zuerst müssen wir es baden und mit Nussöl einreiben, dann wirst du es bekommen.«

»Mit Nussöl einreiben?«

»Damit die Haut abgehärtet wird.«

Als Agnes eine halbe Stunde später mit der Kleinen ans Bett trat, schlief Mathurine. Sie legte sie ihr in den Arm und setzte sich auf die Seitbank, die am Bett stand. Mit einem zärtlichen Blick betrachtete sie Mutter und Kind. Tränen liefen ihr über die Wangen, ihre Hände krallten sich in die Schürze, die sie über ihrem Rock trug. Schon in ein paar Tagen würde sie Gustave mit der Kleinen nach Dreux bringen. Dort hatten sie einen Kornhändler aufgetan, dessen Frau nach vier Fehlgeburten ein Kind annehmen wollte. Das Paar war gut situiert, arbeiten würde die Kleine dort sicher nicht müssen. Allerdings hatte Monsieur Buteron auf einen Jungen gehofft, der einmal in seine Fußstapfen treten sollte, ein Mädchen war für ihn nur zweite Wahl.

Hélène brachte einen Becher heißen, mit Gewürzen versetzten Rotwein. »Das soll sie trinken, es gibt ihr Kraft. Morgen schicken wir Gustave los, damit er den Buterons Bescheid gibt und sie eine Amme suchen.«

Das Kind fing an zu schreien. Mathurine schlug die Augen auf und drehte sich herum, um es ansehen zu können. »Da ist es ja, mein Töchterchen!« Sie legte ganz vorsichtig einen Finger an die Wange des Kindes, so als ob sie sicher gehen wollte, dass es kein Traum war. Die Kleine beruhigte sich, krähte ein wenig und schmatzte mit den Lippen.

»Wie schön du bist, ganz wie dein Papa!«, sagte Mathurine. »Du hast sein hübsches Näschen und seinen sinnlichen Mund, die Farbe seiner Haare und seine wunderschönen Hände! Und wenn Gott es gut mit dir meint, dann wirst du auch seine schöne Gestalt bekommen. Vielleicht von mir die Augen und die Begabung zur Musik. Ich wünsche es dir. Ich wünsche dir nur das Allerbeste!« Sie weinte und drückte ihre Tochter an sich. »Ich nenne dich Nicoline, damit ich einen Namen für dich habe, wenn ich an dich denke. Wie gerne würde ich dich behalten, aber es geht nicht. Schon deinen Papa habe ich fortgeschickt, weil ich ihn liebe – es muss mein Schicksal sein, zu lieben und zu verzichten.«

Die Kleine fing wieder zu schreien an.

»Sie hat Hunger, du musst sie stillen.« Hélène half Mathurine, sich aufzusetzen, dann legte sie ihr die Kleine an die Brust. »Eine Amme wäre besser gewesen, so schießt die Milch ein, und in ein paar Tagen musst du das Kind wieder abgeben. Aber eine Amme hätte Fragen gestellt.«

Die Kleine fing an zu trinken, Mathurine lächelte glücklich, und Agnes weinte wieder. »Ich weiß nicht, wie ich es ertragen soll, dass wir sie hergeben müssen!«

Mathurine legte eine Hand an die Wange des Kindes. »Im Schmerz wird die neue Zeit geboren«, sagte sie.

Hélène fuhr aus dem Schlaf, als gegen ihre Tür gepocht wurde. »Hebamme! Mach auf, du wirst gebraucht!«

Sie kroch aus dem Bett, warf sich ein Tuch über und ging öffnen.

Es war der Kutscher der Vivières. »Mach schnell, Madame kommt nieder! Es scheint ihr nicht gut zu gehen.«

Eine Stunde später fuhren sie auf den Hof von Chateau Vivière. Hélène nahm ihre Tasche, in der sie Instrumente, Tücher und Kräuter verstaut hatte, und betrat das Schloss über den Dienstboteneingang.

Eins der Mädchen kam ihr entgegen. Sie hieß Claire, war

fünfzehn Jahre alt und ein hübsches, freundliches Ding. Hélène kannte sie von ihren früheren Besuchen bei Madame.

»Schnell, das Wasser ist schon abgegangen!«, rief sie.

»Und die Wehen?«, fragte Hélène.

»Wehen hat Madame noch nicht.«

Claire wollte in die Küche laufen, aber Hélène hielt sie am Ärmel fest. »Keine Wehen?«

Das Mädchen schüttelte den Kopf.

»Und wie hat das Wasser ausgesehen?«

»Ganz grün war es – ekelig!« Claire verzog angewidert das Gesicht.

Hélène ließ sie los. »Bring heißes Wasser und saubere Tücher nach oben!« Sie eilte zur Treppe.

Als sie das Zimmer betrat, schlug ihr ein übler Geruch entgegen. Monsieur du Vivière, der bei seiner Frau saß und ihre Hand hielt, sprang auf und trat vom Bett zurück. »Endlich!«, rief er erleichtert. »Wir sind ganz alleine mit allem! Meine Schwiegermutter und meine Schwägerin sind verreist, die Haushälterin liegt mit Fieber im Bett, nur die Zimmermädchen können uns zur Hand gehen. Aber vier von ihnen husten, und Claire, die Einzige, die gesund ist, ist jung und unerfahren.«

Hélène stellte ihre Tasche ab und begrüßte Madame du Vivière. Es war ihre erste Schwangerschaft. Sie war erst achtzehn Jahre alt, ein kleines, zierliches Persönchen mit langen blonden Haaren, die man ihr zu einem Zopf geflochten hatte. Mit verweinten Augen lag sie auf dem Bett, die Angst vor der Geburt stand ihr ins Gesicht geschrieben.

Hélène strich ihr über die Wangen und stellte dabei fest, dass sie etwas Fieber hatte. »Nur ruhig, wir schaffen das schon«, sagte sie und lächelte ihr Mut zu.

Claire betrat das Zimmer, stellte eine Schüssel mit heißem Wasser auf den Tisch und legte einige Tücher daneben.

»Du musst mir noch einen Sud zubereiten.« Hélène reichte dem Mädchen ein Säckchen mit Kräutern und gab Anweisungen. »Davon tu eine Handvoll in ein Viertelmaß, gieße es mit kochendem Wasser auf und lasse es eine Viertelstunde ziehen. Danach seist du den Sud ab und vermengst ihn mit einem halben Liter heißem Bier. Von diesem Getränk bring einen Becher herauf, den Rest halte in der Küche warm.«

Als Claire gegangen war, holte Hélène ein Fläschchen mit Lilienöl aus ihrer Tasche und stellte es neben die Wasserschüssel. Dann hielt sie ihre Hände eine Weile ins heiße Wasser, damit sie warm und weich wurden, trocknete sie schließlich ab und fing an, den Leib der Schwangeren zu untersuchen.

»Das Kind liegt gut«, sagte sie, um die werdende Mutter zu beruhigen, »es atmet und lebt also.« Sie rückte Madame du Vivière näher an den Rand des Bettes, rieb ihre Hände mit ein paar Tropfen des Lilienöls ein, schob das Nachtgewand der Schwangeren zurück und fing an, ihren Leib zu massieren.

Als Claire den Sud brachte, holte Hélène ein Zinnfläschchen aus ihrer Tasche, tröpfelte ein wenig davon in den Becher, half Madame, sich aufzusetzen, und flößte ihr den Trank ein.

Madeleine du Vivière schüttelte sich angeekelt. »Wie schrecklich das schmeckt!«

»Es bringt die Wehen in Gang. Und jetzt steht auf!« Hélène sah Monsieur an. »Helft Eurer Gattin, Monsieur, und führt sie im Zimmer herum. Sie braucht Bewegung.«

Trotz aller Bemühungen vergingen die Nacht und noch ein ganzer Tag, ehe die erste Wehe einsetzte. Noch immer war das Fruchtwasser grün, und zu allem stieg auch noch Madames Fieber.

Als dann das Kind in der zweiten Nacht ein Viertel vor der ersten Stunde endlich geboren war und Hélène einen Blick auf das Neugeborene warf, verstärkte sich der Verdacht, den sie schon längst gehegt, aber die ganze Zeit über verdrängt hatte – dass sich das Kind im Leib der Mutter vergiftet haben könnte. Es hatte eine gelblich-blasse, marmorierte Haut, es schrie nicht, sondern wimmerte nur kläglich, seine Atmung ging viel zu schnell.

Hélène hielt das Kind dem Vater hin. »Es ist ein Mädchen«, sagte sie, bemüht, sich ihre Besorgnis nicht anmerken zu lassen.

»Und ist sie gesund?« Etwas hilflos betrachtete er das blutbeschmierte Bündel.

Hélène zögerte. »Sie scheint ein wenig schwach von der langen Geburt.«

»Ach, gib sie mir doch her!« Madame du Vivière streckte ihre Arme aus. »Ich will es mir auch ansehen, mein kleines Töchterchen!«

»Nur ganz kurz, nur auf einen Blick.« Hélène hielt ihr das Kind hin. »Ich muss sie baden und in Tücher wickeln, sonst holt sie sich einen Lungenkatarrh.«

Madame du Vivière strahlte glücklich. »Wir werden sie nach meinem Mann nennen – Jacqueline.«

Hélène nickte. »Das ist ein schöner Name.«

Sie ging mit dem Säugling in den angrenzenden Raum. Dort war von Claire inzwischen alles hergerichtet worden, was Hélène angeordnet hatte. Eine Schüssel mit warmem Wasser stand auf einem Tisch bereit, Tücher zum Trocknen und Tücher zum Wickeln lagen daneben, eine Wiege für den Säugling und ein Bett für die Amme waren frisch bezogen.

Hélène tauchte das Kind ins warme Wasser. Es strampelte ein wenig und wimmerte wieder, aber schon bald verstummte es erschöpft. Als sie die Kleine anschließend in Tücher wickelte und verschnürte, so dass nur noch das Gesichtchen zu sehen war, setzte plötzlich die Atmung aus. Hélène erstarrte. Sie schlug dem Kind auf die Wangen und drückte auf den kleinen Brustkorb. Auf einmal röchelte es, schnappte nach Luft und weinte wieder.

Es war der Moment, in dem bei Hélène der Gedanke zum

ersten Mal aufblitzte: Dieses Kind wird auch sterben, so wie das Kind von Madame Castries und das der Saint-Beuves, bei denen die Geburt genauso verlaufen war und das Kind ebenso ausgesehen hatte wie dieses.

Plötzlich stand Monsieur in der Tür. »Sie müssen kommen, meine Gattin hat wieder Wehen.«

»Ja, ich bin gleich da.« Hélène legte das Kind in die Wiege, deckte es zu und kümmerte sich dann um Madame du Vivière.

»Bald habt Ihr es geschafft!«, sagte sie. »Atmet ganz ruhig, lasst locker. Ja, Ihr macht das gut – sehr gut! Tapfer seid Ihr!« Sie fasste ihr auf den Leib, massierte ihn leicht, dann zog sie behutsam an der Nabelschnur.

Als auch die Nachgeburt da war, strich sie der jungen Mutter lächelnd über die Wange. »Euer Gatte kann sehr stolz auf Euch sein! Aber jetzt braucht Ihr Ruhe, Ihr seid ja vollkommen erschöpft. Claire wird euch noch eine Suppe zur Stärkung bringen und kalte Tücher auf Eure Brüste legen, damit die Milch nicht einschießt. Dann schlaft und erholt Euch!«

Hélène wusch sich die Hände, dabei wandte sie sich an Monsieur. »Es wäre gut, wenn der Kutscher jetzt anspannen könnte, wir sollten die Amme holen.«

Er nickte. »Ich werde Charles wecken lassen.«

Hélène ging wieder ins Nebenzimmer. Sie beugte sich über das Kind und stellte erleichtert fest, dass es noch atmete. Sie rückte sich einen Stuhl an die Wiege, setzte sich und starrte blicklos vor sich hin.

In ihrem Kopf überschlugen sich die Gedanken. Sie dachte an die lange, komplizierte Geburt der Madame du Vivière. Sie dachte darüber nach, ob sie alles richtig gemacht hatte – aber ja doch, es war nicht ihr Fehler gewesen! Es war gottgewollt, niemand hätte verhindern können, was passiert war, so wie niemand verhindern konnte, dass dieses Kind sterben würde.

Auch an Mathurine dachte sie, und dass man die kleine Nicoline morgen nach Dreux zu diesen Leuten bringen würde, die man kaum kannte und von denen man nicht wusste, ob sie hielten, was sie versprachen.

Und dann war da plötzlich dieser andere Gedanke. Er war so ungeheuerlich, dass sie ihn gleich wieder von sich schob. Ein Verbrechen! Eine Sünde! Und doch … am Ende wäre allen geholfen.

Hélène schlug die Hände vors Gesicht. Immer wieder drängte sich ihr dieser absurde Gedanke auf. Ja oder nein? Und wenn ja, dann brauchte sie einen Plan!

Plötzlich wurde die Tür geöffnet, und Claire trat ein. Das Gesicht des Mädchens war blass, sie hatte dunkle Ringe unter den Augen. »Monsieur ist zu Bett gegangen«, sagte sie, »und Madame schläft jetzt auch. Der Kutscher hat angespannt und wartet auf Anweisungen.«

»Wie lange hast du schon nicht mehr geschlafen?«, fragte Hélène.

»Seit fast drei Tagen. Die Hausdame liegt im Fieber, und die anderen Mädchen husten alle. Monsieur hat verboten, dass sie zu Madame ins Zimmer gehen, darum muss ich mit Hilfe der Köchin alles alleine machen.«

»Und wie spät ist es jetzt?«

»Die fünfte Stunde nach Mitternacht.«

Hélène starrte auf die Hände des Mädchens. Sie hingen rechts und links neben ihrem Körper und zitterten vor Erschöpfung.

Hélène stand auf. »Leg dich dort ins Bett und schlafe ein wenig. Ich lasse das Kind in deiner Obhut und kümmere mich selbst um die Amme.«

»Aber wenn etwas mit dem Kind ist?«

»Nun, wie du siehst, schläft es ruhig und fest. Falls es aber doch aufwacht und zu schreien anfängt, dann trägst du es einfach herum und redest ihm gut zu – na, nun leg dich schon hin!«

Claire sah sie dankbar an. Sie setzte sich aufs Bett, zog ihre Schuhe aus, ließ sich nach hinten in die Kissen fallen und schlief auf der Stelle ein.

Hélène beugte sich über das Kind. Es sah elend aus, zu Tode erschöpft. Der Bauch war gebläht, das Gesicht hatte inzwischen eine gelblichgrüne, schmutzig wirkende Farbe. »Du wirst nicht lange leben, Kleines«, sagte sie voll Mitgefühl und strich über die Wangen des Säuglings, »aber vielleicht ist es ja auch ein Glück, das weiß man nie.«

Plötzlich richtete sie sich wieder auf und blickte sich im Zimmer um. Neben der Tür befand sich eine verschlossene Wandnische. Hélène öffnete sie und sah hinein. Ein silberner Leuchter, einige Kästchen aus Holz und eine Schale aus Zinn standen darin. Hélène schob alles in eine Ecke, holte ihre Tasche, nahm einen Tiegel mit Schlafmohnpaste heraus und verstaute ihn in ihrer Rockfalte. Dann leerte sie den Inhalt der Tasche in die Nische und verschloss die Türen wieder.

Als sie mit der leeren Tasche an die Wiege trat, richtete sich Claire plötzlich auf. Sie murmelte etwas, das Hélène nicht verstand, sank wieder in die Kissen, drehte sich zur Wand und zog seufzend die Knie an.

Hélène war vor Schreck fast das Blut in den Adern gefroren. Mit zitternder Hand fasste sie sich ans Herz und lauschte auf Claires Atem. Als sie sicher war, dass das Mädchen schlief, deckte sie es zu, denn wenn es fror, würde es wieder wach werden. Dann kleidete sie ihre Tasche mit Tüchern aus, nahm das Kind aus der Wiege und legte es in die Tasche. Es muckste sich nicht, schlief einfach weiter.

Sie warf sich ihren Umhang über, löschte das Licht und zog die Tür hinter sich zu. Auf dem Flur blieb sie stehen, lehnte sich einen Moment gegen die Mauer. Ihr Herz klopfte bis in ihren Hals. Wenn man sie erwischte, würde man sie an den Galgen bringen! »Jetzt kannst du noch zurück!«, flüsterte sie, aber dann stieß sie sich entschlossen ab und eilte über die Treppe zum Dienstboteneingang.

Bevor sie auf den Hof trat, schloss sie die Tasche. Charles, der Kutscher – ein alter mürrischer Mann, halb taub und immer schlecht gelaunt –, saß auf dem Bock und schlief. Sie schlich sich an den Wagen, öffnete vorsichtig den Verschlag.

Als der Kutscher das Knarzen hörte, schreckte er auf. »Wer ist da?«

»Ich bin's nur, die Hebamme.« Schnell stellte sie die Tasche in den Wagen. »Bring mich nach Paris in die Rue des petits Champs.«

»Woher soll ich wissen, wo das ist?«, fuhr er sie an.

»Du fährst durch das Port Saint-Honore in die Stadt, dann gleich links und wieder links.«

Sie stieg ein, und er gab den Pferden die Zügel.

In der Kutsche nahm sie das Kind aus der Tasche und wickelte es in ihren Umhang, um es zu wärmen. Es fing an zu wimmern. »Still«, flüsterte Hélène, »still, mein Kleines.« Sie schob ihm einen Finger in den Mund, es lutschte ein wenig daran herum und schlief wieder ein.

Als sie Paris erreichten, das Stadttor schon in Sichtweite war, legte Hélène das Kind in die Tasche zurück, verschloss sie, holte ihre Papiere aus dem Umhang und legte ihn neben die Tasche.

Das Kind fing an zu quengeln.

»Ich bitte dich, heilige Mutter Gottes, mach, dass es still ist!«, flehte sie und rang die Hände gen Himmel. »Ich habe mir nie etwas zuschulden kommen lassen! Den Armen helfe ich auch ohne Lohn! So viele Leben habe ich gerettet, aber dieses kann ich nicht retten, und es ist doch egal, ob das Kind hier stirbt oder dort!«

Es war wie ein Wunder! Als der Kutscher vor den Wachen anhielt, hörte auch das Kind zu quengeln auf!

Einer der Wachmänner trat an den Verschlag. »Was wollt Ihr um diese Zeit hier? Die Tore sind noch geschlossen.«

Hélène reichte ihm ihre Papiere, die sie als Hebamme der

Familie du Vivière auswiesen und ihr die Ein- und Ausreise zu jeder Tages- und Nachtzeit genehmigten.

»Madame du Vivière ist heute Nacht niedergekommen. Die Amme, die das Kind nähren soll, ist nicht zur Stelle, ich muss eine andere holen. Es ist eilig, das Kind ist schwach, es braucht die Brust.«

Der Mann starrte auf das Papier, dann sah er in den Wagen. »Und was habt Ihr dort?« Mit einer Kopfbewegung deutete er auf die Tasche.

Hélène zuckte die Schultern. »Es sind meine Hebammeninstrumente, Kräuter und Tücher, wie ich sie zum Wickeln brauche.« Sie machte Anstalten, die Tasche zu öffnen.

»Ist gut«, sagte der Mann. Er gab ihr die Papiere zurück und winkte seinem Kollegen. »Lass sie durch, Bernard, sie ist Hebamme.«

Wenig später hielten sie vor Mathurines Haus. Hélène stieg aus, stellte die Tasche auf die Straße und ging vor zum Kutscher. Er schien nichts gemerkt zu haben, denn er sah sie ohne Argwohn an. »Da vorne bei der Kirche ist Platz genug zum Wenden«, sagte sie. »Ich bin gleich zurück.«

Charles gab den Pferden die Zügel, und Hélène pochte gegen das Tor. Es dauerte eine ganze Weile, bis Gustave endlich erschien. »Wer ist denn da?«, fragte er durch die Klappe.

»Ich bin's, Hélène! Mach auf, schell!«

Der Riegel wurde zurückgeschoben, das Tor einen Spalt geöffnet. Hélène huschte hinein und lief die Treppen hinauf. Das Kind weinte inzwischen.

Sofort waren alle wach und kamen in die Küche. Hélène stellte die Tasche auf den Tisch, sank auf einen Stuhl und brach in Tränen aus.

»Ja, um Himmels willen!« Agnes fasste sie an den Schultern und schüttelte sie. »Was ist denn passiert? Und was hast du da für ein Kind in der Tasche?«

Hélène rang nach Fassung. »Es ist … ist das Kind der Vivières. Ich …« Sie brach ab.

Mathurine öffnete die Tasche und nahm das Kind heraus. Sie starrte es entsetzt an. »Das Kind der Vivières? Aber … warum?«

Agnes hatte inzwischen etwas Holunderlikör in einen Becher gegossen und hielt ihn Hélène hin. »Da trink erst einmal und beruhige dich.«

Sie leerte den Becher in einem Zug und gab ihn Agnes zurück. Ihre Hand zitterte dabei, sie schluchzte.

Als sie sich beruhigt hatte, erzählte sie: »Es war eine lange und schwere Geburt. Die Fruchtblase ist zu früh geplatzt, die Wehen setzten nicht ein. Als ich das Kind endlich geholt hatte und es mir ansah, ahnte ich gleich, dass es sterben wird. Und wirklich, alle Zeichen treten ein. Immer fahler wird die Haut, immer wieder hört es auf zu atmen. Es hat sich im Leib der Mutter vergiftet! Höchstens ein paar Tage wird es leben, wenn überhaupt.«

»Und da bringst du es hier her? Und die Vivières …«

»Sie wissen nichts davon! Ich habe das Kind heimlich fortgeschafft.« Noch immer zitterten Hélènes Hände, musste sie nach Fassung ringen. »Ich weiß nicht, wo ich den Mut hernahm! Der Kutscher, die Wachen am Stadttor … und was, wenn man im Schloss das Fehlen des Kindes bemerkt?« Sie schlug die Hände vors Gesicht, schüttelte den Kopf. »Aber da war plötzlich dieser Gedanke«, fuhr sie fort, »und ich konnte einfach nicht mehr von ihm lassen. Alles schien mir so einfach, so folgerichtig. Madame du Vivière ist so zierlich, so verletzlich. Sie würde den Tod ihres Kindes nur schwer verkraften, und wer weiß, ob sie je wieder schwanger werden kann. Und hier haben wir Mathurines Kind, die Tochter eines Grafen … warum sie zu einem Kornhändler geben, wenn sie bei den Vivières standesgemäß aufwachsen könnte? Das wäre doch dumm und ungerecht!«

»Du meinst …« Agnes brach ab, entsetzt starrte sie Hélène an.

Mathurine hielt das fremde Kind noch immer auf dem

Arm, wiegte es und streichelte über die blassen Wangen. Das Schluchzen wurde leiser, und schließlich schlief es ein. Sie legte es in die Tasche zurück, setzte sich auf die Bank am Kamin und nickte. »Ja«, sagte sie, »Hélène hat recht. Ich selbst hätte es nie gewagt und auch nicht erlaubt, aber nun ist das Kind hier. Wir sollten einen klaren Kopf behalten und die Sache zu Ende führen.«

»Die Kinder austauschen!« Agnes bekreuzigte sich. »Aber wenn man Hélène dabei erwischt? Nicht auszudenken, was sie mit uns machen!«

Mathurine ging zum Fenster und sah hinunter. Die Kutsche stand vorm Haus, der Kutscher schien zu schlafen. »Wen der Mut mitten im Sprung verlässt, der wird stürzen!«, sagte sie und drehte sich wieder um. »Zurück muss sie, und ob sie nun das Kind der Vivières oder unseres in der Tasche hat, was macht es aus?« Sie sah Hélène an. »Wie ist dein Plan?«

»Der Kutscher hat mich hergebracht, um die Amme zu holen. Ich selbst habe sie den Vivières empfohlen. Sie ist freundlich und zuverlässig und weiß seit zwei Wochen, dass sie gebraucht werden wird. Ich schicke ihn alleine zu ihr und sage ihm, dass ich hier noch etwas zu erledigen habe und Gustave mich später zum Schloss fahren wird. Wenn wir uns beeilen, dann sind wir vor der Amme im Château ...«, sie seufzte, »... vor der Amme, und bevor man wach wird und nach dem Kind sucht.«

»Ja, so wird es gehen«, sagte Mathurine. »Wir dürfen keine Zeit verlieren.« Sie sah Gustave an. »Du hast es gehört. Du musst anspannen, beeile dich!«

Hélène stand auf. Sie war wieder ganz gefasst und hatte sich im Griff. Sie wusch sich in einem Eimer das Gesicht, ging hinunter und gab dem Kutscher Anweisungen. Er murrte, aber schließlich fuhr er ohne sie weiter. Dann lief sie hinauf und wickelte Mathurines Kind in die Tücher, die sie aus dem Château mitgenommen hatte und in die das Wappen der Vivières eingestickt war.

Mathurine stand daneben und ließ den Blick nicht von ihrer Tochter. Als Hélène sie gewickelt und gebunden hatte und in die Tasche legen wollte, griff Mathurine nach dem Kind.

»Gib sie mir – nur einen Moment noch!« Sie hatte Tränen in den Augen und drückte Nicoline an ihre Brust. »Zwei Tage, mehr hatten wir nicht miteinander. Ich liebe dich, mein Kleines. Ich wünsche dir das Allerbeste! Möge Gott geben, dass du glücklich wirst …«

Von unten war das Getrappel der Pferde zu hören. Agnes erschien. »Gustave hat angespannt«, sagte sie.

Hélène griff nach Nicoline. »Du musst sie mir jetzt geben.«

»Nur noch ein Kuss!« Mathurine küsste Nicoline wieder und wieder.

»Bitte!« Hélène sah Mathurine flehentlich an.

Endlich ließ sie los.

Hélène hatte die Tasche mit Tüchern ausgepolstert. Nun legte sie das Kind hinein, deckte es zu und wandte sich an Mathurine. »Es ist das Beste so, es sei denn, du willst sie behalten.«

Mathurine schüttelte den Kopf. »Nein. Nimm sie mit! Und geh! Schnell!« Sie stürzte aus dem Zimmer, die Tür zu ihrer Kammer fiel hinter ihr zu.

Gustave wartete mit der Kutsche auf der Straße. Inzwischen wurde es hell, und die Stadttore waren bereits geöffnet. Um sich unnötige Fragen der Wachleute zu ersparen, warum und wieso die Hebamme die Kutsche gewechselt hatte, wies Hélène den Jungen an, einen kleinen Umweg zu fahren und die Stadt durch das Port Montmartre zu verlassen.

Es war die falsche Entscheidung, wie sich bald herausstellen sollte – aber Hélène konnte nicht ahnen, dass sich Paris an diesem 12. Mai im Jahre 1588 zum Aufstand gegen den König rüstete und sich gerade am Port Montmartre eine Horde aufgebrachter Männer versammelt hatte.

Hélène hatte die Vorhänge zugezogen und das Kind aus der Tasche genommen. Es weinte. »Ist ja gut, ich bin ja bei dir«, versuchte sie es zu trösten.

Plötzlich hielten sie, und es gab Tumult. Hélène hob den Vorhang an, um zu sehen, was los war. Acht Männer, mit Hammer und Axt bewaffnet, umzingelten die Kutsche, einer von ihnen richtete eine Hakenbüchse auf sie.

»Das ist die Närrin!«, brüllte der mit dem Gewehr. »Ich kenne ihre Kutsche.«

Es war Max, der Fischhändler, bei dem Hélène einkaufte.

»Lasst sie nicht durch! Passt auf, sie steckt mit dem König unter einer Decke!«

Die anderen kamen näher. »Los, aussteigen!«, schrie Max.

»Aber ich habe doch nicht die Närrin, sondern die Hebamme im Wagen«, sagte Gustave.

»Halt's Maul!«, belferte Max.

Einer der Männer riss die Tür auf und starrte in den Fond. »Es ist wirklich nicht die Närrin, die kenne ich. Das Weib hat einen Säugling auf dem Arm.«

»Sie soll aussteigen!«

Man zerrte Hélène aus der Kutsche.

Max starrte sie an. »Tatsächlich, die Hebamme! Was tust du in der Kutsche der Närrin? Und was ist das für ein Kind?«

Hélène öffnete den Mund und schloss ihn wieder. Ihr fiel keine passende Antwort ein. Jesus und Maria, jetzt ist alles aus!, dachte sie.

Einer wollte ihr das Kind entreißen. Da sprang Gustave vom Bock und packte den Kerl am Kragen. »Lass das, du Hund! Was kann denn ein Säugling dafür, dass der König ein Ketzer ist! Wir sind unterwegs, eine Amme zu suchen, weil die Mutter des Säuglings im Sterben liegt. Und wenn du uns nicht gleich durchlässt, dann werde ich dem Stockfischhauptmann Bescheid geben, was er sich da für eine Kreatur zu Diensten genommen hat!«

Überrascht sah der Mann den Jungen an. »Du kennst den Stockfischhauptmann?«

»Und den Casieroberst!« Gustave kniff die Augen zusammen und spuckte aus.

Nicoline brüllte inzwischen. Hélène versuchte sie zu beruhigen – zwecklos.

»Durchsucht die Kutsche!«, befahl Max.

Ein junger, rothaariger Kerl stieg ein, stülpte die Tasche um, wühlte in den Tüchern, die herausgefallen waren, klopfte die Polster ab und stieg wieder aus. »Nichts«, sagte er.

»Auch keine geheimen Papiere, die der König aus der Stadt schmuggeln lässt?«

Hélène hatte plötzlich Schweißperlen auf der Stirn. Ihre Ausweispapiere! Sie steckten in der Tasche ihres Umhanges. Wenn die Männer sie durchsuchten und herausfanden, dass sie die Hebamme der Vivières war, hatten sie verloren. Jeder wusste, dass die Familie du Vivière mit dem Königshaus verbunden war.

»Ganz sicher nicht, da sind nur ein paar Windeln im Wagen.«

Max und der andere Wortführer steckten die Köpfe zusammen. »Na gut«, sagte Max schließlich zu Gustave, »ihr könnt passieren.« Sie traten von der Kutsche zurück.

Hélène stieg mit dem brüllenden Kind ein, Gustave schloss die Tür hinter ihr und setzte sich auf den Bock.

Langsam rollte die Kutsche durch das Tor und über die Brücke, dann lag das offene Land vor ihnen. »Mon Dieu«, flüsterte Hélène, und sie schickte ein Dankgebet gen Himmel.

Gustave gab den Pferden die Peitsche. Im gestreckten Galopp ging es Richtung Süden. Sie hatten viel Zeit verloren, wenn sie sich jetzt nicht beeilten, war die Amme noch vor ihnen im Schloss!

Hélène konnte sich kaum auf den Sitzen halten, so wurde sie in der Kutsche hin- und hergeworfen. Als das Kind nicht mehr aufhören wollte zu brüllen, pochte sie gegen die Wand. »Fahr langsamer, um Himmels willen!«

»Dann kommen wir vielleicht zu spät!«

»Aber was hilft es, wenn wir am Ende noch einen Unfall haben!«

Als sie Malmaison passiert hatten, parierte Gustave durch und ließ die Pferde den Rest des Weges traben, damit sie sich ausschwitzen konnten. Eine Viertelstunde später sahen sie hinter den Bäumen des Parks die Dächer von Château Vivière.

Gustave sah hinter sich. Keine andere Kutsche, so weit sein Blick reichte. Sie hatten es geschafft!

Doch als er in den Hof einfuhr – die Wachen kannten ihn bereits und winkten ihn durch – gefror ihm das Blut in den Adern. Neben dem Dienstboteneingang stand die Kutsche der Vivières. Sie musste kurz vor ihnen eingetroffen sein, denn Charles kletterte gerade vom Bock, um den Verschlag zu öffnen!

Gustave überlegte nicht lange. Er musste handeln, oder alles war verloren. »Holla!«, rief er und ließ die Peitsche knallen! »Wunderschönen guten Morgen allesamt! Die Vögel trällern, die Sonne geht auch heute wieder auf – was will man da noch mehr! Hattet ihr eine gute Fahrt, Herrschaften?«

Der alte Charles war stehengeblieben und starrte ihm entgegen. Da links der Kutsche kaum noch Platz war – vier Schritte bis zum Haus –, hätte Gustave sein Gespann rechts abstellen müssen, aber er lenkte das Gespann zwischen Charles und den Dienstboteneingang.

Die Amme, die sich aus dem Fond gebeugt hatte, zog den Kopf ein, Charles presste sich an den Wagen. Schreckensbleich waren seine Wangen und gleich darauf rot vor Wut. »Bist du des Wahnsinns, Bursche!«, brüllte er.

Gustave sprang vom Bock, öffnete den Verschlag auf der linken Seite und flüsterte Agnes zu: »Schnell, lauf ins Haus, ich halte sie auf!« Dann ging er hinter der Kutsche nach rechts und lachte Charles frech ins Gesicht. »O!«, sagte er, »da habe ich euch wohl eingeklemmt. Tut mit leid!« Er zwinkerte der Amme zu und imitierte einen Soldatengruß. »Schöne junge Frau, Ihr müsst drüben aussteigen – ich helfe Euch!« Rasch hatte er die Seite gewechselt, öffnete den Schlag und verbeugte sich tief.

Die Amme war jung, und er kannte sie flüchtig. Sie lachte über seine unbeholfenen Versuche, charmant und witzig zu sein und ihr den Hof zu machen. »Du willst den Kavalier spielen und bist doch nur ein Flegel«, sagte sie, aber ihre Augen blitzten dabei.

Charles hatte sich inzwischen aus seiner misslichen Lage befreit und stand plötzlich neben ihnen. Er packte Gustave am Ohr und zog daran. »Lümmel! Mach das nie wieder!«

»He, lass los!« Gustave schlug um sich. »Du reißt mir ja das Ohr aus, Alter!«

Die Amme lachte. »Wer Honig essen will, ertrage auch das Stechen der Bienen!« Sie bedankte sich bei Charles für die Fahrt und ging davon.

Während Gustave mit Charles und der Amme geredet hatte, war Hélène mit der Tasche aus der Kutsche geklettert, hatte die Haustür aufgerissen und war im Laufschritt in den ersten Stock geeilt.

Die Dienstbotentreppe mündete in einen kleinen Vorraum. Hier standen ein Stuhl und ein Tisch, auf dem die Mädchen Tabletts abstellen konnten. Hélène zog sich den Umhang von der Schulter, nahm das Kind auf den Arm und legte Umhang und Tasche auf den Stuhl.

Nicoline schrie nun wieder. Hélène drückte sie an sich und flüsterte: »Von nun an heißt du Jacqueline, mein Schatz, und du wirst hier zu Hause sein.« Dann atmete sie tief durch, öffnete die Tür und ging gemächlichen Schrittes über den Flur zur Kinderkammer.

Als sie eintrat, fuhr Claire hoch und sah sich verwirrt um.

Sie hatte noch tief und fest geschlafen. »O Gott!« Sie griff sich ans Haar, das ihr wirr in die Stirn hing. »Wenn Madame mich so sieht!«

Wenige Augenblicke später betrat Dorienne, eine Küchenmagd, mit der Amme das Zimmer.

»Da bist du ja!« Dorienne starrte Claire ärgerlich an. »Wo warst du denn? In der Dienstbotenkammer hast du jedenfalls nicht geschlafen, wir haben dich überall gesucht!«

»Sie war hier bei mir, sie hat mir geholfen.« Hélène tauschte Blicke mit Claire.

Das Mädchen nickte heftig, strich sich die Schürze glatt und folgte Dorienne in die Küche.

Hélène wandte sich an die Amme. »In Paris ist der Teufel los«, sagte sie im Flüsterton. »Ich hatte noch bei einer Schwangeren zu tun. Als ich die Stadt verlassen wollte, wurde ich am Port Montmartre von Aufständischen aufgehalten. Sie haben mich mit Waffen bedroht, weil ich in der Kutsche der Närrin fuhr, was sie verdächtig fanden.«

Gertrude zog ihr Cape aus, nahm das Kind und setzte sich damit aufs Bett. »Auch uns hat eine Horde Männer durchsucht. Zum Glück war der Kutscher klug genug, nicht zu sagen, in wessen Diensten er steht, er behauptete, wir würden zu einem Kaufmann nach Versailles fahren. Sie sind verrückt geworden, sie wollen den König stürzen!« Sie band ihr Mieder auf, legte Jacqueline an die Brust und lächelte. »Ein hübsches Kind! Meines sah so kurz nach der Geburt noch aus wie ein alter verschrumpelter Apfel.«

»Die einen sind so, die anderen so«, entgegnete Hélène. Sie verließ das Zimmer, kam wenig später mit ihrer Tasche und dem Umhang zurück, legte beides auf dem Stuhl am Tisch ab und ging zu Madame du Vivière. Sie schlief noch. Als Hélène die Vorhänge öffnete, schlug sie die Augen auf. Für einen Moment schien sie nicht zu verstehen, wer da bei ihr war, aber dann kam die Erinnerung zurück. »Geht es meiner Kleinen gut?«, fragte sie.

»Ja, viel besser als gestern. Im Schlaf konnte sie sich erholen. Gerade wird sie gestillt. Ein wunderschönes Töchterchen habt Ihr!« Hélène fasste an Madames Stirn. »Und Euer Fieber geht auch zurück. Ihr werdet sehen, in zwei Wochen habt Ihr alle Müh' und allen Schmerz vergessen.«

»Und Monsieur?«

»Wir haben ihn noch nicht gesehen. Soll ich ihn holen lassen?«

»Nein, nein, er ist sicher sehr erschöpft!«

Hélène richtete ihr die Kissen im Rücken, dann ging sie zur Tür. »Gleich bringt Claire Euch eine Morgensuppe«, sagte sie, »wenn Ihr gegessen habt, werde ich Euch kalte Tücher auf die Brust legen, und dann dürft Ihr Euer Kind begrüßen.«

Sobald das Kind gestillt war, schickte Hélène die Amme mit der Kleinen zu Madame und nutzte die Gelegenheit, ihre Sachen aus dem Wandschrank wieder in ihre Tasche zu tun. Sie schloss sie und setzte sich auf den Stuhl.

Erst jetzt fühlte sie, wie erschöpft sie war. Sie hatte drei Nächte kaum geschlafen, dazu die Angst und die Aufregung. Seufzend schloss sie die Augen.

Später sah sie noch einmal nach Madame. Jacqueline schlief in ihrem Arm, und die junge Mutter lächelte glücklich.

Weinend lag Mathurine auf ihrem Bett, hatte ihr eigenes Schluchzen, das Geklapper von Töpfen, das Wimmern des Kindes im Ohr. Doch plötzlich war es still. Sie hob den Kopf und lauschte. Nichts, kein Laut mehr zu hören.

Sie stand auf, wischte sich mit dem Handrücken über die Augen und trat auf den Flur. Die Tür zur Küche stand offen. Agnes saß auf der Bank vorm Kamin, hatte das Kind auf dem Arm und starrte es an.

»Ist es tot?«, fragte Mathurine.

Agnes hob den Kopf. »Ich weiß nicht – ich glaube, es atmet nicht mehr.«

Mathurine setzte sich neben sie, nahm das Kind und schlug ihm auf die Wangen. Wie ein Fisch, den der Fluss ans Ufer gespült hatte, schnappte es nach Luft und fing an zu weinen.

Erleichtert atmete Agnes auf. »Es muss gestillt werden«, sagte sie, »wir können es doch nicht einfach verhungern lassen.«

Mathurine schüttelte den Kopf. »Nein, das werden wir auch nicht.« Sie band ihr Hemd auf und legte die Kleine an die Brust. »Na komm ... trink!« Mathurine strich ihr über den Kopf.

Ein wenig nuckelte es, dann schlief es wieder ein.

Mathurine sah Agnes an. »Was meinst du – ob Hélène es geschafft hat?«

»Und wenn nicht?«

»Dann werden wir es wohl bald hören.« Mathurine seufzte, schloss die Augen und flüsterte: »Vielleicht war es nicht recht, was wir getan haben, aber es war richtig. Gott stehe uns bei!«

Plötzlich klang Tumult von der Straße herauf. Agnes ging zum Fenster. »Es sind Henry, der Schuster, und François, der Bäcker aus der Rue Chapelet. Sie haben eine Horde junger Männer im Schlepptau. Alle sind sie mit Äxten und Stangen bewaffnet, einer hat sogar eine Pistole im Gürtel! Sie sind sehr aufgebracht. Aber was sie da krakeelen, kann ich nicht verstehen. Es scheint um den König zu gehen.«

Mathurine legte das Kind in einen Korb, ging zu Agnes und sah ebenfalls hinaus. »Um den König?«

»Hörst du es denn nicht? Herodes – so nennen sie ihn doch seit neuestem.«

Mathurine öffnete das Fenster einen Spalt. »Zum Louvre!«, schrien die Männer. »Er soll uns kennenlernen, der Herodes!«

»O Gott!« Mathurine schlug die Hände vors Gesicht. »Ich habe es geahnt! Dass der Guise nach Paris gekommen ist, kann nichts Gutes nach sich ziehen! Ein Aufstand – ich muss zum König!«

Erschrocken riss Agnes die Augen auf. »Aber du kannst doch jetzt nicht einfach gehen! Du bist doch noch zu schwach! Und du kannst mich hier nicht alleine lassen! Wenn das Kind stirbt! Wenn sie Hélène erwischt haben und herkommen! Und Gustave ... womöglich haben sie auch ihn verhaftet. Das ist zu viel für mich, das schaffe ich alleine nicht! Du kannst jetzt nicht gehen!« Sie klammerte sich an Mathurine und sah sie mit panischem Blick an.

Mathurine nahm sie in die Arme und hielt sie fest. »Nur ruhig! So beruhige dich doch – du hast ja recht, ich bleibe bei dir!« Sie führte Agnes zum Tisch, drückte sie auf einen Stuhl und umschloss zärtlich ihr Gesicht mit beiden Händen. »Keine Angst, Tantchen, ich lasse dich nicht alleine.«

Die Stunden schlichen dahin wie Tage. Dass Hélène und Gustave so lange nicht zurückkamen, setzte vor allem Agnes zu. Immer mehr aufgebrachte, bewaffnete Männer und Frauen liefen am Haus vorbei. Sie kamen vom Port Montmartre und zogen zum Louvre.

Gegen Mittag erschien Marie. Sie pochte gegen das Tor. »Macht auf, lasst mich hinein!«

Agnes öffnete nur die Klappe. »Was willst du – Gustave ist nicht hier!«

»Das weiß ich doch.« Das Mädchen hatte Tränen in den Augen. »Ich habe gesehen, wie er früh am Morgen weggefahren ist. Und bis jetzt ist er nicht zurückgekommen! Wo ist er denn hin? Ich habe Angst um ihn! Die ganze Stadt ist in Aufruhr, sie sind wie von Sinnen! Sie wollen den Louvre umzingeln, haben Straßenblockaden errichtet, und jeder, der ihnen nicht zur Nase steht, kriegt es mit ihrer Wut zu tun!«

»Mach dir keine Sorgen, Gustave ist nicht in der Stadt. Er hat die Hebamme nach Château Vivière zu einer Geburt gefahren.«

Eine Horde junger Männer kam die Gasse herauf. »Was stehst du hier rum!« Einer rempelte das Mädchen an und packte sie am Arm. »Komm mit, jetzt wird jeder von uns gebraucht!«

»Fass mich nicht an!« Marie stieß ihn von sich, drehte sich wieder zu Agnes um. »So lass mich doch endlich rein, du siehst doch, was hier los ist!«

»Komm später, wenn Gustave wieder da ist«, sagte Agnes, schloss die Klappe und ging nach oben.

Mathurine lag mit dem Kind im Bett. »Wer war es?«, fragte sie.

»Marie. Sie macht sich Sorgen um Gustave. Aber das Kind, wenn es zu schreien anfängt ... ich konnte sie doch nicht herein lassen. Sie wird mich hassen!« Sie beugte sich über die Kleine, die in Mathurines Arm schlief. »Hat sie endlich getrunken?«

»Nein, sie ist zu schwach.« Mathurine streichelte sie. »Und draußen?«.

»Draußen ist der Teufel los!«

Trotzdem ging Agnes zum Markt. Sie hatten nichts mehr in der Vorratskammer, und wenn es wirklich einen Aufstand gab, mussten sie sich vielleicht tagelang zu Hause verschanzen.

Als sie zurückkam, legte sie Rippen vom Rind, ein Suppenhuhn, Eier, Brot und zwei Kohlköpfe auf den Tisch. »Das hat ein Vermögen gekostet«, murrte sie, »fast das Dreifache vom normalen Preis! Sie sind verrückt geworden. Und die Studenten schwingen auf dem Platz vor dem Stadthaus große Reden und klagen den König öffentlich des Verrats an! Sie behaupten, er hätte seine Schweizer angewiesen, auf das Volk zu schießen.«

»Das soll Heinrich getan haben? Niemals!« Entschieden schüttelte Mathurine den Kopf. »So ein Befehl käme einem Selbstmord gleich. Er sitzt im Louvre wie auf dem goldenen Präsentierteller, und das weiß er. Das Volk würde ihn steinigen! Zumal der Guise in der Stadt ist und die Lage auszunützen wüsste. Heinrich mag krank sein, aber nicht so irre, dass er seine Macht und sein Leben verspielt!«

»Endlich!« Agnes, die Stunden am Fenster gesessen und hinausgestarrt hatte, sprang auf. »Gustave und Hélène! Sie sind da!«

Mit fliegendem Rock lief sie die Treppe hinunter, schob den Riegel zurück, zog das Tor auf und schloss es hinter der Kutsche wieder.

Gustave sprang vom Bock. Agnes konnte nicht anders, sie umarmte und küsste ihn. »Ich hatte solche Angst um euch!«

Als Hélène ausstieg, fiel sie auch ihr um den Hals und weinte hemmungslos.

»Na, na ...« Hélène drückte sie an sich. »Beruhige dich, es ist ja alles gutgegangen!«

Gustave hatte noch nicht einmal die Zügel ausgehängt, als ans Tor gepocht wurde. »Bestimmt ist es Marie«, flüsterte Agnes. »Sie hat nach dir gefragt. Aber das Kind ... ich konnte sie doch nicht hereinlassen! Ich habe ihr gesagt, dass du Hélène nach Chateau Vivière gebracht hast.« Gustave wollte öffnen, doch Agnes hielt ihn am Arm fest. »Du bleibst mit Marie hier unten, hörst du!«

»Ist recht, Tante.«

Agnes und Hélène gingen nach oben, Gustave ans Tor. Kaum hatte er es aufgezogen, hing Marie auch schon an seinem Hals und verstreute Küsse auf seinem Gesicht.

Agnes und Hélène, oben angekommen, drehten sich nach den beiden um. »Wir werden sie wohl verheiraten müssen!«, sagte Agnes.

Mathurine erwartete sie in der Küche. Sie war nur mit ihrem Nachthemd bekleidet, hatte nackte Füße und war bleich wie ein Laken. Aus ihren Augen rannen Tränen. Mit ausgestreckten Armen hielt sie ihnen das Kind entgegen. »Es ist tot. Es hat einfach aufgehört zu atmen.«

Hélène nahm es und starrte es an. »Ja«, sagte sie nach einer Weile, »ja, es ist tot, es wird ja schon kalt.«

»Ich habe mit dem Kind im Bett gelegen und geschlafen«, sagte Mathurine. »Als Agnes rief, dass ihr da seid, wurde ich wach ... und ...« Mit einem Seufzen sank sie auf die Bank.

Agnes setzte sich zu ihr. »Wir konnten doch nicht helfen. Mach dir keine Vorwürfe!«

Hélène hatte das tote Kind in den Korb gelegt und ein Tuch darübergedeckt. Nun setzte sie sich ebenfalls auf die Bank, nahm Mathurine in den Arm und fragte: »Willst du denn nicht wissen, wie es deiner Kleinen geht?«

»Doch ja – nun sag schon!«

»Es geht ihr gut, niemand hat etwas bemerkt. Madame ist glücklich, küsst und herzt sie in einem fort, und Monsieur war auch gleich ganz vernarrt in ›sein Mädchen‹. Die Amme, Gertrude, ist freundlich und geht liebevoll mit ihrem Schützling um. Alles wird gut!«

Mathurine nickte. »Ja – danke!« Sie versuchte zu lächeln. »Du hast für mich und Nicoline dein Leben aufs Spiel gesetzt. Ich werde es dir nie vergessen.«

Gustave trat ein.

»Ist Marie gegangen?«, fragte Agnes.

Er nickte, zog sich einen Stuhl heran und setzte sich zu den Frauen.

»Erzählt«, forderte Mathurine ihn auf, »warum kommt ihr so spät erst zurück?«

»Weil sie überall Straßensperren errichtet haben«, sagte Gustave. »Schon am Morgen, als wir die Stadt verließen, sind wir in eine Sperre geraten. Sie erkannten deine Kutsche und hielten uns für Geheimagenten des Königs. Fast hätten sie uns das Kind genommen! Und auf der Rückfahrt wollten sie uns gar nicht mehr in die Stadt lassen. An fünf Toren wurden wir abgewiesen, erst am Port Saint-Antoine ließen uns die Aufständischen durch, weil einer von ihnen Hélène erkannte.«

»Ich hatte seine Frau entbunden. Es war eine schwere Geburt, ohne meine Hilfe wäre sie gestorben.«

»Am Platz vor dem Stadthaus hörten wir, wie einige Studenten das Volk aufhetzten. Dass der König sich dem Teufel verschrieben hat, behaupteten sie, und dass er weitere Schweizer Regimenter angefordert hat, weil er einen Gewaltstreich plant – ein neues Massaker, aber diesmal träfe es nicht die Hugenotten, sondern Pariser Bürger, gute Katholiken. Dann, als wir zum Louvre kamen, hörten wir, dass die Aufständischen mit ihren Äxten und Hämmern auf die Schweizer Wachposten losgegangen waren.«

»Heilige Mutter Gottes!« Agnes bekreuzigte sich.

»Einer behauptete, es sei geschossen worden, aber ein anderer widersprach ihm. Die Schweizer hätten sofort die Waffen gestreckt und zum Zeichen, dass sie friedfertig waren, ihre Hüte in die Hände genommen.«

»Darauf hat die wilde Meute den Louvre gestürmt, aber vom König keine Spur! Den ganzen Louvre haben sie durchsucht, bis ein Bediensteter aussagte, dass der König durch einen Geheimgang geflohen ist.«

Mathurine dachte nach. »Ja, es gibt einen Geheimgang, durch die man zur Seine gelangt. Nur der König, seine Mutter und seine engsten Verbündeten kennen ihn. Wenn Heinrich wirklich entkommen konnte, dann vermutlich mit einem Schiff.«

»Aber wenn der König nicht mehr in der Stadt ist«, sagte Agnes, »dann sind wir ja dieser unberechenbaren Meute von Aufständischen ausgeliefert!«

Gustave schüttelte den Kopf. »Keine Angst, wir haben schon einen neuen König – wenn er auch noch ungekrönt ist.«

»Wie bitte?« Mathurine sprang auf.

»Der Guise! Er übernahm sofort das Kommando. Jetzt reitet er durch ganz Paris und befiehlt den Leuten, Ruhe zu bewahren. Als sein Vetter hätte er die Pflicht, den König bis zu seiner Rückkehr zu vertreten und für Ruhe zu sorgen – das schreit er in alle Winde.«

»Wie scheinheilig!« Mathurine lachte bitter. »Wäre er geblieben, wo er war, hätte es keinen Aufstand gegeben!«

»Wir haben ihn sogar selbst gesehen; vorne, am alten Stadttor. Ein paar Männer wollten einen anderen verprügeln, ich weiß nicht, warum, doch als der Guise ihnen Einhalt gebot, ließen sie sofort von ihm ab. Er sagte: ›Was schlagt ihr euch die Köpfe ein? Öffnet eure Läden, trinkt Wein und freut euch des Lebens!‹ Und sofort liefen sie los und taten, was ihr Abgott ihnen gesagt hatte! Jetzt feiern sie, essen, trinken, singen und tanzen, als hätte ihnen der Guise selbst ein großes Gelage spendiert.«

»Und dann das hier!« Hélène zog ein Flugblatt aus der Tasche, auf dem stand, dass nur die Feinde im Umfeld des Königs Schuld an dem Aufstand hätten. »Der Herzog hat es verteilen lassen.«

Mathurine las vor: »›Gott selbst hat das Volk aufgerufen und einmütig zu den Waffen greifen lassen. Ich, Herzog Heinrich von Guise, habe nur die Schweizer Gardisten geschützt und an diesem von Gottes Gnade glanzvoll überstrahlten Tag tausend Männern das Leben gerettet!‹« Mathurine zerknüllte das Flugblatt und warf es ins Feuer. »Pah! Der feine Herr wäscht sich die Hände in Unschuld und schmückt sich mit himmlischem Glanz!« Sie stützte ihre Ellenbogen auf und verbarg das Gesicht in den Händen. »Und jetzt? Den Mann, den ich liebe, habe ich fortschicken lassen, mein Kind habe ich weggegeben, und mein König ist geflohen … was bleibt mir da noch?«

»Wir bleiben dir!«, sagte Agnes. Sie zog Mathurines Hände von ihrem Gesicht und sah ihr in die Augen. »Und wenn wir auch alles verlieren, du bist eine starke und mutige Frau, also wird es irgendwie weitergehen. Als Georges gestorben war und mich der Mut verließ, hast du zu mir gesagt: ›Hinter der Verzweiflung verbirgt sich der Anfang eines neuen

Sinnes!‹ Jetzt sage ich es zu dir!«

Draußen war Geschrei zu hören. Hélène ging zum Fenster und sah hinunter. Die Nachbarn rollten ein Weinfass über die Straße, Marie stand mit ihren Geschwistern dabei und klatschte lachend in die Hände. Plötzlich hob sie den Kopf, entdeckte Hélène und winkte.

Hélène winkte zurück, drehte sich um und sagte: »Wir müssen das Kind begraben, noch heute Nacht. Was ist, wenn Marie oder ihre Mutter kommen – wir können sie nicht ewig mit Ausreden hinhalten.«

»Hélène hat recht«, sprang ihr Gustave bei. »Ich schäme mich, weil ich Marie immerzu anlügen muss. Ich habe ohnehin den Eindruck, dass sie längst weiß, dass hier etwas im Geheimen geschieht.«

»Begraben, ja. Aber wo?« Agnes sah von Hélène zu Mathurine. »Wir können mit dem Kind ja wohl schlecht zum Priester gehen. Sollen wir es etwa in ungeweihter Erde verscharren? Es ist nicht einmal getauft, und dann auch noch das!«

»Wir könnten das Kind in Georges' Grab legen«, schlug Gustave vor. »Nachts, heimlich.«

»In sein Grab?« Agnes rang die Hände. »Du hast Ideen!«

»So dumm ist seine Idee gar nicht«, sagte Mathurine.

Agnes fing an zu weinen. »Jetzt wollen sie mir auch noch meinen Georges ausgraben! Wohin soll das führen? Und außerdem bist du für solche Unternehmungen noch zu schwach! – Sag selbst, Hélène, vor drei Tagen ist sie niedergekommen, da kann sie doch nicht über eine Friedhofsmauer klettern, um ein Grab auszuheben!«

Mathurine legte ihre Hand auf Agnes' Arm. »Mach dir keine Sorgen, Gustave wird die schwere Arbeit erledigen. Um Mitternacht, wenn die Leute vom Feiern besoffen sind und ihren Rausch ausschlafen, gehen wir los.«

Mathurine schlüpfte in eine Hose und einen Kittel von Georges, steckte ihre Haare auf und verbarg sie unter einem

Hut. Währenddessen hängte Agnes dem Kind einen Rosenkranz um den Hals, steckte es dann in einen kleinen geteerten Sack, nähte ihn zu, wickelte den Sack in ein langes Stück Leinen ein und band das Bündel auf Mathurines Rücken fest.

Sie nickte. »So siehst du aus wie ein Wandersmann.«

»Dann gib mir noch einen Stock.«

Agnes brachte den von Georges. »Gott mit euch!« Sie küsste Mathurine und Gustave, bekreuzigte sich mit Blick auf das Bündel auf Mathurines Rücken.

»Leg dich schlafen«, sagte Mathurine.

»Himmel, wie könnte ich jetzt schlafen! Und außerdem, wer lässt euch dann herein? Ich setzte mich ans Fenster und warte, bis ihr zurück seid.«

Leise öffneten sie das Tor. Obwohl es bereits auf Mitternacht zuging, klangen vom Platz vor dem Louvre noch immer Musik und Freudengeschrei herüber.

Gustave schob seinen Kopf durch den Spalt und sah die Gasse hinauf und hinunter. Von den Laternen, die vor den Häusern hingen, war sie schwach beleuchtet. Nebel hing zwischen den Zweigen der Zwetschgen- und Apfelbäume, die in den Gärten hinter den Häusern wuchsen, und wenn er sich für einen Moment lichtete, zeigte sich über den Dächern der Mond, der als schmale Sichel auf dem Rücken lag.

»Was ist?«, fragte Mathurine.

»Nichts – niemand zu sehen.«

Doch als Gustave auf die Straße trat, ging gegenüber plötzlich die Tür auf, und zwei Burschen torkelten aus dem Haus. Es waren David und Erasme, Freunde von Maries älterem Bruder. Sie wohnten vorne beim Kloster in einer Seitengasse.

Gustave wollte sich schnell in die dunkle Toreinfahrt drücken, aber sie hatten ihn bereits entdeckt. »Ah, schau an, da ist ja der Bursche der Närrin!« David hielt seine Laterne hoch, um ihn besser sehen zu können.

»Tatsächlich, Gustave!« Erasme streckte die Hände nach ihm aus. »Komm her, mein Freund, lass dich umarmen!« Er tat einen Schritt auf ihn zu, stolperte dabei über seine Füße und fiel der Länge nach hin.

David lachte über das Missgeschick seines Bruders, machte jedoch keinerlei Anstalten, ihm zu helfen.

Gustave fluchte leise. Wenn die so weiterlärmten, würde bald die ganze Gasse wach sein und an den Fenstern hängen. Er gab Mathurine, die sich hinter dem Tor verbarg, den Spaten, sprang Erasme bei, stellte ihn wieder auf die Füße und hielt ihn fest – er wankte wie ein Mast bei hohem Seegang.

»Besser, ich bringe dich nach Hause«, sagte Gustave so laut, dass Mathurine es hören konnte. Er legte den rechten Arm Erasmes um seine Schulter, fasste ihn um die Taille und zog ihn mit sich. David ging ihnen mit der Laterne voraus, grölte dabei ein Lied von Kampf und Sieg.

Als sich die Stimmen ein Stück entfernt hatten, steckte Mathurine ihren Kopf nach draußen und sah den dreien nach. Sie waren nun fast auf der Höhe des Klosters. Noch ein paar Schritte, und sie bogen nach links in die Seitengasse ein.

Mathurine ließ ihren Blick über die Häuser gleiten. Die Fensterläden waren alle geschlossen, außer einem Hund, der in einem Torbogen lag und an einer Ratte nagte, konnte sie nichts erkennen.

Sie trat auf die Gasse, zog das Tor hinter sich zu und folgte Gustave und den Männern.

Auf der Höhe des Klosters wechselte sie auf die linke Straßenseite, drückte sich an der Hauswand entlang bis zur Abzweigung und blickte vorsichtig um die Ecke. Gustave und die Brüder standen nur ein paar Schritte von ihr entfernt und redeten aufeinander ein.

Plötzlich fiel Erasme Gustave um den Hals, drückte ihn an sich, klopfte ihm den Rücken. »Du bist mein bester Freund!«, lallte er.

»Ja, ja, du auch meiner.« Gustave schob ihn von sich.

»Darum musst du mit reinkommen und was mit uns trinken.«

»Ich kann nicht, ich muss nach Hause. Morgen früh habe ich eine weite Fahrt mit meiner Herrschaft.«

»Dann bist du nicht unser Freund!«

»Doch, ich bin euer Freund. Trotzdem kann ich nicht mit euch trinken.« Gustave schob Erasme zur Tür, pochte daran.

»Aber wir haben Wein, er wird dir schmecken!«

»Nein, ich muss jetzt gehen.« Gustave lehnte Erasme gegen die Hauswand, sofort sackte er zu Boden.

Als plötzlich die Haustür geöffnet wurde, lief Gustave los. Mit drei Sprüngen war er an der Ecke, hinter der Mathurine stand. Als er so unverhofft auf jemanden stieß, ließ er einen Schrei los.

Mathurine hielt ihm den Mund zu. »Psst. Ich bin's doch nur.«

»Jesus!« Er fasste sich an die Brust. »Konnte doch nicht wissen, dass du hier stehst – ich hätte vor Schreck fast einen Herzschlag bekommen!«

Es war die Mutter der Brüder gewesen, die geöffnet hatte. Nun packte sie Erasme am Kragen und zerrte ihn hoch. »Nichtsnutze!«, zeterte sie. »Wenn ich nur wüsste, wofür mich Gott mit Söhnen wie euch gestraft hat!« Eine Tür knallte zu, dann war es still.

Gustave sah um die Ecke. »Niemand mehr da. Komm!« Er nahm Mathurine den Spaten ab und ging voraus.

Auf dem Platz vor dem Kloster bogen sie nach links ab, überquerten die Straße und hielten sich im Schatten der ehemaligen Stadtmauer, bis sie die Rue Montmartre erreichten. Ein Zweispänner fuhr durch das alte Stadttor und bog in ihre Richtung ab. Sie drückten sich an die Mauer, warteten bis die Kutsche vorbei war, dann schlichen sie weiter. Über die Straße, zum Brunnen, von da noch fünfhundert Schritte bis zum Kirchhof.

Der Eingang lag schräg gegenüber einer Kaschemme, in der es hoch herging. Es wurde gelacht und gesungen, immer wieder waren Schmährufe gegen den König zu hören. Ein Kerl trat auf die Straße, pisste gegen die Hauswand, dann torkelte er davon.

»Los jetzt!«, flüsterte Gustave, als der Mann um die nächste Ecke gebogen war.

Sie rannten zum schmiedeeisernen Tor, rüttelten daran, doch wie vermutet war es verschlossen, um die Obdachlosen daran zu hindern, in den Grüften zu schlafen.

»Wir klettern über die Mauer. Du zuerst!« Gustave warf Spaten und Stock hinüber, stellte sich mit dem Rücken an die Mauer, verschränkte die Finger und ließ Mathurine in seine Hände, dann auf seine Schultern treten. Von da zog sie sich hoch, bis sie bäuchlings über der Mauer lag.

Einen Moment verharrte sie so. Sie rang nach Atem, die Schmerzen in ihrem Unterleib trieben ihr Tränen in die Augen. Schließlich gab sie sich einen Ruck, schwang das rechte Bein über die Mauer und saß nun rittlings oben auf.

Plötzlich wurde die Tür der Kaschemme geöffnet, zwei Männer und eine Frau traten auf die Straße.

»Verdammt«, zischte Gustave, »warum muss ausgerechnet heute die ganze Stadt auf den Beinen sein?«

Einer der Männer, er hatte einen Spitzbart, griff der Frau an die Brust. »Ich komme noch mit zu dir«, sagte er.

Sie schob ihn angewidert von sich. »Glaubst du wirklich, ich nehme so einen Stinkstiefel mit? Schlaf erst mal deinen Rausch aus!«

Sie drehte sich um, wollte weitergehen, doch da entdeckten sie Mathurine und Gustave.

»Ho!«, rief die Frau. »Schau an, was haben wir denn da für feine Bürschchen! Oder sind es gar Gespenster, die sich vom Gottesacker machen wollen?«

Mathurine sah zu Gustave hinunter. »He, Kumpel, bist du ein Gespenst?«

»Sehe ich etwa so aus?«, gab er zurück.

»Ein bisschen bleich bist du schon«, sagte die Frau. Sie war näher gekommen, grinste Gustave an und stieß ihm einen Finger in die Brust. »Nö, der ist richtig aus Fleisch und Blut.«

Der Mann mit dem Spitzbart sah zu Mathurine hinauf. »Was treibst du denn da oben?«

Sie zog die Füße an, stellte sie auf die Mauer und richtete sich langsam auf. »Eine Wette«, behauptete sie. »Mein Kumpel hat gewettet, dass ich mich nicht traue, hier oben entlangzuspazieren. Ha!« Mathurine streckte beide Arme zur Seite, um sich auszubalancieren. »Aber da kennt er mich schlecht. Also, was ist?« Sie sah die Männer an und setzte sich wieder. »Seid ihr ganze Kerle? Dann macht mit! Jeder setzt sechs Sols ein, und die, die nicht von der Mauer fallen, dürfen sich das Geld teilen.«

»Der hat se nicht mehr alle!« Der andere Mann, der viel älter als der mit dem Spitzbart war, tippte sich gegen die Stirn. »Ich breche mir doch nicht für ein paar Sols den Hals.«

»Aber sehen will ich's schon, wie du da drüberspazierst«, sagte die Frau.

Mathurine lachte. »Ohne Einsatz geht gar nichts. Entweder ihr macht mit, oder ihr verschwindet.«

»Dann verschwinde ich lieber.« Der Alte rülpste und torkelte davon. Die anderen folgten ihm.

»He!«, schrie Mathurine ihnen nach. »Ihr könntet meinem Kumpel wenigstens auf die Mauer helfen!«

Sie blieben stehen, sahen sich an und lachten. Ohne lang zu überlegen, packten sie Gustav und schwangen ihn so weit hoch, dass seine Hände den Mauerrand greifen konnten, stemmten dann von unten nach und ließen seine Füße los, als er bäuchlings über der Mauer lag. Er schwang sein rechtes Bein drüber und saß nun rittlings hinter Mathurine.

»Danke auch, Freunde«, keuchte er.

»Keine Ursache – und brecht euch nicht den Hals!«

»Falls doch«, sagte die Frau, »sind sie ja gleich am richtigen Ort!«

Sie lachten und zogen von dannen.

Als sie in der Dunkelheit verschwunden waren, fragte Gustave mit leisem Vorwurf in der Stimme: »Was wäre gewesen, wenn die auf deine blöde Wette eingegangen wären? Nie und nimmer wäre ich über so einen schmalen Mauergrat spaziert!«

Mathurine verdrehte die Augen. »Hattest du etwa eine bessere Idee, denen zu erklären, was wir hier tun?«

»Nein«, gab Gustave zu.

»Na also! Und nun los!«

Sie hielten sich am Mauerrand fest, glitten auf der anderen Seite mit den Füßen nach unten, baumelten so einen Moment, ließen schließlich los und landeten im Gras.

Gustaves Herzschlag dröhnte in seinen Ohren, sein Atem ging keuchend. Einen Moment blieben sie liegen und starrten in die Finsternis, die sich wie ein gähnender Schlund vor ihnen auftat. Hin und wieder hörte man die Käuzchen schreien, die oben im Kirchturm nisteten, oder die Ratten fiepen, die zwischen den Gräbern hin und her huschten.

Nach einer Weile gewöhnten sich ihre Augen an die Dunkelheit, und sie konnten schemenhaft ein paar Grabsteine erkennen.

»Los, komm, wir müssen weiter!« Mathurine tastete auf Händen und Knien nach Stock und Spaten. Den Spaten fand sie zuerst, gab ihn Gustave, fand dann auch den Stock und stand auf. Sie fasste Gustave an der Hand und ging voraus.

»Verdammt dunkel hier«, murrte er. »Wenn wir doch nur eine Laterne hätten.

»Haben wir aber nicht, du selbst warst dagegen, eine mitzunehmen – aus gutem Grund!«

Mathurine klopfte mit dem Stock den Boden vor sich ab. Wenn er gegen etwas stieß, streckte sie die Hand aus, um zu fühlen.

Einmal wurde sie von einer Ratte angesprungen, instinktiv riss sie den Arm hoch, um ihr Gesicht zu schützen. Die Ratte verbiss sich in ihrem Ärmel. »Verdammtes Vieh!« Mathurine schlug um sich, die Ratte prallte gegen einen Grabstein und ließ fiepend los.

Plötzlich stolperte Mathurine, stürzte und schlug mit dem Ellenbogen auf eine Grabplatte. Ein stechender Schmerz fuhr ihr durch Mark und Bein, jammernd rieb sie sich den Arm.

Gustave half ihr auf. »Lass mich vorausgehen.«

»Meinetwegen.« Mathurine fasste an seine Schulter und folgte ihm. Immer wieder flogen Fledermäuse so dicht an ihren Köpfen wobei, dass sie zusammenzuckten.

»Verdammtes Viehzeug!«, zischte Gustave.

Als sie sich ein Stück weiter von der Mauer entfernt hatten, wurde es etwas heller, und dann ragte wie ein mächtiger Fels der pechschwarze Schatten der Kirche vor ihnen auf.

Mathurine hatte ein schönes Grab für Georges gekauft, gleich neben der Kirche, dort, wo die reichen Leute lagen. Eine Grabplatte hatte sie auch bestellt, aber zum Glück war sie noch nicht aufgelegt. Sie deutete auf die erste Grabstelle links neben einem Kreuz. »Wir müssen zählen. Von hier ist es das siebte Grab in dieser Reihe.«

Als sie es gefunden hatten, stieß Gustave den Spaten in den Boden. »Bist du sicher, dass er hier liegt?«

»Weiß nicht. Besser ich zähle noch einmal.«

Mathurine ging den Weg wieder zurück. Als Gustave sie in der Dunkelheit nicht mehr ausmachen konnte, wurde ihm ganz seltsam zumute. Noch nie war er nachts auf einem Kirchhof gewesen! Vielleicht war ja doch etwas dran an den Geschichten, dass Tote um Mitternacht aus den Gräbern stiegen, um herumzugeistern …

Der Gedanke, Mathurine könnte verschwinden und er bliebe alleine zurück, jagte ihm einen Schauder durch den Körper.

Nach einer Ewigkeit tauchte sie wieder auf. »Sieben«, zählte sie. »Ja, das muss Georges' Grab sein.«

»Und wo soll ich nun graben?«

»Wir legen Georges das Kind zu Füßen«, beschloss Mathurine. »Aber grab tief genug, sonst scharrt es ein Hund wieder aus.«

Gustave nahm den Spaten und fing an. Er arbeitete schweigend, Mathurine starrte vor sich in die Dunkelheit. Immer wenn der Spaten in die Erde stieß, war ein dumpfes Geräusch zu hören.

Ein Käuzchen schrie, sonst war es still.

Je tiefer Gustave grub, desto übler der Gestank, der aus der Grube aufstieg. Mathurine hielt sich die Hände vor Mund und Nase, aber Gustave hatte keine Hände frei. Immer wieder unterbrach er seine Arbeit, drehte sich von der Kante des Grabes weg und kämpfte gegen das Würgen an, das sein Abendessen in falscher Richtung aus seinem Körper zu befördern drohte.

Als sein Spaten plötzlich gegen etwas Hartes stieß und es sich anhörte, als würden Knochen splittern, konnte er sich nicht länger bezwingen. Er trat zur Seite und musste sich erbrechen.

Mathurine hielt ihn fest, bis er endlich aufhörte zu würgen und sich schwer atmend wieder aufrichtete.

»Ich glaube, das waren seine Beine«, keuchte er. »Tiefer grabe ich nicht mehr – es graut mich so sehr.«

»Ist schon gut, es reicht.«

Mathurine bekreuzigte sich. Dann hob sie das Bündel mit dem toten Kind über ihren Kopf, ließ es von der Schulter auf den Boden gleiten, band es auf und holte den Sack heraus. Sie ging vor dem Grab in die Knie, legte das Kind hinein und stand wieder auf.

»Kümmere dich darum, Georges«, flüsterte sie und betete: »Gott, ich bitte dich, nimm sie auf in dein Reich, denn sie kann nichts für unsere Sünden, und verzeih uns! Amen.«

Gustave nahm den Spaten. Seine Hände zitterten so sehr, dass er ihm zweimal entglitt.

»Komm, gib her.« Mathurine schaufelte die Erde zurück in die Grube. Zusammen trampelten sie so lange auf dem Grab herum, bis die Oberfläche festgetreten war.

»Man wird es trotzdem merken«, sagte Gustave.

»Morgen früh schicken wir Agnes her. Sie soll Zweige auf das Grab legen.«

»Und jetzt? Sollen wir denselben Weg zurück nehmen?«

Mathurine überlegte. »Nein. Die Kaschemme. Besser, wir gehen zur anderen Seite.«

»Richtung Schandpfahl?«

»Genau!«

Wie zuvor tasteten sie sich durch die Grabreihen bis zur Mauer. Gustave hielt Mathurine schon die Hände zum Hineinsteigen hin, als ihr plötzlich die Kastanie einfiel.

»Kastanie?«, fragte Gustave.

»Am Seitenportal der Kirche steht eine uralte Kastanie, und ihre Äste reichen über die Mauer! So kommen wir leichter auf die andere Seite.«

Sie tasteten sich an der Mauer entlang. Auch am Seitenportal gab es ein schmiedeeisernes Tor. Mathurine versuchte, ob es sich öffnen ließ, und tatsächlich, es sprang auf! Sie sahen sich an und lachten los – ihr Lachen klang hysterisch. »Und wir klettern über die Mauer und brechen uns beinahe den Hals!«

Den Weg nach Hause gingen sie ohne Hast. Jetzt hatten sie ja keine Kinderleiche mehr bei sich und konnten behaupten, sie hätten wie alle gefeiert.

11.

Mathurine schlief lange. Als sie die Augen öffnete – es ging schon auf Mittag zu –, fiel ihr Blick auf das Gemälde der Mutter Gottes mit dem Kind, das an der Wand gegenüber ihres Bettes hing.

Das Kind! Sofort war die Erinnerung wieder da. Ihr nächtlicher Ausflug auf den Kirchhof, das Kind der Vivières tot und begraben, ihr eigenes in einem fremden Haus bei fremden Leuten, und der König geflohen! Was war nur aus ihrem Leben geworden?

Die Tür ging auf, Agnes sah herein. »Du bist wach?«

Mathurine nickte.

»Dann komm, und iss eine Morgensuppe.«

»Warst du schon auf dem Kirchhof?«

»Ja, ja, gleich in der Früh. Die Schmiedin war auch dort. Kaum dass ich durchs Tor trat, kam sie dahergelaufen. Ob ich es schon gesehen hätte, die Hunde hätten sich an unserem Grab zu schaffen gemacht, und dass es eine Schande sei, mit all den Kötern, Ratten und Obdachlosen auf dem Kirchhof, und dass man nachts endlich wieder Wachen aufstellen sollte.«

Mathurine war inzwischen aufgestanden. Agnes reicht ihr das Umschlagtuch und erzählte weiter. »Ich habe kräftig mitgezetert, habe das Grab währenddessen mit Zweigen abgedeckt und die Zweige mit Weidenruten festgesteckt. Die Schmiedin hat gelacht. Ob ich tatsächlich glauben würde, dass sich irgendsoein Köter von ein paar Zweigen abhalten ließe, nach Georges' Gebeinen zu graben? Sei's drum, hatte ich geantwortet, und dass wir bald schon eine Grabplatte bekämen. Da hat sie mich angeschaut, als ob der Neid sie zerfressen würde.«

Die beiden Frauen gingen in die Küche, wo Gustave damit beschäftigt war, neben der Feuerstelle Holz aufzuschichten. Agnes nahm eine Schale vom Sims, um etwas von der Suppe hineinzuschöpfen, aber Mathurine hielt ihren Arm fest. »Keine Suppe! Gustave und ich essen außer Haus.«

»Außer Haus?« Sie sahen Mathurine neugierig an.

»Kennst du das Wirtshaus am Pranger?«, fragte sie den Jungen.

»Du meinst die Kaschemme von gestern?«

»Nein, nicht die – das Wirtshaus am Pranger. Es liegt auf der anderen Seite vom Kirchhof. Dort treffen sich die Bürger und Handwerksmeister, wenn sie sich beraten wollen. Ich wette, die reden sich heute die Köpfe heiß, und wenn ich erfahren will, wie es um den König steht und was die Klugscheißer unter ihren Mützen und Baretten ausgebrütet haben, dann bin ich dort goldrichtig.« Mathurine tippte Gustave auf die Brust. »Und du kommst mit!«

Sie hatte einen Kasten voller Kleidungsstücke, die sie anzog, wenn sie sich unters Volk mischen und unerkannt bleiben wollte. Zuerst nahm sie den Kittel eines Straßenverkäufers heraus, hängte ihn dann aber wieder zurück und entschied sich für die Tracht einer Kammerfrau mit einer weißen großrandigen Haube, unter der sie ihren ausgezupften Haaransatz verbergen konnte. Als Frau in Begleitung eines Mannes würde man sie nicht ansprechen, das war ihr für diesmal ganz recht.

Als sie eine Stunde später die Tür zum Gasthaus öffneten, blieb Gustave überwältigt stehen und sah sich um. So etwas hatte er noch nie gesehen! Zu Hause, in seinem Dorfkrug hatte er mit seinen älteren Brüdern manchmal ein Maß Wein geleert und sich ihre derben Späße gefallen lassen. Aber dort gab es nur drei Tische. Hier standen in zwei Reihen je sechs Tische, und alle waren bis auf den letzten Platz besetzt.

Es waren fast ausschließlich Männer anwesend. Die zwei Frauen, die mit gesenkten Köpfen an einem Tisch in der

Ecke saßen und sich still aus den Schüsseln bedienten, gehörten, nach ihrer Tracht zu urteilen, zu einer Gruppe von Reisenden aus den Niederlanden.

Mathurine stieß Gustave an. »Wir warten, bis ein Platz frei wird. Du musst vorausgehen und dich dort in der Reihe anstellen.«

Er tat es, sie folgte ihm.

Ein paar Mägde trugen dampfende Schüsseln an ihnen vorbei und stellten sie auf die Tische. Meist waren es Fisch- oder Gemüsetöpfe, hin und wieder auch Platten mit Gänsebraten, über dem Feuer gerösteten Hasen oder Spanferkel.

Die Gäste disputierten lautstark und über mehrere Tische hinweg. Immer wieder arteten die Gespräche in Geschrei aus, denn jeder wollte den anderen mit seiner Meinung übertrumpfen.

An dem Tisch, neben dem Mathurine und Gustave standen, sagte ein hitziger junger Kerl: »Pfeif auf den Valois! Der Herzog von Guise soll unser neue König sein, und den alten stecken wir ins Kloster zu seinen Betbrüdern. Oder besser noch, wir schaffen ihn auf dem direkten Weg ins Himmelreich!«

»Ins Himmelreich?« Der, der ihm gegenübersaß, schlug mit der Faust auf den Tisch. »Verdammt soll er sein, und in der Hölle soll er schmoren!«

Seine Begleiter klatschten Beifall. Einer vom Nebentisch sprang auf. »Einen Mann wollt ihr zum König machen, der seinem eigenen Vetter in den Rücken fällt? Und da glaubt ihr, mit euch wird er anders verfahren, wenn er erst einmal auf dem Thron sitzt?«

»Aber Herzog Heinrich hat doch den Aufstand gar nicht gewollt! Hätten die Schweizer nicht geschossen …«

»Die Schweizer *haben* nicht geschossen! Ich war dabei, ganz vorne dran, ich weiß es besser als du! Eine Laus habt ihr euch in den Pelz gesetzt! Irgendwann denkt ihr an meine Worte, aber dann wird es zu spät sein.«

»Er hat recht«, sagte einer aus der Reihe der Wartenden. »Kaum ging das Gerücht um, der König und seine Beamten seien geflohen, hatte Heinrich von Guise auch schon seine eigenen Leute im Arsenal, in der Bastille und in den Befestigungen postiert. Zwar behauptet er, dass er Paris nur verwaltet, bis der König zurückkehrt, aber ich finde, die Sache stinkt gewaltig und läuft verdammt noch mal auf eine Besetzung hinaus! Und, mal Hand aufs Herz, würde einer, der wirklich nichts Schlechtes im Sinn hat, Forderungen stellen?«

»Dann hätte der König sein Schiff eben nicht verlassen dürfen!«

»Jawohl! Ein feiger Schmarotzer ist er, der auf unsere Kosten lebt!«

Tumult entstand, einige klatschten.

Der Mann vor Gustave hob die Hand, damit Ruhe einkehrte. »Aus sicherer Quelle weiß ich«, sagte er, »dass man dem König, der sich inzwischen in Chartres aufhält, eine Abordnung geschickt hat, um die inständige Bitte vorzubringen, er möge nach Paris zurückkehren. Nicht hocherhobenen Hauptes, nein, auf den Knien überreichte man ihm einen Zettel, auf den ganz bescheiden ein paar leicht zu erfüllende Bedingungen geschrieben waren!« Mit bedeutungsvollem Blick sah der Mann in die Runde. Plötzlich war es still im Raum, keiner sprach mehr, alle wollten wissen, welcher Art diese Bedingungen waren. »Erstens«, zählte der Mann auf, »die Ausrottung der Ketzerei!«

Jubel brach los.

»Zweitens die Vereinigung aller königlichen Truppen und Gefolgsleute mit den Herren der Liga, und drittens einen Eid darauf, Heinrich von Navarra nicht als Thronfolger anzuerkennen. Das sind Forderungen, wie ich meine, die sich eigentlich erübrigen sollten!«

Wieder brach Beifall los. Doch als er verebbte, stand ein anderer auf. »Da habt Ihr aber einiges vergessen!«, sagte er zu seinem Vorredner. »Abgesehen von diesen drei Punkten schrieb man dem König nämlich vor, alle Richter, Schöffen und Pfarrer, die nach seiner Flucht von Heinrich von Guise und seinen Gefolgsleuten eingesetzt wurden, in ihren Ämtern zu belassen. Aber würde er das tun, wäre er doch nur noch ein Schattenkönig und Hampelmann.«

»Das ist er ja sowieso!«, brüllte jemand, und alle lachten lauthals.

Mathurine flüsterte Gustave etwas ins Ohr, darauf richtete er sich an den Mann, der vor ihm stand und der nach seinen Kleidern zu urteilen ein Kaufmann war. »Es scheint, als wüsstet Ihr mehr als die meisten hier, gnädiger Herr, dann könnt Ihr mir vielleicht auch sagen, ob sich der König noch immer in Chartres aufhält und wie er sich entschieden hat – wird er nach Paris zurückkehren?«

Der Mann sah Gustave einen Moment streng an. »Was interessiert dich das, Bursche?«

»Er ist mein König so gut wie der Eure! Ich will wissen, was wir zu erwarten haben.«

»Hm«, machte er Mann. »Er hat sich geweigert, nach Paris zurückzukehren und ist stattdessen nach Blois aufgebrochen.«

»Das wisst Ihr ganz sicher?«

Der Mann lachte. »Wenn er es sich unterwegs nicht anders überlegt hat und wieder umgekehrt ist – ja.«

Ein paar Leute waren aufgestanden, ihre Plätze wurden frei. Der Kaufmann und seine Begleiter setzten sich, Mathurine und Gustave rückten an die Spitze der Wartenden. Doch plötzlich hatte Mathurine es sich anders überlegt. Sie zupfte Gustave am Ärmel. »Lass uns gehen«, flüsterte sie, drehte sich um und verließ das Gasthaus.

»Wir fahren nach Blois!«, sagte sie draußen. »Gleich morgen früh! Und zuvor wirst du mir helfen, ungesehen in den Louvre zu kommen.«

Gustave starrte auf die Steinquader, die in einer langen Reihe am Ufer zwischen Seine und der Mauer zum Louvre aufgetürmt waren. Man hatte sie zum Bau des Pont Neuf von weit hergeschafft und hier abgelegt. Wie riesige schwarze Klötze wirkten sie in der Finsternis.

»Darauf willst du herumklettern?« Er sah Mathurine entsetzt an. »Wir brechen uns den Hals! Und wenn nicht, fallen wir ins Wasser und ersaufen! Oder kannst du etwa schwimmen? Ich jedenfalls nicht!«

»Dann musst du eben aufpassen – stell dich nicht so an! Los, zieh die Schuhe aus! Barfuß hast du einen besseren Halt.« Mathurine, die wie letzte Nacht Georges' Kittel und Hosen trug, stopfte ihre Schuhe in den Gürtel, hing sich das mitgebrachte Seil um die Schultern und zog sich den Hut tiefer ins Gesicht.

»Dabei weißt du noch nicht einmal genau, wo sich dieser Geheimgang befindet«, belferte Gustave weiter. »Hier irgendwo an der Seine, ja – aber die Mauer des Louvre ist lang! Warum kannst du nicht einfach durchs Tor spazieren, um dein Narrensiegel und deine Instrumente zu holen? Jeder kennt dich, da wird man dich doch hineinlassen!«

»Jeder kennt mich, eben deshalb. Der König ist geflohen – da wäre seine Närrin ein gefundenes Fressen für die Geier, die nichts lieber als ihm an den Kragen wollen. Wie soll ich wissen, ob die, die mir im Louvre begegnen, Königstreue oder Verräter sind? Melden mich die Wachtposten, dann werde ich vor Herzog Heinrich geschleppt, und am Ende finde ich mich noch im Verlies wieder. Nein, ich riskiere nichts, da ist mir der Weg über die Steine schon lieber.«

Mathurine nahm Gustave die Fackel ab und ging voran, Gustave folgte ihr murrend. Prompt rutschte er aus, fiel hin und konnte sich gerade noch an einem der Steine festklammern. »Sie riskiert nichts – nur mein Leben!«, rief er und lachte hysterisch. Seine nackten Füße hingen ins Wasser. Er fluchte und ruderte mit den Beinen, um wieder Halt zu finden. Als er den nassen kalten Stein unter seinen Sohlen spürte, stemmte er sich ab, zog sich hoch und setzte sich. »Und wenn der Geheimgang verschlossen ist?«, fragte er keuchend.

»Dann müssen wir nach einem anderen Weg suchen. Aber kannst du dir vorstellen, dass der König flieht und seine Diener fein säuberlich das Gitter hinter ihm verschließen?«

»Nein«, gab Gustave zu.

»Na siehst du. Also los, weiter!« Mathurine sprang von einem Stein zum anderen, als ob das gar nichts wäre.

»Fehlt noch, dass sie hier Räder und Purzelbäume schlägt«, maulte Gustave und fiel wieder. Diesmal landete er auf dem Hintern.

Er beschloss auf allen vieren weiterzuklettern, ging in die Knie und tastete sich voran. Plötzlich fühlte er etwas Weiches, Glitschiges unter der Hand. Angeekelt zog er sie zurück und starrte das Ding, das vor ihm auf dem Stein lag, an. »Verdammt!«, brüllte er. »Es ist ein halb verfaulter Fisch!«

Er stieg darüber hinweg, legte sich bäuchlings auf die Steine und wusch seine Hände im Fluss.

In Momenten wie diesem wünschte er sich nach Hause zurück. Sein Vater hatte ihn verprügelt, seine Brüder Hanswurst mit ihm gespielt, aber wenigstens musste er mit ihnen nachts keine Gräber ausheben oder am Ufer der Seine herumklettern und dabei sein Leben riskieren.

Er richtete sich wieder auf, schaute sich nach Mathurine um. Sie war ihm weit voraus. Ihre Umrisse zeichneten sich vor dem Licht ihrer Fackel ab, sonst lag alles schwarz in schwarz.

»Warte doch!«, rief er ihr nach. »Warte auf mich!«

Als er sie endlich einholte, stand sie wie ein Pfosten auf den Steinen und starrte vor sich in die Dunkelheit. »Dort«, murmelte sie. »Das muss der Eingang sein.«

»Ein Eingang? Wo?«

»Na, dort!« Sie deutete mit der Fackel auf die Mauer.

Gustave folgte ihrem Blick. Er zwickte die Augen zusammen und versuchte zu sehen, was sie sah. Nach einer Weile erkannte er dicht über dem Boden eine runde Öffnung. Ein Gitter war davor angebracht, Wasser schwappte hinein und floss wieder heraus.

»In dieses Rattenloch willst du kriechen? Bloß für ein paar Instrumente und deine Narrenutensilien?« In seiner Stimme schwangen Bewunderung und Unverständnis gleichermaßen mit.

Mathurine klemmte die Fackel zwischen zwei Steine. »Ohne sie bin ich wie ein Haus ohne Dach oder ein Adler ohne Schwingen.« Sie nahm das Seil, das sie sich um die Schultern gehängt hatte, band das eine Ende um ihre Taille und gab das andere Gustave in die Hand. »Sicher ist sicher«, sagte sie. »Du bleibst hier. Wenn ich nach zwei Stunden nicht zurück bin, kannst du nach Hause gehen, denn dann haben sie mich geschnappt. Doch solange wartest du. Weit reicht das Seil nicht, aber zuerst einmal können wir darüber Verbindung halten. Sollte ich deine Hilfe brauchen, ziehe ich zweimal kurz und heftig an. So etwa«, sie machte es ihm vor. »Dann kletterst du mir nach. Ziehe ich einmal, ist alles in Ordnung, und ich habe den Geheimgang gefunden. Wenn ich zurückkomme, binde ich mein Bündel ans Seil, und du ziehst es aus dem Loch. Hast du dir alles gemerkt?«

»Ja.« Gustave seufzte. Der Gedanke, hier in Gesellschaft von Ratten und anderem Getier so lange ausharren zu müssen, behagte ihm nicht sonderlich.

Mathurine kletterte bis zum Loch und zog am Gitter. »Verdammt, es ist tatsächlich abgeschlossen!«

Gustave atmete schon erleichtert auf, doch als Mathurine mit aller Kraft daran rüttelte, gab es plötzlich nach, und sie fiel mit dem Gitter in den Händen rückwärts auf die Steine. Leise vor sich hinfluchend rappelte sie sich wieder auf, lehnte das Gitter an die Mauer, bückte sich und kletterte auf Händen und Knien in das Loch.

Wasserlachen standen auf dem Boden, und vor ihr war das Fiepen der Ratten zu hören, die ihre Brut vor dem Eindringling warnten.

»Was siehst du?«, fragte Gustave von außen.

»Was soll ich schon sehen – es ist stockfinster hier! Gib mir die Fackel her!«

Als sie Licht hatte, konnte sie erkennen, dass die Röhre in einen quadratischen Raum mündete, der hoch genug war, um stehen zu können. Sie richtete sich auf, hob die Fackel und sah sich um. Nur Mauern, keine Tür, kein Fenster, kein Schacht. Aber wenn es wirklich der Geheimgang war, und daran zweifelte sie nicht, musste es eine verborgene Tür geben.

Sie tastete die Wände ab, drückte ihren Finger in jede Vertiefung, zog und schob an jeder Erhöhung, aber nichts passierte.

Schließlich ging sie auf die Knie, leuchtete den Boden ab. Nichts! Vielleicht war der Gang ja nur von innen zu öffnen. Doch diesen Gedanken verwarf sie schnell wieder. Ein Geheimgang diente nicht nur als Fluchtweg, sondern bot in Kriegszeiten auch die Möglichkeit, heimlich Vorräte ins Schloss zu schaffen, also musste man ihn von beiden Seiten öffnen können.

Mathurine drehte sich um und starrte auf die Röhre, durch die sie gekrochen war. Als sie den Kopf hob, fiel ihr Blick auf eine schmale, senkrechte Vertiefung. Sie musste sich auf die Zehenspitzen stellen, um sie mit dem Finger erreichen zu können. Sie fuhr hinein und ertastete ein glattes rundes Ding. Als sie es nach unten schob, passierte zuerst gar nichts, aber nach einer Weile hörte sie hinter sich ein schleifendes Geräusch.

Sie fuhr herum und sah in der Mauer eine schmale Öffnung, gerade breit genug, um sich mit der Schulter voraus hindurchzuzwängen.

Eine innere Stimme mahnte sie zur Vorsicht. Sie schob zuerst die Fackel in die Öffnung und wartete. Nichts geschah. Sie ging in die Knie, tastete mit der Fackel den Boden hinter der Öffnung ab, danach tippte sie gegen die Seiten und den oberen Rand. Als auch da nichts geschah, wagte sie es, durchzuschlüpfen.

Auf der anderen Seite der Mauer befand sie sich in einem schmalen Gang. Sie leuchtete die Wände ab und entdeckte seitlich eine Eisenhalterung, in der eine Fackel steckte. Sie hielt ihre eigene an den Brennbolzen und sah zu, wie er Feuer fing. »Gut«, flüsterte sie. Licht konnte in dieser Finsternis nichts schaden.

Nach ein paar Schritten fühlte sie, wie das Seil sich spannte. Sie band es los, legte es auf den Boden, nahm ihre Schuhe aus dem Gürtel und streifte sie sich über.

Langsam setzte sie ihren Weg fort. Alle zwanzig Schritte war eine Fackelhalterung in die Wand eingelassen, aber die Fackeln waren meist abgebrannt. Noch zwei konnte Mathurine entzünden, dann stand sie vor der nächsten Wand.

Wieder sah sie sich um, tastete nach Vertiefungen, fand aber nichts. Um beide Hände frei zu haben, steckte sie ihre Fackel in die Halterung, dabei fiel ihr auf, dass sie sich von den anderen unterschied. Sie zog und schob daran, aber nichts geschah. Schließlich versuchte sie, die Halterung zu drehen. Plötzlich war ein Klicken zu hören, und die Wand schwang auf.

Mathurine leuchtete in den Raum, der hinter der Wand lag. Es war eine kleine holzvertäfelte Kammer, nur zwei Schritte lang und zwei Schritte breit. Gegenüber war eine ganz normale Tür eingelassen, links stand ein schmaler Tisch, davor ein Stuhl, über dem Tisch hing ein zweiarmiger Kerzenleuchter.

Im Stillen jubelte sie. Gott sei's gedankt, sie war im Louvre!

Mathurine nahm eine der Kerzen, entzündete sie an der Fackel, stellte die Fackel in die Halterung und untersuchte die Holzvertäfelung in der Kammer. Irgendwo musste ein Hebel sein, um den Geheimgang zu schließen.

Sie fand ihn unter dem Tisch, als sie ihn berührte, schloss sich die Mauer.

Mit der Kerze in der Hand öffnete Mathurine die Tür und betrat einen schmalen Flur der zu einer Wendeltreppe führte. Sie folgte dem Weg, schlich die Treppe hinauf, gelangte auf einen anderen Flur, und erkannte plötzlich, wo sie sich befand – in eben jenem Kellerflügel, in dem man sie mit Nicolas eingeschlossen hatte.

Alles Weitere würde ein Kinderspiel sein, denn ab hier kannte sie jeden Winkel des Schlosses.

Auf leisen Sohlen lief sie weiter. Über die Dienstbotentreppe erreichte sie den zweiten Stock, wo sich ihre Kammer befand. Sie schob die Tür auf und hätte vor Schreck fast einen Schrei ausgestoßen. All ihre Sachen lagen kreuz und quer verstreut! Der Tisch, an dem sie sich vor ihren Auftritten schminkte, war umgeworfen, ihr Flickenkostüm, die Soldatenuniform, in der sie gelegentlich auftrat, lagen auf dem Boden, die Instrumente daneben.

Entsetzt und mit Tränen in den Augen starrte sie auf das Chaos. Was hatten sie hier gesucht? Den König etwa?

Als sie sich gefasst hatte, steckte sie die Kerze in die Wandhalterung neben der Tür und fing an, ihre Sachen zusammenzusuchen. Die Flöte, die Handtrommel, die Geige, das Flickenkostüm mit der Narrenkappe, an das Agnes in endloser Arbeit zweiundfünfzig kleine Schellen genäht hatte, und all die anderen Narrenattribute, ohne die ein Narr eben kein Narr war. Ein kleiner Handspiegel, den sie von einem Silberschmied hatte fertigen lassen – am Stiel war eine Öse angebracht, damit sie ihn an ihren Gürtel hängen konnte. Ihre Ordenskette, die sie als Närrin des Königs auswies, ihre Schminkutensilien …

Sie wickelte alles in ein Tuch, band es sich um, nahm die Kerze und machte sich auf den Rückweg.

Sie kam bis ins Erdgeschoss. Während sie die Tür zum Keller öffnete, fühlte sie plötzlich einen Schlag im Nacken und ging in die Knie.

Als sie die Augen wieder aufschlug, saß sie auf einem Stuhl. Ihr Hut lag neben dem Bündel auf dem Boden, und vor ihr stand Louis. Er war einer der Kammerdiener des Königs.

»Narrenweib!«, fauchte er sie an. »Was schleichst du hier mitten in der Nacht in Männerkleidung herum und hast ein Säckel auf dem Rücken?«

Mathurine rieb sich den Kopf. »Musstest du denn gleich so fest zuschlagen?«

»Was glaubst du – ich hatte Angst! Was sollte ich denn denken? Ein Dieb, der sich mit seiner Beute davonschleicht! Du kannst von Glück sagen, dass ich nicht gleich die Wachen herbeigerufen habe.«

»Hast du nicht?« Sie sah ihn erstaunt an.

»Siehst du hier etwa einen außer uns? Erzähl mir erst, was du hier suchst.«

»Nun, du hast es ja schon herausgefunden.« Sie deutete mit einer Kopfbewegung auf ihr Bündel, das aufgeknüpft und durchwühlt war. »Meine Sachen wollte ich holen!«

»Und warum nachts und heimlich?«

»Was fragst du, das kannst du dir doch denken. Der König ist geflohen, ich bin zurückgeblieben. War nicht da an jenem Tag, war zu Hause. Aber was ist ein Narr schon ohne seinen König? So wenig wie ein König ohne seinen Narren! Ich muss ihm nachreisen! Doch zu meiner Arbeit brauche ich meine Utensilien.«

Louis starrte sie nachdenklich an. Er war etwa dreißig Jahre alt, ein kluger, gutaussehender Mann mit dunklen Haaren und blauen Augen. Schon als Kind war er an den Hof gekommen und hatte sich über die Jahre zum Kammerdiener hochgearbeitet.

»Paris ist ein Wespennest!«, fuhr Mathurine fort. »Woher sollte ich wissen, was mich erwartet, wenn ich an den Wachen vorbei in den Louvre spaziere? Ich hatte keine Lust, es auszuprobieren. Sicher hätten sie mich vor den Guisen geschleppt und am Ende noch in den Kerker geworfen.«

Louis kaute eine Weile auf seinen Lippen herum. Plötzlich raffte er Mathurines Bündel zusammen, verknotete es und gab es ihr zurück. »Ich habe nichts gesehen und weiß von nichts! Verschwinde! Irgendwie bist du hereingekommen, also kommst du auch wieder hinaus. Und wenn du den König siehst, dann sag ihm einen schönen Gruß von mir.« Damit drehte er sich um und ging davon.

Mathurine wischte sich den Schweiß von der Stirn. Er hätte sie ebenso gut verraten können, und ohne den Schutz des Königs war ihr Leben nicht mehr wert als das eines Stallburschen.

Mit zitternden Händen nahm sie ihren Hut, schulterte das Bündel und setzte ihren Weg fort. In den Keller, vorbei an den Wäschekammern, über die Wendeltreppe zur Kammer mit der Holzvertäfelung.

Sie legte den Schalter um, die Wand schob sich auf.

Die Fackel brannte noch. Mathurine nahm sie, drehte an der Halterung, um den Geheimgang wieder zu verschließen, und lief weiter.

Als sie durch die letzte Öffnung geschlüpft war, hob sie das Seil auf, verknotete es mit ihrem Bündel, zog einmal kräftig daran und wartete auf das Gegenzeichen.

Es kam prompt.

»Alles in Ordnung?«, fragte Gustave durch die Röhre.

»Ja, ja, alles in Ordnung!«

Mathurine verschloss den Geheimgang, legte ihr Bündel in die Röhre und ging auf die Knie. »Zieh vorsichtig an!«, rief sie nach draußen. »Ich krieche mit der Fackel hinterher.«

Wenig später stand sie wieder auf den Steinquadern am Ufer der Seine.

Gustave atmete erleichtert auf. Ein Blick zum Mond sagte ihm, dass sie nicht länger als eine Stunde weggewesen sein konnte, aber es war ihm endlos vorgekommen. Er hatte gefroren wie ein Schneider, die Fledermäuse waren ihm um die

Ohren geflogen, und er hatte alle Hände voll zu tun gehabt, sich die Ratten mit einem Stock vom Leibe zu halten.

»Ein zweites Mal komme ich nicht mehr mit!«, murrte er.

»Ein zweites Mal wird es auch nicht nötig sein. Ich habe alles, was ich brauche, und morgen früh bringst du mich nach Blois.«

Sie fuhren von Paris nach Orléans, und dann weiter an der Loire entlang.

Mathurine liebte diese Landschaft! Sie setzte sich zu Gustave auf den Bock und ließ sich den frischen Wind um die Nase wehen. Drei Sommer hatte sie in den Schlössern an der Loire verbracht, nie zuvor und nirgendwo sonst war sie so im Einklang mit sich selbst gewesen. Morgenspaziergänge bei Sonnenaufgang, nackte Füße auf taunassen Wiesen. Stunden mit sich alleine – im behäbigen Strömen des Flusses verlor sich die Zeit.

»Es ist schön hier«, sagte Gustave überwältigt.

»Ja«, antwortete Mathurine, »wunderschön!«

Ein Windstoß fuhr ihnen durchs Haar, als wolle er sie streicheln, und ließ die Blätter der Bäume am Ufer rauschen. Ein streunender Hund bellte ihnen nach, verzog sich jaulend ins Gebüsch, als Gustave die Peitsche knallen ließ.

So fuhren sie Stunde um Stunde, sprachen kaum, atmeten den Duft der Wiesen ein, lauschten auf das Summen und Zirpen der Insekten, sahen Bussarde über sich kreisen und hohe, schlanke Zypressen sich im glatten Wasser spiegeln.

Es war später Abend, als sie Blois erreichten. Zwei Wachleute hielten die Kutsche an und richteten ihre Hakenbüchsen auf Gustave. »Was will er so spät noch, die Tore sind geschlossen!«

Mathurine beugte sich aus dem Fenster. »Ich muss zum König! Ich bin seine Närrin.«

Einer der Wachleute leuchtete in die Kutsche. »Den König will sie sprechen? Mitten in der Nacht?«

Mathurine hielt ihm ihre Papiere mit dem königlichen Siegel hin, zeigte ihm auch ihre Ordenskette. »Wie er sehen kann, ist alles rechtens, also lasse er uns durch.«

Die Wachmänner berieten sich, dann wandte sich der Redensführer wieder an Mathurine. »Der König ist nicht hier, er ist in La Riche.«

»In La Riche? Aber man sagte mir …« Mathurine brach ab. Was palaverte sie lange herum. Der König war nicht hier, da half kein Jammern. Doch mitten in der Nacht weiterfahren kam nicht in Frage. Die Pferde waren erschöpft und hungrig, sie selbst nicht minder, und bis La Riche waren es noch einmal zwei Tagesreisen! »Lasst uns ein, wir brauchen eine Unterkunft für die Nacht«, bat sie.

Noch einmal berieten sich die Männer, dann traten sie zurück und winkten sie durch.

Der Stallmeister schlief bereits, und die Knechte wollten ihn weder wecken noch ohne seine Erlaubnis den Pferden Platz und Futter zuteilen. Erst als Mathurine den älteren der Burschen am Kragen packte und ihm das königliche Siegel unter die Nase hielt, bequemte er sich.

Eine halbe Stunde später standen die Pferde in frischem Stroh und kauten ihr Heu. Mathurine und Gustave lagen in Decken gewickelt daneben. Es war dunkel, nur der schwache Schein einer Laterne, die am Stalltor hing, spendete etwas Licht.

»Erzähl mir, wo dieses La Riche liegt?«, flüsterte Gustave. »Und warst du schon einmal dort? Und ist es ein Schloss und genau so prächtig wie dieses Schloss?«

»Kein Schloss, eine Burg – Plessis-les-Tours. Sie liegt etwa eine halbe Stunde von Tours entfernt. Von Tours hast du ja wohl schon gehört?«

»Nein, nie!«

»Aber jedes Kind weiß, dass die königliche Familie im Sommer dort residiert.«

»Ich eben nicht!« Zorn schwang in Gustaves Stimme mit.

»Ja, ja, schon gut! Was bist du immer gleich so wütend! Ludwig XI., er war vor etwa hundert Jahren König, hat die Burg von La Riche errichten lassen und Tours zur königlichen Nebenresidenz ernannt. Nein, so prächtig wie dieses Schloss ist die Burg nicht, trotzdem hält Heinrich sich dort gerne auf, denn die Menschen von Tours mögen ihn, und er fühlt sich sicher und geborgen in dieser Stadt.«

»Warum braucht ein König ein Schloss in Blois und noch dazu eine Burg in La Riche, wo er doch schon ein so prächtiges Schloss in Paris hat?«, fragte Gustave.

»Wieso? Mein Gott, du hast ja keine Ahnung! Mit einem Schloss in Paris – und sei es noch so prächtig – gibt sich ein König ganz bestimmt nicht zufrieden. Vier sind es alleine hier in der Gegend, und dazu kommen noch einige Burgen und Palais. Und nicht zu vergessen Fontainebleau und all die anderen königlichen Schlösser irgendwo in Frankreich.«

Mathurine richtete sich auf und sah Gustave in die Augen. »Wenn du den Louvre schon so prächtig findest, dann solltest du erst einmal Schloss Chambord sehen! Es hat vierhundertvierzig Zimmer und vierhundert Kamine! Hundertsechzig Schritt ist es breit und das Dach ist mit Hunderten von Erkern, Türmen und Schornsteinen geschmückt. Man erzählt sich, dass achtzehntausend Handwerker daran gearbeitet haben. Na, wie viele Leute gibt es in dem Dorf, aus dem du stammst?«

»Ich weiß es nicht – es sind dreißig Häuser.«

»Sagen wir mal, in jedem Haus leben zehn Leute, dann zählte euer Dorf dreihundert Seelen.« Mathurine rechnete weiter und kam zu dem Ergebnis, dass sechzig Dörfer von der Größe Gustaves Heimatdorfes notwendig wären, um all die Handwerker zu beherbergen, die an Schloss Chambord gearbeitet haben.

»Sechzig solcher Dörfer?« Gustave schüttelte heftig den Kopf. »Niemals! Das erzählst du nur, um dich über mich lustig zu machen!«

»Ganz sicher nicht, alles ist, wie ich es gesagt habe! Aber auf Schloss Chambord waren wir schon seit zwei Jahren nicht mehr. Den letzten Sommer verbrachten wir auf Schloss Chenonceau. Es ist das Lieblingsschloss der Königinmutter und liegt am Ufer eines kleinen Flüsschens namens Cher, etwa eine halbe Tagesreise von hier. Auf der Brücke, die zum Schloss führt, ließ Katharina einen Ballsaal erbauen. Früher, als dort noch Feste gefeiert wurden, bedienten halbnackten Damen, die schön waren wie Göttinnen! Girlandengeschmückte Barken, in denen sich Liebespaare räkelten, glitten lautlos über das Wasser, aus den geöffneten Fenstern des Ballsaales ertönte leise Musik dazu, und das Licht von Aberhunderten von Kerzen spiegelte sich im Fluss. Es war ein so großartiges Szenario, dass selbst der Mond ein Lampion zu sein schien, das man für den Anlass in den Himmel gehängt hatte.«

»Halbnackte Damen! Der Mond nicht mehr als ein Lampion! Du lügst«, sagte Gustave noch einmal. »Ich glaube dir kein Wort.«

»Dann glaubst du es eben nicht!« Mathurine legte sich wieder hin.

»Und das vierte?«, fragte Gustave nach einer Weile.

»Das vierte?« Mathurine seufzte. Sie hatte beinahe schon geschlafen.

»Schloss Chambord, Schloss Chenonceau, Schloss Blois – also fehlt noch eins!«, sagte Gustave.

»Schloss Amboise«, murmelte sie. »Nach Amboise kommen wir morgen. Es ist von allen das unscheinbarste. Aber jetzt bin ich müde und will endlich schlafen.« Sie zog sich die Decke über den Kopf.

»Gute Nacht«, wünschte Gustave. Er starrte noch lange in die Dunkelheit und versuchte, sich ein Schloss mit vierhundertvierzig Zimmern und Hunderten von Erkern vorzustellen. »Unmöglich«, murmelte er, »bestimmt erlaubt sie sich wieder einmal einen ihrer Späße mit mir.«

Als sie am frühen Nachmittag auf das Städtchen Amboise zufuhren, schien ihnen die Sonne ins Gesicht und tauchte den Fluss in gleißendes Licht. Sandbänke lagen wie riesige faule Ungeheuer im Wasser, Störche stelzten darauf herum, pickten hier und da, warfen plötzlich die Köpfe hoch und klapperten mit den Schnäbeln.

Mathurine deutete auf das Schloss. Es war auf einen Felsen gebaut, von den Häusern der Stadt umgeben, seine Türme und Zinnen staken in den azurblauen Himmel. »Na, was sagst du, gefällt es dir?«

Gustave nickte. »Aber Blois war schöner!«

Da lachte Mathurine. »Du wirst schon ein Kenner – fast wie die feinen Herren!«

Immer mehr Kinder rannten neben der Kutsche her, lachten und schrien, ein Hund bellte dazu, und als sie die Schmiede des Ortes passierten, ließ der Meister einen Willkommensgruß auf dem Amboss hören. »Wenn ihr einen Beschlag für eure Rösser braucht, dann kommt nur, hier kann euch geholfen werden!«, rief er ihnen nach.

Mathurine zeigte der Schlosswache ihre Papiere, sie wurden eingelassen.

Maurice der Stallmeister saß auf dem Brunnen, sah zu, wie die Burschen Sättel und Geschirre einfetteten. Als er Mathurine erkannte, begrüßte er sie wie eine Freundin, ließ die Pferde versorgen und in der Küche Bescheid sagen, damit man ein Mittagsmal für sie richtete.

Mathurine erzählte ihm, dass sie dem König nachreisten. Da klagte er ihr sein Leid. »Vor drei Tagen war er hier gewesen, doch wollte er nicht bleiben. Es sei ihm zu nahe an Blois und die Luft rieche ihm hier noch zu sehr nach Politik. Dabei waren wir ihm immer offenen Herzens zugetan, haben ihn, den kleineren der Prinzen, geliebt wie einen eigenen Sohn. Ich weiß es noch, wie er einmal ins Wasser fiel – ein Junge von drei oder vier Jahren –, weil er sich von der Hand seines Lehrers losgerissen hatte, um einer Ente nachzujagen. Von da an nannten ihn die Leute zärtlich ›unseren kleinen Entenprinzen‹, und das ist er für sie bis heute geblieben.«

Die Köchin trug eine Fischsuppe auf, danach Schnepfen mit gekochten Äpfeln und Rüben. Zur Nachspeise gab es Grießauflauf mit gesüßtem Rahm übergossen. So gut hatten sie seit langem nicht mehr gegessen, und sie rieben sich zufrieden die Bäuche.

»Wenn ihr aber bis La Riche weiterwollt«, sagte Maurice, »dann würde ich euch raten, die Nacht über hier zu bleiben, denn heute schafft ihr die ganze Strecke nicht mehr. Fahrt morgen nach dem Aufstehen, dann seid ihr am frühen Nachmittag dort.«

Sie nahmen das Angebot gerne an. Seit acht Tagen waren sie unterwegs, der Hintern tat ihnen weh, die Pferde waren erschöpft – da kam ihnen ein halber Tag faulenzen gerade recht.

Sie spazierten zum Fluss, zogen die Schuhe aus, ließen die Füße ins Wasser hängen und sahen den Männern beim Fischen zu.

»Und Schloss Chambord hat wirklich vierhundertvierzig Zimmer und vierhundert Kamine?«, fragte Gustave.

Mathurine nickte. »So wahr du hier sitzt!«

12.

Über den Dächern der Burg war der Morgen noch grau. Vereinzelt tupfte die aufgehende Sonne rotleuchtende Flecken in den Himmel und tauchte den Saum der Hügel am anderen Ende des Tales in ein sanftes, goldenes Licht.

Lange lag Heinrich schon wach und lauschte auf das ängstliche Pochen seines Herzens. Jeden Abend hoffte er, den neuen Tag erleben zu dürfen, doch jeden Morgen hatte er Angst, dass er ihm Schlechtes bringen könnte.

Etwas klopfte an die Scheiben seines Fensters, zweimal, dreimal – Stille. Dann wieder.

Heinrich richtete sich auf. Gebannt starrte er auf den dunklen Schatten hinter grünem Glas, seine Hände krallten sich in die Bettdecke.

»Zu Hilfe!«, rief er. »Schnell! Zu Hilfe!«

Ein Diener stieß die Tür auf, hinter ihm erschienen drei Gascogner.

»Was wünschen Majestät?«

»Da ist jemand! Er klopft gegen mein Fenster!«

Der Blick des Dieners folgte Heinrichs Blick. »Ach, es ist nur ein Rabe, Majestät.« Er öffnete das Fenster und klatschte in die Hände, der Rabe flog davon. »Er ist zahm. Wir geben ihm manchmal ein Ei, dafür hält er uns die Mäuse fern.«

»*Nur* ein Rabe?« Entsetzt starrte Heinrich den Mann an. »Ja weiß Er denn nicht, dass Raben Tod und Verderben bringen? Und da füttert Ihr den Galgenvogel auch noch!« Heinrich griff nach einem Gegenstand, der auf seinem Nachttisch lag, und warf damit nach dem Diener. »Ich befehle, ihn zu töten! Sofort!«

»Sehr wohl, Majestät.« Der Diener hatte den Gegenstand geistesgegenwärtig gefangen. Seine Backenmuskeln spielten, sonst war ihm keine Regung anzusehen.

Er schloss das Fenster und ging zur Tür. Dort drehte er sich noch einmal um. »Mit Verlaub, Majestät, ich bin nicht sicher, aber …« Er brach ab.

»Ja – nun rede Er schon!«

»… aber es könnte Unglück bringen, den Raben zu töten.«

»Unglück? Wie kommt Er darauf?«

»Nun, wenn er wirklich ein Unglücksrabe ist?«

Heinrich riss die Augen auf. Wie erstarrt saß er da.

»Soll ich den Vogel nun töten lassen?«, fragte der Diener.

»Nein!«, schrie Heinrich. »Nein!« Er presste beide Hände gegen die Schläfen. »Verschwinde Er! Verschwindet alle!«

Die Gascogner verließen das Zimmer, der Diener verbeugte sich und zog die Tür hinter sich zu.

Als er eine halbe Stunde später mit einem Morgenmahl zurückkam, fand er die Tür verschlossen. Er klopfte. »Majestät, ich habe Hirsebrei mit Honig, Eier, Gebäck und Früchte – wollt Ihr denn nichts zu Euch nehmen?«

Er bekam keine Antwort. Seufzend stellte er das Tablett auf einem Tisch ab und klopfte noch einmal. »Majestät! Wenn es recht ist, dann schicke ich jetzt jemanden zum Ankleiden.«

Nichts rührte sich.

Er tauschte Blicke mit den Gascognern. Sie zuckten die Schultern. »Er ist weder fortgegangen, noch war jemand hier.«

Zur Mittagsstunde kam Königin Katharina. Der Diener, der sich in die Nische am Fenster zurückgezogen hatte, sprang auf und verbeugte sich, rührte sich jedoch nicht vom Fleck.

»So öffne er doch!«, herrschte Katharina ihn an.

»Es geht nicht, Ihre Majestät haben sich eingeschlossen. Ihre Majestät antworten weder auf Klopfen, noch auf Bitten.«

Katharina sah das Tablett mit dem Morgenmahl an, dann pochte sie selbst gegen dir Tür. »Öffnet, Heinrich, hier ist Eure Mutter!«

Auch diesmal keine Antwort.

»Ich werde aufbrechen lassen!«, drohte Katharina.

Plötzlich wurde die Tür aufgerissen. Heinrich, blass und mit nichts als seinem Nachtgewand bekleidet, schrie seine Mutter an: »Selbst ein König hat das Recht, einmal für ein paar Stunden oder Tage ganz mit sich alleine zu sein! Ich liebe und verehre Euch, geschätzte Frau Mama, aber auch Ihr untersteht meiner Autorität und habt meine Wünsche zu akzeptieren.«

Verdutzt öffnete Katharina den Mund, doch kein Wort kam über ihre Lippen.

»Mama –« Heinrich verbeugte sich, dann schloss er die Tür und drehte den Schlüssel um.

Katharina fasste in ihre Röcke, wütend rauschte sie davon.

Mathurine saß in der Kutsche und schlief ein wenig. Als sie in ein Schlagloch fuhren, öffnete sie die Augen und blickte auf die Gipfel einer schattigen grünen Hügelkette, über die tiefhängende Wolken hinwegzogen. Am Morgen waren sie bei strahlendem Sonnenschein aufgebrochen, doch je näher sie ihrem Ziel kamen, desto düsterer wurde der Himmel.

Kurz vor La Riche fielen die ersten Regentropfen, der trockene Boden saugte sie gierig auf. Gustave hielt die Pferde an, zog sein Cape über und setzte einen großrandigen Hut mit breiter Krempe auf.

»Es ist nicht mehr weit«, sagte Mathurine, »vielleicht noch eine halbe Stunde.«

Die Ortschaft, die sich um die königliche Burg drängte, lag wie verlassen da. Kinder, Hunde, Händler und die Weiber, die für gewöhnlich die Gassen bevölkerten, waren vor dem Regen in ihre Häuser geflohen. Kein Amboss, auf dem ein Willkommensgruß erklang, keine lachenden Bälger, die ihnen folgten und bettelnd ihre Hände aufhielten. Auch auf dem Burghof war außer den Wachmännern niemand zu sehen. Doch als Mathurine aus der Kutsche sprang und die Glocke am Torbogen läutete, tauchten wie aus dem Nichts Stallburschen und Diener auf, um ihr Gepäck abzuladen.

Die Nachricht von ihrer Ankunft breitete sich wie ein Lauffeuer aus, sogar der Oberhofmeister erschien, um sie zu begrüßen. »Gott sei's gelobt!« Fast hätte er sie väterlich in die Arme genommen. »Seit zwei Tagen hat sich Ihre Majestät, der König, eingeschlossen. Nicht einmal die Königinmutter lässt er zu sich. Wenn jemand ihn bewegen kann, die Tür zu öffnen, dann seine Närrin!«

Er wollte Mathurine sofort zum königlichen Gemach führen, aber sie bestand darauf, sich erst umzuziehen.

Eine Stunde später klopfte sie an Heinrichs Tür. »Ich bin es, Mathurine – dein Gewissen, dein Spiegel, der Schrecken deiner Tage!« Sie trug das Flickenkleid mit der Schellenkappe, die Marotte und den kleinen silbernen Spiegel hatte sie an ihren Gürtel gebunden, die Gitarre hielt sie in der Hand.

Heinrich öffnete sofort. »Endlich!« Er zog sie herein, die Tür klappte hinter ihr zu. »Wo warst du so lange? Verräterin! Wie konntest du mich alleine lassen!«

»Ich dich? Du mich! Du warst es doch, der geflohen ist! Krank lag ich zu Bett, habe mir die Seele aus dem Leib gekotzt. Erinnerst du dich nicht, du selbst hast mich nach Hause geschickt.«

»Nein, ich erinnere mich nicht.« Der König warf sich aufs Bett. Er weinte. »Was sollte ich denn anderes tun als fliehen? Ein Aufstand, an der Spitze der Mann, der sich rühmt, mein treuester Diener zu sein!« Heinrich lachte hysterisch. »Sie wollten mich in einem Kloster gefangensetzen – oder schlimmer noch, mich töten! Und nun hetzen sie mich, ihren König, durchs Land und stellen Forderungen! Als ob man von einem König fordern könnte!«

»Als Jäger bist du auch der Gejagte, das war immer so und wird immer so sein.«

»Aber ich bin der König! Ich kann keine Machtbefugnisse dulden, die nicht meiner Autorität unterstehen, das verstößt gegen das göttliche und königliche Recht.«

Mathurine lachte. »Wie viel sie noch auf dein königliches Recht geben, siehst du ja! Wenn du deine Macht zurückerobern willst, dann lecke nicht länger deine Wunden, sondern zeige deinen Widersachern die Zähne! Einen starken Willen zu erlangen ist kein Geheimnis. Glaube daran, dass du stark bist, und du wirst es auch sein!«

»Meine Macht habe ich verloren, da hilft auch der Wille nichts mehr. Eine Flaute nach dem Sturm, ein Feuer, das erloschen ist ...«

»Dann stochere in der Asche und finde einen glimmenden Funken«, fiel sie ihm ins Wort. »Da blase hinein mit ganzer Seele! So gibst du dem Funken Kraft, damit das Feuer wieder auflodern kann!«

»Aber meine nächtlichen Visionen ...«

»Was sind dein Schmerz, dein Versagen und deine nächtlichen Visionen anderes als fehlender Wille? Der Guise und die Liga denken: Einen toten Löwen kann man leicht prügeln. Und recht haben sie! Aber du solltest sie lehren, dass, wer auf die Jagd nach einem Löwen geht, auch damit rechnen muss, einen Löwen zu finden!«

»Ja, ja«, murmelte Heinrich – es war, als hätte sie mit der Wand gesprochen. Er legte sich hin, zog die Knie an und schob den Daumen in den Mund.

Mathurine betrachtete ihn still und mit zunehmender Wut. Auf einmal packte sie ihn am Kragen und zog ihn hoch. »Du lässt dich gehen und tadelst den Fluss, weil du ins Wasser gefallen bist! So viel Spaß haben wir miteinander gehabt und haben uns lustig gemacht über die Dummlinge und Schwächlinge, aber nun machen sich die anderen lustig über dich, und wahrlich, du gibst ihnen Grund genug dazu!«

Erschrocken über sich selbst und ihre Wut, ließ sie ihn los. Einen Moment sahen sie sich tief in die Augen.

»Wenn ich nicht ganz genau wüsste, dass du meine einzige und wahre Freundin bist …« Heinrich brach ab, ließ offen, was dann sein würde.

Er ging zum Fenster und starrte in den düsteren Himmel. »Spiel etwas für mich – spiel mein Lieblingslied!«

Mathurine setzte sich, nahm ihre Gitarre und stimmte das Lied an. Sie spielte eine Stunde, vielleicht zwei, sang dazu, vergaß über die Musik die Welt und bemerkte nicht, dass langsam die Dämmerung hereinbrach. Erst als Heinrich sie fragte, was das Wichtigste am Leben ist und sie aufsah, kehrte sie mit ihren Gedanken zurück.

»Das Wichtigste? – ist, zu wissen, was das Wichtigste ist!«

Jetzt war Heinrich es, der sie am Kragen packte. »Antworte wie ein Mensch und nicht wie eine Schlange mit gespaltener Zunge!«

Mathurine stellte die Gitarre zur Seite, stand auf und rezitierte:

»Es ist im Leben gar nichts wichtig.
Was nennt man falsch? Und was ist richtig?
Nur darin liegt der Unterschied,
durch welche Augen man's besieht!«

Heinrich machte eine wegwerfende Handbewegung. »Ich sollte dich den Wölfen zum Fraß vorwerfen lassen!«

»Sei selbst der Wolf und fress mich auf! – Apropos fressen, ich habe Hunger!« Mathurine griff sich zwei Äpfel, die in einer Schale lagen, und jonglierte damit. »Gewiss wird eine Tafel gerichtet, lass uns in den Speisesaal gehen.« Sie rief nach dem Diener. Als er eintrat, warf sie ihm einen Apfel zu, biss dann selbst in den anderen und sagte: »Der König wünscht zu baden, anschließend kleide man ihn an!«

Der Mann sah von Mathurine zu Heinrich und verneigte sich vor ihm. »Sehr wohl, Majestät, sofort, Majestät!«

13.

Blois, Oktober 1588

Man hatte das Schloss von Blois herausgeputzt wie eine Braut, und noch immer schrubbte und wienerte eine ganze Heerschar von Hausmädchen und Burschen die Treppen und Balustraden, errichteten im Ständesaal Tribünen, fegten den Hof und sammelten im Park die ersten gefallenen Blätter auf. Die Blüten am Rankespalier flammten purpurrot gegen den azurblauen Himmel, und über der nahe gelegenen Loire segelten die Schwalben in großer Höhe.

Es würde ein wunderschöner Tag werden.

Mathurine war schon bei Sonnenaufgang zum Fluss gegangen, hatte sich ans Ufer gesetzt und mit den Amseln um die Wette gesungen; das Plätschern der Wellen gab ihnen den Rhythmus vor.

Nun ging sie zurück zum Schloss, um ihrem König beizustehen, denn heute würde die feierliche Eröffnung der Zusammenkunft der Generalstände stattfinden.

Während Mathurine durch die Parkalleen schlenderte, die aufsteigende Sonne ließ die Blätter der Bäume silbrig glänzen, schweiften ihre Gedanken zurück nach La Riche, wo sie die letzten Monate verbracht hatte.

Heinrich hatte seine Depression überwunden, war auf die Jagd geritten, hatte seine Gedanken gesammelt. Nächtelang hatten sie geredet, oder er hatte stumm ihren Liedern gelauscht und dabei seine Hunde gestreichelt. Schließlich war er mit sich übereingekommen, keinesfalls nach Paris zurückzukehren. Stattdessen bestellte er Abgeordnete aus allen Ecken seines Landes nach Blois.

»Es gibt schließlich nicht nur das Volk in Paris, Frankreich besteht aus vielen Provinzen!«

»Klug gesprochen!« Mathurine hatte Beifall geklatscht.

»Und was meinen Herrn Vetter betrifft – nach meiner Flucht aus Paris hätte er sich ohne Schwierigkeiten der Krone bemächtigen können! Doch es scheint, als hätte ihn plötzlich der Mut verlassen. Warum sonst suchte er den Ausgleich mit mir?«

»So gefällst du mir, mein König! Da sieht man mal wieder, ein gewanderter Narr taugt mehr als ein heimischer Weiser!«

Heinrich drohte ihr mit einer Ohrfeige, doch dann lachte er und fuhr fort: »Das ganze Land soll Abgeordnete wählen, damit sie mir ihre Beschwerden und Wünsche vorbringen, und ich werde ihnen beweisen, dass es keinen besseren König geben kann als mich!«

»Applaus, Applaus!« Mathurine hatte nach ihrer Einhandtrommel gegriffen, um einen Wirbel hören zu lassen. »Sie werden hinter dir her sein wie die Meute hinter dem Fuchsschwanz, aber bei Gott, da brennt nicht jedes Mal großes Feuer, wo starker Rauch aufsteigt!«

Dann hatte er seine Boten ausgesandt und hatte sich gerüstet. Auf nach Blois! Und hier waren sie und sahen zu, wie Abgeordnete aus allen Landesteilen ins Schloss strömten, als wären sie Ameisen und das Schloss ihr Bau. 134 Gesandte des Klerus, 184 Edelleute und 191 Abgeordnete des dritten Standes hatten sich angesagt.

Man erkannte sie an ihrer Kleidung. Die Kirchenmänner trugen Chorrock und Mantilla, die Edelleute über ihrem Wams einen kurzen Umhang, dazu ein Samtbarett oder einen federgeschmückten Hut, die Abgeordneten des dritten Standes Robe und viereckigen Doktorhut oder kleine Mützen, alle anderen Kaufmannstracht.

Mathurine überquerte den Hof, stieg über die steinerne Wendeltreppe, die als filigraner Turm die Außenseite des Schlosses schmückte, in den dritten Stock, wo sie ihre Unterkunft hatte. Oben angekommen, blieb sie stehen, beugte sich über die Balustrade und blickte hinunter. Eine Kutsche war soeben vorgefahren.

Ein seltsames Gefühl bemächtigt sich ihrer plötzlich. Ein Ziehen im Magen, ein Herzklopfen, ein Zittern und Wallen. Und dann sah sie, was sie zuvor nur aus den Augenwinkeln wahrgenommen hatte. Wie einen Blitz, ein Zucken durchfuhr es sie: Nicolas! Ja, er war es wirklich! Ein gutes Jahr älter und ein gutes Jahr schöner! Noch strahlender seine Augen, markanter sein Kinn, breiter seine Schultern, und seine Haltung aufrecht und selbstbewusst, wie es sich für einen Edelmann gehörte.

An seiner Seite ein würdiger Herr in einem hellgrünen langen Ärmelwams mit aufgelegtem Kragen, einer Schärpe um den Leib, einem Hut mit blauer Feder auf dem grauen kinnlangen Haar – es musste sein Vater sein.

Mathurine griff sich an die Brust, ihr Herz schlug wie verrückt. Sie hatte nicht mit Nicolas gerechnet, obwohl sein Erscheinen doch naheliegend war. »Mein Gott«, flüsterte sie, »wie kann es nur sein, dass sein Anblick schon genügt, um dein Herz verrücktspielen zu lassen!«

Kaum hatte sie den Gedanken zu Ende gedacht, wandte er sich um und sah zu ihr hoch. Zu plötzlich und zu schnell, als dass sie sich zurückziehen konnte.

Ihre Blicke trafen sich, und es schien, als würde die Zeit stillstehen, der Wind sich legen, das Klappern von Pferdehufen, das Schreien der Kutscher, das Pfeifen der Vögel und Lachen der Mädchen verstummen.

Dann lächelte Nicolas plötzlich, hob die Hand und winkte ihr zu. »Seid gegrüßt, holde Maid!«

Und sie antwortete im selben Ton: »Wohlan, Herr Graf, passt auf, dass man Euch nicht in den Keller verschleppt! Es wäre nicht das erste Mal, dass einem Mann Euren Ranges solch ein Unglück geschieht …«

»Unglück?« Er lachte. »Unglück kann jeder Esel haben! Die Kunst besteht darin, dass man es richtig auszubeuten versteht – wenn ich nicht irre, waren das Eure Worte, Frau Närrin.«

Er verbeugte sich mit einem Kratzfuß, sie warf ihm eine Kusshand zu, dann wandte sie sich um, öffnete die Tür und schloss sie hinter sich wieder. Auf dem Flur kniete eines der Mädchen und schrubbte den Boden. Mathurine hob ihren Rock, sprang über den Eimer und eilte an ihr vorbei zu ihrer Kammer.

Vor dem Spiegel sitzend starrte sie sich an. Ihre Wangen glühten, die Augen waren tränenfeucht. Sie dachte an ihr Kind, erinnerte sich, wie es in ihren Armen lag, wie sie es geküsst und geherzt hatte, und brach plötzlich in Tränen aus.

Mathurine begleitete den König und sein Gefolge zur Versammlung, doch als sie den Saal betraten, blieb sie zurück und verbarg sich seitwärts hinter einer Säule. Von hier aus konnte sie das Geschehen beobachten, ohne dass man sie sah.

Die Anwesenden erhoben sich, zogen die Hüte und verneigte sich, als die königlichen Hoheiten an ihnen vorüberschritten. Heinrich setzte sich auf seinen Thron, rechts von ihm, etwas tiefer, ließ sich Katharina nieder, links die junge Königin. Sie hatte Perlen in ihr blondes Haar geflochten – ein schlechtes Omen, wie Mathurine fand, denn Perlen galten als Himmelstränen, und Tränen waren in den letzten Monaten wahrlich genug geflossen!

Der Herzog von Guise – er hatte sich mit seinen Gefolgsleuten bei Erscheinen des Königs bereits im Saal aufgehalten – ließ sich zu Füßen Heinrichs nieder, als Obersthofmeister stand ihm dieser Platz zu. So blickten sie, die miteinander verfeindet waren, gemeinsam in die Versammlung, und die Versammelten blickten auf sie, und aller Blicke waren scharf wie Messer, an spitzen Zungen gewetzt, die Klingen an den Gemütern erhitzt.

War vorher noch Gemurmel im Saal zu hören, so wurde es plötzlich still. Man konnte nicht umhin, diese beiden Männer, die um die Krone rangen, miteinander zu vergleichen.

Der eine wirkte schwächlich, war schmal, sein langes spitzes Gesicht verlief in einen spitzen Bart, seine Augen blickten unruhig um sich, seine Hände, im Schoß liegend, rieben sich fortwährend aneinander. Er war der König, aber das Volk mochte ihn nicht, und auch hier im Saal spürte man die Abneigung, die ihm entgegenschlug.

Auf den anderen blickte das Volk mit Wohlwollen. Ihn hatte die Natur mit einem anziehenden Äußeren bedacht. Eine männliche Erscheinung mit energischen Gesichtszügen, hoch gewachsen, breite Schultern, die den Eindruck vermittelten, dass sie einiges auf sich nehmen konnten. Entschlossenheit und Lebenskraft strahlte er aus, wohlwissend, dass er ein Mann aus einer ehrwürdigen Familie war – sein Stammbaum führte auf die Merowinger zurück. Aber wichtiger noch: Im Gegensatz zum König hatte er Nachkommen, sein ältester Sohn Karl war bereits siebzehn Jahre alt.

Der König gab Zeichen, dass man sich setzen durfte, und als wieder Ruhe eingekehrt war, begann er mit seiner Ansprache. Einen Moment zögerte er, und Mathurine hielt den Atem an. Doch dann schien ein Ruck durch seinen Körper zu gehen, als hätte er sich plötzlich an das Gottesgnadentum erinnert, das nur ihm und ihm ganz alleine die Königswürde zusprach, und er die einzige Majestät im Raume war. Er, König von Frankreich – er, und sonst niemand!

Seine Rede war eines Monarchen würdig. Hatte Mathurine ihn vor wenigen Wochen noch als ein Häufchen Elend erlebt, den Wunsch im Herzen, ihn zu rütteln und zu schlagen, damit er aufwachte und sich erinnerte, wer er war und welche Aufgaben er zu erfüllen hatte, so konnte sie ihm jetzt im Stillen applaudieren. Endlich tauchte er aus dem Morast seiner Verirrungen und Selbstzweifel auf und wurde wieder zu dem, der er in jungen Jahren einmal war.

»Und so verspreche ich, mich gegen die Ketzerei einzusetzen, selbst dann, wenn es mich mein Leben kostete!«, sagte er laut und mit fester Stimme. »Doch muss auch bedacht werden, dass kein König dulden kann, dass sich in seinem Land Sonderbünde bilden, die ihren selbsterwählten Sonderfürsten huldigen! Sonderfürsten, die das Volk ihrem König entfremden wollen und die den König zu reglementieren versuchen!«

Alle Augen blickten auf Heinrich von Guise, der die Rüge mit undurchdringlicher Miene hinnahm. Kein Zucken, kein Wimpernschlag verrieten, was er fühlte.

»Ich darf und werde keine Bündnisse dulden, die nicht meiner Autorität unterstehen, und wer sich darüber hinwegsetzt, verstößt gegen göttliches und königliches Recht! Ligen, Verbindungen jeglicher Art, das Aufbieten von Menschen und Geldern für eine öffentliche Sache obliegen allein königlichen Machtbefugnissen und gelten, wenn sie ohne Einwilligung der Monarchen zustande kommen, in jeder geordneten Monarchie als Majestätsverbrechen!«

Mathurine schlug sich mit der Faust in die offene Hand. Jawohl, nur so kannst du sie zurückgewinnen! Und jetzt noch eins drauf!

Und als ob er ihre Gedanken gelesen hätte, fuhr er mit erhobener Stimme fort: »Ich erkläre einen jeglichen meiner Untertanen, der in solche Intrigen verwickelt ist, ungeachtet seines Standes und seiner Herkunft, des Majestätsverbrechens überführt und schuldig!«

Nun konnte Mathurine nicht länger an sich halten. Sie klatschte, und die Abgeordneten klatschten mit und brachen in Beifallsrufe aus. »Es lebe der König! – vive le roi!«

Mit seiner Rede hatte Heinrich gepunktet – ein König, den man schon für verloren glaubte, geduckt und wieder aufgerichtet!

Doch der Tag war noch nicht zu Ende. Der ersten öffentlichen Sitzung folgten private Unterredungen und dem anfänglichen Enthusiasmus die Ernüchterung. Die Thronfolge war noch immer nicht geregelt, und obwohl der König doch soeben versprochen hatte, sich endlich mit aller Macht gegen die Ketzerei zu stellen, verteidigte er nun schon wieder das Recht Heinrichs von Navarra, des Ketzerführers, des rückfälligen Glaubensverweigerers und Exkommunizierten, auf die Krone.

Während der König mit den Abgeordneten debattierte, zog sich Mathurine in den Park zurück. Es fiel ihr schwer, sich auf Politik zu konzentrieren. Überall konnte ihr Nicolas begegnen, und sie fühlte sich hin- und hergerissen zwischen dem Wunsch, ihn zu treffen, und der Vernunft, die ihr sagte, dass es besser war, ihm aus dem Weg zu gehen. Wenn schon ein einziger Blick genügte, ihr das Herz zu zerreißen, wie musste es sich erst anfühlen, ihn nahe bei sich zu haben.

Doch Herr Zufall zauderte nicht lange, er nahm ihr die Entscheidung ab. Kaum saß sie auf einer Bank, ein Meer bunter Herbstblumen vor sich, über ihr eine Lerche, die im Flug so eindringlich sang, als hinge ihr Leben davon ab, stand er plötzlich hinter ihr.

»Einen wunderschönen guten Tag und ein langes Leben wünsche ich!«

Sie fuhr herum. Tatsächlich – Nicolas!

»Darf ich mich setzen?«

»Bist du sicher? Man könnte dich mit mir sehen, und du weißt, ich gelte nicht eben als rühmliche Gesellschaft.«

»Das kümmert mich nicht.« Er nahm Platz und sah ihr in die Augen. »Ich gehöre ja nicht mehr zum Hof, und wenn ich deinen Spott ertrage, dann den der anderen allemal! Gut siehst du aus.«

Sie lachte. »Das hat mir noch keiner gesagt!«

»Sie sehen ja auch alle nur die Fassade.«

»Und *du* blickst tiefer in mich hinein?« Ihre Stimme war von Ironie durchtränkt.

»Warum nicht? Vielleicht!« Er sah sie lange an, sein Blick war weich und zärtlich, wie damals, als er sie beim Träumen beobachtete. »Hast du nicht selbst zu mir gesagt: Nicht das, was wir für Liebe halten, ist wichtig, sondern zu wem wir werden, wenn wir mit jemandem zusammen sind?«

»Da hast du gut aufgepasst, mein Freund!«

»Also sehe ich in dir, was ich in dir sehe, und es ist wahr, weil ich es sehe.«

»Offensichtlich hat sich der junge Herr das Jahr auf dem Lande mit dem Studium der Philosophie vertrieben.«

»So ist es, du hast recht. Ich habe mir einen Lehrer einbestellt. Zum Leidwesen meines Vaters, der die Zeit, die ich über den Büchern verbrachte, als vergeudete Zeit ansah.« Nicolas warf beide Hände hoch und seufzte. »Und jetzt bin ich hier, zwischen all den Menschen, die den ganzen Tag nichts anderes tun, als sich gegenseitig zu blenden, anzulügen, zu betrügen und ihrem Vorteil hinterherzujagen. Ich hatte schon ganz vergessen, dass es diese Welt auch noch gibt. Da erscheinst mir du, mit deinem frechen Mundwerk, wie ein Lichtschimmer in rabenschwarzer Nacht.«

»Aber Lügen und betrügen und hinter dem eigenen Vorteil her sein – das tue ich doch auch und du nicht minder!«

»Siehst du – wer unter all den feinen Damen und Herren ist schon so ehrlich, es zuzugeben!« Plötzlich nahm er ihre Hände und drückte sie an seine Brust. »Lass mir doch die Freude, dich zu lieben. Dich und deinen Witz, deine Klugheit, deine Ehrlichkeit«, er küsste ihre Hände, »ja, und auch deine Saustallpfosten, zwischen die du mich so erbarmungslos geklemmt hast, in jener Nacht im Keller des Louvre!« Er zwinkerte ihr zu. »Dafür danke ich dir natürlich ganz besonders.«

»O bitte, keine Ursache. Es war mir ein Vergnügen. Die Sau braucht den Eber, die Kuh den Stier, und selbst die Vögel auf den Dächern treiben es, bis ihnen das Zipfelchen im Gefieder glüht! Aber jetzt gib mir endlich meine Hände zurück!«

Er ließ sie los und drehte Blicke gen Himmel. »Kein vernünftiges Wort kann man mit dir reden!«

»Was erwartest du, ich bin eine Närrin!«

»Da ist noch etwas, das ich dir unbedingt erzählen muss ...« Nicolas tat geheimnisvoll. »In vier Wochen werde ich heiraten!«

»Ach ...« Mathurines Herz schien plötzlich in ihren Schläfen zu pochen.

»Das ist alles, was du dazu zu sagen hast?«

»Nun, gerade eben erklärst du mir noch deine Liebe, und schon muss ich erfahren, dass es eine andere gibt!« Sie rang die Hände. »Nenn mir auf der Stelle ihren Namen, damit ich sie erdolchen kann!«

Nicolas lachte. »Es ist Pauline. Du weißt schon, meine erste Liebe.«

»Das Töchterchen der Nachbarn? Das Tanzfest? Die Kutschenfahrt, auf der deine Mutter ihr Leben lassen musste?«

»Genau. Pauline de Buisson. Ich bat meinen Vater, für mich um ihre Hand anzuhalten, und sie hat ja gesagt! Aber warum bist du denn auf einmal so seltsam – freust du dich denn gar nicht für mich?«

Mathurine sah ihn unvermittelte an. »Doch«, sagte sie und nahm sein Gesicht in beide Hände. »Doch, ich freue mich! Und ich wünsche dir und Pauline von ganzem Herzen nur das Beste!«

Er lächelte, das Glück ließ seine Augen glänzen. »Und gar kein kluger Spruch für mich?«

»Doch. Nimm dies als Verlobungsgeschenk von mir.« Sie rezitierte die Zeilen aus einem Gedicht. »›Mein Wunsch ist wohlbedacht: Für das sei immer frei und offen, was das Leben sinnvoll macht – zu lieben, zu glauben, zu hoffen!‹« Sie sah ihn ernst an. »Alles kann man dir nehmen. Das Schloss, in dem du wohnst, die Ehre, ja gar das Leben. Aber nicht die Liebe! Was du fühlst, liegt bei dir ganz allein. Und selbst würde Pauline dich verlassen, deine Liebe kann in dir bis zum Ende aller Tage weiterleben, wenn *du* es zulässt. Nicht einmal sie hat die Macht, dir das zu nehmen!«

Nicolas sah Mathurine erstaunt an. »Wie du das sagst! Als ob du …«

Sie legte einen Finger auf seine Lippen. »Psst – es gibt Dinge, über die schweigt man besser!«

Plötzlich wehte ein kühler Hauch hinter ihnen und eine Stimme donnerte los: »Hier seid Ihr ja, mein Sohn, ich habe Euch gesucht!«

Die beiden fuhren herum. Es war Nicolas' Vater, er starrte Mathurine finster an.

Nicolas sprang auf und verbeugte sich. »Vater, darf ich Euch Mathurine vorstellen. Sie ist die Närrin des Königs und hat mir einmal das Leben gerettet.«

Sein kühler Blick wurde etwas freundlicher, doch seine Stimme war so schneidend wie zuvor. »Auch wenn sie eine Närrin ist, sie bleibt doch eine Frau, und hier mit ihr auf einer Bank zu sitzen und sie an den Händen zu halten, geziemt sich nicht. Man wird darüber reden!«

Nicolas verbeugte sich vor Mathurine. »Ihr hört es, Frau Närrin, der guten Sitten wegen muss ich Euch jetzt verlassen.«

Ein Schmunzeln lag auf ihren Lippen, und sie antwortete im selben Ton: »Da hat Euer Herr Vater allerdings recht, Marquis, Gerüchte, Gerüche und Dummheit verbreiten sich in Windeseile, hingegen Wahrheit, Düfte und Weisheit verbleiben meist, wo sie entstanden sind. Ich wünsche mir für Euch das Beste, und für Eure Gattin viel Glück.«

Nicolas lachte. »Solange Ihr zwei Wünsche habt seid Ihr gesund, ein Kranker hat nur einen! – Au revoir, Madame.«

»Messieurs.«

14.

Es war bereits das dritte Bankett, das Mathurine und Chicot in kurzer Zeit auszurichten hatten. Die Gesandten und Vertreter der Generalstände, die sich tags die Köpfe heißredeten, wollten abends unterhalten sein. Die Köche und Konditoren stöhnten unter der Last ihrer Aufgabe, die Mädchen und Hausdiener kamen kaum noch zum Schlafen, und selbst das Wetter schien der Sache langsam überdrüssig zu werden, denn jeden Tag zeigte es sich ein wenig düsterer.

Chicot hatte einige Zeitungslieder vorbereitet, mit denen er die hohen Herren und ihre Politik auf die Schippe nahm. Es wurde Musik gespielt und getanzt und ein Feuerwerk abgebrannt, und Mathurine mischte sich unter die Gäste und verschonte keinen vor ihren derben Späßen.

Als sie mitbekam, dass Marquis de Voland – schwerreich, alt, doch immer noch hinter den Weibsröcken her – einem Junker eine Schmuckkassette zusteckte und flüsternd Anweisungen gab, witterte sie die Möglichkeit zu einem Possenspiel.

Sie folgte dem Junker und tippte ihm auf die Schulter. »Der König verlangt nach ihm! Er hat ihm sofort und auf der Stelle eine Schale Pralinés zu bringen!«

»Aber ich bin Tischsteher und nicht der Speisenträger des Königs«, wandte der Junker ein.

Mathurine warf beide Hände hoch. »Ist er ein Esel oder was? Wenn der König aus seiner Hand Pralinés wünscht, dann zählt es nicht, ob er Tischsteher, Speisenträger oder Mundschenk ist!«

Der Junker wurde blass, kannte er doch die Vorliebe des Königs für junge Burschen. »Aber ich muss doch … die Kassette …«, stotterte er.

»Gebe Er sie mir, ich erledige das für Ihn. Wem sollte Er sie bringen?«

Das Orchester hörte auf zu spielen. Ein Cisterspieler trat vor die Tafel und stimmte ein Liebeslied an.

»Ich sollte sie Madame de Jarnac überreichen, sobald der Cisterspieler das Lied zu Ende gebracht hat. Und ich sollte sagen: Madame, ein kleines Präsent von einem stillen Verehrer.«

»Ah ja – so, so! Dann gebe Er schon her! Es ist ein kurzes Lied, es hat nur drei Strophen!« Sie nahm dem Junker die Kassette aus der Hand. »Und beeile er sich mit den Pralinés!«

Kaum war er zwischen den Gästen verschwunden, öffnete Mathurine die Kassette. Ihr Blick fiel auf ein beachtliches Halsband aus Gold und Rubinen. »Nicht schlecht!« Sie pfiff durch die Zähne und sah sich um. Auf einem Beistelltisch entdeckte sie eine Platte mit Würsten, so wie sie der König aus Polen kannte und liebte. Sie nahm zwei, vertauschte die Würste mit dem Halsband und ging, als die letzten Töne des Liedes verklungen waren, zu Madame de Jarnac.

»Verehrteste!« Mathurine verbeugte sich so tief, dass ihr Kinn beinahe das Knie berührte, richtete sich wieder auf und streckte Madame das Kästchen hin. »Dies soll ich Euch von einem heimlichen Verehrer überreichen.«

Die Jarnac, erst 24 Jahre alt und schon Witwe, sah Mathurine misstrauisch an. Wenn etwas von der Närrin kam, steckte meist ein Schabernack dahinter. Andererseits war schon die Schatulle ein Kleinod – wie wertvoll musste da erst sein Inhalt sein! Und hatte Marquis de Voland nicht bereits am Nachmittag Anspielungen gemacht, dass er eine wichtige Verabredung mit dem Hofjuwelier hätte? Und dazu seine verliebten Blicke und tausend Handküsse! Und man wusste schließlich, dass er ausgesprochen großzügig war, wenn er einer Dame sein Herz zu schenken gedachte …

Mit unbewegter Miene beobachtete Mathurine die Jarnac. Sie sah es ihr an, wie sie mit sich kämpfte. Misstrauen und Habgier zerrten aneinander, wie Kinder an einem Spielzeug, das jeder für sich haben wollte. Doch innerlich lachte Mathurine, denn sie wusste schon, wie das Tauziehen ausgehen würde.

Schließlich griff die Hofdame nach der Kassette, ihre Wangen röteten sich, und sie warf Marquis de Voland einen kecken Blick zu.

Mathurine verbeugte sich noch einmal und ging auf die andere Seite der Tafel. Hinter dem König blieb sie stehen und starrte wie alle auf die Kassette in Madames Hand. Jeder war neugierig, welche Schätze sie wohl verbergen mochte.

Marquis de Voland strich sich den Bart und zwinkerte seiner Auserwählten aufmunternd zu. Seine Eitelkeit war unermesslich, so groß, dass er seine Geschenke nicht alleine und im Stillen machen konnte, sondern Publikum brauchte – und das hatte er jetzt!

Madame de Jarnac öffnete die Kassette und stieß einen Schrei aus! Sie sprang auf, warf sie auf den Tisch und starrte den Marquis empört an.

Er griff danach und sah hinein. »Zwei Würste!« Mit hochrotem Kopf sah er sich nach Mathurine um. »Unverschämtheit! Wo ist das Halsband! Das kann nur die Närrin gewesen sein!«

»Ich?« Mathurine hob beide Hände. »Himmel, nein, was sollte ich mit einem Halsband? Bin ich etwa ein Hund?«

Sie tauschte Blicke mit Chicot, der nur ein paar Schritte entfernt von ihr stand. Auch wenn sie sich nicht immer grün waren, waren die beiden Hofnarren doch aufeinander eingespielt. Sagte Mathurine Hund, meinte sie Hund! Also sah sich Chicot um und entdeckte am Hals der Dogge, die auf roten Samtkissen unweit der Tafel lag, ein Halsband aus Gold und Smaragden. »Oh!«, rief er. »Oh, Oh, Oh! Was sehe ich da – der Hund!« Er deutete auf das Tier. »Der Hund ist der Dieb!«

Sofort stürzte Voland auf die Dogge zu, wollte ihr das Halsband entreißen, doch sie sprang auf und fletschte die Zähne.

»Man gebe mir das Halsband zurück!«, schrie er.

»Vielleicht sollten es Madame einmal mit der Wurst versuchen?« Mathurine griff sich die Schatulle, nahm die Würste heraus und hielt sie zwischen spitzen Fingern hoch. »So eine warme Wurst im Bauch besänftigt jedes Tier, und sei es noch so wild!«

Die Gäste lachten, Madame de Jarnac starrte Mathurine hasserfüllt an.

»Es ist gut«, sagte Heinrich zu Mathurine. »Gib Madame das Halsband zurück und stopf dir die Wurst selbst in den Bauch!«

»Gütiger Himmel!« Mathurine rang die Hände. »Dann gäbe es womöglich schon bald zu unserem Prinzen vom Zipfel noch eine Prinzessin von der Wurst!«

Heinrich schnalzte mit dem Finger. Die Dogge kam zu ihm, er nahm ihr das Halsband ab und reichte es Madame de Jarnac. »Es wird Euch vorzüglich kleiden, Madame!«

Sie verneigte sich vor dem König und gab das Collier an Marquis de Voland weiter, damit er es ihr umlegte. Als er es verschlossen hatte und die Marquise sich mit einem strahlenden Lächeln bei ihm bedankte, klatschten alle Beifall.

Madame warf der Närrin einen triumphierenden Blick zu. »Eigentlich kannst du einem ja leidtun. Du bist so hässlich und armselig, und niemand schenkt dir je Liebe oder etwas von Wert, so wie dieses Collier.« Sie ließ ihre Hand auf den Steinen ruhen. »Darum verzeihe ich dir!«

Mathurine verneigte sich. »So viel Nachsicht habe ich ganz bestimmt nicht verdient, Hochallerwürdigste!« Sie wandte sich an Voland. »Pass auf, dass dir das Dämchen nicht auf der Nase herumtanzt, Marquis, denn kein Mann ist so stark wie eine Frau, die schwach wird!«

Lachend mischte sie sich wieder unter die Gäste.

Es war noch dunkel, und außer den Feuerschürern war zu so früher Morgenstunde wohl kaum jemand im Schloss unterwegs. Schon lange lag Mathurine wach und lauschte auf das Prasseln des Regens, der gegen die Fensterscheiben trommelte. Gott hatte die himmlischen Schleusen geöffnet, es schien, als wollte er den Menschen eine zweite Sintflut schicken.

Ihre Gedanken waren bei Nicolas, den sie jeden Tag sah, wenngleich sie es auch vermied, ihm alleine zu begegnen. Ein Zwinkern, ein Lächeln, das genügte ihr. Nur einmal hatten sie noch ein paar Worte gewechselt, und sie hatte ihm ein Buch aus der Bibliothek des Königs gebracht.

Wind kam auf. Er fegte durch die Balustraden der Loggien, pfiff und sang und ließ Geäst gegen die Mauern des Schlosses peitschen.

Mathurine zog die Bettvorhänge zurück, richtete sich die Kissen im Rücken und starrte auf das Fenster.

Es dämmerte. Ein erster Lichtschimmer ließ die Regentropfen auf den Scheiben glitzern, als wären sie mit Edelsteinen übersät. Hie und da zerplatzten sie, rannen nach unten, hinterließen Spuren, die aussahen wie Tränen auf schmutzigen Kindergesichtern.

Kindergesichter. Mathurine schloss die Augen und versuchte sich vorzustellen, wie ihre kleine Nicoline inzwischen aussah. Ein halbes Jahr war sie alt. Vielleicht fing sie gerade an, zu krabbeln, verstand schon die Worte Mama und Papa, und bestimmt klang ihr Lachen glöckchenhell! Wie gerne hätte sie die Kleine in die Arme genommen, sie an sich gedrückt … nur ein Mal, nur ein einziger Kuss auf das Näschen, die kleine Stirn!

Mathurine leckte an ihren Tränen und wischte sich mit dem Handrücken über die Wangen. Dann seufzte sie. Wieder ein neuer Tag, und noch immer beriet der König mit seinem Konzil, welche Beschlüsse zu fassen seien!

Zwei Stunden später – sie hatte solange auf ihrer Gitarre gespielt und dabei getrocknete Pflaumen, Nüsse und Krentenbrot gegessen – machte sie sich zu den Gemächern des Königs auf. Es regnete nicht mehr, und der Wind hatte sich gelegt.

Als sie am Königssaal vorbeikam, blickte sie durch die offene Tür. Abgeordnete standen in Gruppen beieinander und diskutierten. Einige schienen in heller Empörung zu sein, anderen war unübersehbare Schadenfreude ins Gesicht geschrieben. Doch vom König keine Spur.

Ein ungutes Gefühl machte sich in ihr breit, etwas schien hier im Gange zu sein!

Auf dem Flur vor dem königlichen Gemach waren weder Gascogner noch Schweizer zu sehen, nur ein Diener döste in der Ecke vor sich hin.

Mathurine öffnete die Tür und sah sich um. Chou-Chou, einer der Mignons des Königs, lag mit seinem Zwergspaniel im Bett.

»Wo ist der König?« Mathurine trat ein, zog dabei die Tür hinter sich zu.

Chou-Chou setzte sich auf, nahm den kläffenden Hund auf den Arm, damit er sich beruhigte. »Er wollte Heinrich von Guise zur Rede stellen.«

»Zur Rede stellen?«

»Dann weißt du es noch nicht? Der Herzog von Savoyen ist in Saluzzo eingefallen, und die Garnison des Königs hat sich so rasch ergeben, dass nur Verrat dahinterstecken kann. Nun redet der Herzog sich darauf hinaus, dass er Heinrich von Navarra zuvorkommen musste, denn der hätte seinerseits vorgehabt, Saluzzo einzunehmen, um von dort aus Savoyen und Italien zu bedrohen.«

»Ha!« Mathurine lachte hart. »Karl-Emanuel von Savoyen ist ein Intrigant, der sein Fähnchen in jeden Wind hängt, wenn er dadurch einen Vorteil erheischen kann!«

»Dasselbe sagte Heinrich.« Chou-Chou scheuchte den Hund aus dem Bett und stand auf. »Doch nicht genug, dass dieser Schuft Frankreich angriff, er hat seine Streitkräfte, die er in Saluzzo beließ, auch noch dem Herzog von Nemours unterstellt.«

Mathurine wurde blass. Der Herzog von Nemours war ein Halbbruder Heinrichs von Guise! Und er stand mit Philipp von Spanien im Bunde! Dies war ein offenes Ränkespiel um die Krone von Frankreich! Das konnte sich Heinrich unmöglich bieten lassen!

»Und jetzt?«, fragte sie. »Wo finde ich den König?«

»Im Park.« Chou-Chou trat ans Fenster und zeigte auf zwei Gestalten, die mit langen wütenden Schritten auf und ab gingen und heftig gestikulierend miteinander sprachen. »Dort! Siehst du ihn?«

Mathurine seufzte. »Es wird nicht gut enden«, flüsterte sie.

Der König hatte seine engsten Gefolgsleute zu einer Unterredung gebeten. Nun drängten sich neunzehn Männer in seinem Kabinett.

»Diese Warnung habe ich in meiner Tasche gefunden!« Heinrich warf einen Zettel auf den Tisch, dann fuhr mit lautem Knall seine Faust nieder. »Es reicht! Ich kann nicht länger zusehen, wie der Herzog von Guise und die Strippenzieher hinter ihm meine Autorität untergraben und sich der Krone zu bemächtigen versuchen!«

Einer der Männer nahm den Zettel, faltete ihn auf und las laut: »›Nehmt Euch in Acht, Majestät, man will Euch entführen und in ein Kloster sperren!‹«

Heinrich verzog verächtlich das Gesicht. »Nach unserem Gespräch im Park hat mein Herr Cousin in aller Öffentlichkeit verlauten lassen, dass er sich von mir gekränkt und verdächtigt fühlt und darum alle seine Ämter niederlegen und nach Paris zurückkehren wird! Das käme einem offenen Bruch gleich, und wir kennen ihn inzwischen gut genug, um zu wissen, was er in Paris tun wird – mein Volk gegen mich aufhetzen und nach der Krone greifen! Saluzzo ist bereits in Händen seiner Familie – wie lange wird es dauern, bis das nächste Marquisad und schließlich ganz Frankreich folgen? Zu lange habe ich seine Machenschaften schon geduldet! Heinrich von Guise muss fallen! Er oder ich!«

Einer der Edelleute trat hervor. »Bei Gott, Majestät, ich schaffe ihn für Euch aus dem Weg!«

Einen Moment ruhte Heinrichs Blick auf ihm, doch dann sah er in die Runde. »Wer von Ihnen besitzt einen Dolch?«

Acht hoben die Hand.

Heinrich nickte. »Nicht auf einer Schulter soll die Tat lasten, gemeinsam bringen wir ihn um. Ich stehe dazu, es wird eine Warnung für alle sein! Nur um eines muss ich Sie bitten, meine Herren, kein Wort zur Königinmutter! Sie ist krank, sie würde es nicht ertragen, und sie würde die Sache womöglich noch vereiteln.«

Die Männer nickten. »Auf uns könnt Ihr Euch verlassen, Majestät!«

Jemand riss den Vorhang vor Mathurines Bett zurück. Es war eines der Mädchen. Blass und mit dunklen Augenringen starrte sie die Närrin an. »Der König verlangt nach Ihr – sofort!«

Murrend stand Mathurine auf und zog sich an, nahm die Gitarre und hastete ins königliche Gemach.

»Zur Stelle!«, rief sie, warf die Tür hinter sich zu und sah sich im Raum um, als könne sie den König nirgends finden. Sogar unters Bett kroch sie. »Zum Kuckuck, welcher Quälgeist ließ mich rufen? Mitten in der Nacht! Nicht einmal in Ruhe schlafen kann man hier! Melde dich, na los, ich werde dir das Schnäuzchen polieren, auf dass dir Hören und Sagen vergehen!«

»Ja, ja, schon gut.« Heinrich, der am Tisch saß, schob ihr ein Glas Wein hin. »Trink, das beruhigt. Schlafen kannst du auch morgen, jetzt hörst du mir zu.«

»Bin ich ein Pfaffe oder was, dass du bei mir beichten willst?« Mathurine griff nach dem Glas, leerte es in einem

Zug, nahm die Karaffe und goss sich noch einmal ein. »Man kann viel hören, ehe einem ein Ohr abfällt – das wird wohl eine lange Nacht werden ... also los, was liegt vor!«

»Morgen früh werden wir den Herzog von Guise ermorden.«

Mathurine klappte den Mund auf und wieder zu. »Fürchte den Bock von vorn, das Pferd von hinten und den Menschen von allen Seiten«, sagte sie. »Bist du sicher, dass dies die richtige Lösung für dein Problem ist?«

»Weißt du eine bessere?«

»Nein«, gab Mathurine zu. »Aber etwas anderes weiß ich: Das Ende des Zorns ist der Beginn der Reue.«

»Reue, ja! Aber es wird *seine* Reue sein!«

»Es scheint, du hast deinen Beschluss längst gefasst und brauchst meinen Rat nicht – sag mir also, was kann ich für dich tun?«

»Ich finde keinen Schlaf – spiel mir ein Lied.«

Mathurine schlug einen Akkord an, dann sang sie:

»Kein Stundenschlag ertönt,
Kein Tropfen Zeit verflutet,
Wo nicht ein Menschenherz
Im Todeskampfe blutet,
Kein Morgenrot beginnt,
Kein Abendrot erscheinet,
Wo ein Verlassner nicht
Um den Erblassten weinet ...«

Heinrich zog ihr die Hand von der Gitarre. »Nicht das – spiel mir etwas Heiteres! – Lachen will ich!«

»Recht so, mein König, man muss lachen, bevor man glücklich ist, weil man sonst sterben könnte, ohne gelacht zu haben!«

Mathurine spielte und sang an die zwei Stunden, ehe Heinrich zufrieden war, sich hinlegte und endlich einschlief.

Erschöpft ging sie zurück in ihre Kammer.

»Das Schicksal ist grausam, und die Menschen sind erbärmlich!« Mit diesen Worten auf den Lippen zog sie sich die Decke über den Kopf.

Unruhig schritt Heinrich in seinem Arbeitszimmer auf und ab. Seine Vertrauten drängten sich um ihn, die Dolche hatten sie unter ihren Umhängen verborgen.

Aus dem angrenzenden Versammlungsraum waren Stimmen zu hören. Die ersten Abgeordneten erschienen, der Augenblick der Missetat rückte näher.

Am Fenster blieb der König stehen, ließ seinen Blick über die Fassade des gegenüberliegenden Flügels gleiten. Dort drüben war der Guise einquartiert.

Vielleicht kam er ja nicht?

Vielleicht ahnte er etwas, war misstrauisch geworden?

Oder man hatte ihn gewarnt!

Aber nein, er, der König, konnte sich auf seine Vertrauten verlassen. Seit zwei Jahren begleiteten sie ihn überall hin, beschützten und verteidigten ihn mit ihrem eigenen Leben – nie würden sie ihm in den Rücken fallen!

Wieder durchmaß der König den Raum, setzte sich auf einen Stuhl, stand auf, blieb vor der Uhr stehen, starrte sie an, ging zum Fenster zurück, blickte in den Hof hinunter. Mathurines Gesang klang ihm dabei im Ohr –

Kein Stundenschlag ertönt,
Kein Tropfen Zeit verflutet,
Wo nicht ein Menschenherz
Im Todeskampfe blutet …

»Und doch, ich muss es tun«, flüsterte er. »Der Guise oder ich!«

»Majestät!« Haldane, einer seiner Vertrauten, hatte das Ohr an die Tür gelegt. »Nebenan höre ich die Stimmen des Kardinals von Guise und des Erzbischofs von Lyon!«

Erleichterung machte sich auf dem Gesicht des Königs breit. Wenn der Bruder des Herzogs sich plaudernd im Versammlungsraum aufhielt, konnte der Herzog selbst auch nicht mehr weit sein. Und tatsächlich, als der König wieder aus dem Fenster sah, überquerte Heinrich von Guise gerade den Hof, stieg dann den Wendelstein empor. Nichts an seiner Haltung verriet Misstrauen. Gelassen und hocherhobenen Hauptes schritt er aus.

»Er kommt – es ist soweit!« Der König wandte sich um und sah seine Männer an. Einem nach dem anderen nickte er zu, so als wolle er sich ihrer Treue und Loyalität noch einmal versichern. Dann schlüpfte er hinter den Wandteppich, der vor dem Alkoven hing, und schickte ein Stoßgebet zum Himmel.

Haldan öffnete die Verbindungstür zum Versammlungsraum. Als der Herzog eingetreten war, ging er zu ihm hin, neigte den Kopf zum Gruß und sagte: »Der König wünscht Euch vor der Sitzung noch einmal unter vier Augen zu sprechen.«

Ohne Argwohn folgte er ihm.

Und dann ging alles sehr schnell.

Als Heinrich von Guise eingetreten war, schloss und verriegelte Haldan die Verbindungstür. Der Herzog betrat das Kabinett des Königs, und kaum hatte er den Fuß über die Schwelle gesetzt, stürzten sich acht Männer auf ihn und rammten ihm ihre Dolche in den Leib.

Ein Schrei kam über seine Lippen, er riss die Augen auf und starrte den König an, der im selben Moment aus dem Alkoven trat.

»Nun, Herr Cousin, Ihr hattet geglaubt, ich würde es nicht wagen?« Wut und Hass blitzten aus des Königs Augen. »Nun, wie Ihr seht, habt Ihr Euch getäuscht!«

Keine Antwort – nur ein Aufstöhnen war noch zu hören, dann brach Heinrich von Guise zusammen.

»Im Tode«, sagte der König leise und nicht ohne ein gewisses Maß an Anerkennung, »erscheint er noch größer als im Leben.«

Und wieder hörte er Mathurine singen:

… Kein Morgenrot beginnt,
Kein Abendrot erscheinet,
Wo ein Verlassner nicht
Um den Erblassten weinet.«

15.

Mathurine setzte sich auf, rieb sich die Augen und starrte auf das Laken, das ihre Knie umspannte; die Kreise der Butzenscheiben zeichneten runde Schatten darauf.

Sie wandte den Kopf, ihr Blick suchte den Brief, den sie auf den Tisch gelegt hatte. Gestern Abend hatte ein Bote ihn aus Paris gebrach. Vielleicht war es ja nur ein schlimmer Traum gewesen – aber nein, dort lag er!

Sie stand auf und nahm das Papier zur Hand, um es noch einmal zu lesen.

Meine liebe Mathurine!

Ich sitze in einer Schreibstube in der Rue Saint-Andri und diktiere diesen Brief an Dich. Ich weiß nicht, wo Du Dich gerade aufhältst – vielleicht in Blois oder in dem Schloss mit den vierhundertvierzig Zimmern. Aber wo auch immer, komm so schnell Du kannst nach Hause!

Vieles ist in dem Jahr geschehen, das vergangen ist, seit ich Dich nach La Riche brachte. Noch im August haben Marie und ich geheiratet. Marie ist auch bald schwanger geworden, und wie Hélène sagt, wird sie Anfang August, vielleicht auch etwas früher niederkommen. Wir haben die Dienstbotenkammer unterm Dach bezogen und könnten die glücklichsten Menschen auf Gottes Erdboden sein, wenn nicht Agnes uns so viel Kummer bereiten würde. Sie mag nicht mehr essen, denn das Schlucken tut ihr weh, und wenn sie doch einmal etwas isst, dann erbricht sie es sofort wieder. Es geht ihr sehr schlecht, und Hélène meint, es kann nicht mehr lange dauern mit ihr. Nur zwei Wünsche hat Agnes noch, bevor sie vor ihren Herrgott tritt – unser Kind will sie in den Armen halten und Dich noch einmal sehen.

Weil ich die Frauen nicht alleine lassen kann, schicken wir dir einen Boten – Gott gebe, dass er Dich bald findet!
Es grüßt Dich und wünscht Dir nur das Allerbeste,
Dein getreuer und Dich liebender Neffe Gustave

Mathurine wischte sich mit dem Handrücken die Tränen ab. Agnes war alt, ja natürlich. Trotzdem hatte sie gehofft, sie noch ein paar Jahre bei sich haben zu können. – Ach, wohin war nur die Zeit gegangen? Hatte sie nicht vorgestern erst Georges begraben und gestern ihr Kind geboren?

Ein Jahr wie vom Winde verweht!

Als sie dem König nachgereist war, hatte sie geglaubt, sie würden schon bald nach Paris zurückkehren. Doch immer tiefer war der Graben zwischen den beiden Heinrichs geworden, immer heftiger das Gezerre um die Krone, bis es schließlich in diesen unglückseligen Morden an Herzog Heinrich und in der darauffolgenden Nacht auch an seinem Bruder, dem Kardinal, gipfelte.

»Beide müssen ausgelöscht werden, wenn wir endlich Ruhe vor den Guisen haben wollen!«

Für Königin Katharina war das alles zu viel gewesen. Ihr Sohn schlachtete Prinzen aus seinem eigenen Geblüt ab! Aus einem König war ein Mörder geworden, von seinem Volk und dem Adel gehasst und gehetzt wie ein angeschossenes Tier. Und der Papst hatte ihn exkommuniziert! Da hatte sie sich lieber zum Sterben hingelegt, als diese Schmach zu ertragen.

Seitdem irrte Heinrich von Schloss zu Schloss.

Auf Chenonceau, wo Katharina immer am glücklichsten gewesen war, hatte Heinrich bittere Tränen um seine tote Mutter geweint, die er von Herzen geliebt und manchmal ebenso sehr gehasst hatte.

Auf Chambord war er in seiner violetten Trauerkleidung wie ein Geist durch die Zimmer gehuscht, als könne er sich vor seinem Gewissen und der Welt verstecken.

Auf Amboise hatte man ihn tagelang auf den Zinnen stehen sehen, und unter ihm, in den Gassen der Stadt, hatten sich die letzten Königstreuen seines Volkes versammelt und hinaufgestarrt: »Jesus, unser kleiner Entenprinz wird sich doch wohl nicht von dort oben zu Tode stürzen!«

Schließlich waren sie in La Riche auf Plessis-les-Tours gelandet, und hier schien sich endlich das Blatt zu wenden. Der Dritte im unglückseligen Bunde der drei Heinriche, der König von Navarra, reichte nach Jahren des Krieges seinem Cousin und Schwager die Hand zur Versöhnung.

Heinrich von Navarra war ein Haudegen, ein Spötter, einer, der sich niemals zwingen ließ! Aber mit ihm wusste der König endlich wieder, wohin es ging! So einen brauchte er an seiner Seite; die Intriganten hatten ausgedient.

Und jetzt wurde wieder einmal Krieg geführt. In Tours hatte ein wilder Kampf getobt, den die beiden Heinrichs für sich entscheiden konnten, nun marschierten sie mit ihren Truppen Richtung Paris, um der Liga kräftig einzuheizen.

»Jawohl, die feinen Herren, die giftigen Vipern, die sich großmäulig hinter Gott versteckten, werden schon sehen, wer hier der König ist und wer das Sagen hat!«

Mathurine sank seufzend auf den Stuhl, der neben ihrem Bett stand, und verbarg das Gesicht in beiden Händen. Und ausgerechnet in dieser schweren Zeit sollte sie ihren König verlassen?

Andererseits war doch Agnes neben Georges – Gott hab ihn selig! – die Einzige, die sie immer bedingungslos geliebt hatte! Sie musste zu ihr! Sie musste sie ein letztes Mal in ihren Armen halten, sie im Angesicht des Todes trösten und wärmen.

Noch lange saß Mathurine so da, in sich zusammengesunken, hin- und hergerissen zwischen zwei Herzenswünschen. Aber auf zwei Hochzeiten konnte auch sie nicht tanzen, sie musste sich entscheiden.

Plötzlich stand sie auf, zog das Flickenkleid an, nahm ihre Flöte und ging zum König.

Er war nicht allein. Der Béarner, wie manche den König von Navarra nannten, war bei ihm.

Als sie eintrat, sah Heinrich irritiert auf. »Jetzt nicht«, sagte er, »jetzt gibt es Wichtigeres als deine Scherze! Hier geht es um Leben und Tod, um eine weitere Schlacht, um die Kunst, Krieg zu führen.«

»Verzeih, mein König, aber da muss ich dir widersprechen. Nichts kann so wichtig sein wie ein Scherz zur rechten Zeit, denn ein Scherz hat oft gefruchtet, wo der Ernst nur Widerstand hervorzurufen pflegte! Und überdies – zur rechten Zeit ein Narr zu sein ist auch eine Kunst.«

Heinrich von Navarra lachte. »Deine Närrin gefällt mir«, sagte er zu seinem Schwager, »sie scheint nicht auf den Kopf gefallen zu sein. Also hören wir uns an, was sie zu sagen hat, ein wenig Ablenkung kann nicht schaden.«

Mathurine verbeugte sich mit großer Geste, dann richtete sie sich wieder auf und sah von einem zum anderen. »Nun denn, so werde ich dem König von Frankreich und dem König von Navarra eine Geschichte erzählen, die sich, wer weiß das schon, vielleicht tatsächlich zugetragen hat, vielleicht aber auch nicht. – Es war einmal ein König. Er war alt und wollte sein Land gerecht unter seinen drei Töchtern aufteilen. Also fragte er sie, wie lieb sie ihn hätten, und die, die ihn am liebsten hatte, sollte den größten Teil seines Reiches bekommen. Die älteste Tochter antwortete: ›So lieb habe ich dich, wie einen Edelstein!‹ Die nächste sagte: ›So lieb habe ich dich, wie eine Perle!‹ Die jüngste Tochter aber meinte: ›Und ich liebe dich so sehr wie das Salz!‹« Mathurine sah Heinrich an. »Nun, mein König, und jetzt frage ich dich, welche hatte ihn wohl am liebsten?«

»Natürlich die Älteste!«, antwortete Heinrich.

»Dann möchtest du, dass ich dich liebe wie Edelsteine?«

»Ja, ja«, antwortete er ungeduldig.

»Hm«, machte Mathurine und wandte sich an Heinrich von Navarra. »Und du, wie sehr soll ich *dich* lieben?«

Um seinen Mund zuckte ein Lächeln. »Dann nehme ich die Perle.«

Mathurine nickte. »Bleibt für meine Ziehmutter nach eurem Willen also nur das Salz! Ich danke euch, meine Könige! Ich hatte ein Problem, und ihr habt es für mich gelöst.«

»Wir haben es gelöst?«

»Ihr wollt, dass ich euch liebe wie Edelsteine und Perlen – aber das Wertvollste ist doch das Salz!«

»Wertvoller als Edelsteine und Perlen?«

»Wenn ihr es nicht glaubt, dann lasse ich euch heute Abend ein Mahl ganz ohne Salz zubereiten.«

»Gott bewahre!« Der Béarner lachte.

»Und wozu das alles?«, fragte Heinrich, der seine Närrin kannte und wusste, dass in solchen Fällen immer noch ein dickes Ende kam.

»Ich erhielt gestern Abend einen Brief. Meine Ziehmutter liegt im Sterben und verlangt nach mir. Die Nacht über habe ich kaum ein Auge zugetan vor Kummer. Lasse ich dich alleine, um zu ihr zu fahren, damit sie in meinen Armen sterben kann? Oder lasse ich sie im Angesicht des Todes alleine, um bei dir zu sein und aufzupassen, dass du keine Dummheiten machst? Ich liebe euch beide gleichermaßen, und so konnte ich keine Entscheidung treffen; also habe ich sie dir überlassen, mein König. Du hast gewählt, indem du dich für die Edelsteine entschiedest! Und so bitte ich dich von Herzen, gib mich für ein paar Tage frei, damit ich meiner Ziehmutter in ihrer schwersten Stunde beistehen kann.«

Es war der Béarner, der zuerst wieder Worte fand. Lachend schlug er sich auf die Schenkel. »Wahrlich, sie ist klug, deine Närrin! Solltest du einmal genug von ihr haben, dann schicke sie zu mir!«

»Mit Verlaub, König von Navarra«, Mathurine nahm ihren Rock zwischen spitze Finger und knickste wie ein artiges

Mädchen, »aber zwei Männern kann ein Weib nicht dienen, ohne mindestens einem von ihnen untreu zu sein. Wenn du also willst, dass ich dir diene, so musst du schon warten, bis mein König in der Hölle schmort.« Sie wandte sich wieder an Heinrich. »Nun, mein König, gibst du mich frei?«

»Ja, ja«, sagte er, »geh schon! Verschwinde!« Er machte eine Handbewegung, als wolle er Hühner verscheuchen, doch Mathurine rührte sich nicht vom Fleck. »Was ist denn noch?«, fuhr er sie an.

»Du sagst, ich soll gehen, aber bis Paris ist es zu Fuß doch recht weit. Da bräuchte ich sicher zwei Wochen! Wenn du mir hingegen ein Pferd zur Verfügung stelltest, ginge es schneller, und also wäre ich dann auch schneller wieder zurück.«

»Nun gut, nimm dir ein Pferd«, brummte er. »Sonst noch was?«

»Es reicht, mein König, wie du weißt, zu viel erwarten wäre dreist!«

Sie ging zur Tür, dort verbeugte sie sich noch einmal mit einem Kratzfuß. »Au revoir, meine hohen Herren – und vergesst nicht, wer in den Krieg zieht, öffnet die Tore zur Hölle!«

Sie lagen sich in den Armen, lachten und weinten zugleich.

»Endlich bist du zurück, mein Kind! Ein ganzes Jahr haben wir dich nicht mehr gesehen! So lange bist du noch nie fort gewesen.«

»Ich weiß, Agnes, aber was sollte ich tun? Ich stehe nun mal im Dienst des Königs, und wo der Herr sein Feuer schürt, da muss der Diener die Asche kehren.« Mathurine drückte Agnes an sich, fühlte dabei unter dem Kittel, den die alte Tante trug, nur noch Haut und Knochen. »Wie abgemagert du bist, kein bisschen Fleisch hast du mehr auf den Rippen!«

»Bald werde ich nur noch ein Skelett sein, mein Kind – schau, dort in der Ecke lauert schon der Tod.«

»Aber sag doch so etwas nicht!«

»Du weißt, dass ich sterben werde. Wir alle wissen es. Und es ist gut so, denn ich bin alt und müde. Ich habe keine Angst, meinem Schöpfer gegenüberzutreten.« Agnes' Stimme war nur noch ein Flüstern. »Legt mich zu Georges ins Grab und betet für meine Seele ... und jetzt bring mich zu Bett, mein Kind, ich bin so erschöpft.«

Als Agnes schlief, ging Mathurine in die Küche. Marie saß am Fenster und blickte nachdenklich hinaus. In der rechten Hand hielt sie eine Schüssel mit Kirschen, die linke ruhte auf ihrem gewölbten Leib. Wie schön sie geworden war! Das Strahlen in ihren Augen, ihre Lippen, auf denen man tausend Küsse ahnen konnte, ließen sie so weich, so weiblich und glücklich erscheinen.

Wie verzaubert stand Mathurine eine Weile in der Tür und betrachtete die junge Frau ihres Neffen.

Plötzlich schreckte Marie aus ihren Gedanken. Als sie Mathurine sah, stellte sie die Schüssel auf den Tisch und stand auf. »Ich koche Grießbrei und ein Kirschkompott dazu, das magst du doch?«

»Ich liebe es!«

Mathurine sah zu, wie Marie die entsteinten Kirschen mit ein wenig Wein und Honig in einen kleinen Kessel füllte und übers Feuer hing. »Du siehst glücklich aus«, sagte sie.

Marie lächelte. »Ich bin ja auch glücklich! Zu Beginn der Schwangerschaft war mir oft übel, aber jetzt geht es mir so gut wie nie zuvor. Nur dass die Tante sterben wird, das macht mir das Herz so schwer. Sie möchte so gerne das Kind noch sehen, aber Hélène meint, es kann noch eine oder zwei Wochen dauern, bis zur Niederkunft.« Marie legte beide Hände auf ihren Bauch, so als könne sie fühlen, wie weit es mit dem Kind schon war.

»Mach dir keine Sorgen! Wann dein Kind kommt, liegt in Gottes Hand, und wir müssen es akzeptieren.« Mathurine nahm sie in die Arme. »Ich bin so dankbar, dass du da bist und für Agnes sorgst und mein Haus hütest.«

Marie strahlte sie an. »Aber ich bin es doch, die froh und dankbar sein muss! Wenn du uns nicht eine Aussteuer und deine Einwilligung gegeben hättest, hätten wir niemals heiraten können. Das werden wir dir nicht vergessen!«

Die beiden Frauen nahmen sich in die Arme und hielten sich eine Weile fest. Als sie sich wieder voneinander lösten, hatte Mathurine Tränen in den Augen.

Marie drückte ihre Hände. »Du bist traurig, weil du dein Kind weggeben musstest, nicht wahr?«

»Mein Kind?« Mathurine starrte sie erschrocken an. »Aber … hat Gustave etwa …«

»Nein«, sagte Marie, »niemand hat dich verraten«, und nach einer Weile: »Glaubst du wirklich, ich habe nichts bemerkt? Damals, als ich dich auf der Straße traf und du mich geschickt hast, Agnes zu holen, da hattest du Wehen! Und dann kam Hélène, und plötzlich gab es nur noch Heimlichkeiten in eurem Haus. Und Gustave konnte mir nicht mehr offen in die Augen sehen, weil er mich immerzu belügen musste. Ihr hättet mir ruhig vertrauen können!«

»Und hast du jemandem davon erzählt?«

»Natürlich nicht – nicht einmal meiner Mutter!«

Mathurine nahm ihren Kopf in beide Hände und küsste ihre Stirn. »Wie gut, dass wir dich haben.«

Da klang von der Tür ein Lachen her. Die beiden Frauen fuhren herum und sahen, dass Gustave dort stand. »Das finde ich allerdings auch«, sagte er.

Mathurine breitete die Arme aus, Gustave fasste sie um die Taille und hob sie hoch.

»O, bist du stark geworden! Ein richtiger Kerl!« Mathurine packte ihn an der Nase und zog daran. »Wie alt bist du jetzt?«

»Zwanzig Jahre, Tante – und du?«

Er grinste, als sie in gespielter Empörung die Wangen aufblies. »Nun, am Stock gehe ich noch lange nicht!«

»Was ist das für ein Pferd, das du in der Halle angebunden hast?«, fragte Gustave.

»Es ist aus dem Marstall, ich bin damit hergeritten. Du musst es versorgen, solange ich hier bin.«

»Aus dem königlichen Stall?« Gustave lachte. »Der Gaul könnte höchstens einem Bauern zur Ehre gereichen.«

»Es ist das älteste und schlechteste Pferd, das ich finden konnte. Was, glaubst du, hätten die Wachen am Stadttor gedacht, wenn ich mit einem jungen, edlen Reitpferd dahergekommen wäre?« Mathurine deutete auf den Bauernkittel, den sie über ein paar alten Hosen trug. »Sie hätten geglaubt, es sei gestohlen, hätten mich vom Pferd gezogen und festgestellt, dass ich eine Frau bin. Und am Ende wäre noch herausgekommen, dass sie die Närrin des Königs vor sich haben. Es ist Krieg zwischen dem König und seinem Volk, da wäre ich eine willkommene Geisel gewesen.«

Sie setzten sich an den Tisch. Marie brachte Wein, und sie sprachen über die Ereignisse der letzten Tage.

»Der Herzog von Mayenne leitet nun die Geschicke der Stadt«, erzählte Gustave. »Er hat die Spanier aus Flandern zu Hilfe gerufen. Sie rasseln mit den Säbeln und fressen den Parisern die letzten paar Krümel vom Tisch. Sie benutzen die Kirchen der Vorstädte als Ställe für ihre Pferde und vergehen sich an unseren Frauen.«

Mathurine nickte. »Aber nicht mehr lange, darauf kannst du Gift nehmen! Die Spanier werden sich umschauen! Heinrich von Navarra hat seine Leute um sich geschart. Sein Heer steht wie ein einziger Mann hinter ihm, bereit, der Liga und ihren spanischen Handlangern kräftig eins aufs Maul zu geben. Wenn die Soldaten des Königs auch Hugenotten sind, so sind sie doch Franzosen und kämpfen für ihr Vaterland! Für ein freies Frankreich wird sich ein Franzose immer noch leidenschaftlicher schlagen als ein Spanier für ein bisschen Sold und Kriegsbeute.«

»Aber die Liga heizt dem Volk ein und ...«

»Die Liga mag Feuer speien und giftigen Atem versprühen. Trotzdem ist sie nur ein alternder Drache, der schon in den letzten Zügen liegt. Die Volksgunst ist wankelmütig, und wie du schon sagtest, die Spanier, die es sich auf Kosten der ausgehungerten Bürger gutgehen lassen, sind nicht gerade beliebt. Auf meinem Weg durch die Stadt habe ich Kinder vor Hunger schreien gehört und ihre Mütter betteln gesehen. Bauern, die sich aus Angst mit ihrem Vieh in den Schutz der Stadtmauern begaben, müssen erkennen, dass kein Futter für die Tiere mehr da ist, und schon zucken die Knochenhauer ihre Messer, um sie zu schlachten und das Fleisch an die Spanier zu verteilen. Und wie ich hören konnte, wurden auf Befehl des Sechzehnerrates in der Bastille zweihundert Parlamentsmitglieder festgesetzt, die den Streit zwischen dem König und seinem Volk lieber auf politischem Wege ausgetragen hätten denn durch Mord und Totschlag. So macht man sich keine Freunde! Ihr werdet sehen, Mayenne und die Liga graben sich selbst das Wasser ab!«

Mathurine sollte recht behalten. Schon drei Tage später verbreitete sich die Nachricht, dass sich Étampes ergeben hatte und die beiden Heinriche bis Saint-Cloud vorgedrungen waren. Dort hätten sie Stellung bezogen, der König, so hieß es, sei im Hause des Bischofs untergebracht, dem das Treiben in der Stadt längst zu weit ging und der um seine kirchliche Autorität fürchtete.

»Von den Anhöhen dort oben haben die beiden Könige einen freien Blick auf die Hauptstadt«, sagte Mathurine, ein zufriedenes Lächeln auf den Lippen, »und ihr könnt sicher sein, sie werden es nicht lange dabei bewenden lassen, nur auf Paris ›herunterzusehen‹.«

Hélène kam am Abend. Sie hatte in der Südstadt einem Kind auf die Welt geholfen und wollte noch nach Marie sehen. Als Mathurine ihr die Tür öffnete, stieß sie einen Freudenschrei aus.

»Gott sei's gedankt! Agnes wird glücklich sein!«

Mathurine fasste Hélène um die Schultern und führte sie nach oben. »Hast du Zeit? Dann iss mit uns und erzähle mir, wie es dir geht – und sag, weißt du etwas über Nicoline?«

»Im letzten Winter war sie einmal sehr krank. Sie hatte hohes Fieber und wäre beinahe gestorben. Aber nun ist sie wohlauf, ein richtiges Herzchen! Sie hat Zähne, läuft schon ganz ohne Hilfe und hält ihre Amme auf Trab.«

»Wirklich?« Mathurine versuchte sich vorzustellen, wie die Kleine jetzt wohl aussehen mochte. »Aber woher weißt du das alles?«, fragte sie dann. »Ist Madame etwa wieder schwanger?«

»Nein, zu ihrem Leidwesen nicht. Im Frühjahr wurde meine zweitälteste Enkelin vierzehn Jahre alt und wollte in Dienst gehen. Ich konnte sie als Mädchen bei den Vivières unterbringen.«

Mathurine schlug die Hände vors Gesicht. »Aber das ist ja wunderbar! Dann kann sie uns immer auf dem Laufenden halten.«

Hélène zuckte die Schultern. »Vielleicht wäre es besser, du vergisst Jacqueline. Was auch immer sein wird, du hast keinen Einfluss und kannst doch nichts für sie tun.«

»Meine Tochter vergessen?« Mathurine schüttelte den Kopf. »Das kann ich nicht! Jede Nacht denke ich an sie, bis ich eingeschlafen bin. Ich bete für sie, ich schicke ihr im Geiste etwas von meiner Kraft und glaube an ihr Glück. Glaube versetzt Berge! Ich bin sicher, es würde ihr etwas fehlen, wenn ich nicht mehr an sie dächte.«

»Na, du musst es selbst wissen. Es geht ihr jedenfalls gut.«

Hélène sah zuerst nach Agnes. Sie schlief. »Hat sie etwas gegessen?«

»Ein wenig Brühe mit einem hineingeschlagenen Ei, einen Löffel Steinpilzmus, einen Schluck heißes Bier, das ist alles.«

Agnes schlug die Augen auf. Als sie Mathurine erkannte, lächelte sie. »Bist du wirklich da, oder habe ich es nur geträumt?«

Mathurine nahm ihre Hand und drückte sie. »Ja, Tante, ich bin es wirklich.«

»Und bleibst du auch?«

Mathurine nickte. »Hab keine Angst!«

»Das ist gut …« Agnes schloss die Augen wieder und seufzte.

Hélène und Mathurine traten auf den Flur und schlossen die Tür hinter sich. »Dass sie noch lebt, ist ein Wunder«, sagte Hélène. »Allein der Wunsch, das Kind zu sehen, gibt ihr die Kraft durchzuhalten.«

Marie und Gustave saßen in der Küche am Fenster. Schweigend sahen sie hinaus in die Dunkelheit. Kein Mond, keine Sterne waren am Himmel zu sehen, nur der schwache Schein der Laternen, die vor den Häusern in der Gasse hingen.

Hélène untersuchte Marie. »Ich bin zufrieden mit dir.« Sie tätschelte ihr die Wangen. »Alles ist bestens, und eigentlich könnte das Kind schon da sein. Weiß nicht, warum es so lange auf sich warten lässt. Wenn man den Sterndeutern glauben darf, dann ist der Zeitpunkt der Geburt Bestimmung, und nur der Himmel weiß, warum. – Vielleicht sollte ich heute Nacht hierbleiben.«

»Du meinst, es könnte heute Nacht kommen?«

Hélène zuckte die Schultern. »Du hast noch keine Wehen, andererseits fühle ich, dass alles zur Geburt bereit ist.«

Gustave stand auf. »Ich richte dir einen Strohsack.«

»Leg ihn in meine Kammer«, sagte Mathurine und sah Marie an. »Ihr könnt in meinem Bett schlafen, ich schlafe bei Agnes.«

In den frühen Morgenstunden, mit dem ersten Gesang der Amseln, wurde Mathurine geweckt. »Es ist soweit!«, sagte Gustave.

»Das Kind ist schon da?«

»Nein.« Er schüttelte den Kopf. »Aber Marie hat Wehen.

Hélène möchte etwas essen, vielleicht kannst du uns eine Morgensuppe zubereiten.«

»Ja, ja – ich komme gleich.«

Mathurine ging zu Agnes und legte die Hand auf ihre Brust. Sie atmete flach, nur noch ein Hauch von Leben war in ihr.

Als sie sich wieder aufrichten wollte, schlug Agnes die Augen auf. Es dauerte lange, bis sie Mathurine erkannte und ein Lächeln über ihr Gesicht huschte. »Marie … das Kind …«

»Es ist noch nicht geboren, aber sie liegt bereits in den Wehen. Ich bringe dir ein wenig heißes Bier.«

Agnes griff nach Mathurines Hand und hielt sie fest. »Du warst mir immer das Beste, mein Kind.«

Mathurine küsste Agnes auf die Wange. »Ich liebe dich auch.« Sie drückte die Hand ihrer Tante an ihre Brust. »Schau, mein Herz schlägt für dich mit. Ein bisschen musst du noch durchhalten.«

»Keine Kraft mehr«, flüsterte Agnes. »Du musst nach einem Geistlichen schicken, damit ich noch einmal beichten kann.«

Mathurine hatte Tränen in den Augen. Eine Weile blieb sie noch an Agnes' Bett sitzen und hielt ihre Hand, dachte dabei an die Jahre ihrer Kindheit, an die Zeiten, in denen Agnes und Georges ihr das Haus geführt hatten. Gute Zeiten, angefüllt mit Geborgenheit, Liebe und Vertrauen.

Dann ging sie zu Gustave. »Agnes stirbt. Lauf vor zum Kloster! Einer der Pater soll kommen, ihr die letzte Salbung geben.«

Es schien, als hätte der Schnitter, wo er nun schon einmal auf dem Wege war, gleich ganze Arbeit leisten wollen. Zuerst schwang er seine Sense in Mathurines Haus, dann zog er rastlos weiter, um sich mit dem nächsten Schnitt den König zu holen.

Man schrieb den 1. August. Es war sieben Uhr morgens, als der Generalprokurator des Parlaments, Monsieur de la Guesle, mit einem Brief von Monsieur Brienne, dem Präsident des Parlaments, vor dem König erschien.

»Mit Verlaub, Majestät, eine Nachricht für Euch.« Er überreichte das Papier. »Wir haben den Brief mehrmals geprüft und waren uns einig, Schrift und Unterschrift sind echt.«

Auch Heinrichs Blick ruhte lange und forschend auf den akkuraten Buchstaben, die sich zu Worten und Sätzen zusammenfügten, die nicht mehr besagten, als dass man einem gewissen Mönch, der eine wichtige Botschaft zu überbringen habe, Vertrauen schenken dürfe. »Ja, ja«, sagte er, »es ist in der Tat Briennes Schrift – und der Mönch? Was hat er vorzubringen?«

»Er kam gestern Abend zu mir. Er überreichte mir das Schreiben und verlangte Euch zu sprechen. Er hätte im Auftrag Briennes eine wichtige Botschaft zu überbringen, und er dürfe sie nur Euch persönlich mitteilen. Ich habe ihn die ganze Nacht verhört. Er sagte aus, dass er Euch einen Weg nach Paris weisen würde, der es Euren Truppen ermöglichte, so gut wie unbehelligt in die Stadt einzudringen. Es handelte sich um ein Tor, das nur schwach bewacht sein würde. Aber mehr dürfe er nicht sagen, den Namen des Tores, die Einzelheiten könne er nur Euch persönlich mitteilen.«

»Hm«, machte Heinrich. Er lehnte sich zurück und strich seinen Bart. Heinrich von Navarra hatte sein Lager unweit von Saint-Cloud in Meudon aufgeschlagen und befand sich im Moment dort. Er würde wohl bald erscheinen, um eine letzte Lagebesprechung abzuhalten.

Heute war Montag. Morgen, so war es geplant, wollten sie in Paris einfallen. Sie warteten nur noch auf einen Hinweis, an welcher Stelle es am leichtesten sein würde, die Barrikaden zu durchbrechen. Nun, dies war er vermutlich! Zwar hatten sie nicht auf Brienne gerechnet, denn die Führer der Liga hatten ihn zusammen mit anderen königstreuen Parlamentariern in der Bastille festgesetzt – doch was bedeuteten in der Politik schon Mauern? Sie alle hatten ihre Verbündeten und Spione, spannen ihre Netze und zogen unsichtbare

Fäden! Und was den Mönch betraf: Dass man ihn angewiesen hatte, nur dem König persönlich das entsprechende Tor zu nennen, erschien logisch. Jeder konnte ein Verräter sein, keinem war zu trauen!

»Was meint *Ihr*, de la Guesle?«, fragte Heinrich nach langem Grübeln und gab seinem Diener ein Zeichen, den Nachtstuhl zu bringen.

»Wie schon gesagt, ich befragte den Mönch eingehend, ließ mir alles zum zehnten und zwölften Male erklären und konnte nichts Widersprüchliches in seinen Aussagen finden.«

Heinrich nickte. Er setzte sich auf den Nachtstuhl, den der Diener inzwischen neben ihn gestellt hatte, um sich zu erleichtern. »Was würde man von mir denken, wenn ich mich weigerte, einen einfachen Mönch zu empfangen?«, murmelte er dabei und kam zu dem Schluss, es zu wagen.

»Nun gut, denn …«, er seufzte, »bringt mir den Mann herein!«

Der Mönch war noch jung und machte einen einfältigen Eindruck. Er schien keiner von denen zu sein, die einen eigenständigen Entschluss fassen konnten, keiner, der fähig war, Schicksal zu spielen. Heinrich fühlte sich sicher. Er gab der Wache und den umstehenden Edelleuten ein Zeichen, dass sie zurücktreten sollten, und winkte den Mönch zu sich heran.

Der Mann hatte die Arme in den Ärmeln seiner braunen Kutte verschränkt. Das Haar, das seine Tonsur umkränzte, war dunkelblond, seine Lippen schmal, sein Gesicht blass, der Blick wirkte dümmlich. Als er sich zum König niederbeugte, Heinrich nahm an, er wolle ihm nun den Namen des besagten Tores ins Ohr flüstern, vermischte sich der Gestank seines Schweißes mit dem, der dem Stuhl des Königs entströmte.

Dieser Geruch war das Letzte, das Heinrich wahrnahm, bevor das Metall des Messers aufblitzte, das sich in seinen Unterleib bohrte.

Mit einem Aufschrei stieß er den Verräter von sich. »Der verfluchte Mönch hat mich getötet!« Er zog sich das Messer aus dem Leib, richtete sich auf und stach auf den Attentäter ein.

Er traf ihn an der Stirn, dann ließ er das Messer fallen und presste die Hände auf die Wunde, die in seinem Unterleib klaffte.

Was weiter um ihn herum vorging, nahm Heinrich nur am Rande wahr.

Die Wachen stürzten sich auf den Mörder, erdolchten ihn und warfen ihn aus dem Fenster. Andere schrien nach einem Arzt. Wieder andere hoben den König auf und trugen ihn auf sein Bett, pressten Tücher auf seinen Bauch und murmelten Gebete.

Dann stand plötzlich Portail, der Chirurg, neben Heinrich, untersuchte ihn mit ernster Miene und flüsterte seinen beiden Assistenten etwas zu.

Heinrich griff nach der Hand des Arztes. »Nicht wahr, in zwei Wochen werde ich wieder auf mein Pferd steigen und ausreiten können?«

Portail sah zu Boden. Er öffnete und schloss den Mund, räusperte sich schließlich und gab zur Antwort: »Majestät, aus Liebe zu Frankreich muss ich es Euch sagen – Ihr seid verloren. Ihr habt nicht viel Zeit, höchstens zwei Tage bleiben Euch noch, die Geschicke des Landes zu regeln.«

Der König schloss die Augen. Er sah seine Mutter auf ihrem Totenbett vor sich. Er sah Heinrich von Guise, wie er, von acht Dolchen niedergemetzelt, auf dem Boden lag. Er sah Mathurine, wie sie sich über die Leiche seines Lieblings Anne de Joyeuse beugte, einen Finger auf dessen blasse Lippen legte und etwas murmelte. So zog sein Leben an ihm vorbei, während in seinem Bauch ein höllischer Schmerz brannte. Schweiß stand auf seiner Stirn, er rang nach Atem und presste die Fäuste auf seinen Unterleib, sah plötzlich eine dunkle Gestalt am Fußende seines Bettes stehen und die Arme nach ihm ausstrecken. War es Heinrich von Navarra, oder war es gar schon der Tod?

Das Bild Mathurines kehrte zurück. Heinrich starrte auf ihre Lippen, die sich murmelnd bewegten. Was war es noch gewesen, das sie damals Anne, seinem toten Liebling, zugeflüstert hatte? Und dann fiel es ihm wieder ein – der ärgste Tod ist der, der gar zu langsam tötet, die ärgste Not ist die, die gar zu lange nötet.

Gustave steckte dem Totengräber eine Flasche Julep[6] zu. »Mach deine Arbeit gut«, sagte er.

»Aber klar doch!« Der Mann zog den Stöpsel heraus, trank einen Schluck und grinste. »Für so ein feines Tröpfchen werde ich das Grab mit besonders großer Sorgfalt ausheben!«

Gustave blieb in der Nähe und beobachtete den Mann. Immer wieder nahm er einen Schluck aus der braunen Steingutflasche. Die Hitze und der Alkohol setzten ihm schnell zu. Mehrmals wankte er und stürzte im Grab.

Plötzlich stutzte er. »Potzblitz!« Er winkte Gustave zu sich heran. »Was siehst du da?«

Gustave starrte auf den Schädel des Kindes, das er hier begraben hatte. Es lag am Fußende des Grabes zwischen einer Anhäufung von kleinen und großen Knochen.

»Wo?«, fragte er.

»Na da! Ein Kinderschädel!«

»Ich sehe nichts«, sagte Gustave.

Der Gestank war grässlich, an den Knochen der Leiche hingen noch faulige Fleischfetzen. Wie damals, als sie den Säugling hier begraben hatten, kämpfte er gegen die Übelkeit an.

Der Totengräber kratzte sich am Kopf. »Wenn du nichts siehst, muss einer von uns beiden verrückt sein!«

6 Julep nannte man Branntweine, die mit Honig versetzt waren. Später entwickelten sich daraus die Liköre.

»Oder besoffen«, murrte Gustave. Er nahm dem Mann die Schaufel aus der Hand. »Vielleicht solltest du dich eine Weile in den Schatten setzen, sonst bekommst du noch einen Hitzschlag.«

Der Totengräber hatte nichts dagegen. Erst eine Flasche Julep, dann erledigte ihm auch noch einer seine Arbeit. So sollte es jeden Tag gehen! Er rülpste, lehnte sich an einen Baum und schlief ein.

Darauf hatte Gustave gewartet. Eilig stieg er ins Grab, legte Georges' Unterschenkelknochen an den Rand, schaufelte an der freigewordenen Stelle ein Loch, verbarg Schädel und Knochen des Kindes darin, deckte Erde darüber, legte die Knochen an Ort und Stelle zurück und kletterte aus dem Grab. Dann bekreuzigte er sich, ließ die Schaufel neben den Totengräber fallen und ging nach Hause.

Agnes lag noch keine zwei Stunden unter der Erde, als Mathurine das Ungeheuerliche erfuhr. Der König war tot! Man hatte ihn erdolcht!

Von allen Mauern hallten Jubelschreie. Auf den Plätzen wurden Strohpuppen verbrannt und Freudenfeuer entzündet, um die herum die Menschen tanzten, als hätten sie den Teufel selbst besiegt.

Aber auch Wut und Entsetzen über die Freveltat machten sich Luft. Nun hatte Frankreich keinen König mehr, denn der, dem die Nachfolge von Geburts wegen zustand, war ein Ketzer, der sich weigerte, zum rechten Glauben überzutreten. Nicht der Papst, nicht das Volk, nicht Philipp von Spanien, der sich um Frankreichs Krone riss, würden Heinrich von Navarra als König akzeptieren.

Mathurine, die am Tisch in der Küche saß und blicklos auf ihre Hände starrte, hob den Kopf. Aus der Kammer nebenan war das Schreien des kleinen Victor zu hören. Agnes hatte ihn nicht mehr gesehen. Zwei Stunden war sie bereits tot gewesen, als er das Licht der Welt erblickte. Sie hatten den Neugeborenen in ihre Arme gelegt, hatten ihm Agnes' Rosenkranz auf die kleinen Lippen gedrückt und gehofft, es sei noch so viel von ihr auf dieser Welt, dass sie ihn erkennen und segnen konnte.

»Ach Agnes – ach Heinrich!«

Schluchzend verbarg Mathurine ihren Kopf zwischen den Armen.

Hier zog der Tod seine Schneise, dort spross neues Leben wie Gras aus verdorrter Erde. Ein Kommen und Gehen. Abschied und Neuanfang. Ewig dreht sich das Rad des Schicksals!

Doch was sollte nun werden? Sie war die Närrin des Königs – aber es gab keinen König mehr.

2. Buch

Wenn ich scherzen will,
sage ich die Wahrheit.
Das ist immer noch
der größte Spaß auf Erden.

Paris 1607. Achtzehn Jahre sind vergangen. Mathurine, inzwischen 44 Jahre alt, ist Hofnärrin bei Heinrich von Navarra, der als Heinrich IV. Frankreich regiert.

Bedingt durch die sogenannte kleine Eiszeit, herrschen Kälte, Hungersnot und Krankheit, vor allem die Menschen in Paris leiden darunter.

16.

Marie schnappte nach Luft wie ein sterbender Fisch, den eine Sturmflut an Land gespült hatte. Dreimal, viermal, dann fühlte sie sich emporschweben, und es war ihr, als hinge sie irgendwo an der Decke der Kammer. Unter ihr Gustave – ihr geliebter Gustave! Die Hände hatte er nach ihr ausgestreckt, in seinen Augen nisteten Tränen.

»Komm! Komm doch zurück! Ich liebe dich! Ich brauche dich!«

Und neben ihm Victor mit seinen Schwestern Suzanne und Ginette an der Hand.

Auch Hélène war da. Sie tauchte Tücher in kaltes Wasser und murmelte dabei seltsame Worte.

Maries Mund war trocken, es war ihr, als knisterten von ihrem Körper heiße Funken in den Raum. Gleich würde sie verbrennen! Hilfe – so helft mir doch!

Ginette riss sich plötzlich von der Hand ihres Bruders los. »Ich höre Schritte auf der Treppe!« Sie lief zur Tür. »Es ist Mathurine! Die Tante kommt!«

Das Kind stürzte aus der Kammer. Auf der Treppe flog sie Mathurine um den Hals. »Wie gut, dass du da bist! Du musst Mama helfen, sie hat Fieber und redet so seltsam. Vielleicht muss sie sterben.«

Mathurine hob Ginette auf ihre Arme und presste sie an sich. »Nur still, mein Kleines. Schau!« Sie hatte in die Luft gegriffen und ein Bonbon aus dem Nichts gezaubert.

Ginette lachte und küsste Mathurine, dabei liefen ihr die Tränen über die Wangen.

Hand in Hand gingen sie in das Zimmer der Kranken.

Es war Ende April. Sie hatten den Winter schon überwunden geglaubt, als er plötzlich und mit aller Macht zurückkehrte. Hatte Gott sie in diesem Jahr nicht schon genug gestraft? Hunger, Krankheit und Kälte hatten Tausende Pariser hinweggerafft, vor allem Kinder, Alte und Schwache. Auch ihre kleine Cathérine, das jüngste von Gustaves Kindern, war unter den Toten. Und nun, wo schon das erste Gras spross, die ersten Blütenknospen an den Bäumen sich geöffnet hatten und für den Herbst Birnen oder Äpfel versprachen, kam der Frost zurück.

Mathurine beugte sich über Marie und strich ihr durchs Haar. »Auf der Gasse flüsterten sich die Weiber zu, Marie sei der Teufel in den Leib gefahren, und nun würde sie bei lebendigem Leibe auf dem Höllenrost braten. Sie flüsterten jedoch laut genug, dass ich es hören konnte.«

Hélène lachte bitter. »Der Teufel wäre mir lieber als das Fieber, den könnte man ihr wenigstens austreiben.«

Mathurine sah von Hélène zu Gustave. »Fühlt sich sonst jemand krank?«

Sie schüttelten den Kopf.

»Vielleicht kommt es vom Essen«, sagte Hélène.

»Aber warum dann Marie und nicht alle, die in diesem Hause leben?«

»Marie hat gestern ihren Bruder besucht. Dort hat sie eine Suppe gegessen.«

»Ich war auch dabei«, erzählte Ginette, »aber ich wollte keine Suppe, darum hat mir Onkel Frédéric einen Apfel und Nüsse gegeben.«

Mathurine lächelte und strich der Kleinen übers Haar. »Zum Glück!« Sie zog eine Speckseite aus der Tasche, die sie um die Schulter trug, und gab sie an Suzanne weiter. »Im Schloss heißt es, auf dem Markt sei verdorbene Ware beschlagnahmt worden.« Sie seufzte. »Der Winter hat einfach zu lange gedauert, da kaufen die Leute, was sie kriegen können – selbst stinkendes Fleisch und verdorbenen Fisch! Was haben wir an Vorräten im Keller?«

»Es sind noch Mehl, Kohl und Rüben da und etwas Dörrobst«, antwortete Suzanne. »Dazu die Milch von der Ziege.«

Mathurine nickte. »Eier bekommen wir von Hélène, und Fisch besorgst du auf dem Markt, aber nimm ihn nur, wenn er vor deinen Augen geschlachtet wird.«

Suzanne nickte.

»Wenn ihr sparsam haushaltet, kommt ihr über die Runden, bis frisches Gemüse und Obst zu kaufen sind. Ich selbst esse im Schloss. Es wird schon irgendwie gehen, es wäre ja nicht zum ersten Mal, dass wir schlechte Zeiten überstehen.«

Während Gustave mit seinen Kindern in die Küche ging, um das Feuer zu schüren und Suppe zuzubereiten, blieben Mathurine und Hélène bei Marie.

Mathurine seufzte. »Wo ist nur die Zeit geblieben! War es nicht erst gestern, als Victor geboren wurde? Und plötzlich ist er ein Mann von achtzehn Jahren! Und Suzanne ist so alt wie ihre Mutter war, als Gustave zu uns kam.« Sie lächelte. »Ich sehe sie noch vor mir, wie sie ihm mit glühenden Augen nachsah, wenn er mit dem Gespann durch die Gasse fuhr.«

Die beiden Frauen setzten sich auf die Bank, die an der Seite des Bettes stand.

»Weißt du noch, als ich an Maries Stelle in diesem Bett lag und dem Schnitter gerade noch entkommen bin?« Mathurine nahm Hélènes Hand. »Du und Agnes, ihr habt mir das Leben gerettet! Und dem Kind, das ich unter dem Herzen trug … und hier, wo wir jetzt sitzen, da saß einmal Nicolas und nannte mich Kürbisgesicht.«

»Ja, es war eine gute Zeit«, sagte Hélène.

Mathurine schüttelte den Kopf. »Die Zeit ist immer gut, nur die Menschen sind schlecht!« Plötzlich lachte sie. »Und wir zwei sind alte Weiber geworden, die dem hinterhertrauern, was einmal war und doch nicht mehr sein wird!«

»Na ja, ich schon – ich bin wirklich alt, und manchmal sehr müde«, sagte Hélène. »Lang werde ich es wohl nicht mehr machen. Und weißt du, ich habe Angst davor, meinem

Herren gegenüberzutreten. Er wird nicht zufrieden sein mit mir! Die Sache mit dem Kind, damals, das hätte ich nicht tun dürfen!«

»Was redest du da! Ich kenne niemanden, der so viel Gutes getan und so viele Leben gerettet hat wie du! Und überhaupt ...«, Mathurine stieß Hélène in die Seite, »du bist doch gesund und munter wie ein Fisch im Wasser!«

Hélène weinte plötzlich. »Wie alt ich bin, weiß ich ja selbst nicht einmal genau, aber es müssen wohl an die siebzig Lenze sein! Zwei Männern, zwei meiner Töchter, drei Enkelkindern musste ich schon ins Grab schauen, und ich bin die Älteste weit und breit.« Sie streckte Mathurine ihre Hände entgegen. »Meine Finger sind von der Gicht gezeichnet, ich kann kaum noch gehen, und die Zähne sind mir bis auf ein paar wenige ausgefallen. Ich habe sie alle aufgehoben, damit ihr sie mir ins Grab legen könnt.«

Mathurine nahm Hélène in die Arme und hielt sie fest. Ihre Gedanken gingen zurück zu der Zeit vor achtzehn Jahren, als das mit Hélènes Zähnen passierte. Heinrich von Navarra war von Heinrich III. auf dem Sterbebett zu seinem Nachfolger bestimmt worden. Weil er sich aber weigerte, katholisch zu werden, die hohen Herren von Paris jedoch nur einen »wahren Katholiken« krönen wollten, hatte es wieder einmal Krieg gegeben. Der Béarner hatte sich genötigt gefühlt, die Stadt zu belagern, um seine Feinde zu unterwerfen. Die Pariser hatte nichts zu essen gehabt, das Wasser in den Brunnen war faul gewesen, und so mussten Tausende ihr Leben lassen. Wer in diesen grauenvollen fünf Monaten nur blind geworden war, seine Zähne oder die Haare verloren oder einen krummen Buckel bekommen hatte, konnte noch von Glück reden.

Noch heute traten Mathurine Tränen in die Augen, wenn sie an diese schreckliche Zeit zurückdachte. Gras hatten sie gefressen, wie anderswo die Kühe. Doch schon bald wuchs nirgendwo mehr auch nur ein einziges winziges Hälmchen.

Cécile, dem Weib des Lumpensammlers, waren schon vier von ihren elf Kindern gestorben. Verhungert waren sie wie die räudigen Hunde. Als ihr auch noch ein fünftes starb, hatte sie es kurzerhand gekocht und den anderen zu essen gegeben. Und als die, die sich noch ein Jahr zuvor als Beefsteakoberste und Casiergenerale wichtiggetan hatten, sich in dieser Sache als Ankläger aufspielten, schickte Cécile ihnen ihre verbliebenen Kinder ins Haus und hielt sie an, schön fein laut nach Essen zu schreien. Bekommen hatten sie nichts, hinausgejagt hatte man sie stattdessen. Man musste ja selbst sehen, wo man blieb!

Dann hatte der spanische Gesandte in den Gassen Suppenkessel aufstellen und Ratten schlachten lassen, die man darin kochte. Besser Ratten essen als krepieren! Und auf den Kirchhöfen wurden die Kinderskelette ausgraben, um ihre Knochen zu Mehl zu zermahlen und Brot daraus zu backen. Gott bekam ihre Seelen, die Menschen nahmen, was die Würmer ihnen übrigließen.

Als Heinrich von Navarra davon hörte, war er betroffen und ließ die Greise und die kleinen Kinder aus der Stadt. Wenn er auch ein kühler Kriegsstratege und darüber hinaus ein Ketzer war, so schlug doch ein mitleidiges Herz in seiner Brust.

Hätte sie, Mathurine, ihm damals eine Nachricht geschickt und ihn gebeten, ihr einen Fluchtweg zu weisen, hätte er ihr bestimmt geholfen. Doch sie wollte bei ihren Lieben bleiben.

Auch Hélène und Victor waren geblieben, obwohl sie zu den Alten und Kindern zählten. Hélène wollte den Sterbenden helfen, und der Junge war zu klein gewesen, um ihn von der Mutter zu trennen. Obgleich kaum noch ein Tropfen Milch aus Maries halbverhungertem Leib kam, stillte sie ihn, und zum Glück hatten sie ja auch noch die Ziege. Doch als kein Halm mehr in ihrem kleinen Garten stand und auch das Laub von Hélènes Bäumen gezupft war, mussten sie die

Ziege schlachten. Das bisschen Fleisch war dabei für den Verlust der Milch, die das Tier gegeben hatte, nur ein kleiner Trost gewesen.

»Die Zeiten sind gut, nur die Menschen sind schlecht«, wiederholte Mathurine und stand auf, um in der Küche nach dem Rechten zu sehen.

Ginette saß am Tisch und spielte mit dem Bonbon, das Mathurine ihr mitgebracht hatte. Eine Haselnuss mit Karamell überzogen, wobei der Überzug von ihren Fingern schon ganz klebrig und schmutzig war.

»Ich hebe es auf, bis Mama wieder gesund ist«, sagte sie, »dann schenke ich es ihr.«

Mathurine setzte sich neben das Kind und nahm es auf den Schoß. »Das finde ich lieb von dir. Du könntest es allerdings auch selbst essen und dir dabei vorstellen, dass du es für deine Mama isst.«

»Meinst du?«

Mathurine nickte. »Außerdem könnte ich dir doch ein neues Bonbon herzaubern, sobald sie wieder gesund ist, das gibst du ihr dann.«

»Kannst du immer Bonbons herzaubern, egal, wann und wie viele?«

»Nein, das geht leider nicht.«

»Und warum nicht?«

Mathurine lachte. »So große Wunder kann alleine Gott vollbringen.«

Suzanne kam aus dem Keller. Sie legte einen Kohlkopf auf den Tisch, nahm das Messer aus der Lade und fing an, den Kohl zu zerschneiden. »Schläfst du heute Nacht bei uns, Tante?«, fragte sie nach einer Weile.

»Nein. Ich muss gleich wieder ins Schloss. In drei Wochen wird der Pont Neuf eingeweiht, da habe ich noch allerhand vorzubereiten.«

»Für den Festzug?«

»Nicht nur dafür. Abends gibt der König einen Ball. Einige

der Hofjunker werden einen Tanz aufführen, den ich mit ihnen einüben muss. Auch haben die Hofschreiner aus Holz und Pappmaché eine Brücke gebaut, die dem Ponte Neuf gleicht. Wir stellen sie im Saal auf. Dichter und Sänger werden sie als Bühne benützen und darauf Lieder und Balladen vortragen und so manchen Spottvers.«

»Du auch?«, fragte Suzanne.

»Ich auch«, antwortete Mathurine.

Das Mädchen bekam glänzende Augen. »Wie gerne wäre ich einmal dabei und würde dich und all die edlen Herrschaften beobachten. Die Damen und Herren in ihren feinen Kleidern, all die wunderbaren Speisen, die schöne Musik! Das muss unvorstellbar, wunderschön und phantastisch sein!«

»Seit Tagen spricht sie von nichts anderem mehr«, murrte Victor. »Bestimmt liegt sie nachts im Bett und träumt davon, sich in Samt und Seide zu kleiden und dass ihr dann ein feiner Graf die zerschundenen Hände küsst!«

»Wovon ich träume, geht dich gar nichts an«, fauchte Suzanne. »Ich sage ja auch nichts dazu, dass du den Weiberröcken hinterhergaffst.«

Gustave, der am Feuer saß und in die Glut starrte, wandte sich plötzlich um. »Streitet doch nicht immerzu! Eure Mutter kämpft um ihr Leben, und ihr habt nichts anderes im Kopf als Zank und euer Vergnügen.«

Mathurine warf ihm einen begütigenden Blick zu, dann wandte sie sich wieder an Suzanne. »Möchtest du denn, dass ich dir vorführe, wie es auf so einem Fest zugeht?«

»O ja! Das wäre wunderbar!«

Mathurine stolzierte wie eine feine Dame durch den Raum und wackelte dabei kräftig mit dem Hintern. Plötzlich blieb sie stehen und hielt einem imaginären Herren ihre Hand zum Kuss hin. »O, Herr Graf! Wie schön, Euch zu sehen, und wie wunderbar Eure Furze heute wieder einmal duften!«

Die Kinder lachten.

Plötzlich sprang Mathurine um und spielte den Grafen. »Madame …« Sie verneigte sich mit einem Kratzfuß. »Eure Schönheit sei gepriesen! Vor allem die entzückende Warze auf Eurer Nase hat es mir angetan.«

Sie sprang wieder um, spielte die Dame. »Nicht wahr? Niemand hat so ein reizendes Wärzchen wie ich!«

Der Graf: »Ja, ja, ganz entzückend! Und erst Euer Mundgeruch! Kein Schwein stinkt edler!«

Die Kinder klatschten vor Vergnügen.

Die Hofdame: »Zu gütig, mein Lieber. O – O, hört nur, das Orchester spielt eine Volta! Dieser Tanz gehört Euch, edler Herr!«

Mathurine vollführte einen heißblütig anmutenden spanischen Tanz, sprang dabei herum wie ein junges Fohlen, verdrehte die Augen und stieß seltsame Laute aus, bis alle, sogar Gustave, sich vor Lachen die Bäuche hielten.

»So seltsam benehmen sich die Leute auf einem Ball?«, fragte Ginette.

Mathurine nickte und setzte sich wieder an den Tisch. »Noch viel seltsamer, das kannst du mir glauben!«

Victor sah plötzlich ganz traurig aus. Mathurine stieß ihn in die Seite. »Na, was ist los mit dir?«

»Ach, nichts …«

»Ach nichts? Das scheint mir aber ein trauriges Nichts zu sein! Gerade noch hast du gelacht, aber auf einmal siehst du aus wie unser König, nachdem er viertausend Pistolen beim Spielen verloren hat.«

Ginette machte große Augen. »So viele Pistolen besitzt unser König? Muss er denn so viele Leute erschießen?«

Suzanne und Victor prusteten los.

»Pistolen, so nennen die Spanier ihre Münzen«, erklärte Mathurine. »Es ist Geld, verstehst du? Der König bezahlt damit seine Spielschulden.« Sie wandte sich wieder an Victor. »Also, raus mit der Sprache! Was bedrückt dich?«

»Wir haben die Kutsche in der Halle stehen. Aber Pferde

haben wir schon seit drei Jahren nicht mehr. Hätten wir Pferde, dann könnten Papa und ich am Geschicklichkeitsparcours für Kutschen teilnehmen, das zum Brückenfest ausgerufen wurde.«

Suzanne bekam glänzende Augen. »Und vielleicht sogar am Korso, der zur Eröffnungsfeier über die Brücke fährt. Allerdings bräuchte ich dann ein schönes Kleid!«

»O ja, das wäre wunderbar!« Ginette klatschte vor Begeisterung in die Hände.

»Wir haben aber keine Pferde«, sagte Mathurine.

»Aber du kannst es dir doch leisten.« Victor sah sie trotzig an. »In deiner Kammer hast du einen Tresor voller Geld!«

»Victor, was erlaubst du dir!« Gustaves Faust schlug auf den Tisch, dann hob er die Hand, als wolle er seinen Sohn schlagen.

Mathurine hielt ihn fest. »Lass nur, er meint es nicht so.« Sie wandte sich wieder an Victor. »Es geht nicht um Geld. Natürlich kann ich es mir leisten, ein schönes Gespann zu kaufen – das beste, wenn du willst. Aber in diesen schweren Zeiten müssen wir doch froh sein, genug Futter für die Ziege zu bekommen.«

Victor nickte. »Ich weiß. Und ich hätte ja auch nichts gesagt, wenn du mich nicht gedrängt hättest.«

Mathurine legte dem Jungen den Arm um die Schultern und wischte ihm mit der anderen Hand eine Haarsträhne aus der Stirn. »Jetzt siehst du aus wie dein Vater aussah, als er so jung war wie du.« Sie lächelte. »Und er war genau so verrückt mit den Pferden! Du hättest ihn mal sehen sollen, wie er geritten ist – schnell wie der Wind! Wie im Flug über Stock und Stein! Und eine Kutsche konnte er zwischen zwei anderen einstellen, dass kaum noch ein Haar dazwischengepasst hätte!«

Suzanne stand auf und schüttete den geschnittenen Kohl in den Kessel, der über dem Feuer hing. Dann wandte sie sich an ihren Vater und sah ihn mit flehendem Blick an.

»Aber wenn wir schon nicht selbst am Korso teilnehmen dürfen, dann lässt du uns doch wenigstens hingehen und zusehen? Bitte, Papa!«

»Natürlich dürft ihr hingehen«, antwortete Mathurine statt seiner.

Gustave seufzte, warf noch ein Scheit Holz ins Feuer und ging wieder zu Marie.

Später, als Mathurine zu ihm in die Kammer kam, sah er sie vorwurfsvoll an. »Du bist viel zu nachsichtig mit ihnen!«

»Aber nein. Vergiss nicht, wie du in diesem Alter warst! Jugend braucht Träume und Frohsinn! Nur wer gerne lacht, wird auch gerne verzeihen.«

Sie beugte sich über Marie. »Gib nicht auf, mein Engel, wir brauchen dich!«

Marie murmelte Unverständliches, schrie plötzlich auf. Mathurine seufzte, küsste Hélène zum Abschied und ging.

17.

Mathurine hatte ihren Schminktisch ans Fenster gerückt. Dort saß sie nun und schrieb Verse, die sie am Abend des Festes vortragen wollte.

Ab und zu hob sie den Kopf und sah hinaus. Endlich war der Winter überwunden, der Himmel gab sich blau, die Sonne schien. Spatzen suchten in den Ritzen des Louvre nach Verstecken für ihre Nester, flogen rastlos hin und her, sammelten Halme und Federn, pickten nach Brosamen und pfiffen keck ihr Hochzeitslied.

Es fiel ihr schwer, sich zu konzentrieren, denn immer wieder drängten sich Victor, Suzanne und Ginette in ihre Gedanken.

»Ach, wenn wir doch nur ein Gespann hätten!«

Sie seufzte, tauchte die Feder ins Tintenfass und schrieb weiter.

Sie würde als Esel verkleidet eine Burleske spielen und späterhin einige bissige Verse vortragen. Stoff dafür gab es ja genug! Man möchte glauben, eine Brücke sei eben eine Brücke. Doch weit gefehlt! Der Bau des Pont Neuf hatte die Pariser dreißig Jahre lang in Atem gehalten.

»Eine Brücke ohne Läden, wo gibt es denn so etwas? Unbebaut, mit freiem Blick über die Stadt! Niemals werden wir so einem Frevel zustimmen!«

Und nun? Wollte man all den schönrednerischen Lügen glauben, die plötzlich in die Welt gesetzt wurden, dann konnte der Pont Neuf nur gebaut werden, weil ein jeder der hohen Herren, die in Paris etwas zu sagen hatten, sich ganz alleine mit Herz und Vermögen dafür eingesetzt hatte! Unter den Tisch gekehrt und vergessen waren die Querelen,

Anfeindungen und Hasstiraden, mit denen sich gerade jene, die sich jetzt als so wichtig hervortaten, gegen den Bau des Pont Neuf widersetzt hatten.

Aber was macht's – schmiert dem Volk Honig ums Maul und streut ihm Sand in die Augen, blast ihm Nebel ins Gehirn, und dann steckt euch eine Feder in den Hintern, und schon sind alle davon überzeugt, einen stolzen Hahn vor sich zu haben!

Die Spitze des Entenkiels in ihrer Hand kratzte wieder über das Papier. Sie legte das erste beschriebene Blatt zur Seite, das zweite, fing ein drittes an. Bei den Kanonen des Königs, mal muss man auch im Hause des Henkers vom Stricke reden, und das würde sie, Mathurine, sich auf diesem Feste nicht nehmen lassen!

Doch plötzlich hielt sie inne, warf die Feder hin und sprang auf. Eine Weile stand sie da und starrte sich im Spiegel an, dann lachte sie auf einmal, setzte ihre Narrenkappe auf, nahm Flöte und Trommel und machte sich auf den Weg zum König.

Sie fand Heinrich im Arsenal. Einige Hofschranzen und Herzog von Sully waren bei ihm. Sully war seine rechte Hand, sein wachsames Auge und Gewissen. Er war der Einzige, der den König zur Räson rufen durfte und darüber hinaus sein Geld und das Land verwaltete.

Herzog von Sully hatte ein Theater im Arsenal bauen lassen. Mit stufenförmigem Parkett, mit abgeschlossenen kleinen Logen, in denen sich ungesehen die Paare amüsieren konnten. Verheiratete Paare, ja schon, aber nicht miteinander! Dahinter einige Spielesäle und ein Speisesaal. Für alle Bedürfnisse war gesorgt! Der Hof musste unterhalten werden, die Gemüter besänftigt, sogar der gestrenge Majordomus des Königs sah das ein! Doch wenn das lockere Leben denn schon geduldet sein musste, dann sollte es sich wenigstens unter seinen wachsamen Blicken abspielen …

Die Herren tafelten bereits. Auf dem Tisch stand eine

Fülle herrlichen Seefisches, den Heinrich liebte, Fleisch, Geflügel, Backwerk und Süßigkeiten.

Als Mathurine auf der Flöte und Einhandtrommel spielend in den Saal marschierte, hoben alle die Köpfe.

»Ah, sieh an, die Närrin! Gibt es etwas zu essen, taucht sie auch schon auf wie aus dem Nichts!«

»Sie scheint es zu riechen, egal, wo sie sich gerade aufhält!«

»Kein Wunder, bei dem Kolben in ihrem Gesicht!«

Mathurine ließ auf der Trommel einen Wirbel hören. »Was lasst ihr euch über meinen Kolben aus? Kümmert euch lieber um den euren, den ihr überall hineinzustecken beliebt!«

»Von welchem spricht sie? Von dem oben oder dem unten?«

Die Herren lachten.

Mathurine fing den Ball und spielte ihn zurück. »Sie stecken ihr Kölbchen in jedes Möschen, in jedes Döschen, in jedes Löchlein, mag's vorne oder hinten sein!« Ein Wirbel und noch ein Wirbel. Dann lachte auch sie. »Da ist mir ein fetter Aal auf meinem Teller schon lieber als so ein Wurm zwischen meinen Beinen!«

Marquis de Verjat, ein feister Mittfünfziger, schlug ihr lachend auf den Hintern. »Na, wie wär's, soll ich dir mal mit meiner Flöte den Rachen putzen, altes Mädchen?«

Mathurine fuhr herum, packte ihn am Kragen und zog ihn von seinem Stuhl hoch. »Oder ich schieb dir die meine in deinen wabbeligen Hintern und blas dir darauf einen Marsch!« Sie ließ ihre Flöte drohend vor seinem Gesicht tanzten.

Die Männer grölten vor lachen, bis der König die Hand hob, damit Ruhe einkehrte. »Bist du nur gekommen, um Streit zu suchen? Setz dich zu uns und iss etwas!«

»Gerne!« Mathurine klatschte in die Hände, nahm sich ein Filet vom Schellfisch, legte es auf ein Fladenbrot und biss hinein.«

»Pass auf, Närrin, dass du nicht an einer Gräte erstickst!«, feixte de Verjat.

»Da erstickt sie schon eher an ihrer spitzen Zunge!«, rief einer vom anderen Ende der Tafel.

Das Gelächter ging wieder los.

Mathurine stopfte sich noch ein Stück in Butter und Kräutern gebratenem Kürbis in den Mund und mampfte den König an. »Eigentlich bin ich ja nicht zum Essen, sondern zum Spielen gekommen.«

»Zum Spielen?« Heinrich hob erstaunt die Augenbrauen. »*Du* willst spielen mit mir? Das ist ja ganz was Neues! Karten oder Würfel?«

»Ich dachte eher an Tricktrack, da lässt sich nicht so gut betrügen!«

»Du willst mir also Falschspiel unterstellen?« Er lachte. »Würde ich dann so oft verlieren?«

»Ohne Falschspiel noch mehr! Denn so viel ist klar, als Spieler taugst du noch weniger als als König!« Sie goss sich Wein ein und spülte mit einem großen Schluck den Fisch hinunter.

»Oha, Madame ist heute ganz besonders schlecht gelaunt. Nun gut, dann Tricktrack. Aber wie du weißt, hat alles seinen Preis, ohne Einsatz spiele ich nie! Sagen wir«, Heinrich strich sich den Bart, »fünfhundert Pistolen für den Gewinner?«

Sie machte eine wegwerfende Handbewegung. »Geld! Was will ich mit Geld? Soll ich mir etwa Juwelen davon kaufen? Oder meines Königs Kriege damit finanzieren? Soll ich es im Garten vergraben oder es mir als Goldklümpchen aus der Nase popeln? Nein, Geld interessiert mich nicht. Spielen wir … nun, sagen wir mal, um eine Wagenfuhre Heu!«

»Heu?« Heinrich starrte sie an. »Das ist bestimmt wieder eine deiner Finten!«

»Sie hat einen Arsch wie ein Pferd, wen wundert's da,

wenn sie nach Heu verlangt!«, rief de Verjat, und ein Lachen ging durch den Saal.

»Was hast du gegen Heu?« Mathurine zuckte die Schultern. »Es ist so gut wie Geld! Ich bekomme eine Wagenladung, wenn ich gewinne, und gewinnst du, teile ich für eine Nacht das Lager mit dir!«

Heinrich verzog das Gesicht. »Ein altes Weib in meinem Bett, hast du mir nichts Besseres anzubieten?«

»Du nennst mich altes Weib und bist selbst zwölf Jahre älter als ich?« Mathurine stieß ihm den Finger in die Rippen. »Und nichts dran an dir! Ein ausgedientes altes Schlachtross, das nach Knoblauch, Schweiß und Schießpulver stinkt! Sollte für so einen ein gemütliches Schaukelpferdchen wie ich nicht gut genug sein? – Ach!« Sie sprang auf und schlug sich mit der Hand gegen die Stirn. »Verzeiht, erlauchter Gebieter, ich vergaß, Ihr seid ja der König! Und Eure Macht lässt Euch ewig jung erscheinen, wenigstens in Eurer Phantasie. Doch gib acht, die jungen Füllen, die du so gerne zureitest, werden mit Wonne nach dir treten, wenn sie dich erst einmal abgeworfen haben und du vor ihnen im Staube liegst.« Sie setzte sich wieder und schlug einen versöhnlichen Ton an. »Aber bitte, wenn du meinst, dann eben nicht! Dann werde ich … nun, sagen wir mal einen Tag lang neben dir ausharren und schweigen.«

»Schweigen? Du?« Heinrich lachte auf. »Das allerdings wäre mir ein Spielchen mit dir wert!« Er streckte seiner Närrin die Hand hin. »Also gut, eine Wagenfuhre Heu gegen dein Schweigegelübde!«

Mathurine schlug ein. »So soll es sein.«

Gleich nach der Tafel gingen sie in einen der Spielsäle. Die Höflinge folgten ihnen und postierten sich um den Tisch. Ein Diener brachte das Brett, legte die Steine und die Würfel daneben.

Mathurine wog beide Würfel in der Hand und hielt sie nacheinander gegen das Licht, so als ob sie durch sie hindurchsehen könnte. »Nun, sie scheinen in Ordnung zu sein.«

Sie gab einen davon an Heinrich weiter, gemeinsam warfen sie. Mathurines Würfel zeigte drei, Heinrichs vier Augen.

»Du fängst an, König.« Mathurine legte ihren Würfel auf den Tisch.

Heinrich warf die Eins und die Zwei. »Tricktrack!« Triumphierend grinste er sie an, besetzte die Felder eins, zwei, fünf und sechs und würfelte als nächstes die Doppeldrei.

Die Umstehenden klatschten.

Während Heinrich auch die Felder drei und vier besetzte, sagte er schadenfroh: »Das Glück scheint auf meiner Seite zu sein.«

»Abwarten!« Mathurine maß ihn mit Blicken. »Wen das Glück in die Höhe hebt, den will es werfen!«

Mathurine blieb lange im Hintertreffen. Heinrich brachte die ersten seiner Steine bereits ins Ziel, als es ihr endlich gelang, zwei seiner Steine aus dem Spiel zu werfen. Mit ihnen musste er wieder von vorne anfangen.

Von da an schien das Glück sich zu wenden. Mathurine warf ein Tricktrack nach dem anderen. Sie raste mit den vorderen Steinen ins Ziel und hielt dabei ihre hintere Mauer so lange wie möglich geschlossen.

»Potz Blitz!« Heinrich sah sie aus zusammengezwickten Augen an. »Deine Strategie ist gut, und du würfelst, als hättest du dich mit dem Teufel verbündet!«

Mathurine grinste. »Das Glück ist eine Hure, es macht für jeden die Beine breit.«

Es gelang Heinrich, wieder aufzuholen. Am Ende hatte er noch zwei Steine im Spiel, sie drei. »Jetzt kommt es darauf an!« Sie spuckte dreimal auf die Würfel in ihren hohlen Händen, beschwor mit großen Gesten den Himmel, sprang auf den Stuhl und warf die Würfel von oben aufs Brett.

»Tricktrack!« Laut und bollernd lachte sie, die Umstehenden raunten. »Du hast verloren, König, und schuldest mir ein Fuder Heu.«

»Einen Besen fresse ich, wenn hier alles mit rechten Dingen zuging«, murrte er.

»Und ich fresse die Würfel, wenn du den Besen frisst!« Mathurine griff danach, schob sie sich in den Mund und spuckte sie in hohem Bogen wieder aus – direkt in ihren leeren Becher. Darin ließ sie die Würfel kreisen, stülpte den Becher auf den Tisch und hatte einen Dreierpasch. »Die Hure Glück hat sich eben für mich entschieden«, sagte sie, stand auf, verbeugte sich vor den Herren und ging.

Erst auf dem Flur nahm sie die beiden gezinkten Würfel aus dem Mund und schob sie in die Tasche.

Es waren zwei Rappstuten. Die eine, Babette, war nicht mehr ganz jung, aber von bestem Geblüt, die andere, Badotte, stand im Saft wie eine junge Birke.

Als Mathurine Badotte am Zügel nahm, warf sie widerwillig den Kopf zurück, sah sie aus ölig schwarzen Augen böse an und pflügte mit ihrem Huf scharrend die Erde auf.

»Du hast den Teufel im Leib«, sagte Mathurine, »aber ich auch! Wenn du dich messen willst, dann kannst du es haben.« Sie lachte und wandte sich an den Besitzer. »Warum verkauft Ihr das Gespann?«

Er zuckte die Schultern. »Ich musste den Kutscher entlassen – die Zeiten sind schwer.«

Mathurine nickte.

Der Mann nannte ihr seinen Preis. Sie hätte ihm mehr gegeben, also handelte sie nicht.

Dankbar sah er sie an. Sein Kinn kräuselte sich, als er die Goldmünzen in die Tasche schob. »Haltet sie gut«, sagte er.

»Worauf Ihr Euch verlassen könnt.« Mathurine legte ihm mit einer tröstenden Geste eine Hand auf die Schulter. »Leiht Ihr mir das Zaumzeug? Ich bringe es morgen zurück.«

Der Mann nickte. »Es hat keine Eile.«

Mathurine wandte sich Babette, der älteren und ruhigeren Stute, zu und sprach leise mit ihr. »Gutes Pferd!« Sie klopfte ihr den Hals und hielt ihr auf der flachen Hand etwas Korn hin.

Badotte beobachtete sie dabei. Nach einer Weile kam sie näher, schob ihren Kopf neugierig dazwischen und schnaubte.

Mathurine lachte leise. »Dachte ich es mir doch – du kommst von selbst!«

Sie drückte dem Mann Babettes Zügel in die Hand, ging zu einer Bank und stieg hinauf. Badotte folgte ihr. Sie nestelte an dem Beutel mit Korn, den Mathurine an ihrem Gürtel hängen hatte. Leise redend gab Mathurine dem Pferd etwas davon, strich ihm durch die Mähne, klopfte ihm den Hals, legte ihm die flache Hand auf die Stirn.

Als die Stute ruhig stand, schwang sich Mathurine auf ihren Rücken und schloss sofort die Schenkel um ihren Leib. Badotte wieherte. Sie bäumte sich auf, aber Mathurine blieb ruhig, schloss die Schenkel noch fester, neigte sich bis zur Mähne vor, lachte dabei.

Die Stute fiel auf die Hufe zurück, stampfte ärgerlich. Eine Weile tänzelte sie noch, warf dabei den Kopf in den Nacken, ließ die Augen rollen. Doch Mathurine gab sich unbeeindruckt. Sie nahm die Zügel, hielt sie kurz und drückte der Stute gleichzeitig ihre Haken in die Flanken. Am Ende gab das Pferd nach, entspannte sich und verlängerte seinen Schritt.

»So ist es gut.« Mathurine strich über Badottes Mähne, ritt zu dem Mann und ließ sich Babettes Zügel in die Hand geben, um beide Pferde nach Hause zu bringen.

Gustave fielen fast die Augen aus dem Kopf, als er Mathurine mit zwei so prächtigen Pferden die Gasse heraufkommen sah. Und erst Victor! Er riss den Mund auf und bekam ihn gar nicht wieder zusammen.

»Na, da staunt ihr, was?« Mathurine gab Victor Babettes Zügel in die Hand und sprang von Badottes Rücken. »Ich konnte das Gespann weit unter Wert erstehen. Dem Besitzer brach fast das Herz, weil er es weggeben musste.«

Sie brachten die Pferde in die Eingangshalle und schlossen die Tür. Vom schnellen Ritt waren sie verschwitzt, der Schweiß war getrocknet und hatte ihr schwarzes Fell auf Brust und Schultern in kleine Löckchen gelegt.

Gustave umrundete zuerst Badotte, dann Babette. Mit Argusaugen begutachtete er die Pferde, sah ihnen ins Maul, strich über den Widerrist, die Fesseln, hob die Hufe auf, drückte seinen Ellenbogen in die Flanken.

Badotte sprang zur Seite und ließ die Augen rollen. Zornig stampfte sie auf. Doch ihr Unmut war schnell besänftigt. Gustave legte seine Hand auf ihre Brust, sie schnaubte noch einmal und schüttelte den Kopf, dann stand sie still.

Babette hingegen ließ sich nicht aus der Ruhe bringen. Sie zupfte an Gustaves Kittel, schob ihm die Nüstern in die Tasche und suchte nach einer Belohnung.

»Die Junge braucht eine starke Hand, sonst wächst sie uns über den Kragen.« Gustave gab den Stuten trockenes Brot, das er aus der Futterkiste der Ziege nahm, dann sah er Mathurine an. »Und wo nehmen wir Futter her, wenn das Brot alle ist?« Leiser Spott lag in seiner Stimme.

»Auch dafür ist gesorgt. Morgen kommt ein Fuder Heu. Bis dahin reicht das, was wir für die Ziege im Verschlag haben.«

Gustave nickte. Er wandte sich an seinen Sohn. »Da hast du also deine Pferde – dann kümmere dich auch darum!«

Er wollte gehen, aber Victor hielt ihn zurück. »Und werden wir am Sonntag am Parcours teilnehmen?«

Unmutig wischte Gustave Victors Hand von seinem Arm. »Mit Pferden, die wir nicht kennen? Und wo deine Mutter so krank ist?«

»Aber es geht ihr doch schon besser. Hélène sagt, so Gott will, ist sie über den Berg.«

Gustave sah ihn bitter an. »Ja, so Gott will! Aber hast du sie dir einmal angesehen? Nur noch Haut und Knochen ist sie! Die Haare sind ihr ausgefallen, ihr Leib ist aufgequollen wie der einer Leiche, die man aus dem Wasser zog – hast du denn gar kein Mitleid?«

Beschämt sah der Junge zu Boden. »Doch. Du weißt, wie sehr ich Mama liebe. Aber ich ... wir ...« Er schwieg plötzlich, bedachte seinen Vater mit einem abgrundtiefen Blick, dann nahm er die Stuten am Halfter und führte sie in den Stall.

Auf der Treppe nach oben fasste Mathurine Gustave am Ellenbogen. »Du bist zu streng mit ihnen.«

»Und du zu nachsichtig! Alles bekommen sie von dir, ein Fingerschnippen genügt, und du erfüllst jeden Wunsch.«

»Du weißt, dass das nicht stimmt. Ach, Gustave! Jung sind sie doch nur einmal! Und was mussten sie schon alles erleiden in den paar Jahren ihres Lebens. Vergönnen wir ihnen den Spaß, sie werden es uns mit Liebe danken.«

Sie betraten die Küche, Gustave warf ein Scheit Holz ins Feuer.

»Erinnere dich an dein Elternhaus«, sagte Mathurine. »Nichts als Schläge hast du bekommen und musstest schuften wie ein Stier! Als du zu mir kamst, habe ich versucht, dir Liebe und Achtung zu schenken, und wenn es ging, dann habe ich auch dir deine Wünsche erfüllt.«

»Sie hat recht!«

Mathurine und Gustave fuhren herum. Marie stand in der Tür. Auf wackeligen Beinen, aber immerhin – sie hatte es ohne Hilfe bis hierher geschafft!

Gustave war mit einem Satz bei ihr. Er fasste sie unter und führte sie zur Bank am Feuer. Dort setzte sie sich.

Marie legte eine Hand auf sein Haar und sah ihn zärtlich an. »Wenn Mathurine nicht gewesen wäre, hätten wir niemals heiraten können. Und unsere Kinder sind doch das Wertvollste, das wir haben!«

Gustave ging vor Maire in die Knie, sein Kopf fiel nach vorne in ihren Schoß. »Das Wertvollste bist du, und ich könnte es nicht ertragen wenn ... wenn ...« Tränen brachen aus ihm heraus.

»Aber ich lebe doch! Du wirst sehen, ich werde wieder ganz gesund – und am schnellsten geht es, wenn ich weiß, dass meine Kinder glücklich sind!« Sie nahm Gustaves Kopf in die Hände und küsste ihm die Tränen aus dem Gesicht. »Tu es für mich! Fahre mit deinen Töchtern im Korso über den Pont Neuf und mit Victor den Parcours.«

»Du weißt davon?«

Marie lächelte. »Aber ja, ich habe doch gehört, wie sie immer und immer wieder darüber geredet und gestritten haben. Kein anderes Thema gab es mehr! Und wenn wir beide noch so jung wären wie sie und die Gelegenheit hätten, dann würden auch wir alles dafür geben!«

Plötzlich kamen die Mädchen herein. »Mama!«, rief Suzanne und Ginette: »Du bist ja wieder gesund!«

Marie nahm sie in die Arme. »Noch nicht wirklich, aber es geht mir schon viel besser.«

Ginette löste sich von ihrer Mutter, ging zu Mathurine und flüsterte ihr ins Ohr: »Kannst du jetzt ein Bonbon für sie herzaubern?«

»Wir warten noch bis morgen«, flüsterte Mathurine zurück und zwinkerte ihr zu.

Auch Victor erschien. »Die Pferde sind versorgt.« Sein Blick fiel auf seine Mutter. »Mama, du bist ja aufgestanden!«

»Sogar ohne fremde Hilfe«, sagte Mathurine.

Victor nahm Marie in die Arme. »Stell dir nur vor, Mama, Mathurine hat zwei Stuten gekauft! Rappen! Sie sind wunderschön!«

»Rappen, so, so.« Marie küsste ihn zärtlich.

Als sie ihn wieder losließ, ging er zur Tür. »Ich werde noch Wasser und Brennholz heraufholen.«

»Victor!«

Er drehte sich um. »Ja, Vater.«

»Wenn es wirklich so wichtig für dich ist, dann fahre ich mit dir den Parcours. Aber die junge Stute ist schwierig, und fünf Tage sind wenig, um ein fremdes Gespann kennenzulernen. Mach dir besser keine Hoffnungen auf einen Sieg!«

Victor stieß einen Jubelschrei aus. »Aber du bist doch der Beste von allen, du schaffst das, Papa!«

18.

Auf dem Tisch lagen Handschuhe aus Muschelseide. Sie waren grün und glänzten wie Gold. Erst gestern hatte sie ein Bote aus Italien gebracht. So kostbar war das Material, dass nur Könige es tragen durften!

Heinrich stand am Fenster und sah in den Schlosshof hinunter. Er hatte sich in ein goldbesticktes Wams aus grüner Seide gezwängt, dazu passend die Pluderhosen. Ein Umhang aus schwarzem Samt, mit grüner Seide gefüttert, ein grüner Hut mit schwarzer Feder lagen auf einem Stuhl bereit.

Sully saß am Tisch und instruierte den König über den Ablauf der Feierlichkeiten. »Zuerst der Gottesdienst in Notre-Dame, danach geht es im Korso über die Südstadt zum Pont Neuf. Die Kutschen der Erzbischöfe und Bischöfe führen den Festzug an, Ihr, Majestät, reitet, eskortiert von Edelleuten und Gardetruppen, hinterdrein.«

Heinrich drehte sich um. Aus seinen Augen blitzte die Ironie. »Zuerst Gott, dann der König, so ist das nun mal.«

Sully räusperte sich und fuhr fort. »Euch folgen in einer Kutsche Eure Gattin mit ihren Damen, dann die Mitglieder des Hofes, die Mitglieder des Parlaments, die Räte und hohen Herren.«

»Sicherheitsvorkehrungen?«, fragte der König nicht ohne Bitternis. Obwohl er für sein Volk das Menschenmögliche tat und gar sein Leben opfern würde, war er immer öfter Attentaten ausgesetzt. Erst letzte Woche hatte man einen seiner Kellermeister ergriffen, der einen Dolch bei sich trug. Als man ihn vernahm, hatte er geschworen, nichts Schlimmes damit im Schilde geführt zu haben. Doch dann gab er zu, dass er an eine Zaubermacht glaubte und überzeugt war, dass durch das Tragen des Dolches ein anderer in des Königs Herz fahren würde. Und gestern hatte Mathurine ihm womöglich das Leben gerettet, denn sie hatte am frühen Morgen vor dem Schloss eine Frau im Gespräch mit einem Mann belauscht, in dem es um einen Giftmord ging. Als sie einige Stunden später in die Küche kam, sah sie dort eben diese Frau, die von einem der Küchenmeister als Küchenhilfe eingewiesen wurde. Mathurine ließ sie ergreifen und in den Kerker werfen. Als einer der Wachmänner die Frau zwei Stunden später zum Verhör führen wollte, fand er sie tot im Verlies.

»Selbstverständlich haben wir nichts außer acht gelassen«, sagte Sully. »Enge Straßen werden geräumt sein, nur auf Plätzen und Uferpromenaden darf das Volk sich versammeln. Herolde wurden durch die Stadt geschickt, die bekanntgaben, dass alle, die ihre Fenster als Tribünenplatz vermieten, mit ihrem eigenen Leben für von dort begangene Taten haften. Zudem sind entlang der Strecke, die der Festzug nehmen wird, Gardetruppen und Bogenschützen aufgestellt.«

Heinrich seufzte. Er war ein alter Haudegen, der Krieg war sein Geschäft. Feste dieser Art, die nur den einen Sinn hatten, dem Volk seine Macht zu demonstrieren, waren ihm lästig und unangenehm. »Im Krieg muss ich weniger um mein Leben fürchten als hier in Paris«, murrte er.

Sully beugte sich wieder über seine Notizen. »Nachdem die Bischöfe die Brücke geweiht haben, reitet Ihr mit Eurer Eskorte als Erster darüber. Auf der Mitte der Brücke bleibt Ihr stehen und sprecht in alle vier Himmelsrichtungen den weltlichen Segen. Das Volk wird jubeln. Danach reitet Ihr weiter. An der Kapelle wartet ihr auf Eure Garde. Der Zug geht dann vorbei am Louvre, zur Rue Saint-Honoré. Wir verlassen die Stadt durch das Port Saint-Honoré und ziehen auf die Festwiese am Seineufer. Dort wird es bis zum Abend einige Belustigungen für das Volk geben. Wir beginnen mit einer Parade. Danach Wettkämpfe für jung und alt, Auftritte von Gauklern und Artisten, ein Geschicklichkeitsparcours für Kutschen. Wir haben Suppenkessel und Weinfässer aufgestellt, es werden über offenem Feuer Ochsen und Ferkel gebraten. Ich bin sicher, das Volk wird zufrieden sein und für eine Weile das Leid und die Toten vergessen, die der harte Winter gefordert hat.« Sully sammelte die Blätter ein, rollte und band sie zusammen. »Am Abend dann der Ball und das Feuerwerk«, schloss er seine Instruktionen.

Der König nickte. »So sei es denn.« Er nahm seine Handschuhe, den Umhang, den Hut und ging zur Tür.

Mathurines Blick glitt über die buntgeschmückten Häuserzeilen. Aus den Fenstern hingen Schabracken und Blumenkränze, Menschen neigten sich hinaus, winkten und jubelten dem König zu. Andere ließen Scharen von weißen Tauben aus Käfigen aufsteigen, die den Himmel bevölkerten und über der Seine ihre Kreise zogen. Die Straßen waren mit Rosenblättern übersät. Pauken und Trompeten, Lieder und Fanfarenklänge tönten aus allen Gassen.

Der Festzug war beinahe so pompös wie der Krönungszug vor neun Jahren – es fehlten nur die ausländischen Gesandten und Adeligen aus den fernen Provinzen.

Als Heinrich gemäß dem Protokoll auf der Mitte der Brücke stehenblieb und von dort seinen Segen in alle vier Himmelsrichtungen schickte, jubelte das Volk.

»Es lebe der König! – Vive le roi!«

Wie Wellen hallten die Rufe immer und immer wieder über die Seine.

Als sich der König mit seinem Gefolge wieder in Bewegung setzte, folgte der Hofstaat.

Mathurines oblag es, das Böse auf sich zu nehmen und so vom König abzuwenden, darum fuhr sie in ihrer Kutsche an dreizehnter Stelle. Ihr Kleid aus gelbem Leinen war mit sieben mal sieben kleinen Spiegeln benäht. Wenn die Hexen und Teufel, die Dämonen Eitelkeit, Selbstsucht, Hass und Missgunst sich in ihnen begafften, wurden sie gebannt und konnten kein Unheil mehr anrichten.

Gustave lenkte Mathurines Gespann. Victor saß mit ihm auf dem Bock, die beiden Mädchen bei Mathurine im Fond. Sie hatte ihnen rote Kleider nähen lassen und bunte Bänder und Schellen ins Haar geflochten. Glücklich strahlten sie, als die Menschen auch ihnen zujubelten.

Mathurine sprang hin und wieder aus der Kutsche, tanzte herum, machte ihre Faxen, zauberte, brachte die Leute zum Lachen oder ärgerte sie.

Fast zwei Stunden brauchte der Zug für die Strecke vom Pont Neuf zum Festplatz, die eine Kutsche bei normaler Fahrt und ohne Behinderungen leicht in einer Viertelstunde zurücklegen konnte.

Am Festplatz angekommen, trennte sich Mathurine von ihren Lieben.

Suzanne nahm ihre kleine Schwester an der Hand und mischte sich unter die Zuschauer, Gustave und Victor meldeten sich für den Parcours an. Es war eine langwierige Prozedur, denn es wurde nach Ein-, Zwei- oder Vierspännern, nach schweren oder leichten Kutschen eingeteilt, Namen wurden notiert, die Regeln festgelegt.

Mathurine machte sich auf den Weg zur königlichen Tafel, die auf einer Tribüne unter einem großen Zeltdach aufgestellt war. Sie hatte ihre Gitarre bei sich und würde die Zeit bis zum Festmahl damit verbringen, die Gäste des Königs mit Liedern und Zauberkunststücken zu unterhalten.

Schon als sie über den Platz ging, sah sie rechts neben dem Festzelt eine schlanke, graziöse Gestalt; eine junge Frau mit langem dunklem Haar, das ihr, auf dem Hinterkopf zusammengefasst, in Locken über die Schultern hing. Sie trug ein taubenblaues Kleid, das Dekolleté war mit weißer Gaze abgedeckt, die langen weißen Ärmel gesmokt und mit goldenen Kordeln verziert. Sie stand hinter einem älteren Paar und schirmte die Augen mit den Fingern ab, um in den gleißenden Himmel zu sehen.

Eine Ahnung, eine seltsame Unruhe befiel Mathurine, sie konnte den Blick nicht von dem Mädchen lassen. Und wirklich, als sie näher kam, erkannte sie, dass es ihre Tochter war. Nicoline … oder nein, Jacqueline! Inzwischen fast neunzehn Jahre alt. In Begleitung ihrer Eltern nahm sie an der Tafel des Königs teil.

Mathurine drückte ihre Hand auf die Brust, dort, wo das Herz saß. Es tobte, als wolle es aus ihrem Halse springen. Sie hatte nicht damit gerechnet, dass Jacqueline heute unter den Gästen sein würde.

Vor zwei Jahren hatte es auf dem königlichen Frühjahrsball einen Eklat gegeben, seitdem war das Mädchen kaum noch in der Öffentlichkeit zu sehen gewesen. Damals hatte sie mit einem Cousin ein *Menuet à quatre* getanzt. Wie es der Zufall wollte, führte ihr der Tanz ausgerechnet Étienne de Boiselle zu, den Sohn einer seit Generationen verfeindeten Familie. Man hätte blind sein müssen, hätte man nicht erkannt, dass die beiden jungen Leute sich schon auf den ersten Blick ineinander verliebt hatten. Ein schönes Paar! Zwei kluge Menschen von gleichem Rang, Katholiken beide, die Familien königstreu. Nichts hätte einer Verbindung im Wege gestanden, wären da nicht dieser alte Zwist gewesen, ein läppischer Streit der Urgroßväter. Man hätte sich die Hände reichen können, damals wie heute, doch wenn das Herz eng wird, ist es schwer, über den eigenen Schatten zu springen.

An jenem Abend verließen Madame und Monsieur du Vivière mit ihrer Tochter überstürzt den Ball, und von da an machten Gerüchte die Runde. Es hieß, die Vivières wollten Jacqueline bereits im Sommer mit Benoit de Sergenon verheiraten. Ein vierzigjähriger Landadeliger, der von zwei Frauen acht Kinder hatte, beide waren im Kindbettfieber gestorben.

Mathurine kannte ihn als höflichen, unscheinbaren Mann, ein wenig fettleibig, ein wenig dümmlich und einer jungen Frau wie Jacqueline, die belesen und wie es hieß äußerst eigenwillig war, keinesfalls gewachsen. Den du Vivières schien es bei ihrer Wahl vor allem darum gegangen zu sein, dass er drei Tagesreisen von Paris entfernt lebte – weit genug, um ein heimliches Treffen Jacquelines mit Étienne de Boiselle auch in Zukunft zu verhindern.

Von Sylvie, Hélènes Enkelin, die bei den Vivières in Dienst stand, wusste Mathurine, dass es enorme Machtkämpfe im Hause du Vivière gegeben hatte. Weil Jacqueline sich weigerte, Benoit de Sergenon zu heiraten – mit der Begründung, ihr Herz gehöre einem anderen, und er sei außerdem viel zu alt für sie –, wollte man sie zwingen. Man sperrte sie in ihr Zimmer.

»Hier bleiben Sie zwei, drei oder vier Wochen, meine Tochter, meinetwegen auch ein ganzes Jahr«, hatte ihr Vater gedroht, »so lange eben, bis Sie zur Vernunft gekommen sind!«

»Es soll mir recht sein«, war ihre Antwort gewesen. »Ein Kerker ist mir lieber als das Bett eines alten Mannes, den ich nicht leiden kann!«

Sie weigerte sich zu essen, nahm nur Wasser zu sich und gewann den Kampf. Nach zwei Wochen entließ man sie aus ihrer Gefangenschaft und teilte Benoit de Sergenon mit, dass eine Ehe nicht zustande kommen würde.

Jacqueline konnte nun zwar ihr Zimmer und auch das Haus wieder verlassen, stand aber unentwegt unter Bewachung. Las sie im Garten ein Buch, saß eine Magd dabei. Verließ sie das Haus, wurde sie von den Eltern begleitet. Kam die Schneiderin zu ihr, wurde die Frau beim Verlassen des Hauses durchsucht, ob sie nicht etwa einen Brief hinauszuschmuggeln versuchte.

Jacqueline ertrug alles mit Stolz und Würde. Der Name Étienne fiel niemals mehr, und man glaubte schon, sie hätte den Mann ihres Herzens vergessen. Doch als man ihr zum zweiten Mal eine Ehe antrug, diesmal mit einem sehr viel jüngeren und attraktiveren Mann, drohte sie – das einzige Kind, die einzige Erbin –, ihr Elternhaus zu verlassen und in ein Kloster einzutreten.

So also lagen die Dinge, und als Mathurine Jacqueline jetzt, nach so langer Zeit, zum ersten Mal wiedersah, ruhte ihr Blick mit Stolz und Wehmut auf dem schönen, schlanken Gesicht mit der hohen Stirn und den sinnlichen Lippen, die sie von ihrem Vater hatte. Die strahlendblauen Augen, leicht schräg geschnitten, mit den hohen Brauenbögen, hatte sie jedoch von Mathurine und wohl auch den festen Willen und die unbeugsame Natur. Mathurine seufzte. Ob es ein Segen war oder eher eine Strafe – wer konnte das sagen? Wie groß ist die Gefahr, dass der Wolf ein Schäfchen reißt, das blökend in der Herde mitläuft? Viel eher doch erwischt er jenes, das es wagt, sich von den anderen abzusetzen!

Jacqueline folgte ihren Eltern an die Tafel. Hundertzwanzig Stühle waren nebeneinander in Blickrichtung auf die Festwiese aufgestellt. Der Oberhofmeister wies ihnen einen Platz rechts außen an. Dem Rang der Familie gemäß weit vom König entfernt, trotzdem schienen die Vivières ganz zufrieden zu sein.

Mathurine zog ihre Schlüsse daraus. Sie ließ ihren Blick nach links schweifen. Dort waren die äußersten Stühle noch nicht besetzt, aber sie war sicher, Étienne de Boiselle und seine Familie würden schon bald auf ihnen Platz nehmen. Héroard wäre ein schlechter Oberhofmeister, wüsste er nicht, wer mit wem nicht verkehrte und wie er unliebsame Zusammenstöße verhindern konnte.

Jacqueline hielt die Augen gesenkt, ihre Hände lagen im Schoß, ihr Kopf war leicht nach rechts geneigt, ihre Lippen zusammengepresst. Wie sie da so saß, wirkte sie störrisch und verbittert, und doch war sie wunderschön. Die Anmut ihrer Haltung, ihre Zartheit, die feinen Gesichtszüge – wie ähnlich sie Nicolas doch war!

Mathurine konnte nicht anders, sie musste zu ihr hin. Sie wollte sie berühren, wollte ein Lächeln von ihr sehen.

Die Gitarre vor ihren Leib gepresst, blieb sie neben Jacqueline stehen, griff in die Luft und hielt plötzlich eine Rosenknospe in ihrer Hand. »Für dich, mein liebes Kind.« Sie steckte sie ihr ins Haar. »Sie ist die Königin der Blumen, und doch ist sie nicht halb so schön wie du. Sie wurde gepflückt, von ihrem Rosenstock getrennt, und doch ist sie nicht halb so traurig wie du.«

In Gedenken daran, was diese Menschen unwissentlich für sie getan hatten, verbeugte sich Mathurine vor den Eltern, dann sah sie Jacqueline wieder an. »Ich habe ein Lied für dich. Ein Liebeslied, das ich einst von einem Mädchen hörte, das an einem Fluss Kleider wusch.«

Sie spielte eine Strophe ohne Text, dann sang sie dazu:

»Meinem Liebsten gehört mein Herz und seines gehört mir.
Auf ewig, das versprach ich ihm,
und er versprach es mir.

Meinem Liebsten gehört mein Herz und seines gehört mir.
Doch was schert es die Welt,
im Turme man mich gefangenhält.

Meinem Liebsten gehört mein Herz und seines gehört mir.
Wissen sie denn nicht,
dass Liebe die stärksten Mauern bricht?

Meinem Liebsten gehört mein Herz und seines gehört mir.
Auf ewig, das versprach ich ihm,
und er versprach es mir.»

Jacques du Vivière sah Mathurine ärgerlich an. »Was singt sie meiner Tochter solch ein Lied vor! Lasse sie uns gefälligst in Ruhe!«

»Was hast du gegen ein harmloses Liebeslied, edler Herr? Aber bitte, wenn dir die Liebe nicht genehm ist, dann eben das hier:

Die traurige Klage klagte am Dach,
Und traf dort die eifrige Frage.
Die eifrige Frage fragte am Dach,
Da stieg durch die Luke die Sage.
Die Sage sagte: Wem sagen wir's, ach!
Wir dürfen nicht fragen und klagen!
Sie sprangen alle drei vom Dach,
Und wurden im Garten begraben.›

Jacques du Vivières Hand fuhr auf den Tisch nieder, die Adern an seinen Schläfen schwollen an. »So schweige sie doch endlich!«

»Schweigen?« Mathurine lachte auf. »Was verlangst du da von mir? Der Mensch braucht zwei Jahre, um sprechen, und siebzig, um schweigen zu lernen – ich aber bin erst vierundvierzig, und noch dazu eine Närrin!«

Noch einmal griff sie in die Luft, zauberte ein Bonbon her und überreichte es Jacqueline. »Nimm diesen süßen Kuss von mir, und stell dir vor, er käme von den Lippen eines schönen jungen Grafen!«

Das Mädchen lachte, und noch bevor der Vater eingreifen konnte, verschwand das Bonbon in ihrem Mund.

Mathurine ging weiter, winkte Jacqueline noch einmal zu, blieb dann bei zwei Hofdamen stehen, die miteinander flüsterten, und schob ihre Nase dazwischen. »Wenn alle Menschen wüssten, was die einen über die anderen reden, so gäbe es keine vier Freunde mehr auf Erden!«

Die Damen warfen die Köpfe in den Nacken und sahen sie feindselig an. »Wen interessieren schon deine Narrenweisheiten!«

»Man merkt, dass sie euch nicht interessieren, sonst wäret ihr klüger.«

Der König saß bereits an der Tafel. An seiner rechten Seite seine Gattin, Maria de' Medici, neben ihr der junge Prinz von Condé in Begleitung seiner Mutter – Heinrich erzog ihn wie seinen eigenen Sohn –, links der Herzog von Sully mit Gattin, ein Stück weiter Madame de Mouglat, die Erzieherin der königlichen Kinder, die an diesem Tag zusehen durften, solange sie sich vernünftig hielten und Ruhe gaben. Auch die Damen Ferrand, einer der Grafen von Montmorency und einer aus dem Geblüt der Montaignes sowie Madame de Verneuil, die Mätresse des Königs, und ihr Bruder waren anwesend. Alles in allem eine explosive Mischung von Leuten, aber der König wünschte den Adel um sich zu haben, und er erwartete, dass man miteinander auskam, die Form wahte und sich dem Volk von vorbildlichster Seite zeigte. Streitereien waren verboten, Höflichkeit war oberstes Gesetz, und man hielt sich daran – Mathurine ausgeschlossen.

Sie stellte sich hinter den König und spielte einige Lieder auf ihrer Gitarre. Bald waren auch die letzten Kutschen eingetroffen, die hohen Herrschaften hatten Platz genommen, und die Speisen wurden aufgetragen.

Lange unterhielten Heinrich und der Herzog von Sully sich über Politik, aber plötzlich kam das Gespräch auf Seide.

»Wir sollten unsere eigene Seide herstellen«, sagte der König.

Von Sully sah ihn befremdet an. Doch noch bevor er etwas erwidern konnte, fuhr Heinrich fort: »Alle sind verrückt nach Seide! Selbst die Bürgersfrauen wollen sich darin zur Schau stellen oder zumindest ihre wollenen Kleider mit Seide abfüttern, damit sie auf der Haut nicht mehr kratzen. Wahre Unsummen gehen für Seidenstoffe ins Ausland! Und nun nennt mir einen einzigen Grund, lieber Freund, warum wir dieses Geld nicht im Lande behalten sollten?«

Sully ließ sich ein Rebhuhn auftragen und riss in verhaltenem Ärger daran herum. »Man bräuchte Seidenraupen und Maulbeerbäume, um die Raupen in großen Mengen zu züchten. Und hätte man all das, müsste man das Geheimnis der Seidenherstellung kennen.«

»Dann besorgen wir eben, was wir benötigen. Wir haben Kriege gewonnen, von denen alle überzeugt waren, sie seien nicht zu gewinnen, da werden wir doch wohl ein kleines Seidenraupengeheimnis lüften und ein paar Plantagen anlegen können.«

Kühl zuckte Sully die Schultern. »Ich weiß nicht, was ich Euch in dieser Sache raten soll. Es scheint mir ein recht schwieriges Unterfangen zu sein!«

Mathurine ließ ihr Lied mit einem Missakkord verklingen, beugte sich zwischen die beiden Männer und sagte:

»Wenn Diener löblich raten,
so sind's der Herren Taten;
Wenn Herren grässlich fehlen,
ist's den Dienern zuzuzählen.«

Heinrich hob die Hand, um sie zum Schweigen zu bringen. Da lachte Mathurine. »Erinnerst du dich nicht, König, *ich* war es, die beim Tricktrack-Spiel gewonnen hat! Also bin ich dir mein Schweigen nicht schuldig. Und was die Seidenraupen betrifft, so weiß ich, sie legen winzige Eier von grauer oder gelblicher Farbe, aus denen sie Anfang Mai ausschlüpfen. Dann fressen sie dir einen Monat lang die Haare vom Kopf, um sich anschließend für zwei weitere Wochen in einen Kokon einzuspinnen, der, bevor er sich zu Golddukaten verwandeln lässt, entwirrt und abgewickelt werden muss wie das Knäuel der Ariadne. Willst du aber mehr darüber erfahren, so schicke einen Agenten ins Quartier Latin. Dort gibt es einen Chinesen, den sie ›den Schlitzäugigen‹ nennen. Er weiß alles zu diesem Thema. Jedoch ist er ein ausgefuchster Falschspieler, ein Verbrecher der übelsten Sorte, darum hütet euch vor ihm! Dein Agent soll ihn festnehmen, was ihm wahrscheinlich nicht gelingen wird. Gelingt es aber doch, so wird es vielleicht auch gelingen, ihm angesichts der Streckbank oder eines Rostes, auf dem man ihn zu braten droht, einige der Geheimnisse zu entlocken, die dich so sehr interessieren.«

Heinrich sah sie verdutzt an. »Das alles weißt du?«

»Und noch viel mehr!«

»Und wie erkennt man diesen Chinesen?«

Sie zuckte die Schultern. »In seiner Heimat haben sie ihm ein Ohr abgeschnitten. Nun sieht er aus wie ein Arsch mit nur einer Backe.«

Fanfarenklänge kündigten den Beginn der Spiele an. Der König stand auf und winkte den Menschen auf der Festwiese zu. Sie klatschten und brachen in Beifallsrufe aus.

»Es lebe der König! – Vive le roi!«

Mathurine ging weiter, blieb hier und da stehen, machte Späße oder ärgerte die Gäste mit ihren Boshaftigkeiten. So erreichte sie das Ende der Tafel.

Wie vermutet hatte dort inzwischen Étienne de Boiselle mit seiner Familie Platz genommen. Mathurine blieb in einiger Entfernung stehen und betrachtete sein stilles, ruhiges Gesicht. Seine Augen waren braun, seine Haare, die ihm lockig bis auf die Schulter hingen, dunkel. Er hatte hohe Wangenknochen, die Bögen seiner Brauen waren geschwungen, seine Nase war schmal und gerade. Ein hübscher Junge, vielleicht zweiundzwanzig Jahre alt, der ernst und ein wenig melancholisch wirkte.

Hin und wieder neigte er sich vor und schickte seinen Blick zum anderen Ende der Tafel. Dann wurden seine Lippen schmal, und er wirkte noch ein wenig trauriger und verlorener.

Als er wieder einmal in diese Richtung sah, fuhr seine Mutter ihn unwirsch an. Was sie sagte, verstand Mathurine jedoch nicht. Sie spielte eine spanische Volksweise, kam dabei langsam näher und stellte sich hinter Étienne. Nun konnte sie besser lauschen.

Zuerst warf ihr Madame de Boiselle einen ärgerlichen Blick zu, doch als sie keine Notiz von ihr nahm, sondern so tat, als gälte ihr ganzes Interesse dem Geschehen auf der Festwiese, vergaß Madame sie bald und sprach wieder auf ihren Sohn ein. »Auch für die Komtesse ist es besser, wenn Ihr sie endlich vergesst. Wie man hört, lebt sie in ihrem eigenen Hause wie eine Gefangene – Euretwegen!«

»Meinetwegen?« Étienne sah seine Mutter aus kühlen Augen an. »Bin *ich* etwa schuld daran, dass ein dummer Streit über eine Sache, die mehr als hundert Jahre zurückliegt, die Herzen unserer Eltern vergiftet und ihre Köpfe benebelt wie ein Fluss seine Auen an einem düsteren Herbsttag?«

»Mein Sohn, mäßigt Euch!« Die Stimme seiner Mutter war gefährlich leise. »Ihr habt kein Urteil über Eure Eltern abzugeben, sondern zu gehorchen. Wenn Ihr Jacqueline de Vivière wirklich so sehr liebt, wie Ihr es uns glauben machen wollt, dann lasst endlich von ihr ab! Liebt sie meinetwegen weiter! Was Ihr in Eurem Herzen fühlt und mit Euch tragt, ist alleine Eure Sache! Doch heiraten müsst Ihr Cathérine de Planois, denn Ihr seid ihr seit langem versprochen!«

»Ich habe mich ihr nicht versprochen – Ihr habt über meinen Kopf hinweg entschieden, als ich noch ein Grünschnabel war.«

»Das seid Ihr immer noch«, sagte seine Mutter.

Nun mischte sich sein Vater ein. »Es reicht!« Der Blick, mit dem er seinen Sohn maß, war messerscharf. »Wenn Ihr es denn vorzieht, unter den Bettlern auf der Straße zu leben – bitte sehr! Es steht Euch nichts im Wege. Wie Ihr wisst, habe ich noch zwei Söhne, die sich Euer Erbe herzlich gerne teilen würden.«

Mathurines Blick fiel auf die beiden Jungen, die an der Seite ihres Vaters saßen und den älteren Bruder triumphierend ansahen. Sie waren etwa dreizehn und fünfzehn Jahre alt.

K wurde blass und lehnte sich zurück. Man drohte, ihn zu enterben! Aus dem Hause fortzujagen! Eine schlimmere Schmach könnte es nicht geben! Er griff nach seinem Becher, um seine blassen, trockenen Lippen zu benetzen und mit dem Wein seinen Zorn hinunterzuspülen.

Mathurine sah, wie seine Hand dabei zitterte. Ein Gefühl von Mitleid und Wut ergriff sie. Als im selben Moment ein Junker mit einem gebratenen Schwan auf einem Silbertablett daherkam, nahm sie es ihm ab und sagte zu dem toten, auf grüne Salatblätter drapierten Vogel:

»Ach, herrjemine,
Was hat man Euch nur angetan, Herr Schwan,
Euch so zu stutzen und zu garen!
Dabei müssten sie doch wissen,
All die Menschen ohn' Gewissen:
Allein die Liebe wächst,
Indem wir sie verschwenden.«

Sie stellte das Tablett vor Madame und Monsieur de Planois auf den Tisch und sah erst den einen, dann die andere an.

»Doch was Gewalt erreicht,
Kann nur Gewalt erhalten!
So traget Euer Herz auf zarten Händen,
damit es Euch zur Ehr gereicht,
wo andre Hass und Kleinmut lassen walten!«

Sie verneigte sich mit einem tiefen Kratzfuß vor dem Schwan und ging davon.

Als sie am König vorbeikam, drehte er sich plötzlich um und stellte ihr ein Bein in den Weg, um sie aufzuhalten. »Nun, was gab es da gerade für einen Aufstand? War der tote Vogel nicht ein wenig zu groß für ein zerrupftes Täubchen?«

Mathurine hob beide Augenbrauen. »Falls das zerrupfte Täubchen ich sein soll – so leicht ist mir keiner zu groß! Ich sage jedem Vogel die Meinung, und dabei ist's mir egal, ob er sie hören will oder nicht. Aber vermutlich war es eh für die Katz, denn so ein Federvieh denkt nicht, wie es hört, sondern es hört, wie es denkt!« Sie sprang über das Bein, nahm sich zwei kleine gelbe Melonen vom Tisch und fing an, damit zu jonglieren. »Stell dir vor, König, die rechte davon ist dein ärgster Feind.«

»Die rechte? Welche ist die rechte, wenn beide doch fortwährend die Richtung wechseln?«

»Na, die«, sagte Mathurine, »oder meinetwegen auch die, die oder die … Stell es dir einfach vor!«

»Gut, ich stelle es mir vor. Die rechte ist mein Feind.«

Mathurine ließ eine der Melonen fallen, sie zerplatzte auf dem Boden. »Da hast du ihn!«, sagte sie und ging mit der zweiten Melone lachend davon.

Sie mischte sich unters Volk, um ihre Faxen zu machen. Am Eierlauf nahm sie teil, lief kreuz und quer, schlug Purzelbäume, ohne ihr Ei zu verlieren, brachte andere so sehr zum Lachen, dass sie stolperten oder gar stürzten.

Beim Sackhüpfen stülpte sie sich den Sack über den Kopf, statt dass sie hineinstieg, hüpfte wie ein Hase nach rechts und nach links und brachte die ganze Mannschaft zu Fall.

Niemand war ihr böse, sie hatten alle ihren Spaß bei solchen Kindereien, sogar auf der Tribüne hörte man herzliches Gelächter.

Zwischendurch erklang Musik. Bläser schmetterten ins Horn, Trommler ließen die Schlägel auf ihrer Trommel tanzen. Dazu führten Gaukler und Artisten ihre Kunststücke vor – Seiltänzer, Feuerspucker, Jongleure und Akrobaten.

Schließlich rückte der Höhepunkt des Festes näher – der Wettstreit der Kutscher. Die Stallburschen des Königs errichteten den Parcours, und das dreiköpfige Schiedsgericht – der Oberstallmeister, der erste Hofkutscher und der Reisestallmeister – ging mit den Teilnehmern die Strecke ab, um die Regeln ein letztes Mal zu besprechen.

Gleich nach der Startschranke war eine Slalomstrecke ausgewiesen, dazu hatte man Pfosten in die Erde gerammt. Dann ging es durch einen alten Verschlag, dessen Tore – eines vorne zum Hineinfahren, eines hinten zum Hinausfahren – gerade hoch genug waren, dass Ross und Wagen durchpassten, und wollte der Kutscher nicht mit dem Kopf gegen den Querbalken donnern, musste er sich ducken.

Das nächste Hindernis bestand aus einer schmalen, abgeschrägten Rampe, über die die Wagen nur mit den beiden rechten Rädern gefahren werden mussten. War man dabei zu schnell, lief man Gefahr, dass der Wagen aus dem Gleichgewicht geriet und umkippte, fuhr man zu langsam, verlor man wertvolle Zeit. Es folgte eine zweite Rampe für die linken Räder, dann eine dritte, gerade breit genug, dass ein Gespann darüberpasste. Hier war besonderes Geschick nötig, oder die Kutsche stürzte von der Rampe.

Danach ging es über eine Furt in die Seine, zehn Wagenlängen im hüfthohen Wasser am Ufer entlang, über eine zweite Furt wieder auf die Festwiese, von dort auf einer Zielgeraden von etwa dreihundert Galoppsprüngen zu einer Glocke, die der Beifahrer anschlagen musste. Erst wenn sie erklang, galt der Parcours als beendet.

»Jedes Hindernis wird je nach Schwierigkeitsgrad mit einer gewissen Anzahl von Punkten bewertet«, erklärte der Stallmeister. »Für Fehler gibt es Punktabzüge. Für die Zeitmessung haben wir zwei Sanduhren, die beim Start eingestellt werden. Erreicht der Kutscher das Ziel nicht, bevor die größere abgelaufen ist, muss er ausscheiden!«

»Muss er ausscheiden!«, wiederholte Mathurine, die zwischen den Männern hin- und hersprang wie ein junger Esel.

»Erreicht er jedoch das Ziel, noch bevor die kleinere der Sanduhren abgelaufen ist, bekommt er zehn Extrapunkte.«

Mathurine klatschte in die Hände. »Zehn Extrapunkte – hört, hört!« Sie zwinkerte Victor zu, der vor Aufregung ganz rote Wangen hatte.

»Es werden aber auch der Zustand der Pferde und der Kutsche, Fahrstil, Mut und besondere Leistungen bewertet.«

Mathurine packte einen der Burschen am Kragen und zog sein Gesicht zu sich herunter. »Mut? Dann hat *der* da schon verloren, denn er macht sich ja bereits in die Hosen, wenn ich ihn küsse!« Sie küsste ihn, und alle lachten.

»Und noch eine Regel«, fügte der Stallmeister an: »Setzt einer von euch einen seiner Füße oder auch nur die kleine Zehe auf die Erde, ist das Rennen für ihn gelaufen.«

Mathurine kratzte sich am Kopf. »Einen Fuß auf die Erde setzen, wo doch sein verdammter Hintern auf den Kutschbock gehört, warum sollte er das tun?«

»Nun, um seine Pferde aus einer misslichen Lage zu befreien.«

»Großer Gott!« Mathurine legte sich auf den Rücken und strampelte mit den Beinen. »Du meinst, wenn sich seine Rösser mitten im Galopp hinwerfen und nicht mehr aufstehen wollen? Dann darf er nicht aussteigen, um sie hochzuziehen?«

Er lachte. »Zum Beispiel.«

»Na dann, meine Herren«, mit einem Satz sprang sie wieder auf die Beine, »gebt hübsch acht, dass euch so etwas nicht passiert! Und jetzt ab und los und viel Glück, ihr Süßen!« Sie schlug einem hübschen jungen Burschen auf den Hintern. »Wenn du gewinnst, darfst du zur Belohnung die Nacht in meinem Bett verbringen!«

»Himmel, bloß nicht!« Er rannte davon, als ob der Leibhaftige hinter ihm her wäre.

Die Vierspänner fuhren zuerst. Weil die Kutschen größer und schwerer waren, wurden sie anders bewertet als die kleineren Zweispänner, und auch die Sanduhren, nach denen sie fuhren, waren andere.

Nach der Siegerehrung folgten die Zweispänner.

Gustave und Victor hatten bei zwölf Teilnehmern die Startnummer 11 gezogen, nach ihnen war nur noch ein gewisser Gilbert Marsan an der Reihe.

Gustave deutete mit einer Kopfbewegung in seine Richtung. »Vor dem müssen wir uns in acht nehmen, der schreckt vor nichts zurück!«

»Kennst du ihn?«

Gustave nickte. »Es war vor neunzehn Jahren, zusammen mit ein paar Kumpanen hielt er mich am Port Montmartre an. Sie hatten Straßenbarrikaden errichteten, weil sie unseren König, Heinrich III., gefangennehmen wollten. Da hätte dieser Kerl beinahe die Kleine ...« Er brach ab und biss sich auf die Lippen.

»Die Kleine?« Victor sah ihn fragend an. »Von wem sprichst du?«

»Ein Säugling – es war irgendein Säugling, den Hélène zu einer Amme bringen sollte. Ich fuhr sie hin. Jedenfalls hatte der Mistkerl ihr dieses Kind weggenommen, und er hätte es wohl getötet, wenn nicht ...« Wieder verstummte er abrupt.

»Wenn du nicht dazwischengegangen wärst!« Victor sah ihn bewundernd an.

»Vergiss es, es war nicht der Rede wert.«

Victor konnte seinen Blick nicht von Gilbert lassen. Unter seinen buschigen Augenbrauen blitzten dunkle Augen. Er kaute auf einem Stück Holz herum, und als eines seiner beiden Pferde nicht gleich zur Seite trat, rammte er ihm den Ellenbogen in die Flanke.

»Was ist, warum gaffst du so?«, fuhr er Victor an.

Der Junge zuckte die Schultern. »Mein Vater meint, du bist der Beste hier, da war ich halt neugierig auf dich.«

»So, so.« Der Mann sah Gustave an, dann spuckte er das Holz aus und sagte: »Da könnte dein Vater sogar recht haben.«

Victor wandte sich wieder an Gustave. »Und sonst kann uns niemand gefährlich werden?«

»Ich kenne nicht alle. Aber der da drüben, der mit den roten Haaren – er fährt bei Madame Eyquem – ist ein exzellenter Fahrer. Gegen ihn bin ich vor einigen Jahren schon einmal angetreten. Allerdings riskierte er nicht viel, setzte auf Besonnenheit. Und der dort, der hat ein Händchen für Pferde, als wäre er in einem früheren Leben selbst einmal eines gewesen.« Er deutete auf einen kleinen, gedrungenen Kerl, der gerade zwei schwere Arbeitspferde vor eine heruntergekommene Kutsche spannte.

»Aber mit solchen Ackergäulen hat er doch keine Chance!«

»Da täusch dich mal nicht, mein Sohn. Außerdem braucht er das Preisgeld, und das spornt ihn an!«

»Warum, was ist los mit ihm?«

»Er heißt Michel. Früher war er Gehilfe bei einem Schmied. Er hat eine seiner Töchter geschwängert, worauf der Alte beide vor die Tür setzte. Inzwischen haben sie sechs Kinder, aber nichts zu beißen!«

»Und die Pferde, gehören sie ihm?«

»Sie gehören den Holzfällern. Michel und ein anderer ziehen mit ihnen die Baumstämme aus dem Wald. Eine gefährliche Arbeit für einen verdammten Hungerlohn.«

»Hm«, machte Victor und betrachtete den Mann. Seine Haut war wettergegerbt, das dunkelblonde Haar stand ihm störrisch vom Kopf. Sein Beifahrer war wohl sein Sohn und höchstens zwölf Jahre alt.

Die Kutsche mit der Startnummer 5 kam bereits zurück. Bisher hatte sich nichts Nennenswertes ereignet. Alles war reibungslos verlaufen, aber auch nicht besonders spektakulär. Einer musste ausscheiden, weil sein Gespann nicht in den Fluss gehen wollte, die anderen lagen zwar in der Zeit, aber keiner hatte sich einen Extrapunkt verdient.

Dann war Michel an der Reihe. Eigentlich konnte sich Victor nicht vorstellen, dass er ihnen mit seinen schweren Rössern und der altersschwachen Kutsche, die so heruntergekommen aussah wie der Mann selbst, irgendwie gefährlich werden sollte. Doch er musste bald feststellen, dass der Schein trog!

Kaum war der Start freigegeben, knallte Michel mit der Peitsche. Als die beiden Wallache losmarschierten, wirkten sie plötzlich viel leichter, bewegten sich beinahe elegant. Sie stapften mit ihren tellergroßen Hufen so entschlossen vorwärts, als ob sie die Erde unter sich wegschieben wollten, scheuten vor nichts, maßen so genau jede Biegung, dass kein Haar mehr zwischen Kutsche und Hindernis gepasst hätte.

Im Fluss wieherte das Handpferd plötzlich los, als hätte es den höchsten Spaß daran, im Wasser herumzuplanschen, und einen Moment hielten alle den Atem an, weil es aussah, als wollte der Gaul sich hinlegen. Aber einmal mit der Peitsche geknallt, und das Gefährt preschte aus den Fluten wie Poseidons Gespann.

Kaum dass sie trockenen Boden unter den Hufen spürten, rannten die Gäule auch schon los. Die Kutsche hüpfte und sprang hin und her wie zuvor Mathurine beim Eierlauf. Es war leichtes Gepäck für die Rösser, sie schienen es eher wie ein lästiges Insekt zu empfinden, das sie abzuschütteln versuchten!

Mit langen Galoppsprüngen flogen sie schließlich über die Zielgerade, und die Glocke erklang, noch bevor die kleinere der Sanduhren abgelaufen war.

Die Zuschauer jubelten und brachen in Beifallsstürme los.

»Alle Achtung!« Victor pfiff durch die Zähne und sah seinen Vater entmutigt an. Der grinste. »Hättest du wohl nicht gedacht, was?«

Der Junge schüttelte heftig den Kopf, aber dann schlug er sich mit der Faust in die andere Hand. »Wir lassen uns nicht unterkriegen! Wir fahren einfach genauso schnell und noch besser!«

Gustave sagte nichts.

Das Unglück geschah nur wenige Augenblicke später. Ein Aufschrei ging durch die Menge der Zuschauer. Der Wagen, der nach Michel gestartet war, kippte im Wasser. Die Kutsche mit ihrem hohen Aufbau drohte in den Fluten zu versinken und die Pferde mit sich fortzureißen.

Der Kutscher und sein Beifahrer konnten im letzten Moment noch vom Bock springen. Nun standen sie vor ihren Pferden, hielten sie an den Halftern fest, zogen und zerrten an ihnen – als ob das viel nützen würde! Ihre Gesichter waren bleich wie ein Laken, die Augen der Pferde so weit aufgerissen, dass man das Weiße sehen konnte, und ihre Mähnen schienen gesträubt wie das Nackenhaar eines wütenden Hundes.

Sie schnaubten, rissen die Köpfe hoch und wieherten in einem fort.

Schnell war bei ihnen, wer seine Hände frei hatte und glaubte, helfen zu können, auch Victor lief zur Seine hinunter.

Zwei Männer sprangen dem Fahrer bei, um die Pferde zu beruhigen und zu halten, alle anderen versuchten, die Kutsche aufzurichten. Doch je mehr sie zogen und schoben, desto weiter rutschte das Gefährt in den Fluss.

»Man müsste die Pferde von der Deichsel lösen!«

Victor war der einzige, der keine Angst vor dem Wasser hatte und sogar schwimmen konnte. Er tauchte unter, doch der Fluss war so aufgewühlt, dass er nichts sehen konnte.

Als er wieder auftauchte, stand Michel mit seinem Gespann am Ufer. »He!«, rief er und warf Victor zwei Leinen zu. »Bring die am Dachrahmen an, eine vorn, eine hinten!«

Victor nickte. Doch das war leichter gesagt als getan! Um die Leinen verknoten zu können, musste er auf die Kutsche klettern, aber durch sein Gewicht neigte sie sich noch weiter in die Fluten und zog das linke Pferd beinahe unter Wasser.

Einen Moment zögerte er, doch dann nahm er allen Mut zusammen, schwamm auf die andere Seite, tauchte durch das eine Fenster in die Kutsche hinein, sah durch das andere wieder heraus und ließ sich die Leinen zuwerfen. Flink und geschickt verknotete er sie am Rahmen, tauchte wieder ab und schwamm zum Ufer zurück.

Am Rande sitzend und schwer nach Atem ringend, sah er zu, wie der Rest der Arbeit von Michel und seinen Pferden erledigt wurde. Sie stampften einige Male auf, schnaubten, legten sich ins Zeug und zogen an. Kurz darauf stand das Gefährt aufrecht im Wasser, und die verunglückten Pferde, vor Todesangst zitternd, konnten ihre Last mit letzter Kraft an Land ziehen.

Nun kam zutage, was der Grund für den Unfall gewesen war – ein Radbruch, links hinten.

Während sich alle um das gerettete Gespann und die triefend nasse Kutsche kümmerten, fasste Michel seine Pferde an den Leinen und führte sie zum Kutschenplatz zurück. Als er an Victor vorbeikam, blieb er stehen. »Du warst mutig, alle Achtung!« Michel nickte anerkennend.

Victor winkte ab. »Ach was, ich hatte eine Scheißangst!«

»Sie gehört dazu. Ohne die Angst wäre der Mutige doch nur ein närrischer Wagehals.«

Die Schiedsrichter berieten, ob der Wettstreit abgebrochen werden sollte, aber die Teilnehmer drängten darauf, weiterzumachen, und so wurden das nächste Gespann aufgerufen.

Der Rothaarige fuhr los.

Beim Slalom verschenkte er keine Haaresbreite, die Rampen fuhr er schnell und sicher, preschte dann geduckt durch den Schafstall, doch als er zum Fluss kam, zögerte er plötzlich. Es war wohl die Erinnerung an das, was gerade geschehen war – der Schreck saß allen noch in den Knochen!

Seine Pferde spürten die Angst, die von seinen Fingern über die Leinen in ihre Mäuler kroch, und sie scheuten.

Fluchend ließ der Rothaarige die Peitsche knallen. Das Handpferd bockte, sprang zur Seite, ging plötzlich doch in den Fluss, wieherte laut, als das Wasser an seinen Leib schwappte und blieb wieder stehen.

Die Pferde rührten sich nun keinen Schritt mehr weiter. Auch Fluchen und Peitschengeknall halfen nichts. Erst als der Beifahrer auf den Rücken des linken Pferdes sprang und mit seinen Schenkeln mehrmals heftig gegen dessen Flanken schlug, kam wieder Bewegung in die Gäule.

Als das Gespann endlich das Ufer erreichte, der Beifahrer wieder auf dem Kutschbock saß, gab der Rothaarige seinen Rössern noch einmal Zunder. Doch sie konnten die verlorene Zeit nicht mehr aufholen. Nachdem die Zielglocke angeschlagen hatte, schüttelte der Stallmeister den Kopf, hielt die Sanduhr hoch und winkte ab.

Der Rothaarige und sein Beifahrer fuhren nicht einmal mehr auf den Kutschenplatz, sie verließen die Festwiese und verschwanden auf Nimmerwiedersehen.

»Pech für ihn!« Victor sah seinen Vater siegessicher an.

Gustave wies ihn zurecht. »Hochmut kommt vor dem Fall!«

Nur noch zwei Teilnehmer waren vor ihnen. Es wurde Zeit, das Geschirr und den Wagen zu überprüfen, die Leinen einzulegen und aufzusteigen. Gustave erledigte jeden Handgriff ruhig und sicher. Er hatte fünf Tage mit den Pferden und seinem Sohn gearbeitet, ihnen beigebracht, was sie für so einen Wettstreit können mussten.

Das, was er vorher über Michel gesagt hatte, traf auch auf Victor zu – der Junge hatte Pferdeblut in den Adern. Die Rösser folgten ihm und gehorchten selbst seiner Stimme. Auch auf der Kutsche stellte er sich gut an. Im Handumdrehen hatte er gelernt, sie mit seinem Gewicht auszubalancieren. Hing sie nach rechts, warf er sich nach links und umgekehrt. Wenn er seinen Part gut erledigte, was Gustave annahm, konnten sie die Rampen im Trab nehmen und Zeit schinden.

Andererseits war der Junge beseelt von einem jugendlichen Hochmut und einer Waghalsigkeit, die ihn, Gustave, bekümmerten. War er selbst in jungen Jahren genau so leichtsinnig und ungestüm gewesen? Er konnte sich nicht erinnern. Nur einmal, damals, als er Hélène mit dem Kind nach Château Viviére gebracht hatte, hatte er Kopf und Kragen riskiert. Doch damals war es ja auch um Leben oder Tod gegangen!

Was das Gespann betraf – um Babette machte er sich keine Sorgen. Sie war willig und zuverlässig und hatte ihn schnell als neuen Herren akzeptiert. Nur Badotte hatte ihren eigenen Schädel und ihre Launen und wollte sich nicht so ohne Weiteres fügen. Nicht, dass sie einen schlechten Charakter gehabt hätte, bei Gott nicht! Schnell und eifrig war sie, bereit, durch Feuer und Wasser zu gehen – aber an anderer Stelle wieder konnte ein auffliegendes Vöglein sie in Angst und Panik versetzen und eine wahre Furie aus ihr machen.

Nun, man würde sehen, was der Tag noch brachte! Für ihn, Gustave, war ein Sieg nicht wichtig, und sein Sohn konnte bei so einer Sache nur lernen, egal, wie auch immer sie ausgehen würde.

Als sie endlich aufgerufen wurden, schnalzte er mit der Zunge und gab den Pferden die Zügel. Schweigend lenkte er den Wagen zum Start, doch dann legte er seinem Sohn in einer plötzlichen Gefühlsregung die Hand auf den Arm und sagte: »Der Mutige erschrickt nach der Gefahr, der Furchtsame vor ihr, der Feigste in ihr. Dass du mutig bist, hast du heute bereits bewiesen. Auch wenn es manchmal nicht so aussieht – ich bin stolz auf dich!«

Glücklich sah Victor ihn an. Er liebte seinen Vater mehr als alles auf der Welt – Momente wie dieser entschädigten ihn für so manches harte Wort.

Sie stellten sich mit dem Gespann hinter den Startbalken und warteten darauf, dass er zurückschwang, um ihnen den Weg freizugeben. Die Luft schien zu knistern, ein leiser Windhauch fuhr ihnen durchs Haar.

Einmal wandte Gustave den Kopf, sah seinen Sohn von der Seite her an. Victors Haut war leicht gerötet und glänzte, denn die Aufregung trieb ihm den Schweiß aus den Poren. Er saß ganz still und gespannt da, auf seinem Gesicht lag ein Ausdruck von Stolz und Verwegenheit, der den Vater rührte.

Wieder nach vorne gedreht, sah Gustave, dass das Fell der Pferde zuckte, Babettes Rücken war in freudiger Erregung angespannt, Badotte tänzelte vor Ungeduld. Vom Kutschbock aus konnte er nur ihre Ohren sehen, die aufgestellt waren, ein wenig nervös mal nach vorne, mal nach hinten gerichtet. Doch er wusste, sie hatten die Nüstern gebläht, und man sah das Innere, rot wie frisch geschlachtetes Fleisch.

Selbst die Kutsche schien unter so viel Anspannung zu erbeben!

Eine Fliege summte um Gustaves Kopf, er schlug nicht danach, hielt die Zügel fest in beiden Händen.

Plötzlich hörte er den Glockenschlag, sah dann einen der Stallburschen die Schranke aufziehen. Da schnalzte er mit der Zunge und gab Leine.

Beide Pferde traten augenblicklich an, wären losgaloppiert, wenn er ihnen die Möglichkeit gelassen hätte. Doch hier war ein leichter Trab gefragt, zügig, aber nicht zu schnell.

Badotte drängelte, Babette hielt sie zurück.

»Gutes Pferd«, sagte Gustave und nahm aus den Augenwinkeln wahr, wie sich Victor in der ersten Kurve zu ihm hin-, in der zweiten von ihm wegneigte. So leicht und beschwingt wirkte die Choreographie, wie der Balztanz der Störche, die er auf den Inseln der Loire gesehen hatte, damals, als er mit Mathurine nach Tours gereist war.

Plötzlich bekam auch Gustave Lust an dem Rennen, vergaß seine Schwermut, die Trauer um das harte Schicksal Maries, spürte wieder die Leichtigkeit des Seins, so wie früher, als er an so manchem Sonntag mit seiner Frau zum Klang der Fiedel ausgelassene Bauerntänze tanzte.

Sie hatten den Slalom hinter sich. Gustave ließ die Peitsche einmal knallen, und die Pferde galoppierten los. Das Publikum raunte, denn es dachte, sie seien ihm durchgegangen. Doch nach sieben Galoppsprüngen parierte er sie wieder durch, und sie flogen im Trab über die erste Rampe.

Victor stieß ein Juchzen aus, hielt sich am Gestänge fest und beugte sich weit über den seitlichen Rand der Kutsche hinaus. Hätte er es nicht getan oder hätte auch nur einen Moment zu lange gezögert, sie wären umgestürzt! Doch Victor machte seine Sache gut und lachte vor Vergnügen, als die Kutsche am Ende der Rampe einen kleinen Bocksprung machte.

Auch die zweite Rampe nahmen sie mit Bravour, und die dritte, die nicht viel breiter als eine Wagenspur war und die sie mit allen vier Rädern überqueren mussten, erbebte, als sie in Windeseile darüberflogen.

Die Zuschauer klatschten oder stießen ängstliche Schreie aus, und als sie im gestreckten Galopp durch den Schafstall fuhren, hielten alle den Atem an.

»Potz Blitz, das geht wie der Wind!«, jubelte Victor auf der geraden Strecke zur Seine und warf beide Arme hoch. Er hätte sich besser festgehalten, denn als die Kutsche im selben Moment über einen Stein holperte und ins Schlenkern geriet, wurde Victor nach vorne geschleudert und fiel vom Bock.

Die Zuschauer schrien auf.

Der Junge hing seitlich an der Kutsche und klammerte sich am Abtritt fest, wie ein junges Äffchen an seiner Mutter.

Vor Schreck war Gustave das Herz fast stehengeblieben. Er drosselte das Tempo, wollte durchparieren, da sah er, wie Victor sich auf den Bock zurückzog, und er ließ die Rösser weitergaloppieren.

»Den Arsch werde ich dir zu Hause versohlen!«, schrie er. »Dein Leichtsinn hätte dir das Leben kosten können!«

Victor lachte. »In Ordnung, Papa!«

Ohne Weiteres gingen die Stuten ins Wasser, ließen sich von Gustave am kleinen Finger führen – eine Freude war das! Doch kurz bevor sie die Seine über die zweite Furt wieder verließen, hörten sie plötzlich einen lauten Schlag, und die Kutsche blieb ruckartig stehen.

Badotte verdrehte die Augen, schnaubte und wollte steigen. Gustave redete beruhigend auf sie ein. Ein Blick nach unten zeigte ihm, was geschehen war – ein treibender Ast hatte sich in den Speichen des Vorderrades verfangen.

»Das war's dann wohl«, sagte er. »Du musst absteigen und den Ast herausziehen.«

»Absteigen? Nie und nimmer! Dann müssten wir ja ausscheiden!«

Victor starrte eine Weile auf das Malheur. Plötzlich schwang er sich über den Rand der Kutsche, stieg auf das Rad, suchte mit seinen Füßen Halt in einem Spalt, und ließ dann den Oberkörper seitlich nach unten gleiten.

»Zum Teufel, was tust du da!« Gustave trat der Schweiß auf die Stirn. Wenn die Pferde jetzt auch nur einen einzigen unkontrollierten Schritt machten, käme sein Sohn unter die Räder! Wahrlich, sobald sie zu Hause waren, würde er ihm den Hintern versohlen!

Victor bekam den Ast zu fassen. Mit aller Kraft zog er daran, noch einmal, und noch einen Ruck, und plötzlich gab er nach.

»Ho – hohooo!« Gustaves Stimme lenkte die Pferde ab, beruhigte sie. »Ruhig, ganz ruhig …«

Da hangelte sich Victor wieder auf den Bock, grinste, rief: »Na los, was wartest du noch – weiter!«

Ein Schnalzen, ein Peitschenknall, und sie waren an Land und galoppierten los. Immer länger wurden die Rücken der Pferde, immer weiter ihre Sprünge.

»Ich zähle bis zehn, dann pariere ich durch!«, schrie Gustave. »Also halte dich gut fest!« Seine Augen maßen die verbliebene Strecke bis zur Glocke.

Victor duckte sich, klammerte sich an das Gestänge, das hinter ihm um den Bock lief – und Gustave zählte.

Bei zehn nahm er die Leinen zurück. Babette und Badotte reagierten im selben Moment, es war, als ob er eine Bremse zog. Victor wurde dabei hart nach vorne geschleudert. Noch fünf Schritte im Trab, Gustave parierte durch, und die Kutsche kam so genau neben der Glocke zum Stehen, dass Victor sich nicht einmal hinausneigen musste, um den Klöppel zu rühren.

Die Zuschauer jubelten und klatschten, warfen ihre Hüte, und Victor fiel seinem Vater um den Hals. »Ich wusste es doch, du bist der Beste!«

»Und du ein verdammter Bengel«, antwortete Gustave

und gab seinem Sohn eine Ohrfeige, die ihm allerdings nicht besonders wehgetan haben dürfte, denn er grinste nur glücklich.

Ob Gilbert gut oder schlecht fuhr, bekamen sie nicht mit. Sie mussten die nassgeschwitzten Pferde trockenführen und abreiben, Zeit zum Zusehen blieb da nicht. Aber es war auch nicht mehr so wichtig für Victor, ob sie nun Erster, Zweiter oder gar Fünfter wurden. Er hatte mit seinem Vater um alles gekämpft, und für eine Weile hatte es nichts auf der Welt gegeben als nur sie beide. *Das* waren sein Sieg und seine Prämie für heute, und das konnte ihm niemand mehr nehmen.

Sie hatten den Pferden gerade die Futtersäcke umgehängt, als sie zum Schiedsgericht gerufen wurden. Michel und sein Sohn waren ebenfalls da.

Der Stallmeister sah zuerst Gustave, dann Michel an. »Ihr seid punktgleich gefahren, und wir haben lange beraten, wem von euch beiden wir den Sieg zusprechen. Wir konnten uns nicht entscheiden, also werden wir es dem König überlassen.« Der Stallmeister stand auf. »Folgt mir!«

Sie gingen hinter ihm her zur Tribüne. Vor dem König reihten sie sich auf, sahen ehrfürchtig zu Boden. So nahe war ihm noch keiner von ihnen gewesen, nur die Tafel und eine Schale mit Obst trennten sie von ihm!

Der Stallmeister wies auf Michel. »Er ist der Einzige, der fehlerfrei fuhr und dazu auch noch unter dem Zeitlimit blieb. Deshalb konnten wir ihm zehn Punkte zusätzlich geben, und zwei bekam er, weil er tadellos und vorbildlich gefahren ist. Allerdings mussten wir ihm vier Punkte für den erbärmlichen Zustand seiner Kutsche abziehen. Ein Wunder überhaupt, dass sie die Fahrt unbeschädigt überstanden hat. Bleiben also acht Punkte.«

Der Stallmeister sah nun Gustave an. »Alle Achtung, der Mann versteht sein Handwerk! Wäre ihm das mit dem Ast nicht passiert, was wirklich verdammtes Pech war, hätte er das untere Zeitlimit ebenfalls eingehalten. So allerdings sind ihm diese zehn Punkte verlorengegangen. Zwei Punkte gaben wir ihm für seinen Fahrstil«, er sah Victor an, »und vier für die akrobatischen Künste seines Sohnes.« Es klang ironisch, wie er das sagte. »Die allerdings hat er nicht mir zu verdanken, sondern dem Reisestallmeister und dem ersten Kutscher. Wäre es nach mir gegangen, hätte ich sie ihm wegen seines verantwortungslosen Übermutes wieder abgezogen.« Er richtete sich an Victor. »Du weißt, was ich meine?«

Der Junge nickte. »Ihr meint die Sache, als ich beinahe von der Kutsche gefallen wäre.«

»Richtig. Wärst du mein Sohn, ich würde dir eine Tracht Prügel verabreichen! Allerdings«, fuhr der Stallmeister fort, »muss man dir zugestehen, dass du sehr mutig und entschlossen gehandelt hast. Für deinen Einsatz im Wasser bekommst du noch einmal zwei Punkte. Das sind alles in allem acht Punkte, und damit seid ihr punktgleich.«

Er wandte sich wieder an den König. »Eure Majestät, wir vom Schiedsgericht konnten uns nicht einigen, welcher der beiden Mannschaften wir nun einen Zusatzpunkt und damit den Sieg zugestehen sollten, deshalb möchten wir Euch gütigst bitten, die letzte Entscheidung zu treffen.«

»Hm«, machte Heinrich und hob seine Augenbrauen. Er sah sie alle der Reihe nach an. Sein Blick blieb an Michel und seinem Sohn hängen. »Was meint ihr, habt ihr den Sieg verdient?«

»Ja, so sehr wie die anderen auch«, antwortete der Vater.

»Und ihr?« Heinrich sah Gustave an.

»Wenn ich Euch gütigst bitten dürfte, Eure Majestät, fragt meinen Sohn. Nicht ich, sondern er wollte dieses Rennen unbedingt fahren. Soll er sich dazu äußern.«

»Also, was meinst du, Junge?«

»Ich meine, Michel hat den Sieg verdient. Vier Punkte Abzug für seine miserable Kutsche … ja, wirklich, man hatte Angst, sie könnte auseinanderfallen! Aber wenn ich es genau bedenke, hätte man ihm doch vier Punkte dazugeben müssen, weil er es trotzdem geschafft hat!«

Der König sah ihn lange an. Plötzlich drehte er sich um und winkte Mathurine zu sich. »Was meinst du zu der Sache, Närrin.«

»Ich meine, auch ein Esel spricht hin und wieder ein kluges Wort, und es könnte nichts schaden, auf den Burschen zu hören. Allerdings, warum nicht beide ehren? Besser zwei Sieger als einen Verlierer zu nennen. Gib dem einen das Geld und dem anderen setz' den Kranz auf, und du hast wieder einmal zwei Menschen glücklich gemacht.«

Heinrich sah Michel an. »Er hört, was meine Närrin sagt. Sie ist die weiseste von uns allen, also folge ich ihrem Rat. Wähle er selbst: Will er das Geld oder den Kranz?«

Michel blickte zu Boden. »Das Geld, wenn es recht ist«, sagte er leise.

Heinrich nickte. »So gebt ihm das Geld und den Kranz dazu, und dem jungen Burschen hier«, er reichte Victor den Becher, aus dem er gerade noch getrunken hatte, »gebe ich zur Erinnerung meinen Becher als Pokal.«

Victor riss die Augen auf. »Meinen allerherzlichsten, verbindlichsten Dank, Eure Majestät, das ist gewiss mehr, als ich verdient habe!«

Er verneigte sich, so wie er es von Mathurine gesehen hatte, wenn sie ihnen manchmal vorspielte, wie die Herrschaften sich bei Hofe benahmen, und alle lachten über seinen ungelenken Kratzfuß.

Mit rotem Kopf, aber selig vor Glück folgte er zusammen mit den anderen dem Schiedsrichter zurück zum Kutschenplatz. Den Becher presste er dabei fest an die Brust.

»Ist er nicht ein Neffe von dir?«, fragte Heinrich seine Närrin.

»Ein Großneffe«, antwortete sie. »Und das kannst du mir glauben, ich bin unendlich stolz auf ihn!«

Am Kutschenplatz wurde die Platzierung bekanntgegeben, und ein Fass Wein wurde gebracht, damit man ordentlich feiern konnte.

Victor fiel seinem Vater noch einmal um den Hals. »Das war der schönste Tag in meinem Leben! Nur aus einem Grund bin ich traurig – weil Mama uns nicht sehen konnte.«

Gustave nickte. »Ja, das ist schade. Doch wir werden ihr alles ganz genau berichten.«

Plötzlich stand Michel vor ihnen.

»Danke«, sagte er und reichte dem Jungen die Hand. »Wie heißt du?«

»Victor Lorant.«

Er nickte. »Victor – so werde ich das Kind nennen, das meine Frau unter dem Herzen trägt, vorausgesetzt, dass es ein Junge wird. Und beizeiten werde ich ihm erzählen, was für ein Prachtbursche sein Namensgeber war.« Er schlug ihm auf die Schulter, lachte und ging davon.

Inzwischen war es Abend geworden. Während sich das Volk auf den Straßen vergnügte, aus den Kesseln aß, die zur Feier des Tages aufgestellt, und aus den Fässern trank, die aus den königlichen Gewölben gerollt worden waren, hatte sich der Adel zum Ball im Louvre eingefunden.

Mathurine stand hinter einer Säule und beobachtete die Gäste.

Die einen staunten über die meisterlich ausgeführte Brückenattrappe, die im Hohen Saal aufgebaut worden war, umrundeten sie, legten prüfend die Hände darauf oder klopften sie ab. Die anderen stolzierten hin und her, um ihre prächtigen Gewänder vorzuführen, unterhielten sich und tauschten den neuesten Hofklatsch aus.

Auch Jacqueline war mit ihren Eltern gekommen. Sie hatten sie zwischen sich genommen, als gälte es, sie zu beschirmen, nickten mal hier und mal dort hin, lächelten und gaben sich heiter. Doch Mathurine ließ sich vom schönen Schein nicht täuschen! Die Stimmung zwischen Eltern und Tochter war eisig, ein weiterer Eklat abzusehen.

Während Mathurine so dastand und das Geschehen beobachtete, hielt ihr auf einmal jemand von hinten die Augen zu. Sie musste nicht lange raten, wer es war, sie konnte ihn riechen, sein Duft war auf ewig in ihre Erinnerung eingebrannt!

»Nicolas!« Sie fuhr herum und sah in sein lachendes Gesicht.

»Ich wusste, hinter irgendeiner Säule würde ich dich finden – niederträchtige Schlange, die heimlich ihre Opfer beobachtet, um ihnen danach mit ihrem Gift zu Leibe zu rücken.«

»Pass auf, sonst bist du der Erste, der meinen Giftzahn zu spüren bekommt!«

Sein Lachen wurde noch breiter. »Wie lange haben wir uns schon nicht mehr gesehen?«

»Elf Monate. Es war zum Pfingstfest im letzten Jahr.«

»So genau weißt du das?«

»Aber natürlich. Drei Tage später kam die Nachricht, dass deine Frau auf der Heimfahrt überfallen und getötet worden war.«

Nicolas ließ den Kopf auf die Brust sinken. Die Erinnerung an diese dunkelsten Tage seines Lebens schmerzte ihn immer noch. »Ich werde mir das nie verzeihen!«

Mathurine atmete tief ein. »Was kannst du dafür, wenn eine Räuberbande stiehlt und mordet?«

»Ich hätte nicht vorausreiten dürfen! Wenn ich bei ihr geblieben wäre, vielleicht hätte ich das Schlimmste verhindern können.«

»Unsinn. Sie war in Begleitung des Kutschers und zweier Bediensteter. Alle wurden umgebracht, man hätte dich ebenfalls getötet. Ich habe es dir schon einmal gesagt, damals in der Wäschekammer: Das Schicksal …«

Er winkte ab. »Ja, ja, ich weiß, das Schicksal mischt die

Karten – was immer es auch vorsieht, es kommt, da hilft dir kein Ass im Ärmel.«

»Gut aufgepasst, mein Lieber!«

»Und doch, du weißt nicht, wie es ist, einen über alles geliebten Menschen zu verlieren.«

»Ach!« Ärgerlich sah sie ihn an. »Was glaubst du? Dass meine Lieben niemals sterben? Oder gar, dass ich ein Herz aus Stein habe?«

Er griff nach ihren Händen. »Tut mir leid. Was ich da gesagt habe, war dumm. Ich bin noch immer verbittert. Zuerst starb mein Vater, kurz darauf meine ältere Schwester, dann auch noch meine Frau … und sie war das Liebste, das ich hatte! Und Kinder waren uns auch nicht beschieden. Und nun? Ich bin neununddreißig Jahre alt, ich bin Witwer, ich bin ohne Erben. Ich frage dich, wofür soll ich leben?«

»Für dich selbst!«, antwortete sie barsch, und dann leiser: »Aber wenn dir das schon nicht genügt, dann heirate eben noch einmal und zeuge Kinder!«

»Das sagt meine Schwester auch.« Nicolas seufzte. »Fortwährend versucht sie sich als Kupplerin! Du solltest mal sehen, was für schreckliche Frauen sie mir zumuten will. Zum Beispiel Madeleine de Vernil. Ihr Gatte war Oberst und ist im Krieg gefallen.«

Mathurine verdrehte die Augen. »Ich kenne Madame, wenn sie den Mund öffnet, fällt nichts als Dummheit heraus!«

»Das sagte ich auch, aber meine Schwester meinte, sie sei doch recht hübsch, und im Bett müsste ich eben dafür sorgen, dass sie den Mund geschlossen hält.«

»Amen«, sagte Mathurine.

»Oder Madame d'Arcon.«

»Ach du lieber Birnbaum! Wenn du mit der verheiratet wärst, hätte sie dich schon nach wenigen Tagen toll geschwatzt.«

»Und was hältst du von Madame du Treffay?«

»Sie hat ein Pfannkuchengesicht!«

»Madame de La Busin?«

Mathurine seufzte. »Bei ihr denkt man, man weckt einen schlafenden Löwen, und was wacht auf? Ein dummer Esel!«

»Madame de Montorge?«

»Die hat sie dir auch vorgeschlagen?«

»Sie hat sogar ein Treffen arrangiert – ohne mein Wissen, versteht sich.«

Mathurine schüttelte heftig den Kopf. »Louise de Montorge ist ein gemeines Biest. Für ein paar lumpige Taler würde sie selbst ihre Großmutter verkaufen. Warum sagst du deiner Schwester nicht, sie soll dich vor ihren Kuppeleiversuchen verschonen?«

»Ebenso könntest du der Sonne verbieten zu scheinen! Sie gibt erst Ruhe, wenn ich wieder verheiratet bin.«

»Dann tu ihr den Gefallen, aber nimm dir eine Junge«, sagte Mathurine. »Die Witwen sind zu verdorben für dich!« Sie legte eine Hand auf seine Wange und lächelte. »War schön, mit dir zu plaudern, aber ich muss mich jetzt um das Fest und die Gäste kümmern. Leb wohl, mein Lieber.«

»Leb wohl.« Er nahm ihre Hand von seiner Wange und küsste ihre Fingerspitzen.

»Und wenn du auf Brautschau gehst, dann vergiss nicht: Auf den ersten Blick mag so manche Frau zum Verlieben schön sein, jedoch es kommt auf den zweiten an!« Damit verschwand sie in der Menge.

Lächelnd sah Nicolas ihr nach. »Nie kann sie gehen, ohne das letzte Wort zu haben.«

Als Esel verkleidet, betrat Mathurine die Brücke aus Holz und Pappmaché. Sie trabte hin und her, ging im Handstand über das Geländer, brachte die Leute mit einem seltsamen Tanz zum Lachen und begann dann mit ihrem Vortrag.

Sie verschonte niemanden, und wollte einer nicht hinnehmen, was sie ihm vorhielt, und gab Widerworte, briet sie ihm noch ein Weiteres über.

Auch der König bekam seinen Teil ab, erst recht die Stiefellecker zu seinen Füßen!

Mathurine deutete auf einen hübschen Kerl, der ganz vorne stand und am lautesten lachte. »Er glaubt wohl, ich scherze?« Sie schwang sich über die Balustrade und pinselte ihm mit ihrem Eselsschwanz über die Nase. »Mitnichten, mein Süßer! Wenn ich scherzen will, sage ich die Wahrheit, das ist immer noch der größte Spaß auf Erden!«

Im selben Moment erhob sich der junge Étienne de Boiselle, der neben seinen Eltern am Tisch saß. Er plauderte mal hier mit diesem, mal dort mit jenem, zog sich dann hinter eine Säule ganz in Jacquelines Nähe zurück und versuchte durch Zeichen ihre ungeteilte Aufmerksamkeit auf sich zu lenken.

Mathurine beobachtete es mit Besorgnis. Jacquelines Eltern würden sein Verhalten aufs höchste missbilligen, falls sie ihn entdeckten.

Mit einem Seufzen sprang sie wieder auf die Brücke und fuhr mit ihrem Text fort.

»Es heißt, auf zwei Beinen stehe die Welt,
das eine sei Liebe, das andere Geld!
Doch gibt es noch ein drittes – die Lüge!

Jacqueline wandte sich plötzlich um. Als sie Étienne hinter der Säule sah, lächelte sie, und er schickte ihr einen Handkuss.

Monsieur du Vivière beugte sich im selben Moment vor, um dem Mundschenk ein Zeichen zu geben, damit man ihm einen Krug Wein bringe. Doch mitten in der Bewegung hielt er inne. Er hatte Étienne hinter der Säule entdeckt, gerade als er Jacqueline einen zweiten Handkuss schickte.

»Jetzt werden tausend Mäuler schreien,
sie ist so hässlich und gemein
sie lügt, ich lüge nie!«

Wütend sprang Monsieur du Vivière auf. Sein Stuhl kippte und fiel mit lautem Krachen um. »Ihr wagt es!«, schrie er

Étienne an; sein Gesicht war rot, die Adern an den Schläfen dick wie der kleine Finger eines Kindes.

»Das Gute, dessen seid gewiss,
ist stets das Böse, das man ließ …«

Mathurine stockte, der Text war ihr entfallen.

»… ließ!
Jedoch im Bösen liegt der best' Gewinn,
im Bösen …«

Étienne trat nun hinter der Säule hervor, alle Blicke richteten sich auf ihn.

»… im Bösen liegt der ganze Sinn …«

Mathurine fing an zu stottern.

»… der ganze Sinn … die ganze Welt ein Lügenzelt,
und Treue nur ein Trugbild.
Der Eine sagt: ich pisse drauf,
dem anderen ist's ein Feuerlauf … «

Monsieur du Vivière packte Jacqueline am Arm und zog sie hoch. Dann wandte er sich an Étienne. »Ihr könnt gewiss sein, mein Herr, hätte unser König nicht dieses Edikt erlassen, in dem er Duelle bei Todesstrafe verbietet, ich würde Euch fordern!«

Die Tochter hinter sich herziehend, verließ er den Saal, seine Gattin folgte ihnen.

Jacqueline hatte Tränen in den Augen, ihre Wangen waren vor Scham gerötet. Wer ihnen im Weg stand, trat zur Seite, niemand sprach ein Wort. Erst als die Tür hinter ihnen geschlossen wurde und einer rief: »Da hat es ja sogar unserer Närrin die Sprache verschlagen!«, schreckte Mathurine aus ihrer Erstarrung und versuchte, dort weiterzumachen, wo sie aufgehört hatte.

Es war ihr entfallen. Der ganze Text war wie ausgelöscht.

Stattdessen machte sich eine unbändige Wut in ihr breit. Sie legte ihre Fingerspitzen an ihre Schläfen, hinter denen es pochte, als wollte ihr Kopf zerspringen. Warum nur hatte sie ihr Kind weggegeben? Was hatte sie ihrer Tochter angetan?

Dann hörte sie sich sagen, und ihre Stimme drang dabei wie aus weiter Ferne an ihr Ohr: »Da geht er hin und legt ihr einen Maulkorb an, um ihr Herz zum Schweigen zu bringen! Und gegen ihr freies Handeln nimmt er Daumenschrauben! Und ihren Geist und ihre Klugheit zwingt er mit Gewalt in die Knie. Und glaubt, es sei Recht und er handle aus väterlicher Liebe! Und weiß nicht, dass in Wahrheit er sie nur begehrt! Und weil kein anderer haben darf, was er nicht bekommen kann, bestraft er sie mit dem Kerker einer Ehe, an der Hand eines ungeliebten, verhassten Mannes.«

Ihre Faust fuhr auf die Brücke nieder, auf das Gebilde aus Holz und Pappmaché. Dabei sah sie sich um, sah in die Gesichter, die teils voll Entsetzen, teils amüsiert oder gar sensationslüstern ihr entgegenblickten.

»Und wenn ihr jetzt glaubt, ihr könntet auf den Mann und sein Begehr mit dem Finger zeigen«, schrie sie mit sich überschlagender Stimme, »so sage ich euch, kehrt vor eurer eigenen Tür! Genug Väter sind in diesem Saale, die ihre Töchter verschachern und sie von Männern bereiten lassen, die schwitzen und stinken und die sie hassen und vor denen sie sich ekeln, so sehr, dass ...«

»Mathurine!« Es war der König, der ihren Namen rief. Mit einer strengen Geste bedeutete er ihr zu schweigen.

Doch sie ließ sich nicht beirren. »... so sehr, dass sie froh sind, endlich schwanger zu sein, damit sie ihnen jeden Morgen ihre Abscheulichkeit ...«

»Ma-thu-rine! Es genügt!«

»... ihre Abscheulichkeit vor die Füße kotzen können ...«

Heinrich gab den Wachen Zeichen. Zwei von ihnen stürzten auf die Bühne, griffen Mathurine an den Armen, zerrten sie aus dem Saal.

»Sie ist betrunken, sperrt sie in ihre Kammer, damit sie ihren Rausch ausschläft!«

»Betrunken? Keinen einzigen Becher habe ich angerührt. Und wäre es auch so – wisst ihr denn nicht, dass Kinder,

Betrunkene und Narren die Wahrheit sprechen?« Sie lachte hysterisch. »Jawohl, die Wahrheit! Aber die will hier ja keiner hören!«

Ihre letzten Worte verhallten auf dem Flur. Sie trat nach dem Wachmann zu ihrer Rechten. »Du siebenmal gesottener Aasgeier, lass mich los! Ich kann auch ohne deine Hilfe gehen!«

»Wenn ich dich loslasse, läufst du zurück.«

»Was glaubst du – bin ich blöd? Für heute habe ich genug von dem Pack da drinnen! Bei so viel Dummheit greife ich mir doch an den Arsch, weil mir der Kopf dafür zu schade ist!«

Sie ließen sie los, folgten ihr aber bis zu ihrer Kammer. Dort forderten sie den Schlüssel von ihr, um abzusperren.

Sie packte einen von ihnen am Wams und zog ihn zu sich. »Den Schlüssel wollt ihr? Das kenne ich schon! Man sperrt mich ein und vergisst mich dann!« Sie ließ ihn wieder los, sprang mit einem Satz in ihr Zimmer, knallte die Tür hinter sich zu und klemmte einen Stuhl unter die Klinke.

Den Schlüssel schob sie in ihren Ausschnitt, dann trat sie mit dem Fuß gegen die Wand und ließ eine ganze Litanei unfeiner Flüche los.

19.

Heinrich saß am Kamin. Er hatte die Beine hochgelegt und gähnte ausgiebig. Als Mathurine eintrat, sah er sie amüsiert an. »Na, was hat dich denn gestern für ein Teufel geritten? Du warst boshaft und giftig wie eine spanische Viper.«

»Ein Herrscher darf den Vorwurf der Grausamkeit nicht fürchten, wenn sie dem Schutz des Staates dient, denn zu nichts anderem, als den Staat zu schützen, ist er da. Eine Närrin darf den Vorwurf der Boshaftigkeit nicht fürchten, wenn sie den Leuten einen Spiegel vorhält, denn zu nichts anderem ist sie da.«

»Mag sein. Jedoch ist mir nicht klar, warum du dich in Familienangelegenheiten mischst, die dich nichts angehen. Jedes Wort, das du dem armen du Vivière wie einen nassen Sack um die Ohren geschlagen hast, war nicht deinem Mund, sondern deinem Herzen entsprungen. Und das Herz – das wirst du mir zugeben – darf einer Närrin niemals auf der Zunge liegen. Sie kann Gift und Geifer spucken, aber ein Fünkchen Humor, ein Quäntchen Ironie, ein heiterer Hintergedanke sollten immer dabei sein.«

»Es gibt Dinge, die lassen sich nicht heiter ausdrücken.«

»Aber sagst du nicht selbst immer: Ein Scherz hat oft gefruchtet, wo der Ernst nur Widerstand hervorzurufen pflegte.«

»Jedes Wort entsprach der Wahrheit, kein einziges werde ich zurücknehmen!« Mathurine setzte sich zu Heinrichs Füßen. »Im Übrigen war der ›arme‹ du Vivière bereits aus dem Saal und hat nichts von meiner Rede mitbekommen. Was ich sehr bedauere!«

Heinrichs Augen suchten den Blick seiner Närrin. »Seit ewigen Zeiten werden Töchter verheiratet, ohne Rücksicht darauf zu nehmen, was sie wünschen und wen sie zu lieben glauben. Was regst du dich auf einmal darüber auf?«

»Nur weil eine Dummheit immer wieder begangen oder gesagt wird, ist sie nicht plötzlich klug und richtig!«

Der König seufzte. »Ja, ja … am besten lassen wir das. Ich kenne dich ja und weiß, dass du nichts sagen wirst, wenn du nichts sagen willst.«

»Das erste kluge Wort, das ich heute von dir höre!«

Mathurine zog ihre Flöte aus dem Beutel an ihrem Gürtel und spielte ein Lied. Als es zu Ende war, legte sie das Instrument in ihren Schoß und sagte: »Vor einigen Monaten, es war spätabends, du hattest beim Spielen die ganzen viertausend Pistolen verloren, die dein ehrenwerter Minister Sully dir zu diesem Zwecke bereitgestellt hatte – vor einigen Monaten also saßen wir ebenfalls hier. Um dich zu trösten, las ich dir etwas über den Olymp und die Götter der Griechen vor. Du lachtest herzlich über den Satz: ›Was tun, die Götter sind besoffen, der Olymp ist vollgekotzt …‹ Wir amüsierten uns über Zeus' Liebesabenteuer, Heras Eifersucht und die Intrigen seiner Töchter. Und dabei stellten wir fest, dass es keine dumme Sache war, dass die Menschen im antiken Griechenland ihre eigenen Schwächen in ihren Göttern wiederfinden konnten. Der griechische Götterhimmel schien uns wie ein Schauspiel auf der Bühne, amüsant und lehrreich zugleich. Du sagtest, manchmal würdest auch du dir deinen Gott ein wenig menschlicher wünschen – ich gebe allerdings zu, da hattest du schon einige Becher Wein getrunken!«

Heinrich erinnerte sich an jenen Abend, der in der Tat höchst amüsant gewesen war. »Und warum erzählst du mir das?«

»Seit damals spukt mir eine Idee im Kopf herum. So wie du dir deinen Gott manchmal ein wenig menschlicher wünschst, so wünscht das Volk sich den Adel. Die Kluft zwischen Bauer und Graf, Schuster und Herzog, Kaufmann und König ist etwa so endlos wie der Ozean. Dabei verlieren sie sich aus dem Blick und werden sich gar so fremd. Doch ich frage dich, was wäre ein König schon ohne sein Volk? Nicht mehr als ein Furz im Wind!«

»Hm«, machte Heinrich und sah Mathurine neugierig an. »Und was ist das nun für eine Idee, die du hast?«

»Ich denke darüber nach, Flugblätter drucken zu lassen, darauf die neuesten Nachrichten vom Hof. Ich werde sie verkaufen.«

»Nachrichten? Dafür haben wir doch unsere Herolde.«

»Nein, nein, du verstehst mich nicht. Geschichten will ich aufschreiben. Klatsch! Was Herr Graf und Frau Gräfin letzthin geruhten zu tun. Welche Kleider sie dabei trugen. Wer mit wem eventuell … eine kleine Affäre hier, ein Skandal da. Na ja, Klatsch eben! Selbstverständlich inkognito. Madame A. und Monsieur X., die Schöne vom Lande und der Herr Graf mit der großen Nase …«

»Sie werden dich lynchen!«

»Du vergisst, ich habe Narrenfreiheit. Und ich weiß, wo die Wurst ein Ende hat.«

Heinrich seufzte. »Das hat man gestern gesehen. Hätte ich dich nicht aus dem Saal entfernen lassen, hättest du dich um Kopf und Kragen geredet.«

Mathurine warf die Arme hoch und rief:

»Wurd' dein Kopf dir abgetragen,
kann der Rest nicht mehr genesen,
doch besser ohne Kopf und Kragen,
als schon immer dumm gewesen.«

Der König sah sie lange an, dann seufzte er. »Was versprichst du dir davon – ich meine, von diesen Hofklatschflugblättern?«

Sie lachte. »Für mich einen Haufen Geld, und was für dich dabei herausspringt, habe ich dir ja gerade erklärt. Bring das Volk zum Lachen, und du wirst ihr Herz gewinnen! Lass sie ein wenig am Glanz deiner Pracht teilhaben, und sie werden dir dankbar dafür sein. Der Himmel mit den blankgeputzten Sternen ist gar so weit von ihnen entfernt. Ein bisschen näher sollte er schon rücken, damit sie wenigstens in ihren Träumen danach greifen können. Was schadet es schon, wenn Schustersgattin und Kaufmannstochter in ihrer Phantasie neben dir einherspazieren, mit dir an einer Tafel sitzen, in gräflichen Kutschen fahren und auf Bällen tanzen? Ich sage dir: Trage den Hof zum Volk, und das Volk wird dich zum Dank auf tausend Händen tragen!«

Heinrich strich sich den Bart. »Was du da sagst, ist gar nicht so dumm!«

»Was denn, was denn!« Mathurine sprang auf und fuchtelte mit ihrer Marotte vor seiner Nase herum. »Wäre ich dumm, könnte ich dann deine Närrin sein? Habe ich dir nicht schon einmal das Leben gerettet und dir viele Male guten Rat gegeben? Und vor dir bereits einem anderen König?«

»Schon gut, setz dich wieder.«

Mathurine verschränkte die Arme und sah ihn missmutig an. »Und überhaupt, ein Schluck von deinem Roten aus Bordeaux wäre jetzt nicht schlecht!«

Heinrich klingelte, ein Kammerdiener erschien.

»Bringe er uns einen Krug von dem jungen Bordeaux, dazu etwas Käse, Brot und Früchte!«

Der Mann ging und kam bald mit einem Tablett zurück, das er auf einem Beistelltisch absetzte. Er deckte auf und schenkte ein.

Mathurine hob den Becher und sah Heinrich an. »Auf deine kluge Närrin!«

Heinrich lachte. »Gebietet es der Anstand nicht, zuerst auf deinen König zu trinken?«

»Ach pfeif mir doch auf Anstand!« Schon hatte sie den Becher geleert.

»Also gut, meinetwegen, auf meine kluge Närrin.« Auch Heinrich trank, dann stellte er den Becher ab.

»Du bist also einverstanden?«

»Ja, ich bin einverstanden. Du darfst deine Flugblätter verkaufen, aber lass mir in Zukunft den armen du Vivière aus dem Spiel.«

Mathurine nahm wieder ihre Flöte zur Hand. »Das kann ich dir nicht versprechen«, sagte sie.

Gleich am nächsten Morgen ging Mathurine zu Jacques Bernard, dem Drucker in der Rue Saint-Severin, um mit ihm ihre Pläne zu besprechen. Sie würde ihre Flugblätter »Zeitung« nennen – Nachricht von einer Begebenheit! Ja, das passte. Oder nein, noch besser: Hofklatschzeitung!

20.

Paris, Sommer 1608

So kalt der Winter gewesen war, so heiß zeigte sich nun der Sommer. Die Luft flirrte, die Hitze und der Gestank nach faulenden Abfällen, Kot und schwitzenden Leibern raubte den Menschen in Paris den Atem.

Mit einem Tuch vor Mund und Nase machte sich Mathurine auf den Weg zum Louvre.

Sie hatte zwei Nächte zu Hause verbracht, hatte Ginette Unterricht in Lesen und Rechnen erteilt, war mit Victor ausgeritten und am Vormittag mit Marie und Suzanne auf den Markt gegangen, um Vorräte einzukaufen. Gepökeltes Fleisch, Fisch, den sie räuchern, und Obst, das sie trocknen würden. Der nächste Winter kam bestimmt, und eine gefüllte Vorratskammer war mehr wert als eine volle Geldkassette.

Marie hatte ihre Krankheit gut überstanden. Sie war schwächer seitdem, die Arbeit ging ihr nicht mehr so flink von der Hand, und das Gehen fiel ihr schwer, aber sie war fröhlich und ausgelassen wie früher, und mit ihr waren es auch Gustave und die Kinder.

Nur Hélène machte Mathurine zunehmend Sorgen. Seit sie auch ihre jüngste Tochter zu Grabe tragen musste, war sie verwirrt, streifte in ihrer schwarzen Kutte durch Paris, bat Fremde um Vergebung für ihre Sünden, saß stundenlang weinend auf den Stufen vor Notre-Dame oder verteilte Geld an die Bettler, die auf den Friedhöfen hausten. Ihre Enkelkinder kümmerten sich kaum um sie, und Sylvie, die Einzige, die ihre Großmutter liebte und achtete, war ja bei den du Vivières in Dienst und hatte nur alle vier Wochen einen Tag frei.

Mathurine seufzte. »So groß ist die Angst der Menschen, zu sterben, dabei ist das Alter doch oft die schlimmste Bürde!«

Als sie den Louvre betrat, kam ihr schon einer der Kammerherren des Königs entgegen. Er fuchtelte mit den Armen, als wolle er eine Friedensfahne schwenken, fasste sie am Ellenbogen und zog sie mit sich.

»Der König verlangt nach dir!«

»Und ich dachte schon, es sei etwas Wichtiges«, murrte sie.

Heinrich saß am Fenster und starrte hinaus. Um diese Zeit hatte er seine Regierungsgeschäfte meist erledigt und machte sich auf den Weg, seine Kinder zu besuchen, zu jagen oder ins Arsenal zu gehen, wo er aß, spielte, sich vergnügte.

Doch heute verspürte er offensichtlich noch nicht den Drang, aufzubrechen.

»Nun, wie ich höre, sehnst du dich nach meiner Gesellschaft? Hier bin ich!« Mit großer Geste verneigte sie sich. »Deine ergebenste Dienerin!«

Ein Seufzen war seine Antwort.

Mathurine stellte sich hinter ihn und folgte seinem Blick. »Was gibt es denn dort draußen so Wichtiges zu sehen? – Ah!« Sie beugte sich vor und zwickte die Augen zusammen. »Wenn ich nicht irre, flaniert da das ehrenwerte Fräulein Charlotte von Montmorency mit dem ehrenwerten Herrn Papa! Hast du sie etwa einbestellt und lässt sie vor deinen Gemächern herumspazieren, damit du dich an ihr sattgaffen kannst?«

Müde winkte Heinrich ab. »Zügle dein Schandmaul, setze dich und höre mir zu.«

»Meinetwegen.« Sie nahm zu seinen Füßen Platz, zog ihre Beine an und umschlang die Knie mit ihren Armen.

»Was soll ich tun, ich liebe sie!« Heinrich hatte Tränen in den Augen.

»Ach – Liebe! Was für ein großes Wort, und wie oft hast du es schon in die Welt geschrien. Corisande, Gabrielle, Henriette und Jacqueline de Essarts, das arme Vögelchen, dessen du nun auch schon wieder überdrüssig bist und das du in ein Kloster einkaufen willst, um es loszusein. Von allen hast du dir im Namen der Liebe auf der Nase herumtanzen lassen! Und wohin hat es geführt? Bist du glücklicher oder gar ein besserer Mensch geworden? Und jetzt auch noch dieses Mädchen! Schon lange redet man über dich, alle sehen, wie du sie mit Blicken verschlingst. Willst du die Kleine etwa zu deiner Mätresse machen?«

»Schweig, Mathurine, schweig einfach und hör mir zu!«

»Na gut. Aber denke nur nicht, dass ich nicht viel sagen will, nur weil ich nicht viel sage!«

»Natürlich kann ich diesen süßesten aller Engel, dieses reine Gottesgeschöpf nicht zu meiner Mätresse machen. Sie stammt aus dem Hochadel, ihren Vater nenne ich Gevatter … und doch, ich sterbe, wenn ich sie nicht sehen, nicht bei mir haben kann!«

Mathurine rang in gespielter Verzweiflung die Hände. »Entreißt der Liebe Stirn das Diadem, und Ihr gebt der Welt die Ruhe zurück!«

»Was könnte ich tun, um meine Sehnsucht zu stillen, gleichwohl aber meiner Leidenschaft Fesseln anzulegen? Nächtelang habe ich wach gelegen und darüber nachgedacht, und nun glaube ich, eine Lösung gefunden zu haben.«

Mathurine hob beide Augenbrauen. »Wasser und Feuer in einem Topf? Du machst mich neugierig, König!«

»Ich werde sie mit dem Prinzen von Condé verheiraten.«

»Mit Heinrich von Condé?« Mathurine staunte nicht schlecht. »Das bedeutet, sie wird, solange deine eigenen Töchter noch Kinder sind, nach deiner Gemahlin die erste Dame bei Hofe sein. Falls du glaubst, sie damit in den Himmel zu erheben – ich fürchte, es wird eher die Hölle für sie werden! Ich jedenfalls möchte sie nicht alle gegen mich haben: die Königin mit ihren hinterlistigen italienischen Vipern, den Concinis, im Gefolge, die Hofdamen mit ihrem bissigen Geschwätz, deine Mätresse – Gott bewahre, dass ich ein Wort über sie verliere, es würde nur Gift und Geifer aus meinem Munde kommen! Und zwischen all diesen Mühlsteinen die zarte vierzehnjährige Charlotte? So ein Martyrium willst du ihr antun?«

»Nur so kann ich sie immer in meiner Nähe haben. Ich werde sie ›meine Tochter‹ nennen und ihre Hand halten, sie wird der Engel meines Herzens sein, ganz rein und ohne Tadel!«

»Ach du heiliger Strohsack!« Mathurine lachte auf. »Darüber wirst du verrückt werden, das prophezeie ich dir! Besser, du schickst sie fort, so weit wie möglich, damit sie dir aus den Augen und aus dem Sinn kommt.«

»Nie wird sie mir aus dem Sinn kommen, und wäre sie auch am anderen Ende der Welt!«

»Oh, ach herrje!« Mathurine schlug sich mit der Marotte auf den Kopf. »Nun habe ich ja doch etwas gesagt, obwohl ich nichts sagen wollte! Und schau, es war so überflüssig wie einem Gaul den Hafer hinten reinzustopfen! Meinetwegen mach dich unglücklich und sie dazu. Einen alten Narren wird man dich schimpfen, und ich werde mit keinem Wort widersprechen!«

Mathurine sollte recht behalten. Kaum war aus Charlotte de Montmorency die Prinzessin von Condé geworden, glich der Hof einem Vulkan kurz vor dem Ausbruch. Machtkämpfe und Intrigen brodelten unter der dünnen Decke höflichen Scheins wie Lava, die nach oben drängte, Missgunst und Verleumdungen zogen wie giftige Dämpfe durch die Gemächer der Königin, der Mätresse und der Hofdamen.

Heinrich, der sich nach seiner »vielgeliebten Tochter« verzehrte und schwermütig darüber wurde, dass er sie so nah hatte und ihr dabei doch so fern war, sprach unaufhörlich von ihr: »So seht doch nur, diese Leichtigkeit, diese Anmut und Schönheit ihres Herzens!«

Sie lachten ihn aus.

»Jedes Wort, das von ihren Lippen perlt, wird getragen von einer Klugheit, die nur aus einem reinen Selbst erwachsen kann!«

Ein alter Narr, ein nimmersatter Hengst!

»Mit welcher Grazie sie die Last ihrer Bürde auf ihren zarten Schultern trägt!«

Zur Königin wird er sie noch machen! Wer weiß, vielleicht hat er gar schon die Annullierung seiner und ihrer Ehe im Sinn!

Die Königin sah dunkelrot. Sie würde sich nicht entthronen lassen! Weder im Sein noch im Schein! Ihr Gatte sollte sie kennenlernen!

Wie ehedem sein Vorgänger hetzte nun auch dieser König von einem Schloss zum anderen, immer auf der Suche nach Ruhe und innerem Frieden, einem Ausweg aus dem Zwiespalt, in dem sein Herz gefangen war.

Spät im Sommer verbrachte Heinrich einige Tage in einem seiner Palais in den Wäldern vor der Stadt. Er war dort zur Jagd, Mathurine und an die vierzig Adelige begleiteten ihn.

Immer noch war es unerträglich heiß. Doch in den frühen Morgenstunden, im Schatten der Bäume ließ es sich gut aushalten, also ritt man los, kaum dass der Tag dämmerte.

Mathurine blieb im Palais. Auf der Jagd hatte sie nichts verloren, es sei denn zur großen Hatz im Herbst. Dann musste sie das wilde Tier spielen, das in jedem Menschen steckte, also auch im König, musste sich in ein Bärenfell hüllen und vorauseilen, damit er sie – und mit ihr das unzähmbare Böse – symbolisch erlegen konnte.

Doch heute war es nur ein Jagdvergnügen im kleinen Kreis, und Mathurine nutzte ihre freie Zeit, im Morgentau barfuß über die Wiesen zu streifen, mit den Amseln um die Wette zu singen, Beeren zu essen und die Sonnenstrahlen in ihr Herz zu lassen.

Als sie das Jagdhorn hörte, das die Rückkehr des Königs ankündigte, kehrte sie eilig um.

Die hohen Herren saßen schon ab, übergaben ihre Jagdbeute den Küchenjungen, die schwitzenden Pferde ihren Stallburschen, und machten sich auf in den Salon.

Eine Abordnung von Landadeligen war angekündigt. Einige der Herren warteten bereits, andere traten nach dem König ein.

Mathurine mischte sich unter die Männer und trieb ihre Späße. Unbemerkt schnitt sie dem Herren von Lombez, der für seinen Geiz und seine Habsucht bekannt war, eine Hasenpfote vom Gürtel. Die Tatze galt als sein Maskottchen, verhalf ihm angeblich zu gutem Jagdglück, und er hütete sie wie seinen Augapfel.

Mathurine warf das Ding hoch und fing es wieder auf. »Hei, König, sieh nur das feinhübsche tote Pfötchen! Der gnädige Herr von Lombez hat es mir gegeben, damit ich es dir als Geschenk überreiche. Mit seinen besten Grüßen und in höchster Verehrung!« Noch einmal warf sie es hoch, fing es wieder auf, nahm dann ihr Messer aus dem Gürtel, jonglierte mit Messer und Pfote und sang dazu: »Häschen hüpf – Häschen hüpf – Häschen hüpf!«

Als der Bestohlene die Tatze in Mathurines Händen sah, wurde er blass. Seine Lippen zitterten, in seinen Augen funkelte der Zorn.

»So ganz von Herzen scheint sein Geschenk an dich aber doch nicht zu kommen, mein König!«, sagte Mathurine, lachte und reimte:

»Der Geizhals ist ein fettes Schwein,
wird uns im Tod erst nützlich sein!
Möcht' die Trophä' dir nicht belassen,
möcht' selbst erlegen Hirsch und Hasen!«

Noch immer jonglierte sie, ließ Messer und Pfote dabei nicht aus den Augen. Plötzlich warf sie das Messer sehr hoch, drehte sich einmal um sich selbst, fing es wieder auf, warf dann die Pfote zu Heinrich hinüber und sprang zu ihm hin.

Im selben Moment stieß Heinrich einen Schrei aus, hielt sich beide Hände vor den Mund und starrte Mathurine wütend an.

»Du närrisches Weib, du hast mich verletzt!« Das Blut sickerte durch seine Finger und tropfte von seiner Hand auf sein Wams.

Mathurine sah von Heinrich auf das Messer in ihrer Hand. Sie verstand nicht, was geschehen war. Von der Hasenpfote, selbst wenn sie Heinrich damit im Gesicht getroffen hätte, konnte er doch nicht bluten wie ein aufgeschlitztes Ferkel!

Auf einmal wurde sie an den Schultern gepackt und herumgerissen. »Wahnsinnige! Was fällt dir ein!« Es war Lombez. Hasserfüllt schüttelte er sie, und sie ahnte, was er mit ihr machen würde, wenn er Gelegenheit dazu bekäme.

Sie drehte sich wieder zu Heinrich um. Ein Pulk von Männern umringte ihn, einer der Herren zog ihm die Hände vom Gesicht, ein anderer drückte ihm ein Tuch ans Kinn, ein dritter rief nach den Ärzten.

Auf einmal entstand Tumult hinter Mathurine. »Der da war es!«, schrie jemand und zeigte auf einen Kerl, der ein wenig abseits stand.

Panik nistete in den Augen des Beschuldigten, ein blutverschmiertes Messer lag in seiner rechten Hand. Plötzlich warf er das Messer hin, fuhr herum und versuchte zur Tür zu gelangen.

»Er will fliehen! So haltet ihn doch!« Mathurine stieß Lombez mit einem wütenden Aufschrei von sich, sprang mit einem Satz zur Tür und warf sich davor auf den Boden.

Keinen Moment zu früh! Schon hing der Attentäter an der Klinke, zerrte mit beiden Händen daran, versuchte verzweifelt, die Tür zu öffnen, doch Mathurine stemmte sich mit ganzem Gewicht dagegen.

»Weg da, verschwinde!« Er trat nach ihr. »Geh doch weg, du vermaledeites Narrenweib!«

Sie blieb liegen, steckte seine Tritte ein.

Endlich kam man ihr zu Hilfe. Zwei packten die Arme des Täters, einer krallte sich in sein Haar.

Er spuckte aus. »Ihr könnt mich foltern, ihr könnt mich töten – meinetwegen! Gott wird mir beistehen und mich im Paradies für meine Tat belohnen, denn er selbst war es, der mich geschickt hat! Und hätte der König sich nicht plötzlich geduckt, um den Balg zu fangen, ich hätte nicht seine Lippen getroffen, sondern mit meinem Dolch sein ketzerisches Herz durchbohrt!«

Noch einmal spuckte der Mann aus – ach was, kein Mann, ein Junge war er von höchstens neunzehn Jahren! Ein hirnverbrannter einfältiger Tölpel, der tatsächlich glaubte, für seine feige Tat göttliche Ehre zu erlangen. Um so schlimmer, dass es ihm gelingen konnte, sich im Tross der Edelleute unbemerkt Zutritt zu den königlichen Gemächern zu verschaffen.

Sie brachten ihn fort und holten endlich die Ärzte. Zu dritt erschienen sie, untersuchten den Verletzten. Zwei Zähne waren ihm abgebrochen, ein Schnitt klaffte in seiner Unterlippe.

Als die Blutung gestillt war, schob Heinrich die Herren Doktoren von sich. »Schon gut, daran werde ich nicht sterben!« Er stand auf, ging zum Fenster.

»Ihr solltet jetzt ruhen und Euch schonen, Majestät!«

»Ja, ja.« Er winkte ab. »Ruhe verordnet ihr ja immer, wenn euch nichts Besseres einfällt!«

Sie verbeugten sich und zogen sich zurück, die Edelleute folgten ihnen.

»Du bleibst da!«, befahl Heinrich, als sich auch Mathurine der Tür zuwandte. »Komm, gib mir deinen Spiegel!«

Sie stellte sich neben ihn und reichte ihm den kleinen in Silber gefassten Spiegel, der an einer Kette an ihrem Gürtel hing.

Eine Weile starrte Heinrich hinein, hob vorsichtig die Lippe an, fuhr mit der Zunge über die abgebrochenen Zähne. »Wie soll sie mich denn so noch lieben?«

Mathurine hob die Hände, ließ sie wieder fallen und sah Heinrich durchdringend an. »Sie liebt dich mit und ohne Zähne nicht!«

»Schweig!« Er ließ den Spiegel fallen, nun baumelte er wieder an der Kette vor Mathurines Flickenkleid.

Sie lachte. »Klug zu reden ist oft schwer, klug zu schweigen noch viel mehr!« Dann griff sie nach ihrer Gitarre, die an der Wand lehnte. »Möchtest du, dass ich dir etwas vorspiele?«

»Was ist das zwischen dir und mir?«, fragte er, statt Antwort zu geben.

Sie schlug einen Akkord an. »Ich weiß nicht, was du meinst.«

»Du hast mir das Leben gerettet, nun schon zum zweiten Mal. War da eine Ahnung in dir, dass du mir im rechten Moment die Tatze zugeworfen hast?«

»Schenk dem Zufall nicht zu viel Gewicht, und belaste mich nicht damit, dass ich nun immerzu deinen Schutzengel spielen muss. Ich kann dir das Leben nicht retten, wenn der dort droben beschließt, dass es ein Ende mit dir haben muss.«

»Trotzdem danke ich dir.«

»Du dankst mir nur, um den Dank loszuwerden. Behalte ihn lieber für dich, bis ich ihn einmal brauchen kann.«

»Hm«, machte der König und lächelte, so gut es mit seiner malträtierten Lippe möglich war. »Dann also hast du etwas gut bei mir.«

21.

Mathurine war unterwegs zu Jacques Bernard, dem Drucker in der Rue Saint-Severin.

Auf dem Hinweg schlenderte sie über den Pont Notre-Dame, besah sich die Ware, die die Händler vor ihren Läden ausgestellt hatten, kaufte für Suzanne, die bald fünfzehn Jahre alt werden würde, ein kleines, silbernes Flakon und für Ginette einen Streifen blauen Stoffes, auf dem sie sticken lernen konnte.

Im Gedanken hörte sie Gustave schon protestieren.

»Du verwöhnst die Kinder zu sehr!«

Aber Mathurine wusste, was sie tat. Zu viele Kriege hatte sie miterlebt, zu oft mit ansehen müssen, dass nur der überleben konnte, der etwas zu tauschen hatte. Ein besonderes Schmuckstück, ein kunstvoll verziertes Messer machte den Kindern heute Freude und konnte morgen mehr wert sein als Geld, für das man plötzlich nichts mehr bekam.

Und überdies – sie liebte »ihre« Kinder, warum sollte sie sie nicht verwöhnen?

Als Mathurine Bernards Druckerwerkstatt betrat, sah sie ihre Zeitung schon fertig gebündelt auf dem Tisch liegen, ein Blatt lose daneben, damit sie es sich ansehen konnte.

Es war doppelt gefaltet, hatte also vier bedruckte Seiten. Vorne oben waren eine Narrenkappe und eine Marotte abgebildet, darunter stand in großen Lettern *Hofklatschzeitung*.

Auf der ersten Seite eine Glosse zum Attentat auf den König, auf der zweiten der Dialog zweier Hofdamen, die sich über das Gewand der Königin ausließen, das diese zum Sommerball getragen hatte, auf der dritten ein Spottlied, das von zwei Grafen handelte, welche um einen Hasen fochten, den ein dritter derweilen aufaß, und auf Seite vier ein zynisches Gedicht über die Liebe, das da hieß: *Das alte Einhorn und die Prinzessin*. Es war unschwer zu erraten, wer mit dem Einhorn gemeint war, das ein gewisses Prinzesschen nur zu gerne »aufspießen« würde.

»Nun, seid Ihr zufrieden, Frau Närrin?«

Mathurine fuhr herum und sah Bernard hinter sich. Sie nickte, legte das Blatt auf den Tisch zurück und zog einen kleinen Beutel mit Münzen aus der Falte ihres Rockes. Sie schüttete den Inhalt auf den Tisch, sah zu, wie Bernard nachzählte, nahm dann ihre Zeitungen und verließ die Werkstatt.

Zurück ging sie über die Südstadt, von dort betrat sie den Pont Neuf.

Es dämmerte bereits. Der Himmel, von grellem Rot und Gelb durchzogen, schien zu glühen wie Feuer. Ein Schwarm Krähen durchkreuzte das Bild, ihr Krächzen vermischte sich mit den Geräuschen des Flusses.

Mathurine besah sich das schaurig-schöne Schauspiel am Himmel, beugte sich nach einer Weile über das steinerne Brückengeländer und blickte hinunter ins Wasser. Erst als eine Kutsche hinter ihr vorbeifuhr, richtete sie sich wieder auf, wandte sich um und fing an, ihre Zeitungen zu verkaufen.

»Der neueste Hofklatsch! Greift zu, Leute, kostet nur sechs Deniers! Der neueste Hofklatsch – na, was ist, Marie, willste oder willste nicht?«

»Will nicht«, flüsterte plötzlich eine Stimme hinter ihr.

Mathurine blieb das Geschrei im Halse stecken. Langsam drehte sie sich um und starrte Hélène an. Sie war in ihr schwarzes Tuch gehüllt, stützte sich auf einen Stock und griff mit zitternder Hand nach Mathurines Arm.

»Es geht um Jacqueline.« Die Alte beugte sich dichter an Mathurines Ohr und flüsterte dringlich auf sie ein: »Das Kind … es soll mit Nicolas d'Amerval verheiratet werden!

In drei Tagen wird Verlobung sein und schon bald darauf die Hochzeit!«

»Jacqueline ...? Jacqueline soll mit Nicolas verheiratet werden?«

»Ja – ja, du hast richtig gehört!«

Entsetzt starrte Mathurine die Alte an. »Woher weißt du das?«

»Sylvie war gerade bei mir, sie hat es erzählt. Ich habe sie zu dir nach Hause geschickt, dort wartet sie auf dich.« Wieder zerrte Hélène an Mathurines Ärmel. »Na los, was stehst du hier noch rum, verlier keine Zeit! Du musst es verhindern! Wir beide haben schon genug Schuld auf uns geladen ...«

Mathurine rannte los. Im Laufen ließ sie die Hofklatschzeitungen fallen. Ein Windstoß fuhr zwischen die Blätter und wirbelte sie auf, trieb einige davon über den Brückenrand, ließ sie eine Weile über dem Fluss kreisen, bis sie auf dem Wasser landeten und von den Fluten mit fortgerissen wurden.

Sylvie war vierunddreißig Jahre alt und seit zwanzig Jahren bei den Vivières in Dienst. Sie hatte als Zimmermädchen angefangen, konnte sich aber schnell das Vertrauen Madames erwerben und wurde zuerst ihre Zofe, dann das Kindermädchen Jacquelines.

Später, als man Jacqueline im Hause einsperrte, war Sylvie oft der einzige Mensch, mit dem sie sprach, und so wurde ihr Vertrauensverhältnis noch enger als schon zuvor.

Dass ihre Großmutter und die Närrin am Schicksal des Fräuleins so regen Anteil nahmen, daran hatte sich Sylvie längst gewöhnt.

»Ich habe dem Kind auf die Welt geholfen, und bei Gott, es war alles andere als eine leichte Geburt gewesen, und eigentlich ist es ein Wunder, dass es überlebte!« Wie oft hatte ihre Großmutter davon erzählt. »Und wenn Gustave und Mathurine nicht gewesen wären, die mir geholfen haben, eine

Amme aufzutreiben, wo doch ganz Paris in hellem Aufruhr war, dann wäre es uns noch nach der Geburt gestorben!«

So hatte Sylvie ihrer Großmutter und Mathurine immer bereitwillig berichtet, wie es dem jungen Fräulein ging, was es inzwischen alles gelernt hatte, ob es lieber malte oder stickte, welche Lieder es gerne sang, ob es krank war, fleißig aß und ihre Eltern liebte. Und wenn sie bei Mathurine in der Küche saßen und über das Fräulein sprachen, dann gab es auch immer Leckereien zu essen, und es war lustig und gemütlich, und man hatte Späße dabei gemacht und gesungen und getanzt.

Aber heute war die Närrin so anders als sonst, so drängend und ungeduldig, ja geradezu unwirsch, und Sylvie hatte Angst vor ihr.

»Wieso heiratet sie Nicolas d'Amerval de Picardie?« Als Sylvie auf die Frage nicht gleich antwortete, wurde sie von Mathurine an den Schultern gepackt und geschüttelt. »Liebt sie denn nicht diesen Étienne de Boiselle?«

»Es ist, weil … weil Monsieur de Boiselle eine andere zur Gattin nimmt.«

»Eine andere?«

»Sie heißt Josette du Tarascon.«

»So schnell ist seine Liebe verglüht?« Mathurine wollte es nicht glauben.

»Er liebt das Fräulein ja noch, aber er möchte nicht, dass man sie seinetwegen länger quält. Das hat er ihr geschrieben.« Sylvie ließ den Kopf auf die Brust sinken. »Ich selbst habe ihr den Brief ins Haus geschmuggelt. Auf dem Weg in die Stadt steht eine alte Eiche mit einem Loch im Stamm. Da steckt er seine Nachrichten hinein. Immer freitags, wenn ich auf den Markt gehe, um für das Fräulein zu holen, was es sich wünscht. Ein Stück Seife, kandierte Angelica, Bänder für ihr Haar … sie denkt sich immer etwas aus. Und ich stecke die Briefe dann in meinen Saum.« Sie hob ihren Rock an und ließ eine kleine, verborgene Tasche sehen.

»Und warum ausgerechnet Nicolas … Nicolas d'Amerval de Picardie? Kennt sie ihn denn?«

Sylvie schüttelte den Kopf. »Es war vier Wochen nach dem Ball zur Einweihung der neuen Brücke. Da schrieb Monsieur de Picardie an meinen Herren. Er hätte das Fräulein auf dem Ball gesehen, und er sei von ihr sehr angetan gewesen. Und weil er verwitwet sei und eine Frau sucht, da wollte er in aller Form um ihre Hand anhalten, sofern das Fräulein sich vorstellen könnte, an seiner Seite in seinem bescheidenen Landschloss zu leben. Und er würde dem Fräulein zu jeder Zeit mit Achtung begegnen und wollte ihr gerne ihre Freiheiten lassen und täte sich auch freuen, wenn sie in seinem Haus mit ihrem wachen Geist und ihrer rühmlichen Bildung einen frischen Wind wehen ließe.«

»Hm«, machte Mathurine und seufzte.

»Und das hat dem Fräulein zugesagt. Sie meinte, wenn sie schon das Bett mit einem ungeliebten Mann teilen müsse, dann würde es ihr bestimmt leichter fallen, wenn er kein dummer Tölpel wäre und ihr dafür wenigstens tagsüber ein wenig Freiheit ließe und ihre Bildung als rühmlich empfände. Und dass dieser Picardie besser sei als alle, die man ihr bisher an den Hals gehetzt hatte, hatte sie gesagt. Und darum gab sie ihr Ja, und seitdem weint sie nur noch und tut mir von ganzem Herzen leid.«

Mathurine starrte Sylvie finster an. Die Ärmste saß da wie ein Häufchen Elend und hatte nun selbst Tränen in den Augen. »Was ist denn heute nur los mit Euch, Frau Gevatterin, Ihr seid so seltsam. Habe ich etwas Falsches getan?«

»Wie?« Mathurine schreckte aus ihren Gedanken. »Du?« Sie schüttelte den Kopf. »Aber nein! Es tut mir leid, wenn ich dir Angst gemacht habe, es ist nur … Jacqueline darf diesen Mann nicht heiraten! Warum, kann ich dir nicht erklären, du musst mir einfach vertrauen.« Sie legte ihr eine Hand auf den Arm und lächelte begütigend. »Glaube mir, dein Fräulein ist mir so lieb und wertvoll, als wäre sie meine eigene Tochter. Niemals würde ich ihr etwas Böses zugedenken.«

»Aber das weiß ich doch!«

Mathurine stand auf. »Suzanne wird dir von den Kürbissen bringen, die sie letzte Woche in Sirup eingelegt hat, und wenn du dich satt gegessen hast, fährt dich Gustave nach Hause.« Damit verließ sie die Küche.

Sylvie atmete auf. Sie hatte schon gedacht, die Gevatterin sei böse mit ihr, deshalb müsse sie heute den weiten Weg zum Château laufen.

Vor Aufregung ließ Suzanne den Zinnbecher fallen, aus dem sie hastig einen Schluck Milch getrunken hatte. Ein Spritzer war auf der dunkelblauen Seide des vornehmen Kleides zu sehen, das man ihr angezogen hatte.

»Pass doch auf! – Zapple nicht so herum!« Marie putzte den Fleck mit einem feuchten Tuch heraus.

»Ich würde mich so gerne ansehen.« Das Mädchen drehte sich zu Mathurine um, die am Fenster stand. »Du hast doch den venezianischen Spiegel in deiner Prunkstube, oben, da wo die Bücher sind.«

»Dafür haben wir jetzt keine Zeit.« Mathurine steckte ihr eine Spitzenmantille ins Haar, nahm das Cape, das auf dem Stuhl bereit lag, und hängte es dem Mädchen über die Schultern. »Wenn du zurück bist, kannst du dich betrachten, meinetwegen lass das Kleid an, so lange du willst.«

Suzanne strahlte. »Danke, Tante!«

Marie küsste ihre Tochter, sie lächelte. »Schön siehst du aus, wie eine richtige Prinzessin!«

Sie eilten die Treppe hinunter.

Mathurines Kutsche stand in der Halle bereit, eine zweite, die sie gemietet hatte, wartete vor dem Haus.

Als Mathurine und Suzanne eingestiegen waren, kletterte Victor zu seinem Vater auf den Bock, Gustave schnalzte mit der Zunge und gab den Pferden die Zügel.

Marie winkte ihnen nach, rief »Passt auf euch auf!«, und schloss das Tor.

Sie verließen die Stadt durch das Port Saint-Honoré, die zweite Kutsche folgte ihnen.

Zum Glück hatte es lange nicht geregnet, auf trockenen Wegen würde die Fahrt flott gehen. Etwa eine knappe Stunde würden sie brauchen, bis sie das Sommerpalais des Königs erreichten, wo sich Heinrich zu einer Besprechung mit den Herren von Villeroi, Arcon und Neufville aufhielt.

Es dämmerte bereits, sie jagten der untergehenden Sonne entgegen.

Mathurine beugte sich aus dem Fenster, um nach der zweiten Kutsche zu sehen. Sie war abgefallen. »Wir sind zu schnell!«, rief sie nach vorne, aber Gustave und Victor hörten sie nicht oder wollten nicht hören.

Sie lehnte sich wieder zurück und betrachtete Suzanne in ihrem eleganten Kleid. Wie schön sie war! Die dunkelblaue Seide spiegelte sich in ihren Augen, und um ihren Mund lag dieses ganz besondere Lächeln, das sie nur von jungen Mädchen kannte.

Mathurine seufzte. Auch sie selbst hatte einmal so gelächelt, wenn sie nach durchträumten Nächten einem unbestimmten Glück entgegenfieberte und sicher war, an der Hand eines geliebten Mannes würde alles besser werden!

O banges Hoffen – o bitteres Erwachen!

Von ihren Träumen war nicht viel übriggeblieben. Das Leben putzte sich nun einmal nicht so fein heraus, wie Mädchenträume es ersonnen. Nur wenige Augenblicke waren so kostbar und strahlend schön, dass man sie festhalten mochte. Doch selbst dann lag ein dunkler Hauch über dem Glanz, ein kleines Sterben steckte in jeder süßen Sekunde, die Erkenntnis, dass kein Glück ewig währte, und ging man noch so behutsam damit um.

Sie griff nach Suzannes Hand und behielt sie in ihrer. »Wie sehr ich dich liebe – wie wertvoll du mir bist!«

Das Mädchen lachte. »Ich weiß doch, Tante! Und ich liebe dich auch.«

Als Gustave hinter den Buchen und Eichen, die sich langsam lichteten, die beleuchteten Fenster des Schlosses erkannte – wie kleine Irrlichter blitzten sie zwischen den Bäumen auf –, ließ er die Pferde in Schritt fallen, wartete, bis die zweite Kutsche aufgeschlossen hatte, und gab dem Kutscher Zeichen, dass er hier warten sollte.

Mathurine nahm die Spitzenmantille, die sie Suzanne ins Haar gesteckt hatte, und zog sie ihr übers Gesicht. »Tu nur alles so, wie wir es besprochen haben«, sagte sie dabei, »dann werden sich die Dinge schon fügen.«

»Ja, Tante.« Das Mädchen bekreuzigte sich.

Sie fuhren auf den Hof des Schlosses. Einer der Wachmänner sah in den Fond des Wagens. »Es ist die Närrin«, gab er den anderen Bescheid.

Mathurine stieg aus. »Ich bringe Botschaft für den König.«

»Wen hast du da bei dir?« Der Mann deutete mit seiner Muskete auf Suzanne.

Mathurine neigte sich an sein Ohr. »Eine Dame von allerhöchstem Rang«, flüsterte sie, »gebt nur gut acht, dass ihr nichts zustößt!«

Vor dem Audienzzimmer saßen drei Edelmänner aus des Königs Gefolge. Einer von ihnen, Graf von Orthez, sprang auf und stellte sich Mathurine in den Weg.

»Ich muss zum König«, sagte sie.

»Einige Herren sind zu einer Besprechung bei ihm, ich denke nicht, dass er jetzt seine Närrin sehen will.«

»Oh, das denke ich schon!« Mathurine zog ein Spitzentuch aus dem Ärmel und hielt es ihm hin. Das Monogramm der Prinzessin von Condé war daraufgestickt, darunter ihr Wappen, und etwas war darin eingeschlagen. Sie faltete es auf, eine Haarlocke wurde sichtbar. »Eine gewisse Dame schickt mich. Besser, man lässt mich durch, oder will man sich den Zorn des Königs zuziehen?«

Eine Weile maßen sie sich mit Blicken, dann trat Orthez zurück und gab dem Diener Zeichen, die Tür zu öffnen.

Heinrich fuhr auf, als Mathurine eintrat. »Was ist denn? Was willst du hier! Habe ich etwa nach dir rufen lassen?«

Sie verbeugte sich, hielt dann das Tuch so vor den Mund, dass er das Monogramm sehen musste.

Sofort sprang er auf, »Verzeihung, meine Herren«, und folgte Mathurine zum Fenster.

Sie hatte das Tuch inzwischen aufgefaltet und hielt es ihm hin. Er starrte auf die Haarlocke. »Mein süßes Kind, meine Tochter ...«, flüsterte er, »was ist mit ihr?«

Mathurine deutete mit einer Kopfbewegung aus dem Fenster, er folgte ihrem Blick. Drunten im Hof war eine Kutsche zu sehen, davor ging eine junge verschleierte Frau auf und ab.

»Sie ist heimlich hier, niemand weiß davon. Etwas ist geschehen, was, wollte sie dir selbst sagen. Sie erwartet dich. Es eilt! Schick die Herren für heute nach Hause, sag deinen Edelleuten, dass du ihre Begleitung nicht wünscht, und folge mir. In der Kutsche wird sie dir alles erzählen.«

Heinrich nahm das Tuch, roch daran. Charlottes Parfum, dieser himmlische Duft! Dann wandte er sich um. »Meine Herren, etwas Wichtiges ist dazwischengekommen, wir müssen unser Gespräch auf morgen verschieben.«

Schon war er an der Tür, gab Orthez Anweisungen und eilte mit fliegenden Schritten dem Ausgang entgegen.

Als Suzanne den König auf den Hof treten sah, stieg sie schnell ein. Heinrich und Mathurine folgten ihr. Kaum dass sie saßen, knallte eine Peitsche, und sie fuhren los.

In der Kutsche brannte inzwischen eine Laterne. Es roch nach Lampenöl, diffuses Licht warf lange Schatten gegen die Wände.

»Meine vielgeliebte Tochter – wie ich höre, braucht Ihr meine Hilfe?« Heinrich griff nach der Hand des Mädchens und führte sie an seine Lippen.

Ein dumpfes Geräusch war zu hören – sie fuhren über die hölzerne Brücke –, dann befanden sie sich auf der Allee.

Plötzlich stutzte Heinrich. Die von der Küchenarbeit rauen Finger, der Geruch nach Feuerholz und Ziegenmilch, der sich nicht herauswaschen ließ ...

»Das ist nicht Charlotte!« Er zog Suzanne die Mantille vom Gesicht. »Wer ist sie? Was soll das?« Er starrte Mathurine an.

Im nächsten Moment stoppte die Kutsche. Die Tür wurde aufgerissen, Suzanne stieg hastig aus, die Tür fiel wieder zu, und die Kutsche fuhr weiter.

Mathurine beugte sich aus dem Fenster, sah, wie das Mädchen in die zweite Kutsche einstieg. »Komm gut nach Hause«, flüsterte sie.

»Sofort lässt du umkehren!« Heinrich packte Mathurine am Arm und zerrte grob an ihr. »Dieser Spaß geht zu weit, er bringt dich an den Galgen! Meine eigene Närrin entführt mich! Hat man dir etwa Geld dafür geboten? Bezahle ich dich nicht gut genug?« Die Adern an seinen Schläfen waren vor Zorn fingerdick angeschwollen.

»Kein Spaß, König, es ist mir durchaus ernst!« Sie zog die Narrenkappe vom Kopf. »Tut mir leid, dass ich gezwungen war, zu solchen Mitteln zu greifen. Doch wäre ich nur gekommen und hätte Eure Majestät um ein Gespräch gebeten, hätte man mich nicht vorgelassen. Man hätte mich auf morgen vertröstet – aber morgen ist es bereits zu spät! Wenn es denn sein muss, so hängt mich auf, aber zuerst bitte ich Euch, mir zuzuhören.«

»Ich denke nicht daran! Nicht unter solchen Umständen!«

Mathurine sah ihm fest in die Augen. »Habe ich nicht noch Euren Dank gut? Dies ist die beste Gelegenheit dafür!«

Er presste die Lippen zusammen. »Also gut, dann rede«, sagte er nach einer Weile, »was gibt es so Dringendes!«

»Die Hochzeit Nicolas' d'Amerval de Picardie mit Jacqueline du Vivière. Heute Abend wird man den Ehevertrag unterzeichnen, morgen früh geht man zur Messe. Doch auf gar keinen Fall darf er sie heiraten!«

»Wie bitte?« Fassungslos starrte Heinrich sie an. »Und deshalb entführst du mich? Weil dir irgendeine Heirat nicht in den Kram passt! Was ist los mit meiner Närrin, ist sie jetzt tatsächlich närrisch geworden?«

Mathurine hielt seinem Blick stand. »Es darf nicht sein – denn er ist ihr Vater!«

Heinrichs Lippen öffneten und schlossen sich, kein Wort kam heraus. Dann lachte er plötzlich los. »Du willst also behaupten, dass Nicolas d'Amerval und die über jeden Tadel erhabene Madame du Vivière ...«

»Nein, um Himmels willen, nein! Es ist nicht so wie Ihr denkt – es ist ... Madame du Vivière ist nicht Jacquelines Mutter, und Jacqueline ist eigentlich auch gar nicht Jacqueline, sondern Nicoline.«

Heinrich rang die Hände. »Hatte ich es doch geahnt, sie ist verrückt geworden!« Er pochte gegen die Wand. »Kutscher, anhalten, sofort!«

»Das nützt nichts, er wird nicht anhalten.«

Erst jetzt fiel dem König auf, in welch halsbrecherischem Tempo sie fuhren. Er neigte sich aus dem Fenster, um zu sehen, wo sie waren. Ein lichter Wald umgab sie, über den Baumkronen stand der Mond am Himmel, der sich im letzten Viertel befand. Sein schwacher Schimmer brachte nicht viel mehr, als den Dingen ein gespenstisches Aussehen zu geben, dazu der Schrei eines Käuzchens, das Huschen nachtwandernder Tiere hinter Bäumen, die wie im Flug an ihnen vorbeirasten – die Szenerie kam ihm vor, als befänden sie sich in einer der Geschichten, die ihm Mathurine des Winters hin und wieder am Kaminfeuer erzählte.

Heinrich lehnte sich wieder zurück und sah Mathurine an. »Sag deinem wahnsinnigen Kutscher gefälligst, er soll die

Pferde zügeln, sonst wird er uns noch zu Tode bringen! Wohin fährt er uns überhaupt?«

»Zum Château Vivière.« Mathurine stülpte sich ihre Kappe wieder auf den Kopf und setzte sich auf die Bank gegenüber, so dass sie Heinrich direkt ins Gesicht sehen konnte. »Ich bitte dich, hör mir zu, König – und bald wirst du alles verstehen! Vor zwanzig Jahren, bei einem Hoffest in kleinem Kreise, erlaubte sich dein Vorgänger einen Spaß mit mir. Er ließ mich mit dem jungen Nicolas d'Amerval in eine Wäschekammer im Keller des Louvre sperren. Dort vergaß man uns, und wir mussten drei Tage und Nächte ausharren, bis sie sich endlich erinnerten und uns befreiten. Wie man schwanger wird, muss ich dir wohl nicht erzählen. Jedenfalls bekam ich ein Kind von Nicolas – was er jedoch nicht weiß. Niemand weiß es, außer meiner Hebamme und meinem Neffen, es ist der Kutscher, der uns gerade fährt.«

Heinrich seufzte. Was für eine hanebüchene Geschichte wollte ihm seine Närrin da auf die Nase binden!

»Es war eine Tochter«, fuhr Mathurine fort, »die ich zur Welt brachte, ein wunderschönes gesundes Kind. Doch so sehr ich es mir auch wünschte, ich konnte die Kleine doch nicht behalten! Du kennst die Gesetze. Man hätte versucht, mich zu zwingen, den Vater zu nennen. Ich hätte dem standgehalten, da kannst du sicher sein, aber dann hätte man dem Kind einen Vormund gestellt, und er hätte sich fortwährend in unser Leben gemischt. Außerdem: Wer will schon eine Närrin zur Mutter haben? Spott und Hohn wären Nicoline sicher gewesen. Man hätte ihr tausend Väter angedichtet, Gerüchte und Verleumdungen hätten sie auf ewig verfolgt! Also habe ich beschlossen, sie einem reichen, kinderlosen Kornhändler in Pflege zu geben, einen besseren Platz konnten wir nicht finden.«

Mathurine zuckte die Schultern. »Doch dann griff das Schicksal ein. Zwei Tage später gebar Madame du Vivière mit Hilfe meiner Hebamme ebenfalls eine Tochter. Das Mädchen war sterbenskrank, die Hebamme erkannte, dass es keine drei Tage überleben würde! Wir haben die Kinder dann heimlich ausgetauscht, denn wir fanden, so sei allen am besten gedient. Die Tochter eines Grafen konnte ihrem Stande gemäß aufwachsen, ich konnte sie wenigstens hin und wieder zu Gesicht bekommen, und Madame du Vivière musste den traurigen Tod ihres eigenen Kindes nicht hinnehmen, das, so viel war klar, nach dieser schweren Geburt ihr einziges bleiben würde.«

Mathurine kam zum Ende. »Tatsächlich starb die Tochter der Vivières schon zwei Tage später, ich selbst hielt sie in den Armen, als sie ihr Leben aushauchte. Wir haben sie dann in das Grab meines Onkels gelegt, dort ruht sie in Frieden bis heute.«

Heinrich sah Mathurine an, als könne er durch ihre Augen in ihr Innerstes schauen. Er konnte nicht glauben, was sie ihm da erzählte! Vermutlich war er nur einem ihrer verrückten Späße auf den Leim gegangen, und am Ende würden sich alle prächtig darüber amüsieren, dass es ihr gelungen war, ihn derart an der Nase herumzuführen. Man stecke irgendein Küchenmädchen in ein Seidenkleid, und schon ist der König als eitler Pfau und geiler Bock entlarvt!

»Wer war das Mädchen im blauen Kleid«, fragte er deshalb.

»Die Tochter meines Neffen.«

»Und die Haarlocke?«

»Stammt ebenfalls von ihr.«

»Das Spitzentuch?«

»Habe ich der Prinzessin entwendet, sie hat es ganz sicher nicht bemerkt. Und alles Weitere hat deine Phantasie für mich erledigt.« Mathurine konnte sich ein Grinsen nicht verkneifen. »Wenn ein altes Haus brennt, dann hilft nun mal kein Löschen!«, sagte sie in Anspielung auf seine verhängnisvolle Leidenschaft für die vierzehnjährige Prinzessin von Condé.

»Du machst dich lustig über mich, und alle wissen es!«

Noch einmal zog Mathurine ihre Narrenkappe vom Kopf und sah den König ernst an. »Nein, bei meiner Seel', dies hier ist kein Spaß, ich lüge nicht!«

Heinrich schloss die Augen und dachte nach. Er erinnerte sich an Mathurines seltsames Benehmen beim Brückenfest, und plötzlich ergab alles einen Sinn. Beim Barte Adams, wenn diese haarsträubende Geschichte tatsächlich der Wahrheit entsprach, dann musste diese Ehe in der Tat verhindert werden!

Er öffnete die Augen wieder. »Aber wie kann ich die Heirat verhindern? Soll ich ihnen etwa erzählen, dass du sie alle zum Narren gehalten hast? Das kannst du doch selbst auch, dazu brauchst du mich nicht!«

»Gott bewahre!« Mathurine rang die Hände. »Wir würden Madame du Vivière unglücklich machen, ihren Gatten zur Raserei bringen, das Mädchen bloßstellen und die arme Hebamme, die noch lebt, dem Scharfrichter ausliefern. Nein, das wäre keine gute Lösung! Sag ihnen einfach, dass diese Hochzeit nicht stattfinden kann!«

Er lachte – es war ein hämisches Lachen. »Und mit welcher Begründung?«

»Du bist der König, du brauchst keine Begründung! Du willst es so, und sie werden sich fügen. Aber wenn du denn eine Begründung brauchst, dann sag ihnen, du möchtest Frieden haben unter deinem Dach und wünschst, dass sich die Herren du Vivière und de Boiselle versöhnen und dies mit der Heirat ihrer Kinder besiegeln. Dann hast du ganz nebenbei auch noch zwei junge Menschen glücklich gemacht.«

»Hm«, machte der König. Das würde sogar plausibel klingen. Jeder wusste, wie sehr er Streit und Missgunst hasste. Oft genug hatte er den Adel zu höflichem Umgang miteinander ermahnt, um dem Volk ein gutes Beispiel zu geben. Selbst seine Gattin fügte sich drein und begegnete seiner

Mätresse und deren Kindern, die mit ihr unter einem Dach lebten, wenigstens dem Schein nach mit Höflichkeit und Achtung.

»Und Nicolas d'Amerval?«

»Ich rede selbst mit ihm.« Mathurine seufzte. Vermutlich würde er sie hassen, weil sie sich wieder einmal in sein Leben einmischte!

Eine Weile saßen sie schweigend da und starrten aus dem Fenster. Es schien, als wären nicht sie in Bewegung, sondern die Landschaft zöge an ihnen vorbei. Die Bäume neigten sich im fahlen Mondlicht einander zu und wieder voneinander fort, schienen zu schwanken, wie riesige Kornähren im sanften Windhauch. Dazwischen blinkten vereinzelt Sterne, als wären sie Funken über einem riesigen Feuer aus Reisig und Tannenzweigen.

»Eines würde mich noch interessieren«, sagte Heinrich plötzlich. »Hast du ihn geliebt?«

»Was fragst du da! Es geht dich nichts an.«

»Du kennst mich besser als meine Gattin mich je kennen wird. Wir haben über Dinge gesprochen, mit denen ich nicht einmal mit meinem Freund Sully reden würde. Warum willst du mir nicht dieses eine Mal auch dein Herz anvertrauen?«

»Mit vielen teile deine Freuden, mit allen Munterkeit und Scherz, mit wenig Edlen deine Leiden und Auserwählten nur dein Herz!«

»So zähle ich also nicht zu deinen Auserwählten und hältst du mich nicht für würdig, einen Blick hinter deine Narrenmaske zu werfen?«

Mathurine schüttelte den Kopf. »Ach, herrje, was sollte es dort schon zu entdecken geben? Lebt eine Närrin nicht unter denselben Sternen wie jede andere Frau auch? Hat sie nicht dieselben Gefühle, Ängste, Hoffnungen? Wenn ich dein Schloss verlasse und in meine kleine Welt eintauche – ein Haus mit vier Kammern, einer Küche und einem eigenen Brunnen –, dann lebe ich, wie sie alle leben. Mein Neffe, seine Frau, seine drei Kinder sind für mich wie eine Familie. Wenn Krankheit und der Schatten des Todes auf unserem Haus lasten, wenn du, König, Hunger und Not über dein Volk bringst, wenn Kriege über das Land fegen wie eine verheerende Feuersbrunst, dann bin auch ich betroffen und bange um die, die mir wertvoll sind. Deine Welt ist groß, dein Dach umspannt ein ganzes Land – *meine* Welt ist so klein wie die eines jeden anderen, der sich nicht König nennen kann.«

»Und Nicolas? Wenn er kein Graf oder du Gräfin wärest …«

»Diese Frage hat sich mir nie gestellt. Ich bin deine Närrin, und ich bin es gerne und möchte es bleiben, bis ich eines Tages ins Gras beißen muss. Für eine Ehe wäre ich ohnehin nicht geschaffen!« Mathurine seufzte. »Also gut, wenn es denn sein muss – ja, ich habe ihn geliebt und ich liebe ihn immer noch und werde ihn ewig lieben, denn ich habe ihm mein Herz geöffnet.«

Lange und schweigend sah Heinrich sie an, bevor er fragte: »Ist *das* Liebe? Jemandem sein Herz öffnen?«

»Wenn nicht das, was dann? Dies ewige Fordern und Begehren, dies Eintauchen in einen anderen Leib, um sich für einen kleinen Moment nicht so einsam zu fühlen – soll *das* etwa Liebe sein?«

»Mir hat es immer geholfen«, flüsterte Heinrich mehr zu sich selbst als zu Mathurine.

Mathurine lachte auf. »Ach! Ich möchte behaupten, nichts hat so viel Unglück über dich gebracht wie deine Frauen! Sie haben dir alle auf der Nase herumgetanzt! Sogar deine Ehefrau, die so dringend zur Königin gekrönt werden will! Sie teilt mit dir das Bett, aber nicht ihr Herz. Das schlägt alleine für die Macht, nach der sie so giert! Und deine Mätresse trifft sich heimlich mit ihrem Stiftsvogt und zeigt deine Briefe herum und macht sich lustig über deine Eifersucht! Und dein süßes Engelchen Charlotte liegt im Bett deines Ziehsohnes und raubt dir noch das letzte bisschen Verstand! Nennst du das Liebe und hättest du nicht ein wenig mehr verdient? Vielleicht, dass eine dir endlich einmal ihr Herz öffnet?«

»Hast *du* mir je dein Herz geöffnet?«

»Dir war ich treu! Immer und bedingungslos. Das ist alles, was du von deiner Närrin erwarten solltest.«

Heinrich nickte. »Die Liebe ist wie ein Kerker im Himmelreich … gäbe es sie nicht, wäre der Himmel das Paradies.«

Mathurine legte ihre Hand auf den Arm Heinrichs und lächelte. »Du bist ein guter König und ein noch besserer Feldherr! Einmal sagtest du, Ackerbau und Viehzucht sollen die Brüste sein, von denen sich Frankreich ernährt, und du sagtest, du wünschtest, dass in deinem Lande ein jeder Bauer sonntags sein Huhn im Topf habe. Du sagtest weiterhin, zwar solle das Volk dem Adel Untertan sein und gehorchen, aber der Adel solle dem Volk dafür auch danken, indem er für es sorgte wie ein guter und liebender Vater für seine Kinder. Und ich weiß, du selbst gingest, ohne mit der Wimper zu zucken, für dein Land und dein Volk in den Tod, wenn es sich nicht vermeiden ließe. Doch was die Frauen betrifft, bist du mit Blindheit geschlagen und taugst allerhöchstens zum Weiberhelden.«

»Das sagt eine zu mir, die selbst durch alle Betten reitet!«

Mathurine lachte. »Aber an der Nase herumführen ließ ich mich noch von keinem meiner Liebhaber!«

Plötzlich wurde gegen die Wand gepocht, dann verlor die Kutsche an Tempo. »Wir scheinen da zu sein.« Mathurine beugte sich aus dem Wagen und sah vor sich das Château Vivière. Alle Fenster waren beleuchtet, selbst auf den Stufen, die zum Eingang führten und die mit einem roten Teppich ausgelegt waren, brannten rechts und links fünfarmige Kandelaber.

Als die Kutsche anhielt, öffnete ein Livreediener die Tür. Mathurine sprang zuerst aus dem Wagen. »Hier ist der König, ich habe ihn uns mitgebracht!«, rief sie so laut, dass es von den Wänden des Schlosses hallte.

Der Livrierte erblasste, als er in dem Mann, der nun ausstieg, tatsächlich den König erkannte. Schnell hob er die Hand, worauf die Dienerschaft ausschwärmte wie ein Trupp Ameisen. Einer, der oben an der Treppe stand, verschwand im Schloss, vier andere bildeten in Windeseile ein Spalier, ein weiterer bat den König, ihm zu folgen, und ging voraus.

Kaum waren sie oben angekommen, eilten ihnen auch schon Madame und Monsieur du Vivière entgegen. Madame blieb in gebührendem Abstand stehen und fiel in einen Hofknicks, Monsieur verneigte sich und ging dann auf den König zu, der ihm freundschaftlich die Schulter klopfte und einen guten Abend wünschte.

Auch Monsieur du Vivière war angesichts so hohen Besuches blass geworden. »Majestät, hättet Ihr uns Euren Besuch angekündigt, wir hätten alles getan, Euch gebührend zu empfangen. Es ist zwar für gutes Essen gesorgt, denn wir haben heute etwas zu feiern, doch ich fürchte …«

»Ihr müsst Euch nicht entschuldigen, Monsieur«, fiel ihm Heinrich ins Wort. »Ich bin auch gar nicht gekommen, um Euch Umstände zu machen.« Er sah sich um. »Können wir uns an einen stillen Ort zurückziehen? Ich habe etwas mit Euch zu besprechen.«

»Selbstverständlich – wir gehen in den kleinen Salon.« Monsieur du Vivière tauschte Blicke mit seiner Gattin, die sofort vorauseilte, um den Raum zu inspizieren.

»Und bitte, lassen Sie auch Monsieur d'Amerval holen«, bat Heinrich.

Erstaunt sah du Vivière den König an, beauftragte aber umgehend einen der Diener.

Als sie den kleinen Salon betraten, stand auf dem Tisch schon ein Tablett mit einer Karaffe Rotwein und vier Gläsern bereit und war eilig der Kamin nachgeschürt worden. Frische Holzscheite loderten auf, das Feuer knisterte, einige Funken sprangen auf die Bodenkacheln, die den Kamin säumten, und verglühten dort.

Monsieur du Vivière bot dem König einen Platz an, wartete, bis er Platz genommen hatte, und setzte sich dann ebenfalls, Mathurine stellte sich ein wenig abseits an die Wand.

Ein Diener schenkte gerade Wein ein, als Nicolas den Raum betrat. Er begrüßte den König und nahm, als er aufgefordert wurde, neben du Vivière Platz.

Erst als Mathurine sich räusperte, sah er sich um und entdeckte sie. Er maß sie mit Blicken, als wolle er sie bis in ihr tiefstes Inneres ergründen, dann wandte er sich wieder dem König zu.

Heinrich nahm das Glas, das man ihm anbot, prostete den beiden Herren zu und trank, dann stellte er es auf dem Beistelltisch ab und richtete das Wort an Monsieur du Vivière. »Mir ist zu Ohren gekommen, Monsieur, dass Ihr Eure Tochter morgen mit Monsieur d'Amerval verheiraten wollt.«

»Ja, das ist richtig.« Du Vivière räusperte sich.

»Nun, ich möchte das nicht.«

»Wie bitte?« Nicolas und du Vivière tauschten Blicke. Ratlosigkeit machte sich auf ihren Gesichtern breit.

Während du Vivière sich mit einem Tuch nervös den Mund abtupfte, wandte Nicolas den Kopf und starrte Mathurine an. Seine Augen waren dabei so weit aufgerissen wie sein Mund, sie konnte ihm ansehen, wie die Gedanken in seinem Kopf rasten.

»Ich habe anderes mit Monsieur d'Amerval vor, mehr möchte ich dazu vorerst nicht sagen. Eine«, Heinrich unterbrach sich und schien nach dem treffenden Wort zu suchen, »nun, nennen wir es einmal ›geheime Mission‹. Außerdem bin ich der Meinung, dass es nach mehr als hundert Jahren Familienfehde endlich an der Zeit ist, den Streit mit Monsieur de Boiselle beizulegen, und wie könnte das besser besiegelt werden als durch eine Heirat Eurer Tochter mit seinem Sohn!«

Monsieur du Vivière sprang auf. Mathurine sah, wie er zitterte. Seine Fäuste ballten sich, und für einen Moment glaubte sie, er würde losbrüllen.

Doch plötzlich setzte er sich wieder und sagte mit gepresster Stimme: »Wenn Eure Majestät es wünschen.«

Heinrich nickte. »Ich möchte, dass man sich verträgt unter meinem Dach. Vorkommnisse wie auf dem Ball zum Brückenfest sind mir zutiefst zuwider.«

»Ich verstehe.« Nun wurde das Gesicht du Vivières rot, ein wütender Blick traf Mathurine – selbstverständlich hatte man ihm von ihren Auslassungen über ihn berichtet.

»Dann sind wir uns also einig.« Heinrich schlug mit beiden Händen auf seine Knie, als könne er die Abmachung durch diese Geste besiegeln. »Und wenn Eure Tochter es mir gestattet, werde ich für ihr erstgeborenes Kind gerne der Pate sein!«

Du Vivières Gesicht erhellte sich nun wieder. Der König als Pate seines zukünftigen Enkels, eine größere Ehre gab es für seine Familie nicht!

»Ich bin sicher, meine Tochter wird sich überglücklich zu schätzen wissen!«

»Also, dann möchte ich das Fräulein Jacqueline jetzt begrüßen!« Heinrich stand auf und fasste du Vivière am Ellenbogen.

»Ich werde sie rufen lassen.«

»Nein, nein, wir gehen zu ihr.« Mit einem Seitenblick auf Mathurine schob er du Vivière freundlich, aber bestimmt zur Tür.

Als sie alleine waren, ging Nicolas auf Mathurine zu. Aus dünnen Augenschlitzen sah er sie an. »Da hast doch du wieder einmal deine Hand im Spiel! Schon damals, vor zwanzig Jahren, hast du aus mir unerfindlichen Gründen dafür gesorgt, dass man mich des Hofes verwies. Und jetzt verhinderst du meine Heirat! Warum? Was fällt dir ein, dich ständig in mein Leben zu mischen!«

»Genügt es dir, wenn ich dir sage, dass es wichtige, dass es unausweichliche Gründe gibt?«

»Nein, das genügt mir nicht!« Seine Augen blitzten. »Wenn du schon Schicksal spielst, dann möchte ich wenigstens wissen, warum.«

Mathurine stellte sich ans Fenster und starrte hinaus. Eine Kutsche fuhr vor, hielt an der Treppe, zwei ältere Damen stiegen aus. »Warum sie? Warum ausgerechnet Jacqueline du Vivière?«, fragte sie, ohne sich umzuwenden.

Nicolas atmete tief durch. »Ich wüsste nicht, was es dich angeht. Aber bitte, ich will es dir trotzdem erklären! Am Ball zum Brückenfest fiel sie mir auf. Du hattest ja genug Wind um sie gemacht. Ich fragte nach und erfuhr, dass man sie zu Hause einsperrte, weil sie diesen Étienne de Boiselle liebt, den sie nicht lieben darf, und dass man sie zwingen wollte, Benoit de Sergenon zu heiraten. Ich kenne Sergenon – mein Gott, was sollte eine so schöne und kluge junge Frau wie Jacqueline du Vivière mit einen alten Simpel wie ihm? Dazu ein Haufen Kinder, ein ›Schloss‹, das eine halbe Ruine ist und drei Tagesreisen entfernt von Paris? Da tat sie mir leid, und weil sie mir gefiel und ich, wie du ja weißt, ebenfalls eine Frau suche, erwog ich, selbst um ihre Hand anzuhalten. Immerhin konnte ich ihr einiges mehr bieten, und natürlich würde ich sie zu nichts zwingen, was sie mir nicht freiwillig zu geben bereit war. Ich ließ den Plan allerdings wieder fallen – bis ich vor einigen Wochen hörte, dass Étienne de Boiselle Josette du Tarascon zu heiraten gedachte und Jacqueline daraufhin verlangte, in ein Kloster eingekauft zu werden.« Er rang die Hände. »In ein Kloster, mein Gott! Aus enttäuschter Liebe sich der Welt entziehen! Eine Frau wie sie, die sich nicht fügen will! Die sich mit Mathematik und Philosophie beschäftigt! Unglücklich wäre sie geworden; hinter Klostermauern, eingesperrt mit einer Horde von Nonnen, die entweder bigott sind oder frustriert, weil man sie der Welt entrissen hat.« Nicolas setzte sich. »Da schrieb ich einen Brief an Monsieur du Vivière und einen an seine Tochter, in dem ich um ihre Hand anhielt. Viel Hoffnung hatte ich nicht, dass sie mir ihr Jawort geben würde, umso erstaunter war ich, als sie sich dann doch einverstanden erklärte.« Er sprang wieder auf, fasste Mathurine an den Schultern und schüttelte sie. »Und nun frage ich dich, was wäre so schlimm daran gewesen, wenn sie mich geheiratet hätte?«

Mathurine sah ihn fest an. »Wenn du wirklich so edelmütig dachtest, dann müsstest du doch eigentlich froh sein, dass Jacqueline du Vivière nun den Mann bekommt, den sich ihr Herz wünscht.«

Nicolas seufzte. »In der Tat, das ist das einzig Gute an der Sache. Wenn ich auch zugeben muss, dass ich dieses Hin und Her ein wenig lästig finde. Man trifft Vorkehrungen, man hat gerade die Feder in der Hand, um seine Unterschrift zu setzen, und flugs ist alles wieder anders!«

Eine Weile war es still. Mit verschränkten Armen stand Nicolas am Feuer und starrte in die Flammen. Plötzlich drehte er sich zu Mathurine um und sah sie bohrend an. »So, und jetzt möchte ich, zum Donnerwetter, endlich wissen, was hier gespielt wird! Ich kenne dich! Nur um einer jungen Frau zu dem Mann zu verhelfen, den sie glaubt zu lieben, versetzt du keine Berge!«

Mathurine ging zu ihm. Sie hob ihren Blick und sah ihn lange an, bevor sie sagte: »Du kannst sie nicht heiraten – sie ist deine Tochter.«

Nicolas starrte sie an. In seinen Augen spiegelten sich die Flammen des Kaminfeuers, sein Mund öffnete und schloss sich mehrmals, ohne dass ein Wort über seine Lippen gekommen wäre. Es war plötzlich so still, als würde die Welt den Atem anhalten! Dann sah er sich um, als würde er damit rechnen, dass gleich der ganze Hofstaat aus irgendeiner dunklen Ecke springen und sich über ihn totlachen würde.

Mathurine ahnte, was sich in seinem Kopf abspielte. »Nein, kein Scherz«, sagte sie darum ganz ruhig. »Es ist die Wahrheit!«

Sie erzählte ihm, wie alles gekommen war, die ganze Geschichte bis zu diesem Augenblick.

Nicolas hatte sich gesetzt, das Gesicht in den Händen verborgen hatte er zugehört, ohne sie auch nur einmal zu unterbrechen. Nun sah er auf und blickte sie fassungslos an. »Aber warum hast du es mir nicht einfach gesagt? Meine Familie hätte das Kind doch zu sich nehmen können.«

Mathurine lachte auf. »Das glaubst du doch selbst nicht! Erinnere dich an deinen gestrengen Vater! Einen Bastard von einer Närrin hätte er nie und nimmer angenommen.«

Sie setzte sich zu Nicolas und griff nach seinen Händen. »Hör zu! Die Hebamme weiß von dem Kind, mein Neffe und seine Frau wissen es – sie schweigen seit zwanzig Jahren und werden es auch weiterhin tun. Der König weiß es seit heute, auch er wird die Angelegenheit für sich behalten, da bin ich sicher. Also, es kann alles bleiben, wie es war. Und das Gute bei der Sache: Unsere Tochter wird nun doch den Mann bekommen, den sie sich von ganzem Herzen wünscht!«

Nicolas sah Mathurine an. Plötzlich lachte er laut und schallend. »Unsere Tochter! Das gibt es doch nicht! Unsere Tochter, mein Gott! Vor ein paar Augenblicken war ich noch ihr Bräutigam, plötzlich bin ich ihr Vater!«

Erleichtert lachte Mathurine mit. »Freut mich, dass du es mit Heiterkeit nimmst. Die Engländer sagen: Eine Unze Frohsinn ist ein Pfund Kummer wert. Und ich sage: Wenn wir noch lachen können, können wir auch lieben!«

Nicolas schüttelte den Kopf. »Du immer mit deinen Sprüchen! Aber recht hast du meistens.«

»Immer«, verbesserte Mathurine, »immer, mein Lieber!«

Nicolas seufzte. Das letzte Wort gehörte nun mal ihr.

22.

Mathurine nahm ein Blatt von dem Stoß Zeitungen, den sie an ihre Brust gedrückt hatte, und hielt es hoch. »Der neueste Hofklatsch! Greift zu, Leute, kostet nur sechs Deniers! Der neueste Hofklatsch – na, was ist, Marie, willste oder willste nicht?«

Eine Frau, die in einen dicken wollenen Umhang gehüllt war, steckte Mathurine Geld zu und nahm ein Blatt entgegen. »Bei der Kälte«, sagte sie, »friert man sich noch den Arsch ab.« Die Frau steckte die Zeitung weg und hauchte sich in die klammen Hände. »In der Hölle wäre es heute bestimmt gemütlicher!«

Es war Februar geworden, und wenn heute auch die Sonne schien, so pfiff doch ein eisiger Wind über den Pont Neuf.

Verführerische Düfte brachte er mit sich. Mathurine schloss die Augen und schnupperte. Seit neuestem verkaufte eine Zuckerbäckerin Mandelnusstörtchen, Lebkuchen und Kletzenbrot auf der Brücke, und ein Stück weiter unten stand einer und bot Maronen an. Davon würde sie ein Pfund mit nach Hause nehmen, und Marie würde dazu heißen gewürzten Wein auftragen.

Hélène lebte jetzt bei ihnen. Sie war verwirrt und brauchte jemanden, der sich um sie kümmerte. Suzanne liebäugelte mit dem Sohn des Stattschreibers, und Victor war als Kutscher bei Hofe in Stellung gegangen. Wenn er die königliche Familie fuhr, trug er Livree; dann sahen ihm die Mädchen nach und machten ihm schöne Augen.

Marie nadelte und strickte an einer Aussteuer für ihre Tochter und Gustave baute einen Kasten, damit alles untergebracht werden konnte. Immer noch liebten sie sich, als wären sie gerade erst verheiratet, und wenn sie Hand in Hand am Feuer saßen, in die Flammen sahen und einfach nur glücklich waren, dann gesellte sich Mathurine gerne zu ihnen, schaukelte Ginette auf ihren Knien und genoss diese stillen Stunden beseelten Glücks.

Mathurine nahm wieder ein Blatt zur Hand und hielt es hoch. »Der neueste Hofklatsch! Greift zu, Leute, kostet nur sechs Deniers! Der neueste Hofklatsch – na, was ist, Marie, willste oder willste nicht?«

Eine Frau kam auf sie zu, ließ sich eine Zeitung geben und hielt ihr dafür einen Sol hin. »Was steht denn da?«, fragte sie.

Mathurine steckte das Geld ein. »Frag nicht, lies selbst!«

»Ich kann doch nicht lesen. Es ist für meine Herrin. Die kann auch nicht lesen, aber ihr liest es ihr Schreiber vor.«

»Eine Hochzeit gibt es. Das Fräulein du Vivière heiratet den Junker de Boiselle, und der König persönlich wird zugegen sein. Es werden Ferkel gebraten und ein Ochse am Spieß. Es wird Hirschgulasch geben, mit Äpfeln gefüllte Wildenten, Fasane, Schwäne und Kapaune, gefüllte Eierteigtaschen, Kalbspastete und Ochsenzunge, und nachher Pudding, Melonen, getrocknete Pflaumen und Feigen – und noch viel mehr, so viel kann ich gar nicht aufzählen auf so einem Fetzchen Papier.«

Die Frau steckte das Wechselgeld ein, das Mathurine ihr gab, und seufzte. »Gott gibt den einen alles, den anderen nichts! Ist das gerecht?«

Mathurine zuckte die Schultern. »Das musst du schon die Pfaffen fragen.«

Die Frau ging weiter, eine Kutsche stoppte neben Mathurine. Eine Dame sah aus dem Fenster und verlangte eine Zeitung.

Mathurine reichte ihr ein Blatt. »Macht sechs Deniers und den Furz einer Fliege.«

Plötzlich tauchte Nicolas' lächelndes Gesicht hinter dem

Rücken der Dame auf. Er reichte Mathurine einen Sol. »Wir geben dir das Doppelte, dafür machst du dir den Gestank selbst!«

»Ah, der Herr Schönrich aus Picardie!« Sie verbeugte sich überschwänglich.

»Frau Kürbisgesicht, es ist mir eine Ehre.«

»Und deine Begleiterin – kenne ich sie?«

»Vermutlich nicht. Madame de Lille stammt aus Antwerpen.«

»Aha.«

Madame de Lille musterte Mathurine mit einem Schmunzeln.

»Wir werden heiraten«, sagte Nicolas. »In vier Wochen – so nicht plötzlich in letzter Minute der König oder sonst einer auftaucht und etwas einzuwenden hat.«

»Ach, der wäre doch ein Narr, der bei einer so reizenden Madame etwas einzuwenden hätte!« Mathurine lachte und zwinkerte Nicolas zu. »Nun, dann wünsche ich dir viel Glück, mein Herr, und der Zukünftigen Madame d'Amerval de Picardie natürlich auch!«

Nicolas nickte. »Wir werden uns Mühe geben.«

Mathurine trat zurück und winkte noch einmal. »Au revoir, mein schöner Marquis«, flüsterte sie, hauchte einen Kuss auf ihre Hand und schickte ihn der Kutsche nach.

Dann zog sie ein neues Blatt aus dem Stoß, wedelte damit herum und rief: »Der neueste Hofklatsch! Greift zu, Leute, kostet nur sechs Deniers! Der neueste Hofklatsch – na, was ist, Marie, willste oder willste nicht?«

Nachwort

Ich lasse Mathurines Geschichte im Februar des Jahres 1609 zu Ende gehen. Nur ein gutes Jahr später, am 14. Mai 1610, wurde Heinrich IV. von Frankreich, im Alter von 57 Jahren, in Paris ermordet. Erst am Abend vor seinem Tod war seine Gattin, Maria de' Medici, durch ihre Krönung mit allen Machtbefugnissen ausgestattet worden, die es ihr erlaubten, die Regierungsgeschäfte zu übernehmen. Eine Tatsache, die bis heute zu Spekulationen führt.

Der Mord ereignete sich in er Rue de la Ferronnierie, einer sehr engen Straße, in der zwei Kutschen nicht aneinander vorbei passten. Dort stellte sich der königlichen Karosse ein Hindernis in den Weg. Um es zu beseitigen, stiegen bis auf einen alle Begleiter Heinrichs aus. Diesen Moment machte sich der Mörder, François Ravaillac, zunutze. Er sprang auf den Wagen und stieß Heinrich IV. mit einem Messer dreimal in die Brust. Noch in der Kutsche verstarb der König an einem Stich in die Lunge.

Sein Sohn wurde im Alter von nur neun Jahren als Ludwig XIII. sein Nachfolger, die Regierungsgeschäfte übernahm vorerst Ludwigs Mutter, Maria de' Medici. Mathurine blieb bei Hofe, und so war der junge Ludwig der dritte König, dem sie als Hofnärrin diente.

In Frankreich blieb Mathurine unvergessen. Eine gewisse Art burlesker Schriften nennt man noch heute Mathurinade. Was der »Kasperle« für die deutschen Kinder ist, ist »Mathurine« für die französischen.

Als Mathurine neben einer Hofdame zur Audienz beim König ging und diese sie loszuwerden versuchte, indem sie zu ihr sagte: »Ich wünsche keine Närrin an meiner rechten

Seite!«, wechselte Mathurine flugs auf die andere Seite, so dass nun die Hofdame rechts ging, und entgegnete: »Mir macht es nichts aus!« Noch heute spielen Clowns in der ganzen Welt dies als Sketch nach.

Doch obwohl Mathurine als Närrin unvergessen blieb, ist über ihr Leben nicht viel bekannt. Sie war Kantinenwirtin beim Militär, bis sie von Heinrich III. entdeckt wurde. Er war begeistert von ihrem derben Witz und ihrer Klugheit und engagierte sie als Hofnärrin. Mehr als dreißig Jahre trieb sie dann als »Fou en titre« ihre Späße, gestaltete Feste, sang, tanzte und spielte für den König und seine Gäste.

Doch Mathurine war nicht nur bei Hofe erfolgreich, sondern auch beim Volk äußerst beliebt. Sie trat in Wirtshäusern auf und brachte durch den Verkauf ihrer Hofklatschzeitung ein wenig vom Glanz des Adels zu den kleinen Leuten. Man kann sie also als die Erfinderin der Yellowpress bezeichnen.

Meist verkleidete sich Mathurine als Amazone, trug lange, weite Kleider, dazu einen Helm, eine Rüstung mit Schutzschild und ein Schwert aus Holz. Doch sie trat auch in einer nachgemachten Offiziersuniform auf und imitierte die Soldaten so täuschend gut, dass die Zuschauer glaubten, sie hätten es tatsächlich mit einem Offizier zu tun.

Hofnarren hatten eine wichtige Stellung inne. Sie waren Amtspersonen, unkündbar und zumindest symbolisch dem König gleichgesetzt, verdienten gut und hatten viele Privilegien.

Ein Hofnarr war keineswegs »dumm«, sondern im Gegenteil oft des Königs Berater. Schließlich war er der Einzige, der den König duzen durfte und ihm und allen anderen unverblümt die Wahrheit sagen konnte. Seine Narrenfreiheit schützte ihn, wer ihn schlug, schlug den König selbst. »Narrenfreiheit« stand ihm allerdings nur zu, solange er das Narrengewand trug.

Ein Narr durfte nicht nur, sondern *musste* dem Herrscher zu jeder Zeit einen Spiegel vorhalten, damit er niemals vergaß, dass auch ein König trotz all seiner Macht und allem Reichtum fehlbar war.

Meist waren Narren hässlich, und nicht selten hatten sie sogar einen Buckel oder waren anderweitig missgestaltet. Auch das hatte einen tieferen Sinn. Um nach außen hin Glanz und Glorie zu repräsentieren, umgab sich der König nur mit schönen Menschen und prunkvollen Kostbarkeiten. Der Hofnarr musste nun in seiner Hässlichkeit und seiner ordinären und gewöhnlichen Art den Gegenpol setzen, der nötig ist, um ein Gleichgewicht zu halten. Erst Ludwig XIV. ersetze den Narren »en titre« gegen eine Mätresse »en titre«, tauschte also den hässlichen Gegenpol durch eine weitere Glorifikation aus und erfand den Absolutismus. Das Hässliche, Gewöhnliche, Wilde und Andersartige musste verschwinden, wurde vom Hofe verbannt.

Zu Mathurines Zeiten galt noch die Meinung: Nur durch den Schatten wird das Licht sichtbar! So waren König und Narr eine Art Gegensatzpaar, das ohne einander nicht wirken konnte. Zusammen verkörperten sie Gut und Böse, Vernunft und Widerspruch, Plan und Willkür, Macht und Verderben, König und Volk – denn der Narr vertrat im Kreise des Adels auch immer die Meinung des Volkes.

Ein Hofnarr musste vielseitig begabt sein. Er musste musizieren, singen und tanzen, Räder schlagen und zaubern können. Er musste schlagfertig sein, über ein großes Repertoire an Gedichten, Sprüchen und Zitaten verfügen. Zu seinen Attributen gehörten die Marotte (Zepter der Narren), die Narrenkappe, ein Spiegel, der Narrenorden, der ihn als Amtsperson auswies, und manchmal auch ein Narrensiegel. Zusätzlich trug er Glöckchen an seiner Kleidung, damit man ihn immer hören konnte und so an die unliebsamen Charaktereigenschaften erinnert wurde, die er verkörperte – allen voran Eitelkeit und Torheit.

Was den geschichtlichen Rahmen meines Romans betrifft, habe ich mich in großen Zügen an die Gegebenheiten gehalten. Doch ein Roman bleibt immer ein Roman und braucht einen Spannungsbogen. So habe ich einzelne Begebenheiten zeitlich ein wenig vor- oder zurückverlegt.

Tatsächlich fanden die letzten Verhandlungen Katharina de' Medicis mit Heinrich von Navarra etwas früher statt. William Kemp, der zusammen mit Shakespeare eine Theatergruppe gegründet hatte, führte seinen Moriskentanz von London nach Norwich erst im Jahre 1600 auf, und Heinrich der IV. lernte seine letzte große Liebe, Charlotte von Montmorency, ein Jahr später als von mir beschrieben kennen. Das Attentat auf Heinrich IV., bei dem Mathurine durch ihren mutigen Einsatz den Täter dingfest machte, ereignete sich in Wahrheit einige Jahre früher, nämlich am 27. Dezember 1594.

Einige Quellen sprechen davon, dass Chicot Hofnarr Heinrichs III. war, andere behaupten, er sei Hofnarr Heinrichs IV. gewesen. Ich nehme an, dass er – wie Mathurine auch – beiden Königen diente und lasse ihn deshalb auch an beiden Höfen in Erscheinung treten.

Heute vermutet man, dass der Grund des geistigen und körperlichen Verfalls Heinrichs III. (seine Angstattacken, sein unstetes, wankelmütiges Verhalten) in einer vererbten Syphilis lag.

Dass eine Mutter während der Belagerung von Paris ihr verstorbenes Kind gekocht hat, um ihre anderen Kinder am Leben zu erhalten, und dass aus Kinderskeletten Mehl gewonnen wurde, gilt als überliefert.

Verzeichnis der verwendeten Zitate

Es hat mir eine »närrische Freude« bereitet, Mathurine Zitate von bekannten Männern und Frauen in den Mund zu legen, ungeachtet dessen, ob sie zu Mathurines Zeit bereits gelebt hatten. So ist u. a. auch ein Zitat von Ernest Hemingway oder Dieter Hildebrandt darunter. Hin und wieder habe ich Mathurine an bekannte Zitate auch eigene Gedanken knüpfen lassen, das mögen ihr und mir die Geister der illustren Herrschaften verzeihen.

Die Zitate:

Daher beweisen jene, die jede Schlacht gewinnen, nicht wirklich höchstes Geschick – jene, die die gegnerische Armee hilflos machen, ohne es zu einem Kampf kommen zu lassen, sind die wahrhaft Vortrefflichen.
Sun Tsu

Statt zu klagen, dass wir nicht alles haben, was wir wollen, sollten wir lieber dankbar sein, dass wir nicht alles bekommen, was wir verdienen.
Dieter Hildebrandt

Wer die Welt will recht verstehn, muss ihr klar ins Auge sehn.
Mirza Schaffy

Halte dich immer für dümmer als die anderen – sei es aber nicht!
Jean Cocteau

Ein geistreicher Mensch wäre oft recht in Verlegenheit ohne die Gesellschaft der Dummköpfe!
François La Rochefoucauld VI.

Gesteh dir's selbst, hast du gefehlt,
füg nicht, wenn Einsicht kam,
zum falschen Weg, den du gewählt,
auch noch die falsche Scham.
Franz Grillparzer

Über den Egoismus der anderen beschweren wir uns nur deshalb, weil er unserem eigenen in die Quere kommt.
Jacinto Benavente

Hört, ihr Leute, auf zu klagen,
Das Schicksal habe euch geschlagen.
Dem Schicksal ist das einerlei,
Bedenkt, ihr selber wart dabei.
Erhard Horst Bellermann

Den Charakter eines Menschen erkennt man an den Scherzen, die er übelnimmt.
Christian Morgenstern

Ein heller Kopf hat viel voraus,
er überredet leicht den Dummen;
doch läuft's auf einen Streit hinaus,
dann muß der Klügere verstummen.
Johann Nepomuk Nestroy

Die Zeit ist eine große Meisterin, sie ordnet alle Dinge.
Sertorius Corneille

Zu einem starken Pfeil gehört ein starker Bogen, und ohne starken Arm wird dieser nicht gezogen!
Friedrich Rückert

Wie nah sind uns manche, die tot sind, und wie tot sind uns manche, die leben.
Wolf Biermann

Ein Tag, der morgens beginnt, kann nicht mehr gut werden.
Ernest Hemingway

Die Frauen (Weiber) sind so unberechenbar, dass man sich nicht einmal auf das Gegenteil dessen verlassen kann, was sie sagen.
Peter Ustinov

Heute geh ich. Komm ich wieder, Singen wir ganz andre Lieder. Wo so viel sich hoffen lässt, Ist der Abschied ja ein Fest.
Johann Wolfgang von Goethe

Und wärst Du auch dem ärmsten Bettler gleich, bleibt Dir ein Freund, so bist Du reich. Doch wer den höchsten Königsthron gewann, doch keinen Freund hat, ist ein armer Mann.
Friedrich von Bodenstedt

Im Schmerz wird die neue Zeit geboren.
Adelbert Chamisso

Es ist im Leben gar nichts wichtig. Was nennt man falsch? Und was ist richtig? Nur darin liegt der Unterschied, durch welche Brille man's besieht.
Fred Endrikat

Unglück kann jeder Esel haben, die Kunst besteht darin, dass man es richtig auszubeuten versteht.
Frank Wedekind

Gerüchte, Gerüche und Dummheit verbreiten sich in Windeseile. Die Wahrheit, Düfte und Weisheit verbleiben meist wo sie entstanden.
Erhard Blanck

Kein Mann ist so stark wie eine Frau, die schwach wird.
Hans Holt

Kein Stundenschlag ertönt
Kein Tropfen Zeit verflutet,
Wo nicht ein Menschenherz
Im Todeskampfe blutet,
Kein Morgenrot beginnt,
Kein Abendrot erscheinet,
Wo ein Verlassner nicht
Um den Erblassten weinet.
Spruch an der Straße von Schönwies nach Imst

Man muss lachen, bevor man glücklich ist, weil man sonst sterben könnte, ohne gelacht zu haben!
Jean de La Bruyère

Das Schicksal ist grausam, und die Menschen sind erbärmlich.
Arthur Schopenhauer

Ein Scherz hat oft gefruchtet, wo der Ernst nur Widerstand hervorzurufen pflegte.
August Graf von Platen

Der ärgste Tod ist der, der gar zu langsam tötet, die ärgste Not ist die, die gar zu lange nötet.
Friedrich Logau

Der Mensch braucht zwei Jahre, um sprechen, und siebzig, um schweigen zu lernen.
Ernest Hemingway

Wenn alle Menschen wüssten, was die einen über die anderen reden, so gäbe es keine vier Freunde mehr auf Erden.
Blaise Pascal

Wenn Diener löblich raten, so sind's der Herren Taten;
Wenn Herren grässlich fehlen, ist's Dienern zuzuzählen.
Friedrich Logau

Der Mutige erschrickt nach der Gefahr, der Furchtsame vor ihr, der Feigste in ihr.
Jean Paul

Man denkt, man weckt einen schlafenden Löwen, und was wacht auf? Ein dummer Esel!
Dieter Hildebrandt

Wenn ich scherzen will,
sage ich die Wahrheit.
Das ist immer noch
der größte Spaß auf Erden.
George Bernhard Shaw

Da greife ich mir an den Arsch, weil der Kopf mir dafür zu schade ist.
Albert Einstein

Entreißt der Liebe Stirn das Diadem, und ihr gebt der Welt die Ruhe zurück.
Jean-Jacques Rousseau

Klug zu reden ist oft schwer, klug zu schweigen meist noch mehr.
Friedrich Martin von Bodenstedt

Mit vielen teile deine Freuden,
Mit allen Munterkeit und Scherz,
Mit wenig Edlen deine Leiden,
Und Auserwählten nur dein Herz.
Johann Gaudenz Freiherr von Salis-Seewis

Danksagung

Ganz herzlich will ich meiner Autorenkollegin Andrea Klier danken, die ausgebildete Hebamme ist und mich in allen Fragen rund um Geburt und Schwangerschaft beraten hat.

Historische Romane: Kelten, Ketzer, Abenteuer

MANFRED BÖCKL
Die letzte Königin der Kelten
Als Nero römischer Kaiser wird, bricht im besetzten Britannien grausame Tyrannei aus. In dieser Zeit verunglückt der Keltenkönig Prasutax tödlich. Nach keltischem Recht tritt seine schöne Witwe die Alleinregierung an. Doch Nero duldet keine Frauenherrschaft und fordert ihre Abdankung. Als die Königin sich weigert, lässt er sie in den Kerker werfen und schänden – doch es gelingt Nero nicht, sie zu brechen. Im Bündnis mit den Druiden der heiligen Insel Môn ruft Boadicea die Keltenstämme zum Freiheitskampf auf.
Roman. 542 Seiten. AtV 1296

MANFRED BÖCKL
Die Bischöfin von Rom
Branwyn, eine keltische Seherin im Britannien des 4. Jahrhunderts, soll eine Brücke schlagen zwischen dem alten Wissen der Druiden und den jungen christlichen Gemeinden des Westens. Sie begibt sich nach Rom und wird sogar zur Bischöfin gewählt. Doch sie hat nicht mit dem erbitterten Widerstand der römischen Priesterschaft gerechnet.
Roman. 504 Seiten. AtV 1293

GEORG BRUN
Der Engel der Kurie
Rom 1526: Eine Reihe grausamer Morde an jungen Frauen versetzt die Stadt in Angst. Der Kanzler der Kurie beauftragt den unerfahrenen Dominikanermönch Jakob mit den Ermittlungen. Die Spuren führen bis in die Nähe des Papstes. Ein illegitimer Medici-Sproß, zuständig für die Lustbarkeiten im Vatikan, scheint ein gefährliches Netz aus Erpressungen und Intrigen ausgelegt zu haben.
Roman. 330 Seiten. AtV 1350

GEORG BRUN
Der Augsburger Täufer
Der Dominikanermönch Jakob muß nach Augsburg, um einen Mord aufzuklären. Die erste Spur weist zu gefährlichen Glaubenseiferern, die gegen den Papst streiten und Unruhe verbreiten. Doch auch die schöne Malerin Ludovica scheint ihre Intrigen zu spinnen. Da geschieht ein zweiter Mord, und Jakob begreift, daß er es mit einer Verschwörung zu tun hat, in die sogar der Papst verstrickt sein könnte.
Roman. 409 Seiten. AtV 1425

Mehr unter
www.aufbauverlagsgruppe.de
oder bei Ihrem Buchhändler

aufbau taschenbuch
AUFBAU VERLAGSGRUPPE